O ÚLTIMO
ADEUS

Obras do autor publicadas pela Editora Record

Sangue de anjos
O último adeus

REED ARVIN

O ÚLTIMO
ADEUS

Tradução de
RODRIGO CHIA

EDITORA RECORD
RIO DE JANEIRO • SÃO PAULO

2008

CIP-Brasil. Catalogação-na-fonte
Sindicato Nacional dos Editores de Livros, RJ

A835u
Arvin, Reed
    O último adeus / Reed Arvin; tradução de Rodrigo
Chia. – Rio de Janeiro: Record, 2008.

    Tradução de: The last goodbye
    ISBN 978-85-01-07536-9

    1. Romance americano. I. Chia, Rodrigo. II. Título.

07-4479
                        CDD – 813
                        CDU – 821.111(73)-3

Título original inglês:
THE LAST GOODBYE

Copyright © 2004 by Reed Arvin

Todos os direitos reservados. Proibida a reprodução, no todo ou em parte, através de quaisquer meios.

Direitos exclusivos de publicação em língua portuguesa somente para o Brasil adquiridos pela
EDITORA RECORD LTDA.
Rua Argentina 171 – Rio de Janeiro, RJ – 20921-380 – Tel.: 2585-2000
que se reserva a propriedade literária desta tradução

Impresso no Brasil

ISBN 978-85-01-07536-9

PEDIDOS PELO REEMBOLSO POSTAL
Caixa Postal 23.052
Rio de Janeiro, RJ – 20922-970

EDITORA AFILIADA

Para Dianne
Bella como la luna y las estrellas

AGRADECIMENTOS

Agradeço muito pela consultoria técnica do brilhante Dr. Richard Caprioli, da Universidade Vanderbilt. Se eu soubesse que pesquisadores chegavam a dirigir Ferraris, talvez tivesse escolhido outra carreira. Qualquer erro técnico é de minha inteira responsabilidade. Devo agradecimentos, também, a Vali Forrester, a Joel Lee e ao Dr. Mace Rothenberg, todos de Vanderbilt. Obrigado a Ron Owenby, guia turístico e companheiro de almoço. Agradeço, ainda, à Ópera de Atlanta, pela gentileza e receptividade, e a Kelly Bare, pela disposição para cuidar de tantas coisas.

Como sempre, agradecimentos sinceros a Jane e a Miriam, da agência literária Dystel & Goderich.

A Marjorie: sua confiança significa muito para mim. Tentarei estar sempre à altura.

CAPÍTULO 1

ENTÃO VOU CONTAR. Vou contar porque dizem que a confissão faz bem à alma. E porque, entre os remédios disponíveis — da religião à auto-ajuda, passando por um farmacêutico solícito na madrugada —, este desabafo parece, no momento, ser a opção menos arriscada. No que diz respeito à minha alma, adotei uma postura de médico: *em primeiro lugar, não se machuque.*

A total subversão dos meus princípios. Foi isso o que eu fiz. Bastou um simples momento e minha vida — até então bastante respeitável, ainda que não vivida nos padrões mais altos — se despedaçou. O limite entre a integridade e a perda da inocência mostrou-se estreito como o fio de uma navalha. Foi apenas um punhado de decisões, sem resistências, facilitadas pelo desejo. Achei que estivesse escolhendo uma mulher. Achei — sou obrigado a admitir a verdade, pois, afinal de contas, este é um desabafo — que a tivesse *conquistado.* E agora ela é o fantasma que vem me julgar.

Este é o início do colapso moral: ser mantido prisioneiro pelos olhos de uma mulher. Ao vê-los, perdi a cabeça. Tudo que eu sabia era que ela estava no meu escritório, chorando, e em algum momento pedi para que se sentasse. Seu nome era Violeta Ramirez. Ignorei sua bolsa de imitação de couro, seu vestido comprado no Wal-Mart, o fio puxado em sua meia-calça. Eram sinais de que ela estava no escritório errado, da mesma forma que um Timex seria o relógio errado numa loja de iates. Mas eu admirava a perfeição de sua pele cor de caramelo, os cabelos pretos presos para trás, os impenetráveis olhos castanhos. O mesmo roteiro de sempre se desenrolava: a corrente de hormônios passando pelas células, os neurônios se acendendo, um milhão de anos de evolução organizando meus pensamentos como pequenos soldados.

Os clientes da Carthy, Williams e Douglas não costumavam chorar na minha sala. Era mais comum que reclamassem, xingassem ou, quando eu tinha sorte, escutassem atentamente. Mas, pagando quatrocentos dólares por uma hora do privilégio de ocupar a cadeira do outro lado da mesa, eles não queriam que seus modos fossem censurados. Uma mulher aos prantos era diferente. Eu andava de um lado para o outro, perguntando se podia lhe oferecer algo. Ela possuía uma beleza delicada, estava chorando e era difícil ignorá-la.

O pai da criança chamava-se Caliz, contou ela. Houvera um erro: ele provocara a polícia e eles plantaram *las drogas* em seu corpo. Ele era bom, mas as pessoas não o entendiam. Era meio debochado e pagava por isso com a polícia. Não era um coroinha, ela sabia — havia uma marca de agressão sob sua maquiagem pesada? —, mas naquele caso era inocente.

Não sei se ela estava consciente do efeito que exercia sobre mim. Eu assistia, hipnotizado, a cada lágrima que escorria pelo seu rosto. Quando ela cruzou as pernas, tive de controlar a respiração. Não que eu não costume apreciar as mulheres. Tenho feito isso desde a infância: do calor do colo da minha mãe à inteligência incisiva das sócias do escritório. O problema é que o feminismo não significa nada para o corpo humano, e naquela mulher havia um ar de simplicidade e vulnerabilidade que tornava impossível à minha alma parar de desejá-la.

Havia obrigações, e eu as cumpri. Expliquei que o escritório não atuava em casos envolvendo drogas; na verdade, nada na área criminal. Àquela altura, o choro piorara. No fim da conversa, eu sequer podia mencionar o fato óbvio de que lhe seria impossível pagar meus honorários. Mas isso não importava, pois a Carthy, Williams e Douglas preferiria receber o anjo da morte a defender um traficante de drogas. Por isso, simplesmente disse que minhas mãos estavam atadas, o que era a pura verdade. Eu não tinha poder para mudar as regras do escritório. Ela se levantou, apertou minha mão e se retirou da sala lentamente, mergulhada em lágrimas e humilhação. Horas depois, sua imagem permanecia na minha cabeça. Fiquei olhando para a cadeira em que ela se sentara, desejando que voltasse. Durante dois dias, não consegui fazer nada no escritório. Finalmente, liguei para ela e disse que veria o que poderia conseguir. A verdade é que eu moveria montanhas para vê-la novamente.

Foi um desafio vender a idéia ao escritório. Como parte de um planejamento cuidadoso, o Carthy, Williams e Douglas mantinha-se o mais distante possível da assistência jurídica. A firma ocupava três andares do edifício Tower Walk, em Buckhead, região de Atlanta onde ser velho ou pobre constitui um crime. E, se alguém ia brincar na periferia por alguns dias, não seria eu, Jack Hammond. Formado havia três anos, eu acabara de chegar a Atlanta, o ímã que atrai os cacos de humanidade de todo o Sudeste norte-americano. Trabalhava setenta horas por semana e gastava além da conta com enorme prazer. Eu não podia me dar ao luxo de um desvio de rota. Apesar disso, marquei uma reunião com Frank Carthy, um dos sócios fundadores.

Carthy tinha 70 anos e começara quando o trabalho *pro bono* fazia parte das responsabilidades de todo grande escritório. Até o início da década de 1980, tratava-se de algo esperado, e os juízes o distribuíam como se fosse uma obrigação da profissão. Aquilo lhe serviu bem: ele era um liberal sulista das antigas, com interesse por casos que envolviam direitos civis. Ainda contava histórias sobre como tirou manifestantes da cadeia nos anos 1960 — a maioria presa por crimes como não ter a cor correta para se sentar em determinada área de um restaurante. Portanto, embora pudesse resistir a um caso de drogas, talvez se interessasse pelo caso de uma jovem desesperada com uma prisão indevida baseada em motivações raciais.

Eu não costumava ver Carthy. Dentro da hierarquia do escritório, ele ocupava o Monte Olimpo, raramente descendo ao reino de Hades, dois andares abaixo, onde ficavam os novos associados. Apesar de trabalhar de modo exaustivo — principalmente para compensar meus dias em Dothan, no Alabama, onde tive uma adolescência tão comum que parecia feita de cartolina —, meu acesso aos deuses da firma era limitado. Eu chegara com a convicção de que possuía um talento jurídico respeitável. O que descobri no Carthy, Williams e Douglas foi que ser o garoto mais esperto de Dothan, Alabama, era como ser o diamante que mais brilha numa poça de lama. Então, de certa forma, simplesmente ter um assunto para tratar com um sócio-fundador não deixava de ampliar minhas perspectivas.

No momento que lhe contei, soube que tocara num ponto sensível. Por um instante, cheguei a temer que ele se oferecesse para cuidar do caso comigo. Para Carthy, um multimilionário, assumir um caso daquele tipo correspondia a ficar algumas horas do lado de fora de um supermercado pedindo doações com uma caneca vermelha do Exército da Salvação, mas sem o risco de tomar chuva: fazia bem à alma. Ele provavelmente presumiu que aquela expressão de generosidade jurídica seria uma pequena distração, exigindo somente algumas horas. A Vara de Entorpecentes — uma minúscula sala de audiências anexa à delegacia, com estrutura para receber apenas dez pessoas — era pouco mais do que uma porta giratória.

Fui encontrar Caliz na manhã seguinte, o que exigiu uma visita às instalações mais ocultas da prisão do condado de Fulton. O cheiro do lugar é um acúmulo atmosférico de tudo o que há de desagradável quando as coisas vão terrivelmente mal. É composto por partes iguais de miséria humana, suor e burocracia indiferente; por arquivos de metal, policiais sem lar e acima do peso, e lâmpadas fluorescentes que nunca foram desligadas. Segui um guarda de poucas palavras até uma sala onde havia duas cadeiras de metal e uma mesa comprida.

Caliz apareceu alguns minutos depois. Minha antipatia por ele foi imediata. Com pouco mais de vinte anos, já tinha o ar arrogante e indiferente dos pequenos criminosos. Seus olhos eram tomados por uma raiva segregada, antecessora de um comportamento sociopático. O que quer que lhe faltasse nesse sentido, certamente seria encontrado depois de alguns anos na escola de crueldade conhecida como prisão estadual. Arrancar um relato verdadeiro dele era impossível; sua capacidade de mentir tornara-se natural. Ele me olhou nos olhos, sem mudar de expressão, e disse:

— Não, *la policía* botou *las drogas* no carro. Nunca usei *las drogas*. Fazem mal. Fico longe delas.

Cascata, pensei. Mas aquela não era a questão. O ponto mais importante era por que ele fora parado pela polícia. E por que, depois de um diálogo breve, porém hostil, o banco traseiro fora removido e desmontado, e o porta-malas, cuidadosamente revistado. Um mau comportamento não suspendia direitos garantidos pela Constituição.

Confrontar as versões de Miguel Caliz e da Polícia de Atlanta não seria fácil. Porém, mais tarde, conheci os policiais que o detiveram e percebi que se encaixavam exatamente em sua descrição. Naquele momento, tive certeza de que Caliz ficaria livre, sendo culpado ou não. Os dois policiais não passavam de uma dupla de idiotas mal-intencionados, com expressões que não escondiam suas tendências. Eles me lembravam o próprio Caliz: valentões que sobreviviam graças às mazelas da sociedade. Era simplesmente a natureza humana: as pessoas não gostam que lhes mostrem seus defeitos — e Caliz despertava o pior que havia neles. Eu podia ver

nos olhos dos policiais que eles não gostavam de latinos, não gostavam de Caliz e, acima de tudo, não gostavam de pessoas que não
pudessem intimidar. Se eu conseguisse um júri com a predisposição certa, bastaria uma olhada naqueles policiais para que Caliz
ganhasse a liberdade.

Mas nada disso explica o que aconteceu: como saí para jantar
com sua namorada ou como durante três ou quatro horas a conversa passeou por assuntos em que ela era totalmente ignorante: a faculdade de direito, o verão que passei mochilando na Europa — na
verdade, apenas três semanas, mas já havíamos tomado alguns
drinques àquela altura — e como o preço de uma boa garrafa de
vinho não podia ser comparado a coisas menos importantes. Na
realidade, eu mesmo sabia muito pouco sobre esses temas; mesmo
assim, ela me observava o tempo todo com seus olhos pretos brilhantes, o que era suficiente. Era uma noite chuvosa de outono, e ela
se aproximou de mim quando chegamos à área comercial de
Buckhead, um mundo ao qual ela não pertencia. Estava vestida
como as garotas do gueto costumam se vestir quando vão a algum
lugar decente: uma roupa preta, um pouco justa e curta demais.

A palavra *sedução* supõe a existência de uma vítima, e, com a confusão subseqüente, fica difícil descrever em palavras o que aconteceu.
O que posso dizer com certeza é que me peguei imaginando como
seria me perder em sua beleza, me ver refletido em seus reluzentes
olhos negros. Algumas horas depois, convidei-a para ir à minha casa
— fiquei um pouco atrapalhado, mas ela não pareceu notar —, ainda
tentando me convencer de que íamos só conversar e passar algum
tempo juntos. Porém, dentro do apartamento, ela encostou levemente em mim, trazendo seus seios junto ao meu peito; puxei-a para perto determinado a tratá-la como o anjo que eu vislumbrava. Meu
pecado não era a luxúria. Meu pecado era o pecado de Satã, que desejava ser igual a Deus. Eu desejava ser o salvador da mundana Violeta
Ramirez e desejava que ela me adorasse por isso.

O ÚLTIMO ADEUS | 15

Na manhã seguinte, ao acordar, ouvi o roçar dos lençóis ao meu lado; senti seu perfume delicadamente feminino espalhando-se sobre mim e deixando-me desorientado. Ela suspirou profundamente e se virou; seu traseiro levemente moreno tocou minha cintura. Fechei os olhos e senti algo parecido com euforia, porém mais intenso e concreto. Seu sono era tão profundo e despreocupado, que me admirei mais uma vez com Deus e sua infinita capacidade de ser irônico, unindo com freqüência anjos como Violeta e perdedores como Caliz. Talvez eu estivesse romanceando. Tenho certeza de que estava porque, naquele estágio da minha vida, ainda era capaz disso. Talvez ela sofresse do complexo do cara mau. Talvez estivesse resolvendo problemas paternos ao namorar um sujeito como Caliz. Talvez ela fosse como eu e só quisesse uma pessoa a quem pudesse salvar. Caliz seguramente encaixava-se na descrição. A mente humana é de uma complexidade ilimitada.

Deitado ao seu lado na cama, eu não sabia se o que acontecera entre nós fora romântico ou vulgar. Faltava contextualização. E eu nunca tive a oportunidade de descobrir. Um dos truques de Deus é confundir a mente humana com tanto torpor na hora do acasalamento que só se consegue descobrir o que as coisas significaram ao se olhar para trás. Ficamos apaixonados e depois, no quarto encontro, nos perguntamos quem é essa pessoa ao nosso lado. Sei, porém, que quando Violeta finalmente acordou e começou a se vestir parecia ainda mais linda do que na noite anterior. Percebi como o sexo era algo extraordinário. Ela caminhava pelo quarto com uma parte de mim dentro de si; cada filamento de código genético continha a mais pura essência de mim. Dentro de seu corpo quente estavam todos os detalhes de quem eu sou. Senti uma felicidade exagerada e maravilhosa.

Não conversamos muito antes de sua partida. Ela pôs as roupas e saiu graciosamente, sem imposições ou exigências. Deixou-me com a minha tarefa: tirar Miguel Caliz da cadeia. Era o mínimo que eu devia a ela. E, depois do que acontecera, também devia a *ele*.

Precisava comprar roupas para ele. Paguei do meu próprio bolso, provavelmente como uma espécie de penitência. Sabia que tinha violado um limite ético, ainda que ultimamente os limites se movessem tão rapidamente que era impossível me assegurar de onde estavam. Tinha certeza de uma única coisa: vencer era a opção mais ética de todas.

Encontrei Caliz na prisão para lhe entregar o terno, e ele o aceitou sem dizer uma palavra. Esperei que se vestisse para repassar seu testemunho. Ele ficou bem no terno, mas nada presunçoso, o que era meu objetivo. Não queria que os jurados percebessem que eu o havia vestido, por isso escolhera um modelo barato, sem muito estilo.

Dez minutos depois do início do julgamento, concluí que nada daquilo importava. Eu planejara tudo cuidadosamente e estava pronto para citar os pareceres jurídicos mais atuais relacionados ao direito constitucional, indo da busca e apreensão ao preconceito racial. Mas não tive oportunidade. Todos os presentes à sala de audiências pareciam estar hipnotizados diante do policial sentado na tribuna, irritado, com o rosto que mal disfarçava seu ódio por tudo que era negro na periferia de Atlanta. Eu já me perguntava por quanto tempo a promotora permitiria que aquilo prosseguisse. Porém, ela não tinha escolha. O policial fora o responsável pela prisão e, sem seu testemunho, não havia caso. A despeito de seus olhos raivosos, tom sarcástico e postura geral que exalava ódio, ela precisava continuar com as perguntas. Mais da metade do júri — nunca tive dúvidas quanto a optar ou não por um júri — era formada por latinos, e eles revidavam o ódio do policial com mais de cem anos de ressentimento acumulado.

Caliz dera sua contribuição; como outros vagabundos, o garoto sabia representar. Sua expressão, que me parecia suspeita e perigosa, transformou-se na imagem do medo de uma vítima. Sua voz hesitava. Os policiais pararam-no por causa da cor da pele. Ele fora humilhado. Acabou sendo revistado por causa do sotaque. Obviamente, tinha contato com drogas; todas as pessoas da sua área tinham. No entanto, ele nunca consumira drogas na vida.

O júri precisou de menos de uma hora para absolvê-lo. Acho que fiquei satisfeito com o resultado. Eu tinha de encontrar algum reconhecimento onde fosse possível, porque não recebi qualquer gesto de Caliz. Ele sequer apertou minha mão ao ouvir o veredicto. Em vez disso, virou-se e olhou para Violeta, que permanecia sentada em silêncio atrás de nós. Naquele momento comecei a pensar sobre quem conduzia o trem que me levava.

Pensei nela naquela noite — sentia sua falta. Estava confuso e imaginava o que estaria fazendo. Estaria deitada, satisfeita em permitir que Caliz depositasse sua descendência no lugar da minha? Ou estaria declarando independência, dizendo que não aceitaria mais um homem que era preso a toda hora? Eu queria trazê-la de volta à minha cama, sentir suas pernas em volta de mim, libertar meu corpo em seus olhos e cabelos negros. Na manhã seguinte, mergulhado em minha vida normal, senti Violeta aparecendo e desaparecendo de meus pensamentos, integrando-se à minha memória. Quase liguei para ela — cheguei a pensar numa questão trivial qualquer ou na necessidade de uma assinatura numa papelada.

Eu ainda não entendia o abismo que havia entre o raciocínio normal e o criminoso. Para Caliz, não importava se Violeta tinha ou não se sacrificado para lhe garantir uma assistência jurídica pela qual ele nunca poderia pagar. Só importava representar o garotão raivoso que agredia a mulher. Se ela me seduzira a seu pedido, talvez ele apenas suspeitasse que o divertimento passara um pouco da conta. Nunca fiquei sabendo. Tudo que sei é que, dois dias depois de tirá-lo da cadeia, ele a espancou até a morte.

O legista explicou que, quando ele quebrou sua mandíbula, ela parou de implorar por piedade. Mas só ao quebrar as costelas ela parou de respirar. A respiração não poderia continuar por muito tempo com a perfuração do pulmão e o inevitável acúmulo de fluidos ao redor do coração. Ele declarou que ela sobreviveu de quatro a seis minutos.

Ninguém foi capaz de supor o que se passava na cabeça de Miguel Caliz enquanto ele espancava Violeta Ramirez. Talvez estivesse se vingando pela violação da regra mais importante nos relacionamentos com bandidos: nunca trair. Por outro lado, talvez ele não tenha sentido absolutamente nada. Talvez estivesse calmo como um dia quente e abafado de verão em Atlanta. De qualquer maneira, Violeta Ramirez estava morta.

Descobri o que acontecera ao receber uma intimação para depor, no meio de um almoço com clientes no 103 West, um restaurante moderninho e caro de Buckhead. Sorrindo, pedi desculpas pela interrupção, pus a taça de pinot noir na mesa e li as breves linhas que cairiam como uma bomba no meu mundo. Desta vez, Caliz arranjara um advogado barato — eu nunca ouvira falar do escritório —, mas não tão barato a ponto de não saber que seu cliente receberia algum apoio pelo fato de eu ter dormido com a namorada dele. Por isso meu depoimento seria necessário.

Semanas mais tarde, coloquei minha mão sobre uma bíblia, jurei que meu nome era Jack Hammond e contei meus pecados. Porém, como o juiz não era um padre, não determinou nenhuma penitência. Eu teria de encontrá-la sozinho. No entanto, ele usou a palavra *repreensível*, numa declaração de censura, antes de me dispensar. Aquela palavra foi forte o bastante para o escritório Carthy, Williams e Douglas. Eles não queriam manter a seu serviço uma pessoa que cometera um ato qualificado daquele modo. A atenção atraída devido ao que acontecera à garota não teve um reflexo positivo na empresa. Eu estava na rua.

Por várias semanas, não desliguei a luz do meu quarto. Permaneci sentado, observando as horas passarem lentamente. Finalmente, meu corpo se manifestou, e eu fechei os olhos. Mas foi um sono perigoso, e nele eu não dispunha de qualquer proteção.

Não significa nada para mim que Miguel Caliz vai passar as próximas décadas numa penitenciária federal. A prisão de Caliz não fez nada para atenuar a lembrança de Violeta Ramirez. Ela continua a me assombrar, tanto à luz do dia quanto à noite.

A total subversão dos meus princípios. Foi isso o que eu fiz. É uma confissão que faço para o bem do meu espírito. Contudo, mesmo ao confessar, sei que a cicatriz permanece em mim. Até que eu acerte as coisas, não ficarei em paz.

CAPÍTULO 2

Dois anos depois

EU ESTAVA DE OLHOS FECHADOS, mergulhado em lembranças. O respeitado professor de direito Judson Spence repetia seu incansável argumento, tentando cravar seu conselho mais insistente em nossas cabeças jovens e idealistas: *Fujam do direito penal como de uma praga. Um dos princípios da vida diz que, ao se envolver nas cagadas de outro ser humano, você se torna um ímã para cagadas que não são suas.* Invariavelmente, ele direcionava seus alunos mais talentosos ao mundo mais lucrativo — e asseado — dos delitos civis. Obrigava a turma inteira a decorar um pequeno aforismo: "Passe seu tempo perto de pessoas bem-sucedidas e você também será bem-sucedido." Do contrário, alertava ele, um imenso ciclo de excremento humano nos envolveria, à medida que os sofredores do mundo corressem na direção do salvador.

Eu, Jack Hammond, sou a prova viva de que o professor de direito Judson Spence era um gênio absoluto. Depois de servir por um tempo considerável no mundo sobre o qual ele alertara, descobri que eu possuía poderes magnéticos respeitáveis. Não que eu tenha ficado rico. Meu escritório é o que se pode chamar de funcional. Da localização — uma galeria praticamente vazia situada numa região suspeita do sudeste de Atlanta — à mobília barata —

alugada e pouco confiável. A pintura das paredes — uma cor de casca de ovo semibrilhante com uma infeliz tendência a refletir a luz intensa do teto no piso de linóleo — é tão uniforme nas portas, paredes e teto que causa tontura nos visitantes.

Há uma placa na porta de madeira barata dizendo "Jack Hammond e Associados". Trata-se de um exagero, já que o único funcionário da firma, além de mim, é Blu McClendon, minha secretária. Incluir o "associados" garante um efeito melhor na lista telefônica. Este não é o momento mais apropriado da minha vida para ser escrupuloso em relação a detalhes. Este é o momento em que preciso lutar para sobreviver.

Para ser honesto, descrever Blu como secretária também é uma espécie de exagero. Apesar de ser quase desprovida de talentos, ela tem direito a um salário e a uma cadeira muito confortável, na qual pode se sentar e ler a *Vogue* e catálogos de lojas de decoração. Como posso descrevê-la? Ela é a filha bastarda da Marilyn Monroe com alguém que não fala inglês muito bem. Talvez o Tarzan. Seu cabelo — neste momento, louro-escuro com mechas mais claras, embora esteja sempre mudando — envolve um rosto de misteriosa simetria. A forma como a curva suave de suas costas se encontra com a curva do seu traseiro é capaz de deixar um homem de joelhos. Mas só um par de joelhos é essencial para a sobrevivência do Jack Hammond e Associados, e este pertence a Sammy Liston, oficial de gabinete do juiz Thomas Odom.

As palavras que me permitem pagar três dólares acima do salário mínimo à bela senhorita McClendon são as seguintes: "Se não puder pagar por um advogado, o tribunal lhe designará um." Embora, em Atlanta, as oportunidades sejam iguais no que diz respeito às drogas, no sistema penal as coisas são diferentes. A justiça é especializada em acusar negros de baixa renda. Como o tribunal do juiz Thomas Odom — o mesmo poço onde afundei minha carreira, outrora admirável — está sobrecarregado de casos desse tipo, o bom magistrado é forçado, várias vezes por dia, a proferir as belas palavras que pagam meu aluguel. As escolhas ficam aos cuidados de Sammy Liston, seu assistente de confiança, dono de um amor não-correspondido pela minha secretária. Eu e Sammy temos um acerto: permaneço sempre disponível, mantenho uma predisposição a aceitar os acordos legais e finjo acreditar quando ele me diz que tem uma chance com Blu. O amor de Sammy por ela o consome por inteiro, mas é tristemente não-correspondido e completamente sem esperança. Blu McClendon não sairia com Sammy nem depois de um holocausto nuclear. Como recompensa por ignorar esse fato, fico livre de ter de estampar meu rosto em paradas de ônibus e nunca vou precisar de um telefone fácil de se lembrar. Vou falar sinceramente: quando o telefone toca no Jack Hammond e Associados, torço sempre para que seja o Sammy. Uma ligação do Sammy significa, em média, quinhentos dólares.

Por volta das dez da manhã de um dia qualquer de maio, quente como se já fosse verão, o telefone tocou. Blu virou seu torso perfeito e disse:

— É o Sammy, lá do tribunal.

Abri os olhos, deixei minhas lembranças para trás e voltei à realidade.

— Nossa entrega habitual de ração do governo — comentei, antes de atender o telefone. — Sammy? Me dê uma boa notícia, amigo. A companhia de eletricidade está atrás de mim.

Fora o fato de Blu achar que sua cara parecia com a de um cavalo, eu não tinha segredos para o oficial do juiz Thomas Odom. Liston respondeu em seu sotaque do sul:

— Soube da notícia?

— Notícia?

— Então não está sabendo. Um de seus clientes. Na verdade, agora é uma espécie de ex-cliente. Ele está morto.

Tenho um mantra que repito para mim mesmo ao receber notícias desse tipo. Ultimamente, recorri a ele com mais freqüência do que gostaria. *Fique calmo, Jack. Deixe passar.*

— Quem é? — perguntei.

— Você não vai gostar de saber.

— Está sugerindo que eu não me importaria se alguns de meus clientes aparecessem mortos?

— Se a maioria dos seus clientes estivesse morta, o sistema judiciário inteiro ficaria muito agradecido.

— Estou esperando.

— Doug Townsend. Ele teve uma recaída, das graves, e acabou numa overdose.

E, assim, a ironia que define minha vida avança um nível. Doug Townsend, a razão de eu ter me tornado advogado, está morto.

— Overdose? — perguntei. — Está sugerindo que ele estava tentando se matar?

— Quem sabe? Sabe como funciona, Jack. Depois de um tempo, o corpo perde o costume, e eles não conseguem agüentar o tranco.

— Falei com o oficial de condicional dele há três dias, Sammy. O cara estava ótimo.

— Sinto muito, Jack.

— Certo.

— Escute, Jack, o chefe quer saber se você pode ir à casa de Townsend.

— Para fazer o quê?

— Dar uma olhada nas coisas dele. Ver se há bens para um inventário.

— Alguém da família vai aparecer? Sei que ele tem uma prima em Phoenix.

— Acabei de falar com ela. Não quer saber de nada.

— Que amável.

— O que posso dizer? Quando se é uma ovelha negra, a família some.

— Tudo bem, talvez haja alguma coisa que eu possa recuperar. Vou me lembrar de mandar para a querida prima dele, que não pode se dar ao trabalho de pegar um avião e enterrar um parente.

— Eles provavelmente nem eram próximos, Jack. O cara é um drogado.

— Era um drogado, Sammy. Era.

— Dê uma passada no tribunal para pegar uma chave. E preste atenção, Jack, tome cuidado por lá. Não é uma vizinhança muito familiar.

Era uma forma delicada de descrever o lugar. Townsend seguira o caminho habitual: afundara-se para pagar pelo vício e acabara num apartamento de merda, num prédio chamado Jefferson Arms.

— Sei disso, Sammy. Manterei contato.

UMA MORTE FÚTIL e sem sentido para Doug Townsend era algo cercado de ironia. Dez anos antes, ele fizera a coisa mais corajosa que eu já testemunhara. Nós nos conhecemos na faculdade — eu era calouro e ele estava no último ano — por meio do serviço de tutores do campus. Doug me ajudou com cálculo, uma matéria para a qual eu tinha pouca aptidão e ainda menos interesse. Mas, como era um mal necessário, resolvi me dedicar. Andávamos muito ocupados naquela época: eu me esforçando para superar as matérias iniciais conhecidas pelas reprovações e Doug, três anos mais velho, com as suas aulas de informática. Por isso, costumávamos nos encontrar tarde, por volta das dez da noite.

Doug me confidenciara que, em seu primeiro ano na faculdade, tentara se juntar a todas as fraternidades do campus, mas sempre fora rejeitado. No convívio social, ele era muito ansioso e maravilhado, o que o condenou ao isolamento. Era harmonioso como uma porta e desajeitado como um pássaro manco. Porém, em algumas poucas áreas, conseguia ser brilhante. A principal era a informática. Ele adorava computadores. Nutria uma veneração por eles e vivia abrindo os gabinetes para ter acesso às peças internas. As máquinas, para Doug, faziam papel de amigo, amante e salvador. Ainda bem que era assim, pois seus amigos humanos podiam ser contados nos dedos de uma única mão.

Uma noite, bem tarde, depois que Doug finalmente conseguira me explicar a diferença entre retas tangentes e secantes, caminhávamos juntos pelo campus, a caminho dos dormitórios. Eu olhava para o chão, tentando compreender o que ele dizia, quando Doug disparou à minha frente. Ele vira — e eu não — uma garota desaparecer contra a vontade por entre os arbustos que ladeavam o caminho. Enquanto eu tentava entender o que estava acontecendo, Doug pulava com seus sessenta quilos sobre o mato, emitindo um grito agudo capaz de enrijecer os músculos de uma pessoa. Ele agitava os braços e as pernas, sem muita técnica, mas mesmo assim era impressionante.

Dois garotões de fraternidade estavam com a menina nos arbustos. Em circunstâncias normais, precisariam de uns dez segundos para acabar com Doug Townsend; como estavam bêbados, levaram doze. Quando cheguei ao local — e juro que eu estava dando o máximo — Doug já levara uma quantidade razoável de golpes.

Derrubei um dos garotões com uma direita e, ao me virar para checar a situação, vi Doug levar um soco no lado da cabeça. No lugar do impacto, ele tinha um sorriso estranho, quase alheio, como se fosse um bebê nos braços da mãe. Houve o barulho dos ossos se chocando, o sorriso satisfeito e sereno, e Doug finalmente caiu aos pés do seu adversário. Este, em seguida, curvou-se, vomitou nas plantas e desmaiou, poupando-me do trabalho de terminar o serviço.

A garota estava tão bêbada quanto os rapazes. Ela rastejou de volta até o caminho, num movimento embriagado, andando de quatro como um caranguejo. E finalmente caiu. Tentei ajudá-la, mas ela recusou, levantando-se sozinha. Murmurou algo incompreensível e foi vacilando para a área dos dormitórios. Em tese, eu deveria tê-la acompanhado, porém não foi isso que fiz. Doug Townsend, o herói esquecido e ferido, grunhia aos meus pés — e, entre os dois, eu sabia quem acabaria ajudando.

Não houve qualquer acusação formal: a garota livrou os caras, o que não me causou surpresa alguma. Mas aquela noite foi um marco para mim. Foi a primeira vez que preocupações de adulto entraram na minha jovem mente. Foi o momento em que a adolescência acabou, e eu descobri que algumas coisas eram realmente importantes e que valia a pena lutar por elas. Naquela noite, deixei a cidade de Dothan e o colégio para trás. Percebi que, se havia valentões, garotas bêbadas e pessoas fracas e corajosas como Doug Townsend no mundo, também havia graves injustiças que precisavam ser corrigidas. Num ataque de arrogância que me deixa assustado só de lembrar, decidi, naquele lugar e momento exatos, ser um advogado. E venho tentando salvar as pessoas desde então.

Continuei amigo de Doug durante seu último ano, mas perdemos contato depois que ele se formou. Esforcei-me ao máximo no curso de preparação, depois fiz a faculdade de direito e acabei em Atlanta. Eu praticamente o esquecera quando, do nada, ele me ligou. Parecia mudado — agitado, como se tivesse tomado muito café —, mas o fato é que muito tempo se passara, e eu mesmo também estava diferente. Combinamos um almoço. O homem que entrou no restaurante naquele dia era uma casca — um frágil invólucro de pele que mal podia conter uma alma humana. Graças à minha nova e inglória área de atuação, não precisei de muito tempo para perceber o problema: Doug Townsend se tornara um viciado. Pela sua agitação e pelas roupas que vestia, tratava-se de algum tipo de estimulante.

Minha primeira pergunta foi como, e ele se recusou a responder. Havia problemas mais urgentes: Doug fora detido. O juiz fixara a fiança em dois mil dólares. Para pagar os dez por cento que lhe permitiram sair com um fiador, ele gastara todo seu dinheiro. Não tinha como pagar um advogado, mas mesmo assim aceitei defendê-lo. Afinal, por sua causa eu seguira aquela carreira.

Por se tratar de um réu primário, pedi um acordo, como fazia com a maioria dos meus clientes. Ele passou um tempo preso, teve de ouvir um sermão e pronto. É claro que nada disso serviu para reduzir seu consumo de metanfetaminas. Ele reincidiu uma vez, outra e já corria risco de passar uma bela temporada na prisão. Porém, alguns meses depois, tudo mudou. Ele chegara ao fundo do poço, e depois de se ver fazendo, pensando e sentindo coisas que antes lhe pareciam inimagináveis, decidiu que queria continuar vivo. As semanas se passaram e sua determinação se tornava cada vez mais firme. Nas últimas vezes que o vi, parecia ter voltado ao que fora antes: cheio de sonhos e de otimismo. Agora, inexplicavelmente, estava morto.

Pensei nisso tudo enquanto atravessava Atlanta em direção ao apartamento de Doug. Peguei a I-75, prestando atenção para não perder a saída para a Crane Street. Se perder a saída, você e seu carro até então valioso acabarão num dos maiores projetos habitacionais do Sudeste americano: o conjunto McDaniel Glen. Peguei a saída e fiquei observando o Glen — como seus pobres moradores o chamam — enquanto seguia para o sul. Eu já estivera ali com um policial, procurando por testemunhas para um caso de drogas. Mas nunca ia lá sem uma boa razão.

O apartamento de Townsend ficava apenas dois quarteirões depois do Glen, o que dá uma boa idéia da posição que ocupa na escala de desejo das pessoas. O lugar chamava-se Jefferson Arms, mas não se parecia em nada com a mansão de Thomas Jefferson. Era uma construção decadente de dois andares, feita de tijolo, e a fila de carros ferrados parados em frente à plena luz do dia indicava que o seguro-desemprego pagava boa parte dos aluguéis. Entretanto, mesmo no Arms, havia apartamentos melhores e piores. Townsend me contara como conseguira um apartamento de dois quartos, de canto, arranjando uma conexão clandestina de TV a cabo para o administrador. Obtinha-se muita coisa na economia do mercado negro quando se possuía os talentos necessários.

Estacionei o carro e dei uma olhada ao redor. Doug se afastara bastante do estudante cheio de sonhos que eu tinha na memória. Ele tentara e fracassara em alguns pequenos negócios de informática; seus maus hábitos comprometiam qualquer chance de sucesso. Imaginei-o enfrentando seus demônios, lutando contra a compulsão e finalmente desistindo. Podia vê-lo saindo para comprar ou, pior ainda, revelando o estoque que mantinha em segredo. Imaginei-o argumentando consigo mesmo, tentando justificar seus atos, iludindo-se. Depois, o baque, a surpresa terrível, o esforço para respirar.

Saí do carro e subi as escadas até o apartamento de Doug. Diante da porta, respirei fundo e enfiei a chave. Penetrei naquele espaço estático e silencioso de um homem morto. Olhei em torno cautelosamente. A primeira coisa em que reparei foi a limpeza do lugar. A polícia costumava deixar o local num estado pior do que o encontrara, mas o apartamento de Doug estava imaculado. Havia um quê de provocação naquilo, principalmente pela proximidade do caos do Glen. Podia ver Doug arrumando as revistas sobre a mesa, pouco antes de chegar à conclusão de que não conseguiria viver nem mais um segundo sem a metanfetamina.

Os móveis eram previsivelmente velhos: um sofá, duas cadeiras e uma mesinha. Abri as pequenas cortinas, daquele modelo padrão para apartamentos. O ar-condicionado ligou sozinho, provavelmente em reação à corrente de ar quente que entrara quando abri a porta. Eu teria de desligar a eletricidade — um dos pequenos detalhes dos quais ninguém se lembra quando uma pessoa solitária morre. Luz, telefone, TV a cabo, assinaturas de revistas, tudo seguindo seu caminho, na ignorância, supondo que o corpo de Doug Townsend continuava quente, cheio de fluidos em circulação, sonhando com planos de negócios para sua pequena empresa.

Fui até a cozinha. Vi três pratos e alguns talheres no escorredor. Abri o armário: cereais, macarrão instantâneo, cuscuz. Fazia sentido para Townsend, que, como outros viciados em computador, tinha um corpo franzino. Andei pelo resto do apartamento acendendo todas as luzes. O primeiro quarto, razoavelmente grande, também servia de escritório. A cama não tinha cabeceira, mas estava arrumada. Na extremidade oposta, havia uma escrivaninha com um computador, um gaveteiro e alguns telefones. Supus que as linhas não estavam no banco de dados da companhia telefônica; se estivessem, eram pagas por alguma empresa que nunca ouvira falar de Townsend. Já conversáramos sobre invasões de sistemas. Townsend não demonstrara muito interesse, mas, como disse, ele tinha talentos.

Abri o gaveteiro e passei os olhos nos nomes dos projetos. Eu sabia que Townsend andava ocupado. Como parte da defesa, discutíramos suas perspectivas de negócios detalhadamente. Townsend era um típico nerd, das camisas de botão aos óculos de armação preta. Uma vez, ele me contou que era capaz de escrever códigos de programação como se estivesse assobiando uma música, quase no improviso. Como era de se prever, havia muitas pastas; abri algumas aleatoriamente. A maioria continha papelada relacionada a possíveis empregos. Nada emocionante: personalização de bancos de dados, administração de rede numa pequena empresa. Townsend poderia fazer um bom trabalho para uma empresa que cuidasse dos negócios e o deixasse livre para criar. Mas seu único sonho era uma grande jogada; queria pensar em algo revolucionário que pudesse resultar numa oferta pública de ações.

Os viciados têm recaídas. Acontece todo dia. Mas, depois de dois anos defendendo drogados, eu possuía um sexto sentido quase infalível para aquilo. Não sou só eu. Todos que trabalham na vara do juiz Odom desenvolvem essa capacidade. Pensamos: *Esse cara está perdido? Ou um dia verá isso tudo como uma fase negra, na segu-*

rança e no conforto do outro lado? Consigo ver a resposta nos olhos do acusado, na postura, em sua alma doente e irreparável. O juiz Odom, com certeza, também conseguia ver. Ele fazia o máximo para se agarrar a um fio de humanidade — uma tarefa considerável para alguém que passa oito horas por dia despachando as pessoas para o inferno. Mas a verdade era que, no caso de alguns acusados, ele e todas as outras pessoas sabiam que apenas se adiava o inevitável. Talvez até nisso exista certo valor.

Doug Townsend mantinha-se do lado da vida com tanta firmeza quanto qualquer pessoa que eu tivesse conhecido. Para começar, era apaixonado por algo além das drogas, e isso era um ingrediente essencial à sua sobrevivência. Ele falava sobre computadores como Sammy Liston falava sobre Blu McClendon. Eu costumava convidar Doug para um café só para ouvi-lo falar sobre como seria o futuro. Ele vislumbrava um mundo em que os computadores estariam em toda parte, até dentro das pessoas, curando os enfermos e rejuvenescendo os idosos.

Afastei a lembrança para atravessar o resto da sala até o último ambiente: o quarto dos fundos. Ao abrir a porta, gelei. A parede diante de mim estava coberta de fotografias de uma mulher. Entrei, atraído pelas imagens. Era uma mulher negra, de quase trinta anos e incrivelmente bonita. *Que merda é essa?* As fotos variavam. Algumas eram trabalho de profissional; outras, recortes de revistas e jornais. De início, pensei que se tratasse de uma atriz, já que várias fotos pareciam tiradas no palco, com a mulher trajando uma variedade de figurinos detalhados. Mas havia uma foto apenas do rosto, que trazia algo escrito embaixo: *Michele Sonnier, meio-soprano.* Fiquei observando a foto, pensativo. *Michele Sonnier. Parece um nome francês, da alta sociedade. Ou talvez seja um nome artístico.*

Distanciei-me das fotos para examinar o resto do quarto. Havia uma cama, uma pequena cômoda e uma mesa velha de madeira com uma cadeira. Puxei-a para me sentar. Havia alguns papéis sobre a escrivaninha: na maior parte, idéias de negócios, além de algumas folhas impressas de algo que parecia ser código de programação. Para minha surpresa, também havia um porta-retrato com a foto de uma mulher numa pose descontraída, cheia de gente no fundo. Ela estava sorrindo, mas não estava claro se era para o fotógrafo. Procurei uma legenda e não encontrei nada. Tentei me lembrar do rosto e nada. *Se você conhecesse essa mulher,* disse a mim mesmo, *certamente se lembraria dela.* Botei o porta-retrato no lugar e abri a gaveta principal da escrivaninha. Ali, encontrei os usuais clipes, elásticos e canetas. No lado esquerdo, havia mais três gavetas. A primeira continha papéis sem importância; a segunda estava praticamente vazia. Abri a terceira — um pouco mais funda do que as outras — e vi que estava quase cheia. Na parte de cima, encontrei uma pilha de papéis retangulares presos com elásticos. Peguei o pacote e soltei os elásticos. *Passagens de avião. Muitas delas.*

Espalhei as passagens sobre a mesa. *Baltimore. Nova York. Miami. São Francisco.* Contei os bilhetes e recostei, impressionado. Townsend fizera mais de vinte viagens no último ano e pagara todas em dinheiro. Depois de tanto tempo como seu advogado, eu tinha um conhecimento considerável de suas finanças e sabia que, basicamente, elas se reduziam a nada. *O que é tudo isso? E como ele pagou?*

Estiquei o braço para puxar o resto dos papéis de dentro da gaveta. No topo, havia pelo menos mais vinte fotos de Sonnier; como as outras, de origens diferentes. Examinei o restante: mais Sonnier por toda parte. Embaixo das fotos, encontrei recortes de jornal e críticas de atuação, quase todas positivas. No meio, havia alguns programas de espetáculos, todos aparentemente inéditos. Olhei de volta para as passagens, fazendo o cálculo mental do custo. *Talvez o cara estivesse roubando para* isso, *e não para comprar metanfetaminas. Talvez ela fosse sua verdadeira droga.* No fim, percebi que estava vendo material repetido; não satisfeito com uma única fotografia, Townsend reunira diversas cópias de cada. Enfiei as passagens e as fotos na minha valise e me levantei. *Isso está muito além de ser um simples fã.. Com certeza é um tipo de obsessão.*

Carreguei os equipamentos de informática — os únicos objetos de valor evidente — até o porta-malas do carro. Conhecendo Doug, sabia que só um especialista conseguiria descobrir o que havia dentro do computador, e eu não tinha aquele tipo de talento. Voltei ao apartamento e fiquei parado na porta, dando uma última olhada. *Ópera. Música de gente rica.* Relacionar aquele mundo ao de Doug Townsend era um problema que eu não fazia idéia de como solucionar. Tranquei a porta sabendo que era um cuidado inútil. Não levaria muito tempo até que percebessem que Townsend não voltaria. O destino do apartamento era ser saqueado.

Retornei ao carro e iniciei o trajeto de volta à cidade. *Possível suicídio.* Era o que Sammy lera no relatório da polícia. A hipótese me fez voltar a pensar em por que Doug escolheria justamente aquele momento para jogar sua vida fora. Por mais que me esforçasse, não conseguia ver sentido naquilo.

O FATO É O SEGUINTE: metade dos policias é desonesta. Não estou dizendo que eles sejam totalmente desonestos, apenas que têm pequenos desvios de conduta. Também não os estou julgando. E posso até contar quem me passou a estimativa de cinqüenta por cento: um policial. A questão é que eles são tão mal pagos que a maior parte trabalha nas horas vagas como segurança para pagar as contas. Digamos que você seja jovem, com alguns empréstimos estudantis a pagar, e possa escolher entre passar cem horas cuidando do estacionamento de um bar cheio de arruaceiros à noite e pegar os dois mil dólares em dinheiro vivo que estão dando sopa na boca de fumo que você acabou de estourar. Como costumam dizer, é só fazer as contas.

Isso também não significa que não existam bons policiais. Billy Little, que cuidava da papelada da morte de Doug, era um destes.

Confio tanto nele que seria capaz de lhe servir duas doses de uísque, dizer que transei com a mãe dele, entregar-lhe uma arma carregada e depois implorar que atirasse em mim. Billy Little joga de acordo com as regras.

Não se engane por causa do nome. Ele é samoano — de cabelo preto e rosto ligeiramente largo —, mede 1,90 m e pesa mais de 100 quilos, com um índice de gordura de seis por cento. É capaz de dominar um homem comum enquanto come um sanduíche tranqüilamente. Ele começara na periferia, no grupamento de patrulha em bicicletas. É incrível que policiais percorram lugares descomunais em cima de bicicletas. Ao menos de dia. Dessa forma, conseguem entrar em vielas que nunca poderiam ser percorridas de carro. Depois de cerca de três anos, Billy completou o curso noturno na faculdade, recebendo um diploma em administração, e foi promovido a tenente. Tornou-se detetive quatro anos depois. Tinha uns 30 anos e, pelo que eu sabia, conhecia o tráfico de drogas em Atlanta melhor do que qualquer outra pessoa no departamento. Ele era o cara.

Billy trabalhava na sede da polícia de Atlanta, no prédio leste da prefeitura, para onde eu segui depois que deixei o apartamento de Townsend. Ele estava sempre impecável e, ao encontrá-lo para tratar do caso, não houve surpresa. Billy parecia pronto para um teste de vídeo. Vestia calça social bem passada, camisa pólo verde e sapatos de couro marrons. Como era de se esperar, estava coberto de papelada até o pescoço. Quando entrei em sua sala, ele olhou para cima e sorriu:

— O que o traz até a favela, Jack? — perguntou.

Apertei sua mão e me sentei na cadeira diante da mesa.

— Sammy Liston me contou que você está cuidando do caso de Doug Townsend. Há alguma coisa diferente que possa me interessar?

— Além do fato de ele estar morto?

— Townsend era um amigo.

O sorriso sumiu do rosto de Billy.

— Sinto muito, Jack. Não sabia. Vocês eram próximos?

— Éramos amigos na faculdade. Perdemos o contato até pouco tempo atrás. A vida dele seguiu por um caminho errado, e ele precisou de um advogado.

— Então você o representava?

— Sim.

Billy assentiu.

— Bem, ainda é um dado provisório, mas parece que ele se suicidou.

Enfiei a mão no bolso e tirei a foto de Michele Sonnier.

— Isso diz alguma coisa?

Billy deu uma olhada na fotografia.

— É, ouvi falar disso. Parece que havia muitas fotos.

— Você a conhece?

— A moça é cantora de ópera. Aparentemente tem destaque no mundo da música. Também é a mulher de Charles Ralston.

Olhei para ele, surpreso.

— Charles Milionário Ralston?

— Não. Charles Multimilionário Ralston. Ele mesmo.

— Não brinca.

Fiquei observando a foto. Ralston, fundador e executivo-chefe da Farmacêuticos Horizn, era um símbolo do novo sul afro-americano. Ele fugia de qualquer estereótipo: cientista com educação de primeira linha, orador impressionante e homem de negócios brilhante e duro na queda. E tinha a mesma determinação para resolver os problemas sociais de Atlanta, mesmo quando tal postura o envolvia em polêmicas. Fora praticamente santificado pelos ativistas da paz e da justiça ao instituir — e, no fim das contas, pagar com dinheiro do próprio bolso por não conseguir apoio de ninguém corajoso o bastante na prefeitura — um programa de fornecimento de seringas na periferia de Atlanta. Levando-se em conta que fizera fortuna ao desenvolver um tratamento para a hepatite, não havia muito como questionar se seus motivos eram nobres ou não. Cada viciado que salvava lhe custava um paciente em potencial, e aquele não era o tipo de atitude que se esperava de companhias farmacêuticas. Sem se contentar com seus milhões — o tipo de dinheiro suficiente para a maioria das pessoas — ele se preparava para abrir o capital da companhia e sair com quase um bilhão nas mãos. Todas as pessoas decentes do mundo dos negócios em Atlanta torciam para que Ralston vendesse a empresa, simplesmente porque ele possuía um histórico admirável de reinvestir na vida cultural e social da cidade. Billy me olhava desconfiado.

— Então, o que a mulher dele tem a ver com Doug Townsend?

— Havia fotos dela por todo o apartamento. — Peguei as passagens de avião e as joguei sobre a mesa de Billy. — Isto estava numa gaveta. Havia umas vinte passagens.

Billy examinou as passagens por um instante e depois olhou de volta para mim.

— Isto não foi mencionado no relatório.

— Me diga uma coisa, detetive. Só para variar, conseguiria que seu pessoal se importasse o mínimo que seja com as pessoas pobres desta cidade? Sabe, investigar alguma coisa para valer?

— Não começa, Jack. A cidade está falida. Faço tudo que posso.

Deixei o assunto para lá por respeito ao Billy.

— As viagens coincidem com a agenda de apresentações dela — contei. — E as passagens foram todas pagas em dinheiro.

Billy batucou na mesa com os dedos.

— Parece que era um fã.

— Pode-se dizer que sim. Montou um oratório para a Santa Sonnier.

— Minha filha tem quatro fotos de um grupo de rap na parede.

— Peraí, Billy. Isto é bem diferente.

Billy recostou-se na cadeira, pensando no assunto.

— Está insinuando que seu amigo talvez a estivesse assediando? Tentando se aproximar mais do que devia?

Pensei um pouco naquilo e me lembrei de Doug apanhando de valentões ao tentar proteger uma garota.

— Improvável. Não condiz com a personalidade dele.

— Certo. Então, a não ser que haja algo ilegal, não é problema meu. As pessoas têm paixões estranhas.

Continuei pensando naquilo.

— O que a patologia disse?

— Os paramédicos realizaram um teste com Valtox na cena do crime e confirmaram a causa da morte. O legista de plantão apareceu e não viu razão para questionar o resultado.

— E assim concluímos que foi suicídio?

— Não, o relatório formal da vitimologia que receberemos em cerca de uma semana concluirá que foi suicídio. Acredite ou não, temos mesmo procedimentos para esse tipo de coisa.

— Até lá ele fica no necrotério?

— Seguraremos o corpo até um parecer final. Mas escute, Jack, eu já vi o preliminar. Havia depressão e histórico de uso de drogas. Havia o negócio fracassado e nenhuma vida social aparente. Sinceramente, não havia muita razão para se continuar vivendo.

— Não acharam um bilhete de despedida?

— Isso é um mito. Os bilhetes de despedida são raros. É mais provável que seja um caso de MPE.

— MPE?

— Morte por estupidez. Em outras palavras, acidental. Acontece a toda hora. — Billy abriu um arquivo e procurou o relatório dos paramédicos. — Nenhuma evidência de emboscada ou de lesão corporal. Sem registro de arrombamento, móveis fora do lugar ou objetos de valor roubados. Portanto, é claro que vamos nos esforçar, mas, a não ser que possa estabelecer uma relação entre essas passagens e a morte do seu amigo, eu diria que você voltou à estaca zero.

— Vocês coletaram algum material na cena do crime? Papéis ou qualquer outra coisa?

— Deixe-me ver. — Billy continuou folheando os documentos da pasta. — Sim, algumas coisas. O material da droga, claro. Mas papéis... ah, sim, um caderno. Estava no chão, à direita do corpo.

— O que está escrito nele?

— Todo em branco, à exceção de uma página.

Ele tirou um caderno vagabundo de dentro de um saco plástico. Abriu-o e mostrou a primeira página. Havia três letras quase no alto.

— O que é isso? — perguntei.

— LAX. Aeroporto de Los Angeles. Faz sentido, se considerarmos a quantidade de vôos que ele andava pegando.

Olhei as letras, tentando raciocinar.

— Quem quer que tenha escrito isso não tinha a letra mais caprichada do mundo. É um garrancho horrível — comentei.

— É, eu sei.

— Então vai seguir essa linha?

— Seguir o quê? Da última vez que verifiquei, o aeroporto continuava por lá. — Billy olhou para mim com um ar solidário. — Se o parecer final da vitimologia apontar alguma coisa, você será o primeiro a saber. — Ele se levantou. — Vamos tomar uma cerveja uma hora dessas, combinado? Quem sabe lá no Fado's?

Eu também me levantei.

— É, vamos, sim — respondi. Comecei a andar na direção da porta, mas me virei antes de sair. — Você disse que acharam material da droga. Que tipo de material?

Billy mexeu na pasta novamente.

— Parece que o material de sempre. Alguns frascos, uma agulha...

Fiquei paralisado. Townsend me dissera várias vezes: ele nunca se espetara na vida.

— O que disse?

— Uma agulha — repetiu ele.

— Deve haver algum erro. Doug tinha pavor de agulhas. Ele me contou pessoalmente. Para ser mais exato, contou uma centena de vezes.

— Muita gente supera essas coisas quando se torna viciada — disse Billy, sem dar importância. — De qualquer maneira, talvez ele só tenha conseguido esse tipo de droga.

— Ele morava a um quarteirão do Glen, Billy. Podia simplesmente botar a cabeça para fora da janela e gritar: "Drogas, por favor".

— Olhe, não estou duvidando, mas o fato é que encontramos o cara com um buraco no braço e uma agulha.

Balancei a cabeça.

— É uma espécie de fobia, Billy. Se um cara quer se matar, não vai escolher esse exato momento para superar um medo que teve durante toda a vida. Além disso, Doug era viciado em metanfetaminas. Ele não precisava injetar isso, convenhamos.

Naquele instante Billy Little olhou para mim e disse quatro palavras que mudaram tudo:

— Quem falou em metanfetaminas?

CAPÍTULO 3

— **D**UAS COISAS PODEM LEVAR um homem a assumir um compromisso.

Sammy Liston, oficial da vara do juiz Thomas Odom, degustava um belo bife, o que sempre o deixava de bom humor. Ele ainda não estava seriamente embriagado, estado em que seu cérebro se tornava inoperante; encontrava-se no estágio intermediário, o que o deixava apenas filosófico. Naquele instante, explicava por que eu devia continuar em cima da morte de Doug Townsend.

— Em primeiro lugar, a intuição — prosseguiu ele.

— Quer dizer, algo como "No momento em que a vi, sabia que tinha sido feita para mim"?

— Não, estou falando de algo como "No momento em que a vi, sabia que aquela picape tinha sido feita para mim". Ou um cachorro.

— E a segunda coisa, qual é?

— Ahn?

— Você disse que eram duas coisas.

Sammy cortou um pedaço perfeito de filé mignon e segurou o garfo contra a luz.

— Bife. É o que tem para jantar.

— Sammy.

— Ah, claro. Lealdade, Jack. O código de honra.

— Coisa de homem. Alguém mexe com seu amigo, e você tem de tomar uma atitude.

— Isso aí. — Sammy botou a carne na boca e mastigou lentamente, apreciando o sabor. De repente, sua expressão ficou séria. Engoliu a carne com um gole de Seagram's. — Mas como você sabe que mexeram com ele? O cara era um viciado. Coisas ruins acontecem.

— Era fentanil, Sammy. Fentanil.

Sammy deu um assobio.

— Não brinca. Não sabia disso. — Ele deu outra garfada. — O que é fentanil?

O problema do álcool — e falo com uma experiência pessoal considerável — é que ele faz as pessoas se sentirem mais espertas quando, na verdade, estão sofrendo o efeito contrário.

— Fentanil é um símbolo do momento em que a capacidade de ser ganancioso e a falta de consideração pela vida humana atingiram o auge. Um farmacêutico descobriu que, mudando sutilmente a estrutura molecular da morfina, poderia produzir algo quatrocentas vezes mais forte. É tão forte que só existe um uso legal para a substância: como anestésico.

— Caramba. Quer dizer que a pessoa simplesmente apaga?

— Isso. Acontece que depois alguns filhos da mãe começaram a suavizá-lo para uso recreativo. Sabe como é, foram brincando com as características. E eles conseguiram um negócio bem suave, em todos os sentidos. Sem aspectos negativos. A droga perfeita, principalmente porque ninguém precisava lidar com o pessoal agressivo da América do Sul para conseguir matéria-prima.

— Aqueles que o matam se você os aborrece — disse Sammy.

— Esses mesmo.

Sammy deu de ombros.

— Porém...

Ele se referia à única lei imutável da farmacologia: sempre há um "porém". Não importa quão perfeita uma droga seja; é inevitável que exista algo negativo. É como se Deus tivesse determinado que o prazer e a dor devem ser mantidos num equilíbrio cósmico. Quanto mais uma droga faz o usuário se sentir bem, maior é a certeza de que ele será esmagado no fim da história.

— Porém — comecei a explicar — o fentanil é tão potente que uma dose típica não pesa mais do que o equivalente a um selo. É quase impossível dividi-lo com precisão, principalmente quando o encarregado do serviço também é viciado. E, se você toma demais, o resultado é o pior de todos.

— A morte?

— Se você ingerir o suficiente. Na maior parte das vezes, só faz você desejar que estivesse morto.

— O que isso quer dizer?

— Ele provoca imediatamente um quadro de mal de Parkinson em estágio avançado.

Sammy ficou olhando para mim.

— Meu Deus, Jack. Está falando sério? Isso é uma espécie de lenda urbana, não é? Uma história que se conta por aí.

Fiz que não com a cabeça.

— Billy Little me explicou tudo. As pessoas estão brincando com os elementos do Universo, Sammy, com as forças cósmicas. Elas entram em laboratórios e produzem coisas que o corpo humano nunca conheceu. A situação está saindo do controle.

— Tudo bem, Jack, mas peraí... Parkinson?

Confirmei com um gesto.

— Todos aqueles tiques e tremores, a perda de controle das funções do corpo. Tudo. Ninguém sabe explicar como, exceto, talvez, o desgraçado que inventou o negócio.

— Que merda.

— Não é só isso.

— Tem mais? Pelo amor de Deus, Jack.

— Não dá para distinguir o fentanil da heroína só de olhar.

— Parece heroína?

— Não parece heroína. É *exatamente* igual à heroína. Mas é de quatrocentas a seiscentas vezes mais potente.

— Então, se você achar que...

— Se você achar que é heroína, a história acaba antes mesmo de você esvaziar a seringa hipodérmica. Billy me contou que já viu pessoalmente corpos muito rígidos, ainda com a agulha enfiada no braço.

— Acha que foi isso que houve com Townsend?

Balancei a cabeça negativamente.

— Não acredito — respondi. — Ele nunca tinha usado heroína. Por que começaria agora? Doug havia mudado de vida. Estava limpo havia meses. E, além disso, tinha pavor de agulhas.

— O que quer dizer com isso?

— Estou dizendo que tinha um medo patológico de agulhas. Por isso, ninguém vai me convencer de que fez aquilo a si próprio.

Sammy pegou o copo de uísque. Ele observou, pensativo, o líquido âmbar, agitando-o diante da luz fraca do restaurante.

— Jack — disse em voz baixa —, sacanearam seu amigo.

Recostei-me na cadeira.

— Pode ter certeza disso.

CHEGUEI CEDO AO ESCRITÓRIO no dia seguinte, determinado a descobrir tudo que pudesse sobre os últimos dias de Doug. Para mim, a hipótese de suicídio intencional era praticamente secundária. Analisando a situação com um pouco de cuidado, conclui-se que ninguém consome fentanil se não tiver, em algum ponto de seu subconsciente perturbado, desejo de morrer. E, obcecado ou não, eu não acreditava que fosse o caso de Townsend. Não era especialista em tendências suicidas, mas Doug andava mais animado do que nunca nas últimas semanas em que eu o encontrara. Além do mais, eu entendia o bastante de depressão para saber que o maior obstáculo ao suicídio é o medo. Doug teria escolhido uma alternativa que não implicasse superar o medo de agulhas que nutrira a vida inteira, bem no momento em que precisaria reunir toda a coragem para acabar com a própria vida. Por isso, assim que cheguei ao escritório, sabia que tinha de descobrir mais sobre Michele Sonnier. Não que eu visse envolvimento dela na morte de Doug. Ela estava tão distante de coisas como fentanil e o Jefferson Arms quanto o perfume de velas aromáticas. Mas aquilo não mudava o fato de que ela era tudo de que eu dispunha.

Olhei para Blu, que se concentrava numa revista. Achei que seria injusto atrapalhá-la. Ela parecia plenamente satisfeita e tranqüila, ocupando a mente com as previsões do horóscopo e artigos como "Quando irmãs desejam o mesmo homem". Por um instante, eu estava decidido a permitir que continuasse a se distrair por dez dólares a hora. Parecia magnânimo, de certa forma, garantir a felicidade de uma pessoa por um preço tão pequeno. Mas, depois de um tempo, resolvi dizer:

— Blu, poderia fazer uma pesquisa para mim?

Minha secretária desviou o olhar da revista, exibindo seu cabelo brilhante e sua pele perfeita.

— Sobre o quê? — perguntou.

— Sobre uma cantora de ópera. Michele Sonnier.

Blu curvou um pouco a cabeça.

— Não consigo imaginar você na ópera.

Pisquei repetidas vezes para evitar encará-la. A verdade é que eu nunca seria capaz de dizer se ela era um gênio oculto ou uma folha em branco incrivelmente bonita. Às vezes, eu a imaginava saindo do escritório, acendendo um cigarro e dizendo a si mesma: *Caramba, eu fui genial hoje.*

— Tudo bem, onde você me imagina?

Blu contorceu o rosto, pensando. Mesmo deformado, ele era lindo.

— Você está mais para uma partida de beisebol — respondeu.

— Partida de beisebol.

— É. Comendo um cachorro-quente.

Mergulhamos novamente no silêncio. Blu, satisfeita com sua contribuição, voltou para a revista e virou a página. Observei-a por um instante, abri a boca para falar, mas dei de ombros e retornei à minha sala. Liguei o computador e digitei o nome de Sonnier num site de buscas. A página sumiu e, alguns segundos depois, apareceram os resultados: 639 ocorrências. *A Sra. Charles Ralston viaja mesmo.* Dei uma olhada nas descrições até achar o que supus ser o site oficial da cantora: MicheleSonnier.com. Cliquei no link e uma imagem dela começou a aparecer na tela. Era uma das fotos que eu vira no apartamento de Townsend. Sonnier num vestido longo ondulado, com detalhes em lamê, muito elegante. Desci até a biografia e comecei a ler. *Michele Sonnier é a voz feminina mais empolgante que surgiu no mundo da ópera nos últimos dez anos. Filha única de um médico e uma professora, demonstrou seu talento prodigioso ainda com pouca idade. Depois de se formar pela escola Juilliard, estreou vencendo a competição da Ópera Metropolitana de Nova York, aos 21 anos. O prêmio, um concerto solo no Carnegie Hall, deu início à sua renomada carreira. A estréia operística, um ano depois, com a Ópera de São Francisco, foi um sucesso. Apesar da idade, ela já interpretou papéis principais no Metropolitan, no La Scala e no Kirov. Numa recente turnê européia, foi comparada ao seu ídolo, Marilyn Horne.*

Junto com Ralston, eles formariam um casal bastante poderoso. O dinheiro de Ralston abriria as portas da nova elite social, enquanto os feitos artísticos de Sonnier abririam as portas da antiga. Entrei na seção de agenda do site. Examinei a lista de concertos daquele ano, comparando as datas às passagens encontradas no apartamento de Doug. *Dezessete de janeiro, Portland, Oregon.* Folheei os bilhetes, até achar um vôo da Northwest de Atlanta para Portland. Verifiquei o dia: *dezessete de janeiro.* Conferi várias outras datas.

Houvera duas apresentações em fevereiro: a primeira em Nova York, a segunda em Miami. Ambas correspondiam a passagens compradas por Townsend. Depois de confirmar algumas outras, recostei-me na cadeira. *Que merda é essa?* Olhei a agenda com as apresentações futuras de Sonnier. Uma data atraiu minha atenção em particular: *15 de junho, Ópera Cívica de Atlanta.* Faltavam quatro dias. Depois do concerto em Atlanta, haveria outras apresentações esparsas, mas todas ainda distantes. Liguei para o número de contato. Uma mulher de voz agradável atendeu com toda educação:

— Ópera de Atlanta.

— Haverá um concerto com Michele Sonnier nos próximos dias, certo?

— Sim, senhor. *Capuletos e Montéquios*, de Bellini.

Permaneci em silêncio por um momento.

— Como em Romeu e Julieta?

— Exato, senhor.

Pareceu promissor. Pelo menos eu conhecia a história.

— É em inglês? — perguntei.

Notei certo sofrimento na voz da mulher.

— Não, senhor. Em italiano, com legendas em inglês.

— Sonnier fará o papel de Julieta?

— A senhorita Sonnier fará o papel de Romeu.

Parei um momento, repetindo a frase mentalmente.

— Romeu?

— Isso mesmo, senhor. Ela faz um papel masculino. Em alguns enredos operísticos, papéis de homens são interpretados por mulheres. A ópera de Bellini é um deles.

Pensei no quanto eu não sabia a respeito de óperas e no pouco interesse que tinha em mudar a situação. Não sou contra a música de lamento, mas não entendo por que precisa ser de duzentos anos atrás. Uma fita antiga do John Prine e um carro com tanque cheio são suficientes para suprir minhas necessidades musicais.

— Quanto custa o ingresso? — perguntei. — O mais barato.

— Bem, os lugares mais baratos estão esgotados.

Aquilo podia ser um problema sério; eu mal conseguia sobreviver, afinal.

— E o que você ainda tem?

— Os lugares mais baratos que tenho custam quarenta e seis dólares.

Fiz algumas contas rápidas. Noventa e dois dólares, mais o estacionamento e o jantar, e a noite custaria uns duzentos dólares. Houve uma época em que gastar duzentos dólares numa noite era algo que eu fazia apenas para me lembrar de que podia. Aqueles dias nunca me pareceram tão distantes. Mas não bastava apenas assistir à ópera; eu queria um contato pessoal.

— A senhorita Sonnier vai dar autógrafos? — perguntei.

— Como, senhor?

— Se alguém quiser que ela assine o programa, ou quiser perguntar sobre óperas, esse tipo de coisa.

— Estamos oferecendo uma oportunidade especial para fãs verdadeiros da senhorita Sonnier.

— Qual é a oportunidade?

— O senhor é um verdadeiro fã da senhorita Sonnier?

Olhei para a tela e li em voz alta:

— A senhorita Sonnier é a voz feminina mais empolgante que surgiu no mundo da ópera nos últimos dez anos.

A voz pareceu satisfeita.

— Excelente. A senhorita Sonnier foi gentil e concordou em participar de um encontro fechado, depois do concerto, com um grupo seleto dos seus admiradores mais dedicados. É um jantar que visa a arrecadar fundos para a companhia de ópera. Serão servidos champanhe e aperitivos. Tenho certeza de que ela autografará seu programa.

— Quanto custa esse tipo de oportunidade?

— Duzentos e cinqüenta dólares por pessoa — respondeu a mulher. — Esse preço inclui um lugar nas primeiras filas para o concerto.

— Duzentos e cinqüenta. Cada.

— Correto.

Estive perto de agradecer à mulher e seguir em frente com minha vida. Se tivesse feito isso, tudo seria diferente. Uma vida pode mudar de rumo num momento. Mas eu acabara de descobrir que o que parecia ter sido a coisa mais importante na vida de Doug Townsend era uma mulher que eu sequer conhecia. De acordo com a agenda de Sonnier, ela não apareceria outra vez em Atlanta por pelo menos um ano. Tomei uma decisão rápida.

— Ei, vocês aceitam Visa?

A PRIMEIRA PROVIDÊNCIA a ser tomada era conseguir uma companhia. Eu precisava de um disfarce, de alguém que me ajudasse a me misturar nas rodas de conversa. Não se pode ir a um evento de ópera da alta sociedade sozinho. Naquela época, minha vida social resumia-se a tomar umas bebidas com Sammy Liston. O motivo de eu não ter saído com ninguém desde que perdera o emprego era simples: não havia nada na minha vida que eu precisasse manter mais sob controle do que aquilo. Eu aprendera a lição da maneira mais difícil. Externar meus sentimentos custara a duas pessoas tudo o que elas tinham.

Reparei na vastidão do cabelo louro que via descer pelas costas de Blu McClendon. *SemChance.com*, pensei. Ela seria perfeita. Jovem, deslumbrante e seguramente usaria o tipo de vestido que fazia as mulheres acima de quarenta terem saudade de seus dias melhores. Pensei numa garota que trabalhava no tribunal; não se sairia mal, mas faltava-lhe certa capacidade de impressionar... Voltei a olhar para Blu.

Embora fosse quase tão fascinado pela beleza de Blu McClendon quanto Sammy Liston, eu nunca tocara nela. No máximo, chamava-a de vez em quando de "gata" e "doçura" — nomes dignos de um homem das cavernas que ela aceitava com total altivez. O legal em Blu era que ela entendia aquele tipo de coisa. Chamar uma mulher de "gata" me mantinha vivo de certo modo, pois eu percebia que ainda era um homem, mesmo que recomeçando a vida. Apesar disso, convidá-la para sair era novidade. Seria estranho, não faria meu gênero. Eu não queria que ela entendesse mal. Embora nunca a tivesse visto com alguém, só podia imaginar que, não sendo rico, precisaria pelo menos ser um fisiculturista. É claro que, no fundo, eu também pensava que, se ela entendesse mal e apesar disso dissesse sim, a situação seria pior ainda. Um caso entre nós se transformaria numa novela, já no dia seguinte. Mas a verdade é que eu precisava dela. Minha experiência no Carthy, Williams e Douglas me ensinara que uma mulher como Blu era perfeita para quebrar o gelo. Você pode se aproximar de qualquer grupo de homens com a certeza de que eles abrirão seu pequeno círculo e, sorrindo, começarão imediatamente a pensar no que ela viu em você. Permaneci sentado por um tempo, tentando resolver o problema, até que vi o óbvio. Encontrei um modo de convidar a maravilhosa senhorita McClendon tão bem formulado que poderia ter saído do cinzel de Michelangelo.

— Blu, estaria interessada em conhecer um monte de homens ricos?

CAPÍTULO 4

NA VÉSPERA DO DIA DA ÓPERA, ocorreu-me de repente que uma recepção fechada com uma famosa diva provavelmente exigiria traje de gala. Graças a uma capacidade descontrolada de gastar desenvolvida durante minha passagem pela Carthy, Williams e Douglas, eu tinha um belo smoking da Hugo Boss, que usara exatamente duas vezes. Vesti-o e parei diante do espelho do meu quarto. Sempre me apresentei com elegância, o que é uma característica valiosa para um advogado. Alguns caras colocam um terno e continuam parecendo uma pessoa que acabou de chegar das férias. Mas nos corredores do Carthy, Williams e Douglas as opções eram ter boa apresentação ou dar o fora. No primeiro dia, resolvi que me vestiria como se nunca tivesse ouvido falar de Dothan, Alabama, muito menos que tivesse crescido lá. E eu tinha uma fixação por submeter meus ternos a ajustes minuciosos. Fiquei um tempo ali, olhando para mim mesmo. Não se tratava de narcisismo. Era mais uma percepção da incoerência daquele momento. Se eu fechasse os olhos e os abrisse em seguida, quase poderia acreditar que ainda estava no Carthy, Williams e Douglas. Eu parecia tão rico, bem-sucedido e perigoso quanto antes.

Por volta das seis, fui até a casa de Blu, no Hunter Downs. Trata-se de um condomínio cheio de gente que ainda não é rica, mas dispõe de crédito suficiente para criar uma aparência razoavelmente convincente. É cercado por grades, e todos os prédios são construídos em grande escala, como mansões típicas do sul, porém divididas em unidades. O estacionamento era um mar de dívidas reluzentes, polidas e em depreciação.

Bati na porta de Blu e, passados alguns segundos, ela abriu. Uma espécie de transformação acontece com toda mulher que se veste para um evento, mesmo quando essa mulher já começa com a aparência de alguém como Blu. Seu cabelo encantador estava preso para cima, com pequenos cachos caindo sobre seu pescoço delicado. Ela usava um colar de pérolas que ia até a visão mais perfeita e contida que já se teve do colo de uma mulher. E o vestido... para entender, imagine o mais esplêndido cetim azul-celeste cobrindo o corpo da mulher ideal para cortar seu cabelo — especialmente se, para cortá-lo, ela se curvasse a toda hora sobre você.

Durante o jantar, ela tagarelou sem parar sobre Romeu e Julieta, o que acabou sendo agradável. Nem me incomodei com sua insistência em pedir uma garrafa de vinho de 34 dólares que eu vira dois dias antes por 12 numa loja de bebidas. Negar aquele pedido perturbaria sua visão de mundo, e eu não queria ser responsável por isso.

— Eu simplesmente amo Romeu e Julieta — disse Blu. — É a história mais trágica de todos os tempos. — Ela tomou um gole do vinho de 34 dólares. — Por que as pessoas não deixam as outras amarem quem quiserem?

— Entendo, gata. Como está seu *fettuccine*?

— Delicioso.

— Que bom.

— Jack, você também adora Romeu e Julieta? — perguntou Blu.

— Acho que sim.

— Acha que sim?

Ela pareceu ofendida pela minha incerteza. Não dei importância.

— Hoje em dia, Romeu e Julieta simplesmente iriam para Vegas e resolveriam o problema. Diriam aos pais para se ferrarem.

— Blu mostrou-se decepcionada, e me senti mal por ter acabado com seu sonho romântico. — Seu cabelo está lindo hoje. Como consegue que fique assim?

Ela sorriu e me perdoou.

— Então por que estamos na ópera?

— Um caso — respondi. — Estamos aqui para descobrir algo sobre a cantora principal. A grande Michele Sonnier.

— A que você disse que faz o papel de Romeu.

Confirmei com um movimento de cabeça.

— Blu, muitos homens convidam você para sair, não é?

— Aham.

— Posso fazer uma pergunta? O que você acharia se entrasse no quarto de um homem e encontrasse um monte de fotos suas?

Seu rosto ficou sério.

— Quantas fotos?

— Umas vinte.

Ela fez uma careta.

— Eu não gostaria nada.

— Mas uma parte de você não se sentiria lisonjeada?

Blu balançou a cabeça.

— Com duas ou três, talvez. Mas não com vinte.

— E se fosse um daqueles caras que viram *Cats* quatrocentas vezes? Eles são inofensivos, não são?

— Não sei — respondeu ela. — Não gostaria de conversar com uma pessoa dessas. Elas têm algum problema na cabeça.

Conversamos durante todo o jantar. Blu compartilhava comigo suas opiniões sobre a obsessão masculina, um assunto do qual ela provavelmente entendia, a se julgar pela atenção que estava recebendo no restaurante. Acabamos de comer e eu paguei a conta. Depois, pegamos o carro para percorrer a curta distância até a ópera, que seria apresentada no maior e mais tradicional teatro de Atlanta, o Fox. Havia um grupo de pessoas impecavelmente vestidas vagueando do lado de fora — em sua maioria fumantes dando uma tragada antes do espetáculo de três horas. Entreguei meus ingressos de 250 dólares ao lanterninha, e ele nos conduziu pelo longo corredor até a parte da frente da platéia.

O Fox é uma referência de Atlanta, um tributo às pessoas extravagantes que podem pagar para que artistas decorem seu mundo. E entrar no hall é como ser transportado a um castelo marroquino; o palco é cercado de torres e paredes de pedra que sobem até o teto. Lá em cima, estrelas brilham, e é como se tivéssemos entrado naquele lugar no meio de uma noite das Arábias. Em outras palavras, descrever a distância que separa o mundo do interior do teatro e o que acontece em qualquer noite das partes mais pobres de Atlanta é um problema para um físico teórico. Não estou dizendo que tenha sido um erro gastar tanto dinheiro num lugar tão belo. Só estou dizendo que, se você houvesse crescido na periferia e de algum modo, depois de se perder naquele pôr-do-sol do deserto, se achasse no interior do Fox, seus maiores temores sobre os prazeres da vida no outro lado seriam confirmados.

Imaginar Doug num evento como aquele me deixava incomodado, de certa forma. Eu não me importava que meus clientes drogados fossem durões e revoltados; fazia-se um acordo, eles passavam um tempo presos, e a vida seguia em frente. Mas ópera era música de gente rica. Concluí que Doug estava tão admirado por aquele mundo refinado quanto estava por Sonnier. Imaginei-o em todos os concertos, bem-vestido, usando seu único paletó decente, atravessando o saguão, ocupando seu lugar, sentindo-se por algumas horas como uma pessoa que não morava no Jefferson Arms. Na minha cabeça, podia vê-lo tentando se aproximar de alguém no intervalo de um dos concertos, dizendo: "Não é emocionante?" Tive vontade de chorar.

Eu e Blu nos acomodamos em nossos assentos de veludo vermelho e aguardamos o início da apresentação. Diante do gasto além da conta com aquela noite, esperava, pelo menos, não ficar entediado. Mas por 250 dólares sentava-se tão perto do palco que quase se podia sentir a vibração do canto no ar. A orquestra tocou um número de abertura e logo apareceram várias pessoas em belas roupas de época. O cenário — uma casa de campo italiana representada por estruturas cenográficas e enormes pinturas de fundo — também impressionava. Ajeitei-me na cadeira para apreciar o espetáculo.

Passaram-se alguns minutos até Sonnier entrar no palco. E, quando isso aconteceu, houve uma grande salva de palmas. Ela não agradeceu; estava totalmente imersa no personagem. Foi a primeira oportunidade de vê-la de perto e, ao menos naquele papel, Sonnier parecia bem diferente das fotos. Para começar, estava vestida de homem, com o cabelo preso para trás, e usava calças e um colete para esconder os seios. Para minha surpresa, ela dominava aquilo; até o jeito de andar parecia real. A maioria das mulheres, ao tentar imitar um homem, acaba caindo num modo exageradamente confiante de caminhar, estilo John Wayne. Sonnier, porém, entendia a sutileza da coisa: representar um homem não se resume a estufar o peito. É algo mais tênue e vem de baixo da cintura. Por isso, quase me deixei convencer, até ela abrir a boca. Naquele momento, ela começou a produzir o som mais lindo e espetacularmente feminino que se possa imaginar. Bellini sequer perdeu tempo escrevendo notas baixas para o personagem na tentativa de torná-lo masculino. Assim, Sonnier simplesmente cantava, fazendo amor com Julieta, mas soando como a mulher mais bonita do mundo.

Havia uma distância enorme entre aquela ópera e o lugar onde cresci, em Dothan, Alabama. Admito que não tinha idéia do que deveria sentir, sentado ali, assistindo a atores maquiados e em roupas da Renascença cantando uns para os outros. No início, ouvir Romeu cantar como uma mulher causava certa confusão, mas, depois de um tempo, comecei a pensar naquilo de forma diferente. A voz aguda fazia-o parecer um garoto — o que era verdade na peça original. Por alguma razão, Romeu nunca é interpretado por atores de 16 anos. Geralmente aparece no palco alguém de 20 a 30 anos. A diferença é marcante. Ao ouvir a voz aguda saindo da face delicada e agradavelmente refinada de Michele Sonnier, comecei a achar que Romeu era apenas uma vítima do sistema, impotente e ingênuo. Ele não era mais forte do que Julieta; afinal, ambos não passavam de crianças. Ele enfrentava forças muito superiores às suas e sequer sabia disso. Toda vez que abria a boca, deixava claro, na mesma hora, que estava condenado. Deram o papel do pai de Romeu a um homem grande, dotado de uma voz grave e profunda, o que piorava tudo. Quando Romeu tentava explicar o quão estúpida era a guerra incessante entre os Capuletos e os Montéquios, era como observar uma pedrinha rebatendo numa parede. Não havia chance de Romeu acabar ao lado de Julieta. Para mim, tratava-se da história perfeita. Toda aquela penúria... Eles suportaram cada fragmento dela porque não podiam simplesmente esquecer. Se tivessem dado menos importância, provavelmente surgiria alguma coisa nova. Teriam sofrido profundamente por um tempo, mas acabariam se casando com outras pessoas e levando uma boa vida. Só que não foram capazes disso. E, assim, duas pessoas morreram.

Embora todos conhecessem a história, muita gente caiu em lágrimas quando Romeu tomou o veneno. Sonnier não era apenas cantora; também era uma atriz brilhante. Seu Romeu mostrava-se tão frágil e vulnerável que parecia estarmos assistindo a uma pessoa de verdade encarar o momento da morte. Não havia histrionismo ou exagero grosseiro. Ela cantava com uma seriedade mortal; sua voz, a chama de uma vela no recinto. Enfrentava a triste compreensão de que existem momentos em que tanta coisa dá errado que não vale a pena continuar vivendo. Esse é o verdadeiro ponto central da história, na minha opinião. Mesmo quando o preço de se acreditar é tudo, algumas pessoas não conseguem deixar de fazê-lo.

O ÚLTIMO ADEUS | 55

E então acabou. Como Blu estava completamente transtornada, dei-lhe alguns minutos para se recompor. A maioria das pessoas voltava para o saguão, exceto aquelas que tinham os ingressos mais caros, como nós. Fomos conduzidos por uma saída especial até o estacionamento. Levei Blu ao carro, no escuro, e seguimos para o hotel Four Seasons, onde seria a recepção. Chegamos em 15 minutos. Resolvi fazer um favor a Blu: não deixei o carro na entrada com o manobrista. Ela estava espetacular e eu não queria tirar seu brilho. Sua entrada seria arruinada se todo mundo a visse chegando no meu LeSabre amassado.

Seguimos as outras pessoas por uma grande escadaria. Eu já podia sentir a empolgação de Blu ao olhar todos aqueles sujeitos ricos. E posso garantir que eles também olhavam para ela. Nunca vi tantos homens olhando por cima de seus copos na minha vida. Depois, mergulhamos no mar de smokings e vestidos de gala.

Nesse tipo de *soirée*, todos são muito educados. Também são segregadores, mas não necessariamente de propósito. Está mais para algo inevitável. As pessoas naquele salão formavam a espinha dorsal das finanças em Atlanta e, portanto, tinham muito em comum. Podia-se notar isso pelo modo como se cumprimentavam. Milhões de partidas de golfe, coquetéis e empréstimos bancários estavam implícitos em cada aperto de mão. As esposas — em geral, cerca de dez anos mais jovens que os maridos — não se encaixavam no estereótipo de bonequinhas de luxo. Pareciam graciosas e realizadas. Mas era notável o efeito McClendon naquela noite. Deixe-me explicar: foi algo mágico. Nunca participei de tantas rodinhas de conversa na vida.

Apesar de não ter nada contra, eu não estava ali para apresentar Blu à sociedade de Atlanta. O que eu queria era descobrir tudo que pudesse a respeito de Michele Sonnier. Fiquei surpreso com a dificuldade para direcionar as conversas a esse assunto; as mulheres só queriam saber do vestido de Blu, enquanto os homens tentavam descobrir uma maneira de tirá-lo. Tudo que consegui captar foi que Sonnier era um nome importante do mundo da ópera, preparada para o sucesso desde pequena. Ela crescera em Manhattan, entrara na Juilliard como um prodígio e saíra dois anos antes do previsto para se dedicar à carreira de cantora. Tornara-se uma estrela no exato momento em que pusera os pés no palco. Mas havia muita conversa sobre dois outros temas: Charles Ralston e a Horizn. Os homens falavam de estratégias para participar da oferta de ações da empresa pelo preço inicial, algo de que só os que estivessem realmente dentro da organização seriam capazes. O consenso era de que haveria grandes recompensas para quem entrasse logo de início. Todos mantinham seus corretores prontos para agir a qualquer momento.

Depois de um tempo, senti-me obrigado a soltar as rédeas de Blu. Ela não podia sair à caça comigo por perto e já fizera tudo que eu poderia querer. Então dei um leve toque em seu braço, e ela se afastou, sorrindo como um pescador que acaba de encontrar uma banheira cheia de peixes.

A mesa não era nada má. Havia uma bela massa de espinafre ao molho pesto, cogumelos recheados e pequenas tortilhas em formatos variados. Circulei por alguns minutos e depois peguei outra taça de champanhe. Após um tempo, notei um homem vestido impecavelmente cercando Blu. Ele estava nitidamente preparando uma abordagem para conversar com ela. Comecei uma contagem regressiva de dez segundos. Quando cheguei ao sete, o homem habilmente emparelhou com um garçom que caminhava devagar; no cinco, e devo admitir que foi lindo, ele pegou duas taças de champanhe sem perder o passo; no um, encostou em seu braço e lhe ofereceu uma das taças. *Cesta.* Alguma coisa nele me parecia familiar. Eu tinha uma vaga recordação de ter lido sobre ele no jornal, de que ele fizera algo de desagradável a alguém, mas não conseguia lembrar o que era. Não havia dúvida quanto às suas intenções em relação à minha secretária. Era um jogador, em todos os sentidos da palavra;

dava para ver aquilo em seus gestos enquanto conversava simpaticamente com Blu. Era esperto — e provavelmente um grande homem de negócios. Porém, não importava o que estivesse acontecendo em sua vida, nada naquela hora era tão importante quanto ir para a cama com ela.

Fiquei observando os dois por um momento, fascinado. Embora eu achasse que Blu seria capaz de notar as intenções do cara tão bem quanto eu, o contexto mudava tudo. Ali, numa festa depois da ópera, vestindo um terno de dois mil dólares, ele parecia uma versão ligeiramente menor de James Bond. Milhões de dólares garantem esse tipo de efeito. Sem o dinheiro, ele não passava de um sujeito numa calça bege, dirigindo um Corvette comprado há cinco anos e abordando garotas num bar do aeroporto. Deixei Blu ser adorada por mais alguns minutos e, em seguida, fui até eles. O sorriso do homem transformou-se numa expressão plastificada.

— Jack Hammond. É um prazer conhecê-lo.

— Derek Stephens — respondeu o sujeito. Ele devia estar perto dos 45 e exalava um leve cheiro de charuto. — Eu estava conversando com sua...

— Prima. Blu McClendon, minha querida prima do Arkansas.

Stephens afinou o sorriso e foi se aproximando discretamente da minha secretária.

— O Sr. Stephens estava me contando que é advogado, como você, Jack — disse Blu. — Ele trabalha para a Farmacêuticos Horizn. A empresa patrocina a turnê da senhorita Sonnier.

— Então esta é uma grande noite para você — comentei.

— É uma grande noite para a Ópera de Atlanta, Jack — disse Stephens. Podia senti-lo me examinando. — Então quer dizer que também é advogado. — O sotaque era de New England. Alta sociedade. — De que escritório?

Só havia quatro respostas certas a essa pergunta para um cara como Stephens, e "Jack Hammond e Associados" não era uma delas.

— Trabalho sozinho — respondi. — Quase sempre direito penal.

Naquele momento, percebi que Stephens começava a pensar numa maneira de tirar Blu de perto de mim, sem muito estardalhaço. As pessoas podem agir como se estivessem interessadas, mas se você olhar bem nos olhos delas verá engrenagens rodando, tentando resolver um problema totalmente distinto. Embora não desse a mínima para minha resposta, ele perguntou:

— Você é fã de ópera, Jack? Ou da Michele, em particular?

— Estou conhecendo ambos agora — respondi. Na verdade, eu estava de certa forma me divertindo com a conversa. Ele era tão competitivo que cheirava a carro de corrida. — E você?

— Faço parte do conselho da Ópera de Atlanta — disse Stephens. — O que é curioso, já que não entendo nada de ópera.

— Parece que tem outras qualificações.

Stephens hesitou um pouco antes de tirar os olhos de Blu e concentrá-los em mim.

— Qualquer caipira pode fazer parte do conselho de uma companhia de ópera, Jack, se estiver disposto a preencher um cheque no valor necessário. — Ele olhou para a taça de Blu, que estava pela metade. *O tempo acabou*, pensei. — Senhorita McClendon, permita que eu lhe traga outra taça.

— Eu o acompanho — disse Blu, radiante. — Estou doida para provar esses quadradinhos com queijo em cima.

E, com isso, eles sumiram.

Queria proteger Blu, mas, objetivamente, não sabia o suficiente sobre Stephens para me preocupar. E eu nunca discutira sua vida amorosa — essencialmente porque era mais agradável imaginar que ela não possuía uma. Também não tive muito tempo para pensar no assunto. Naquele momento, a atmosfera ficou agitada.

Virei-me ao sentir algo se aproximar. Houve uma salva de palmas e, em seguida, as pessoas abriram caminho. Sonnier e Ralston entraram no recinto como se fossem representantes da realeza.

Ralston era alto, com mais de 1,80, e tinha um físico esguio e atlético. Alguns fios grisalhos na cabeça eram a única indicação de sua idade. Eu ouvira que já chegara aos 50, mas ele parecia muito mais jovem. Sua pele era morena, porém lisa, uma recompensa por ter passado a maior parte da vida em ambientes fechados. Sua esposa, por sua vez, parecia transformada. A figura trágica de Romeu revelou-se uma mulher absolutamente deslumbrante que ignorava o código de vestimenta com uma indiferença sublime. Ela tinha um visual urbano-descontraído, o preferido por estilistas de 20 e pouco anos que queriam fazer nome: em outras palavras, dois mil dólares em roupas desenhadas para transformá-la numa pessoa de vinte anos. Cercada de vestidos de gala e caudas, Sonnier apareceu no salão do Four Seasons numa calça preta justa e de cintura baixa, um top laranja decotado para revelar seus seios modestos, porém de belas formas, braços expostos e um pedaço discreto da barriga aparecendo. No quadril, havia um cinto prateado de corrente, cada elo tratado com acabamento de pátina. O umbigo carregava um piercing, e a orelha esquerda tinha três pequenas argolas, da mesma prata desbotada do cinto. O efeito era de gosto duvidoso, mas ela se portava com uma confiança tão indiferente que todos os outros presentes pareciam haver exagerado, como se apenas ela tivesse lido o convite corretamente. Quanto à pele, minhas impressões baseadas nas fotografias do apartamento de Townsend estavam corretas. Era cor de chocolate e completamente radiante sob a luz do salão. Em cima de sapatos plataforma pretos, ela não teria chamado mais atenção mesmo que entrasse no Four Seasons pilotando uma Harley.

Passaram-se poucos segundos antes que Ralston fosse abordado por um bando de homens de terno. Os ricos no recinto eram do tipo esfomeado — sempre prontos para navegar numa corrente favorável. Ralston cumprimentava as pessoas com uma expressão de interesse superficial, ciente de sua posição. Tratava-se da nova elite negra: a mulher, rebelde e exibida; o marido, vestido impeca-velmente num Armani, participando magistralmente do jogo dos brancos.

O casal logo se separou: um produtor conduziu Michele até a multidão, enquanto Ralston seguia na direção oposta. As pessoas próximas a ela abordaram-na do modo atencioso que os ricos têm diante de artistas, especialmente quando pagam 250 dólares pela oportunidade de demonstrar que têm bom gosto e merecem per-tencer à alta classe. Deixei Ralston para lá; eu estava ali por causa de Sonnier. Segui-a, a certa distância, observando-a cumprimentar pessoas que estavam adorando sua originalidade calculada.

Obviamente, do meu ponto de vista, o do sistema penal do con-dado de Fulton, Michele Sonnier era tão suspeita quanto biscoitos vendidos por bandeirantes. Quero dizer: nenhuma cantora lírica vai fazer algo como roubar seu carro. E, sendo negra, achei que ela soubesse daquilo tão bem quanto eu. Fiquei pensando que eu esta-va assistindo a algo semelhante a uma ópera. Ela dava a impressão de que poderia começar a cantar bem ali — algo sobre a culpa de um liberal branco, uma mula e uma propriedade de 40 acres. Em vez disso, porém, ela simplesmente andava pelo salão, deixando que seus novos melhores amigos lhe dissessem como era fantástica.

Observei-a por algum tempo, pensando em Doug Townsend e sua obsessão. Naqueles sapatos, ela parecia alta, mas estimei que, sem eles, tivesse apenas 1,68 m. De braços finos, porém bem defini-dos, Sonnier possuía traços refinados, delicados e precisos, olhos castanho-escuros e cabelos esplendorosos, pretos com reflexos avermelhados, presos num rabo-de-cavalo. *Meu Deus*, pensei. *O coitado do Doug não tinha como resistir.* Finalmente, ela completou a volta até o ponto em que eu estava, parando bem diante de mim. O produtor conversava com alguém a alguns metros; naquele instan-te, estávamos a sós. Ela estendeu sua bela e delicada mão. Cumpri-mentei-a e me apresentei:

— Jack Hammond.

— Prazer, Sr. Hammond.

Sua voz era refinada e educada.

— Que bela *soirée* temos hoje.

Ela sorriu.

— Odeio essa badalação toda — comentou.

— Pelo menos é em sua homenagem.

Parte do seu sorriso se esvaiu.

— É, parece que sim.

— Conte-me: o que acha de interpretar um homem?

— Um desafio. Mas neste caso vale muito a pena.

— Por causa da música?

Ela não se mostrou muito animada.

— A música é boa.

Aquilo me causou certa surpresa.

— Apenas boa?

Sonnier inclinou-se para perto de mim. Eu não conseguia definir seu perfume. Era cítrico, sutil e límpido.

— Posso lhe contar um segredo, se prometer não o espalhar — disse ela.

— Acho que consigo fazer isso.

— Essa ópera não é uma das minhas preferidas. Atuo nela por outra razão.

— E qual seria?

— A deliciosa ironia, é claro.

— Sou meio iniciante no tema — confessei. — Será que poderia explicar melhor?

Ela chegou mais perto. Sua postura era de quem fazia uma confidência. E eu tinha de lembrar de perguntar a Blu que perfume era aquele.

— Estou surpresa, Sr. Hammond. O senhor tem um ar de especialista.

Apesar de sorrir, fiquei um pouco incomodado, pois, embora soubesse que ela estava brincando comigo, eu me deixava levar. Ela sabia que eu sabia, mas isso não fazia qualquer diferença. Mulheres realmente bonitas têm permissão para quebrar todas as regras. Eu não conseguia tirar os olhos de sua boca macia e reluzente. Na verdade, ela já começava a me irritar quando me dei conta de que o alvo da minha raiva era, de fato, Charles Ralston — simplesmente por ser o cara que tinha o privilégio de beijá-la.

— Na época de Shakespeare, Julieta era interpretada por um homem — disse ela. — Todos os papéis eram feitos por homens. As mulheres não podiam subir ao palco.

— É, ouvi falar disso. Então aquela cena na sacada...

— Dois ingleses fingindo serem italianos fazendo amor.

— Certo.

— Por isso, Bellini, um italiano autêntico, decidiu empatar o jogo. Criou um Romeu interpretado por uma mulher.

— Está dizendo que foi uma espécie de vingança artística?

Sonnier riu, e a simples graciosidade da sua voz me deu um arrepio. Ela se aproximou novamente e sussurrou:

— Sr. Hammond, se quiser entender alguma coisa de ópera, deve se lembrar de algo. Não importa o que aconteça, o tema é sempre vingança.

Antes que eu pudesse responder, o produtor apareceu. Ele a segurou pelo braço e começou a conduzi-la para longe de mim. Como era a última oportunidade de falar de Doug Townsend, estiquei a mão e a segurei. Por um segundo, ela ficou presa entre nós dois, com um braço esticado em cada direção.

— Pois não, Sr. Hammond? — perguntou.

— Estava imaginando se recebeu as notícias sobre um amigo em comum.

Ela se mostrou surpresa.

— Quem seria esse amigo?

Aquele era o momento decisivo. Se o nome não causasse efeito, eu voltaria ao escritório sem recompensa pelos meus 500 dólares, à exceção de alguns pedaços de torta de siri, uma noite de música italiana e um interesse inédito por uma mulher negra. Olhei-a nos olhos e disse:

— Doug Townsend.

Não houve qualquer alteração em sua expressão. Nem um único músculo de sua face se moveu. Seu sorriso permanecia acolhedor como sempre.

— Creio que não conheço ninguém com esse nome — disse.

— Sinto muito.

— Não, está tudo bem — respondi. — Na verdade, é bom que não o conheça.

Quando o sujeito ao seu lado a puxou de novo, percebi os músculos do seu braço se retesarem. Foi sutil, mas quando se vive cercado de mentirosos, dia e noite, é fácil perceber. Naquele instante, ela não ia a lugar algum.

— Por que diz que é bom? — perguntou.

— Porque ele agora é o finado Doug Townsend. Vítima de uma espécie de overdose, quatro dias atrás.

Seu sorriso, que um segundo antes estivera cheio de vida, ficou imediatamente petrificado, marcado por um suave entorpecimento. Não havia dúvida de que ela o conhecia. A grande Michele Sonnier conhecia Doug Townsend tanto quanto eu.

CAPÍTULO 5

DEPOIS DE DOIS ANOS trabalhando na vara do juiz Thomas Odom, posso afirmar algo com absoluta convicção: as pessoas não mentem pelo prazer de ouvir a própria voz; mentem porque estão dispostas a sacrificar parte de sua integridade para que alguma coisa não seja descoberta. Por isso, quando cheguei ao escritório no dia seguinte, a questão principal que ocupava meus pensamentos era qual seria essa coisa no caso de Michele Sonnier — e quanto de sua integridade ela estaria disposta a entregar para mantê-la em segredo. É claro que logo me deparei com um obstáculo: o gigantesco abismo cultural e financeiro que separava as vidas de Doug e de Sonnier. Ela passava seu tempo ao lado de maestros europeus que falavam quatro idiomas, enquanto Doug enfrentava o inferno, tentando não ser preso. Mas o fato era que, mais de vinte vezes, ele atravessara aquele abismo a bordo de aviões, com passagens pagas em dinheiro vivo. Aquilo, somado à certeza de que Sonnier mentira a respeito de Doug, era mais do que eu podia ignorar.

No entanto, o desejo de desvendar a conexão entre Sonnier e Doug não me garantiria o dinheiro de que eu precisava para pagar o salário de Blu no fim do mês. Por isso, apesar de querer muito descobrir o que acontecera a Doug, estava feliz por ir ao escritório me preparar para o tribunal. Graças à generosidade de Sammy

Liston, naquela manhã eu atuaria em dois dos casos sob responsabilidade do juiz Odom.

Como sempre, conheci as pessoas que eu defenderia pouco antes da audiência. O primeiro caso, uma reincidência em porte de drogas, custou à garota de vinte anos — atraente e com os olhos tristes comuns à maioria dos meus clientes — uma pena de prisão e um sermão do juiz Odom, consistindo em frases clássicas como "Não a quero ver em meu tribunal novamente, senhorita Harmon" e "Se souber que faltou a um dos seus testes de drogas, terei de mandá-la para a cadeia". Tudo no automático.

O fato de eu me dispor a defender meu segundo cliente do dia, Michael Harrod, era uma prova da absoluta repetição que se tornara minha vida de advogado. Seu crime poderia tranquilamente ser esquecido — um simples furto —, mas pelo menos não envolvia drogas.

Sua chegada causou certo alvoroço — um feito quando se pensa no tipo de gente que é conduzida à sala de audiências do juiz Odom. Harrod tinha cabelo arrepiado, num estilo semelhante à célebre túnica de José: um penteado multicolorido. Também ostentava inúmeros piercings, todos parecendo muito dolorosos. Sua camiseta, estampada com o nome da banda Nine Inch Nails, precisava de uma lavagem urgente. Apesar de tudo, ele provocava tanto medo quanto um coroinha. Com 1,70m e uns 60 quilos, tinha o peito quase côncavo. A pele, aparentemente privada da luz do sol havia alguns anos, era branca como uma massa de pão antes de ir ao forno. Ele aparentava nervosismo; a impressão era de que qualquer barulho mais alto o faria dar um pulo. Encontrei-o fora da sala cerca de uma hora antes da audiência.

— Sou Jack Hammond — disse. Ele me olhou com cautela e recusou meu aperto de mão. — Você é Michael Harrod, certo?

— Pode me chamar de Pesadelo — respondeu.

Dei uma risada. Não era minha intenção, mas o efeito cômico da combinação daquele nome e da sua aparência era irresistível.

— É Sr. Pesadelo? — perguntei. — Ou Pesa é o nome, e Delo, o sobrenome?

Harrod lançou um olhar desconfiado e estreito sobre mim, o que devia ser a atitude mais arrogante que conseguia transmitir.

— É o seguinte: o que tenho de fazer para me livrar dessa? É para isso que estamos aqui, não é?

Minha paciência com clientes espertinhos é quase infinita. Para isso, apenas me lembro de que a maioria deles nunca teve uma figura paterna, embora esteja a minutos de encontrar o Papai. O Papai, neste caso, é o juiz Thomas Odom. O juiz é um homem decente, mas sabe agir de modo grosseiro sempre que necessário. E, como essa atitude vem de uma pessoa com poder de mandá-lo para o inferno, costuma ser bastante eficaz. Geralmente, um novato leva dois minutos para passar de uma expressão de idiota insolente à de uma criança chorona e deplorável. Rasteja de volta no tempo, passando pela adolescência sofrida, até a fase em que um pai de verdade teria dado umas palmadas em sua bunda e colocado um ponto final ao seu problema de desobediência.

— Muito bem, Pesadelo. Embora eu, pessoalmente, tenha achado você até charmoso, talvez possamos começar com um ajuste na sua postura. O juiz Odom gosta de vítimas um pouco mais arrependidas.

Pesadelo me olhou novamente, de cima a baixo, pensativo. Dava para perceber que estava organizando as informações.

— Posso sorrir — disse, finalmente. — Posso fazer reverência e engraxar os sapatos do homem.

— Este é o momento certo para isso — sugeri, enquanto abria a pasta do seu caso. — Estive examinando sua papelada. Aparentemente você se confundiu sobre a hora de pagar por umas compras na Radio Shack.

— Eu precisava do material. Não era nada caro.

— Então por que não pagou?

— Não tinha grana. E, de qualquer maneira, isso aí é coisa da velha economia.

— Velha economia?

Pesadelo assumiu uma expressão de impaciência.

— Escuta, você é da velha economia. É um dinossauro. — Seus gestos apontavam para as paredes do tribunal. — Este sistema todo é.

— Quer dizer que somos dinossauros? — perguntei.

Minha aversão àquele garoto começava a se tornar algo sério.

— Tudo isso. Governos, tribunais, exércitos, guerras. Tudo faz parte da velha economia. Está morrendo, e vocês nem percebem.

— Imagino que pegar coisas sem pagar seja a nova economia.

— Você tem noção de como o mundo se move rapidamente? Acha que devo parar minha vida inteira por causa de cinco dólares em componentes eletrônicos?

Voltei a examinar a papelada.

— É essa a razão disso tudo? Cinco dólares?

— É. Cinco dólares em conectores para um discador automático.

— O que é um discador automático?

— É algo que disca. Automaticamente.

— Está falando de computadores, certo?

— Talvez.

Naquele instante, entendi que Pesadelo era realmente um ladrão, mas suas invasões eram do tipo eletrônico. Dez segundos depois, minha mente tramou um plano, que essencialmente consistia em aumentar ao máximo a dívida do garoto comigo. Diante do que ocorrera na noite anterior, precisava muito do conhecimento que ele provavelmente detinha. Como não parecia inclinado a me fazer favores, eu teria de fazer algo para que ele me devesse isso. Levaria apenas cinco minutos.

No fim do corredor, vi a promotora-assistente indicada para o caso conversando com um homem gordo e de cabelos pretos, de uns 35 anos. Observei-os por alguns minutos. Quando levantei,

Pesadelo se afastou, assustado com o movimento repentino. Fiquei olhando para ele, imaginando quantas vezes teria apanhado na escola. Mas eu estava certo de que, com um computador, ele era tão perigoso quanto um campeão de boxe. Por mais que aquilo me contrariasse, o garoto estava certo: o mundo *estava* mudando, e outros Pesadelos revoltados, como ele, herdariam as chaves do império. Porém, ainda não estava na hora, e eu precisava de um favor dele.

— Escute. Tenho certeza de que vou adorar o mundo que você e seus amigos tecno-anarquistas estão construindo, mas neste exato momento a velha economia vai mandá-lo para a cadeia se você não fizer exatamente, e quero dizer exatamente mesmo, o que eu disser.

— Ninguém vai me prender por causa de cinco dólares.

— Michael...

— Pesadelo — corrigiu ele.

Cheguei mais perto. Não estava nervoso, mas sim com pressa. Se nos chamassem à presença do juiz Odom, seria tarde demais.

— Certo, seu Pesadelo de merda, não me importo com seu nome. Você vai me escutar agora porque eu sou da velha economia, à qual este tribunal pertence. — Peguei minha carteira, tirei uma nota de dez e botei na mão do garoto. — Venha cá. E faça exatamente o que eu disser pelo menos por alguns minutos.

Pesadelo enfiou a nota no bolso e me seguiu pelo corredor. O homem de cabelo preto ficou vermelho ao avistá-lo.

— É ele! É o safado que roubou de mim.

— De você? — reagiu Pesadelo, ironicamente. — A Radio Shack é uma corporação multinacional que nem sabe da sua existência. Eles gastam mais em papel higiênico do que pagando seu salário anual.

Segurei o braço de Pesadelo e apertei-o com força. Ele se encolheu, o que não chegou a me surpreender, dado seu físico de palito de dente. Cumprimentei a promotora com um gesto e depois me virei para o homem de cabelo preto, sorrindo.

— O senhor é? — perguntei.

— Vincent Bufano — disse ele. — Sou gerente da Radio Shack.

— Sr. Bufano, o Sr. Harrod tem algo a lhe dar. E também algo a dizer. — Bufano olhou para Pesadelo, que se contorcia por causa do meu aperto. — Dê o dinheiro ao homem, Michael. — Pesadelo começou a falar, mas apertei meu dedo médio em seu bíceps com tanta força que ele quase definhou. O garoto botou a mão livre no bolso, pegou a nota e entregou-a a Bufano. — E agora Michael gostaria de dizer algo. Diga que sente muito, Michael.

Pesadelo tentou se afastar, mas eu o segurava com firmeza. Ele murmurou algo. O homem sorria com sarcasmo. Pressionei o dedão no braço do garoto, enfiando a unha bem entre os tendões. Depois comecei um movimento de vaivém. Pesadelo se endireitou.

— Sinto muito — disse, de modo claro. Apertei mais forte. — Sinto muito mesmo.

— E nunca mais vai acontecer, não é, Michael?

Eu movia meu dedo lentamente, como se estivesse cortando o músculo.

— Não — respondeu ele. — Nunca. Nunquinha.

Bufano observou Pesadelo por um tempo; os olhos saltavam por cima das bochechas volumosas. Ele dobrou a nota, guardou-a no bolso e disse:

— Nunca mais entre na minha loja, garoto.

Virei-me para a promotora, que observara toda a cena com um olhar confuso. Ela tinha tanto interesse quanto eu em gastar duas horas do seu dia naquele caso.

— Creio que o Estado possa retirar as acusações — disse ela. — Se o Sr. Bufano não fizer objeção.

Bufano olhou de novo para Pesadelo, claramente satisfeito com seu insignificante ato de justiça.

— Ele pode ir — decidiu. — Mas, como disse, não quero que volte à minha loja.

— Então esse assunto está resolvido? — perguntei à promotora. Ela riu.

— Claro. — Ela se voltou para Pesadelo. — Você pode ir.

Eu ainda segurava o braço do garoto.

— Diga obrigado à velha economia, Michael.

— Obrigado — murmurou ele.

Depois disso, deixei-o ir. Ele voltou pelo corredor, esfregando o braço. Fiz cara de desentendido para a promotora, cumprimentei Bufano e fui até Pesadelo. Ele fez uma careta ao me ver.

— Aquilo doeu, cara. Não precisava.

— Deixe-me lhe perguntar uma coisa: a cadeia faz parte de que economia?

— Ninguém ia para a cadeia. Não por causa de cinco pratas.

— Você pode ser o futuro, meu amigo Pesadelo, mas não sabe muito sobre os legisladores da Geórgia.

— O que quer dizer?

— Quero dizer que alguns caras das antigas resolveram que os juízes eram meio brandos por aqui e tornaram obrigatória a emissão de uma sentença em casos de furto. Você acabaria recebendo uma multa de quinhentos dólares e ainda teria de arcar com as custas judiciais.

— Não tenho quinhentos dólares.

— Mais as custas.

— Também não tenho isso.

— Nesse caso, pegaria dez dias e ficaria preso por seis.

— Por causa de cinco pratas?

— A velha economia não é demais?

Eu podia ver as engrenagens rodando na cabeça de Pesadelo. Como a gratidão era um conceito relativamente novo para ele, levou um tempo. Finalmente, ele disse:

— Ei, cara, valeu.

— Tudo bem.

— Não, sério. Eu ia me ferrar.

— Concordo.

— Olha, eu não tenho como pagar os dez dólares.

— Você pode me retribuir de outra forma.

O rosto de Pesadelo cobriu-se de indiferença.

— Retribuir... Você é escroto, cara.

Mantive um olhar perdido.

— Já posso imaginá-lo na cadeia do condado, onde os presos dormem em camas de lona, trinta em cada cela. Um garoto novo e magrinho como você seria muito popular lá pelas duas da manhã.

Pesadelo tremeu involuntariamente.

— Está certo, o que você quer? — perguntou. — Mas não peça nada estúpido.

— É dentro da sua área — expliquei. — Quero que invada um computador, e quero que fique de bico calado sobre o assunto.

A expressão de Pesadelo passou da arrogância à surpresa e finalmente parou num sorrisinho malicioso.

— Ah, claro. Posso cuidar disso.

CAPÍTULO 6

GOSTAR DE DEREK STEPHENS nunca seria fácil. Sua arrogância estéril não me agradava. Não era nada pessoal, mas, lá em Dothan, nós teríamos dado uma lição nele, só para que entendesse melhor as coisas. Depois, ele poderia até sair por aí e dominar o mundo, porém sem se sentir tão predestinado. O fato é que, ao voltar ao escritório por volta do meio-dia, eu não queria ver flores enviadas por Stephens sobre a mesa da minha secretária. Blu não deu muita importância. Disse que ele estava apenas sendo gentil. Além do mais, para um sujeito de seu nível, o custo era irrisório. Ela não tinha idéia de como estava certa: se Stephens já era rico, podia-se concluir com segurança que possuía opções de ações da Horizn que logo o transformariam num grande milionário. No entanto, pela minha experiência, 36 rosas ainda dizem muita coisa, sendo amarelas ou não.

De todo modo, ela parecia feliz. Atlanta está cheia de mulheres levando vida de papel, frágeis cópias da vida que, por alguma razão, esperavam que se tornasse real a qualquer instante. Elas pareciam milionárias, agiam como milionárias e, sempre que possível, freqüentavam os mesmos lugares que os milionários. O único problema era que não tinham dinheiro nenhum. Para mulheres desse tipo, caras como Derek Stephens valiam tanto quanto plutônio. Não tinham preço.

Com toda sinceridade, naquela época, meu valor no mundo não chegava nem perto. Advogados que caem em desgraça e mal conseguem manter-se na ativa são equivalentes a ações negociadas por centavos. Observei Blu cheirando suas rosas por um tempo e depois fui almoçar com Sammy no Rectory, o bar em que ele chegara a servir drinques, mas que agora atendia seus pedidos.

A vida de Sammy mostrava que uma teoria improvável era verdadeira: se você é infeliz, tente matar aquilo que deseja e provavelmente descobrirá que é muito mais feliz do que imagina. Foi assim com Sammy. Depois de passar alguns anos servindo bebidas a advogados e ouvindo suas conversas, decidiu juntar-se a eles. Em outras palavras, começou a ter esperança. Nutriu sonhos. Infelizmente, a única escola de direito disposta a aceitá-lo se reunia no subsolo da Associação Cristã de Moços. Considerando o lixo acadêmico que estudava com ele, o fato de se formar como o décimo nono numa turma de 19 podia ser interpretado como um mau presságio. No primeiro ano depois de completar o curso, Sammy foi reprovado no exame da ordem três vezes. Desesperado, aceitou um emprego como oficial do juiz Thomas Odom, na Vara Criminal do Condado de Fulton. Passada uma semana, chegou a uma conclusão surpreendente: tudo que ele desejara, desde o início, era usar um terno decente e ter um pouco de poder. Ou seja, estava muito feliz. Dá para entender? É como no meu mantra: fique calmo e deixe passar. Sammy mantém em suas mãos manchadas de gim Seagram's o destino de centenas de advogados de verdade — e isso o deixa muito satisfeito.

Quando cheguei ao Rectory, Sammy já abrira alguns drinques de vantagem. Aquilo não fazia bem à sua aparência. Seu corpo descuidado era aceitável na escola, mas agora caminhava para condições menos atraentes. Ele começava a ter um visual de "garoto de fraternidade 15 anos depois". Ainda tinha um belo sorriso, mas dava para notar pelo menos uma centena de noites de bebedeira esticadas até a manhã em seu rosto largo, no cabelo castanho cada vez mais ralo e no brilho pálido de suas bochechas. Ele havia se esbaldado pelo máximo de tempo que o corpo humano é capaz de suportar e, se não tomasse uma atitude imediata, ganharia a aparência de um sujeito de meia-idade em cerca de seis meses.

A primeira coisa que fiz foi lhe pagar uma bebida. Ele ia beber de qualquer maneira. Além disso, tento não fazer juízo de valor sobre o que as pessoas gostam de chamar de diversão. Eu pretendia arrancar informações dele e depois acabar com seu dia; portanto, pagar um drinque era o mínimo que eu podia fazer. Sammy, ignorando a má notícia que eu levava, dividia sua atenção igualmente entre a observação do gelo que derretia em seu copo e a garçonete do outro lado do bar.

— Sammy, você e sua imaginação deviam arrumar um quarto.

— Os sonhos são tudo que tenho, Jackie. Não tire isso de mim.

— Talvez você pudesse sair mais, fazer um pouco de exercício.

— Claro, vou fazer isso. — Ele tomou outro gole. A conversa demoraria três drinques, a não ser que eu apressasse as coisas. — Vai pedir algo para comer? — perguntou.

— Vou, o filé no pão de centeio — respondi. — Escute, preciso perguntar algumas coisas.

— Por exemplo.

— Por exemplo, quem é o chefão no McDaniel Glen atualmente?

Sammy pensou por um momento.

— Jamal Pope.

— Pope, é? Pensei que estivesse...

— Não. É um foragido, como dizemos. Ouvi dizer que o negócio dele está animado. — Sammy tomou mais um gole. — Ainda está com a história do Doug Townsend na cabeça?

— Estou. Quero saber onde ele conseguiu o fentanil. Talvez achar uma pista sobre seu estado de espírito.

— Acho que o Sr. Pope não faz o estilo falante.

— Provavelmente. Sabe de algo que possa me ajudar?

Sammy recostou-se na cadeira. Felizmente, a quantidade de Seagram's que bebera até então não fora suficiente para atrapalhar seu raciocínio.

— Talvez — disse, depois de um tempo. — Você livrou a cara daquele safado magricela do Keshan Washington, alguns meses atrás, não foi?

— Sammy, não é minha culpa se uma lanterna quebrada não dá ao policial o direito de revistar o motorista.

— Claro, e todos seus clientes são apenas incompreendidos. Mas a questão é que, graças a você, o Sr. Washington está livre de novo, pelas ruas de Atlanta. Agora adivinhe o que anda fazendo.

— Trabalhando para Jamal Pope?

— Exato. Então, na minha opinião, o rei do Glen lhe deve uma. Provavelmente pode lhe pagar um jantar.

— Obrigado, Sammy. Está precisando de algo?

— Pode conseguir a revogação da Declaração de Direitos? Precisamos tirar alguns criminosos de circulação.

— Vou me esforçar.

Sammy tomou outro grande gole e secou o copo.

— Escute, Jack, já que você vai lá, por que não pede a Billy Little que mande um policial acompanhá-lo?

— Claro, Sammy, isso deve deixar o Sr. Pope bem aberto.

— Tudo bem. Pode se matar. Veja se vou me importar.

Sammy acenou para a garçonete, e ela veio até nossa mesa, exibindo uma minissaia, pernas compridas e seios bastante enfáticos. Parecia ter uns 20 anos, enquanto meu amigo já estava nos 35. Pedi meu sanduíche, e Sammy mandou vir "mais duas", mostrando os dedos como no sinal da paz.

— E uma para você, querida.

76 | REED ARVIN

A garçonete, simpática, não revirou os olhos. Apenas sorriu e se afastou, provavelmente pensando em seu namorado salva-vidas. Mas Sammy estava a cerca de trinta segundos de esquecê-la. Esse foi o tempo que passou até eu lançar a bomba sobre ele.

— Ei, Sammy, conte-me o que sabe sobre Derek Stephens.

— Stephens? Por que quer saber dele?

— Apenas me conte — pedi.

— Passa seu tempo na justiça federal, destruindo pessoas em nome da Horizn. Na maior parte, ações de propriedade intelectual, pessoas violando patentes da empresa.

— Sei, isso está se tornando comum.

— Ele não aparece muito, mas sempre há um burburinho quando vai ao tribunal. Basicamente porque todo mundo o odeia.

— E qual é a razão?

— O clássico babaca. Trata todo mundo como lixo, mas não sofre nada porque é brilhante. É o tipo de coisa que, com o tempo, passa a incomodar. Ele também dá em cima de qualquer coisa que se mova.

— Então ele não é casado.

Sammy balançou a cabeça negativamente.

— Ele tem uma namorada, mas você nunca desconfiaria pelo modo como se comporta. Vi essa mulher três ou quatro vezes. Muito sofisticada. Acho que é professora universitária ou algo parecido. O que eu sei é que ela anda como se tivesse um diploma de doutorado enfiado no rabo.

— Arrogante?

— Ah, sim. Anda nas pontas dos pés, como se não quisesse sujá-los. Usa uma aliança.

— Quer dizer que eles têm um compromisso?

— Acho que sim. Mas ela dá trabalho, isso eu posso garantir. Deve ser por isso que Stephens gosta de passear pelo tribunal, atrás de secretárias. — Sammy pegou outro copo. — Embora elas saibam que é um babaca, vão atrás dele como cachorrinhos. Depois vêm as lágrimas.

— Talvez vejam como um desafio. Sabe, domar a fera.

— Claro, e talvez seja porque ele é rico. Acredita que ele conseguiu que lhe arranjassem um cartão de acesso à garagem subterrânea, só para não expor sua maldita Ferrari às intempéries do clima?

— Ele dirige uma Ferrari?

— Só em dias perfeitos, sem uma nuvem no céu. Mas não é essa a questão.

— E qual seria?

— A questão é que Derek Stephens basicamente consegue convencer qualquer um a fazer qualquer coisa.

Fiz um gesto de anuência, imaginando que ele estaria usando seu poder de persuasão em Blu. Eu não devia ter interferido. Pelo menos, não tinha esse direito específico. Mas raramente aparece uma oportunidade tão perfeitamente alinhada. E quando acontece, é quase uma obrigação tirar vantagem. Depois de tomar todos os cuidados básicos, abri o compartimento das bombas.

— Sammy, meu caro, você acaba de ganhar uma nova razão para viver.

— É mesmo?

— Deste momento em diante, só há uma razão para você acordar de manhã, e essa razão é tornar a vida de Derek Stephens um inferno.

— E por que eu desejaria isso?

Ajustei a mira pela última vez e soltei a bomba.

— Porque a próxima pessoa que ele fará chorar é a mulher que você ama, Blu McClendon.

O rosto de Sammy Liston disse tudo que eu precisava saber. Haveria guerra.

MINHA SECRETÁRIA MERECIA conhecer a verdade sobre Stephens, mas aquilo não significava que a tarefa cabia a mim. Para começar, a relação entre empregador e empregado não ia até esse ponto. Além disso, Blu tinha 28 anos e era linda de se olhar, portanto eu presumia que ser assediada por homens comprometidos fosse uma ocorrência comum em sua vida. Mas a verdade é que eu não sabia se devia levar Stephens tão a sério. Entre acabar com concorrentes mais fracos para a Horizn e assediar todas as outras mulheres de sua vida, ele provavelmente se mantinha bastante atarefado. De qualquer forma, eu acabara de soltar Sammy em cima dele, o que o manteria ocupado por um tempo.

Meu problema naquele momento era descobrir tudo que pudesse sobre a morte de Doug. Trabalhar num caso sem qualquer tipo de pista é a essência da simplicidade. Tudo que se pode fazer é balançar todas as árvores à vista e pedir a Deus para que algo caia. A despeito do que tivesse acontecido a Doug, uma coisa era certa: de algum modo, ele pusera as mãos numa quantidade de fentanil suficiente para acabar com a própria vida. Assim, às 14h30, saí da I-75 na Ralph Abernathy, virei à esquerda na Pollard e segui até o conjunto McDaniel Glen.

Atlanta é uma cidade mergulhada no sofrimento constante da destruição e da reconstrução simultâneas, e a área em torno do Glen ilustra isso mais que qualquer outra. Enquanto montantes ilimitados de dinheiro continuam a fluir na direção norte, todas as construções da área central parecem ter se degradado. Algumas regiões — situadas bem longe dos subúrbios de frias mansões projetadas e gramados perfeitamente aparados — são guetos clássicos, com prédios que parecem pertencer à Beirute pós-bombardeio. Depois das Olimpíadas, um prefeito negro insistiu que os piores conjuntos habitacionais fossem destruídos, e os moradores, removidos para o sul. Como resultado, alguns brancos estão voltando para reivindicar e enobrecer as monstruosidades mais espaçosas e bem estruturadas da área central. Antigas fábricas estão sendo transformadas em lofts chiques, enquanto a um quarteirão de distância se encontram carros enferrujados e casas condenadas. A conseqüência é um tipo exótico de contradição gerado pelo agrupamento de diferentes classes. O investimento olímpico ignorou o McDaniel Glen, que sobrevive resignado e inalterado, um resquício de tempos mais sinistros. De modo geral, não é um lugar feliz. Criadouro da falta de perspectiva, acabou invadido pela praga do crime.

Para chegar ao Glen, deve-se virar à esquerda na Casa Funerária Pollard — primeiro sinal de que há algo de errado — e passar pelo Lar de Nossa Senhora do Perpétuo Socorro, um asilo e casa de repouso também com um nome perfeito para a região. Depois, ao atravessar a Pryor Street, passamos pelos poucos sortudos que conseguiram botar as mãos nas novas unidades construídas para as Olimpíadas, casas decentes com janelas deslizantes e vistas razoáveis. Basta virar mais uma vez, porém, para dar de cara com o enorme letreiro, a uma altura de dez andares, da antiga fábrica de pneus Toby Sexton. Os prédios gigantescos embaixo do letreiro estão todos vazios, abandonados, sem janelas e cobertos de pichações. É nesse ponto que qualquer pessoa que não mora no Glen murmura as palavras "não, não, não" e começa a procurar um modo aparentemente inexistente de dar a volta. O instinto de autopreservação, refinado por milhares de programas de TV e noticiários, lança adrenalina no fluxo sangüíneo em ritmo acelerado. Normalmente, encosta-se o carro no primeiro canto à vista, sem chamar muita atenção, como se tivéssemos acabado de levar uma torta aos parentes. Depois, faz-se o retorno em direção às áreas mais limpas e bem patrulhadas de Atlanta.

A maior parte dessa adrenalina é gasta à toa. Todo mundo fica com certo medo em conjuntos habitacionais, mas pessoas que nunca estiveram nesse tipo de lugar geralmente temem as coisas erradas. Quando ainda é dia e não se está a bordo de uma picape com tração nas quatro rodas e placas decoradas com a bandeira dos Estados Confederados, não há grande risco de ser atacado. Mas, em Buicks maltratados, como o meu, recebemos ofertas de drogas pelos dez primeiros quarteirões; depois pensarão que se trata de um assistente social e não farão nada.

O monstro do McDaniel Glen é a *mesmice*, que entorpece e mata a alma. O lugar é gigantesco. Tem mais de mil e cem unidades de habitação idênticas, com acabamento em tijolo vermelho. Quarteirão após quarteirão, viela após viela, sempre os mesmos tijolos sujos, os mesmos carros enferrujados parados nas ruas, as mesmas tristes roupas secando em fios. Depois de viver lá por um tempo, até sonhar com o mundo do lado de fora começa a ser difícil.

Dirigi pela rua principal do Glen à procura de Pope, deixando que os olhos dos traficantes e das crianças entediadas se fixassem em mim, até eu decidir encostar e estacionar o carro. Eu tinha idéia de onde encontrá-lo. Se, por acaso, sua vida ficar difícil a ponto de precisar de habitação popular, preste atenção à regra: todo grande conjunto tem um escritório federal do Departamento Metropolitano de Habitação. E, quanto mais perto uma unidade fica do escritório, melhor. Na verdade, esses apartamentos são ocasionalmente reformados, e a iluminação da rua quase sempre funciona. Isso acontece porque, quando os figurões vêm de Washington, gostam de ver os movimentos sociais desfilando de braços dados pelo paraíso. Portanto, se puder, tente ficar sempre por perto.

Devido à sua posição no tráfico de drogas local, Pope encontra-se no topo da cadeia alimentar desse pequeno e assustador mundo. Ele também é funcionário do governo; ou seja, o povo americano ainda pode se sentir satisfeito por lhe pagar um salário. Jamal ganha 640 dólares por semana como responsável pela manutenção no Glen. O contracheque que recebe duas vezes por mês tem uma marca d'água com a imagem do Capitólio, o que impede falsificações. No caso de Jamal Pope, entretanto, esse recurso tecnológico é um desperdício, porque 640 dólares não passam de trocado, em comparação aos 30 mil dólares livres de impostos que ele fatura como presidente do Laboratório McDaniel Glen.

O ÚLTIMO ADEUS | 81

Alguém poderia achar que nunca teria interesse em emprego algum no mundo da habitação pública. Mas deveria pensar por um segundo e procurar no fundo do coração. Quando se é do tipo que prefere ser um rei no inferno a um escravo no paraíso, é preciso reconsiderar. O poder obtido como responsável pela manutenção de uma propriedade do Departamento Metropolitano de Habitação é o mais próximo do absoluto que uma pessoa vinda de certos países subdesenvolvidos pode chegar. A função exige que você more no lugar — certamente um ponto negativo —, mas, por outro lado, o mundo triste, degradado e assustador por trás dos muros seria seu casulo.

A fonte do poder é um molho de chaves. Atrás das portas que elas abrem, está cada lâmpada, maçaneta, torneira, galão de tinta, pedaço de fiação elétrica, vedação de vaso sanitário, placa de gesso. E, como estamos falando de Atlanta, não devemos nos esquecer de cada *ar-condicionado* disponível aos necessitados moradores sob seu governo. O administrador é uma figura respeitada por todos. E isso é apenas o começo do seu poder. Porque existe um segundo molho de chaves.

Essas outras chaves — o nexo do seu poder — abrem as portas dos apartamentos propriamente ditos. É possível entrar em qualquer moradia na hora que quiser. Acabar com vidas — ou torná-las, repentinamente, mais fáceis — está ao seu capricho. E você ainda tem mais poder. Graças ao terceiro molho de chaves, que abrem as portas dos apartamentos vazios.

No negócio das drogas, fornecedores e consumidores preferem permanecer escondidos. Você, o dono das chaves, oferece espaço a ambos: mostruário de drogas à esquerda, boca de fumo abandonada à direita. Você é atacadista, varejista e intermediário. Jamal Pope controlava tudo.

Desci do carro e comecei a percorrer a rua ao lado do escritório do DMH. Depois de dar alguns passos, vi Pope, o dono das chaves do Glen, sair de uma esquina para me observar, cauteloso, tentando concluir se eu era um cliente ou um problema. Ele tinha a solução para ambos os casos. Jamal não ostentava. Próximo dos quarenta anos, usava calças largas e uma camiseta azul-clara com a inscrição "A Glock é minha companheira". Estávamos um olhando para o outro, separados por cerca de seis metros.

— Sabe do Doug Townsend? — perguntei.

Pope continuou me observando por um tempo, ignorando a pergunta. Não era uma atitude de ameaça; ele estava apenas tentando entender. De repente, um sorriso tomou conta do seu rosto.

— Você é o cara que tirou o Keshan da cadeia. — Era bom saber que fazer meu trabalho direito me trazia a gratidão de uma pessoa como ele. Mas o que importava era que, naquele momento, Jamal Pope estava disponível. — Não vejo meu amigo Dougie há um tempo — disse ele. — Anda fora de circulação.

— Meio grama não parece ser seu tipo de negócio — argumentei. — Talvez você possa perguntar aos seus subordinados.

— Zero vírgula quarenta e nove — corrigiu Pope. Eu assenti: qualquer quantidade abaixo de meio grama representava um delito de menor gravidade, com uma pena curta. A maioria dos traficantes tomava cuidado para não passar desse limite. — Vou perguntar ao Coelho. Ele deve saber.

Coelho, principal gerente de Pope, ganhara o emprego, o apelido e a fama que tinha nos conjuntos por matar na hora um sujeito que tentara tomar o território de Jamal. Ganhava mil dólares por semana e mantinha até dez traficantes menores trabalhando para ele — um serviço de entregas que trocava dinheiro por pacotes. Ele também era o filho de 14 anos de Pope.

Pope pegou um celular e digitou um monte de números, aparentemente para um pager. Uns cinco minutos depois, Coelho saiu de uma esquina, montado numa bicicleta.

— O que foi? — perguntou, ao chegar.

Ele era o típico garoto ansioso e agitado, exceto pelos olhos injetados. Apesar do calor, vestia um moletom preto dos Oakland Raiders.

— Responda às perguntas do cara, moleque — disse o pai. — Até eu mandar parar.

O amor entre pai e filho era comovente.

— Coelho, estou tentando descobrir o que aconteceu a Doug Townsend — expliquei.

— Está morto — disse ele, sem dar importância. — Morreu faz uns dias.

— Isso mesmo. Preciso saber se ele estava limpo nos últimos meses. Não se preocupe, não tem nada a ver com você. Só preciso de uma resposta clara para descobrir a verdade sobre Townsend.

Coelho olhou para Pope, que deu o consentimento.

— Ele estava limpo. Fazia um tempo que eu não via aquele branquelo.

— Você nunca o viu tentando comprar fentanil, viu?

Pope interrompeu a conversa com uma cara feia.

— Eu não mexo com esse tipo de produto — disse ele. — Não é muito bom matar os clientes.

— Vou contar uma coisa — disse Coelho. — Nosso amigo Dougie estava metido com umas coisas esquisitas.

— Esquisitas?

— Uns nomes que eu não podia nem pronunciar. Produtos farmacêuticos. Posso garantir que não é nada leve.

— O que isso significa?

— Estou dizendo que conheço tudo que um cara pode consumir, e nunca tinha ouvido falar daquela merda. Se for maconha, crack, metanfetamina, tudo bem. Se não for nada disso, pode sair da minha área.

Apesar da idade, Coelho sentia-se totalmente à vontade para falar de seus produtos, como se fosse um empresário discutindo o preço do trigo na Ucrânia.

— Ele tinha traços de fentanil no corpo quando morreu — contei. — Já sei que você não vende isso. Mas, se alguém quisesse arranjar fentanil, onde poderia procurar?

Coelho pensou por um minuto.

— Acho que na avenida Dilaudid.

A rua Sete, conhecida como avenida Dilaudid porque era onde aconteciam todos os negócios com medicamentos, ficava no outro lado da cidade, no conjunto Perry Homes.

— Conhece alguém por lá? — perguntei.

Coelho olhou de novo para o pai, mas dessa vez Pope fez um sinal negativo.

— Um negócio desse tipo é bem difícil de achar na rua — disse Coelho, de modo vago. — Esse negócio de medicamento está fora da nossa área de atuação.

Pensei na possibilidade de Townsend estar vendendo drogas, uma hipótese que não podia ser totalmente descartada em se tratando de um viciado. Se Doug tivesse tomado aquele rumo, certamente estaria metido num cenário bem mais obscuro. Virei-me para Pope.

— Se alguém quisesse comprar medicamentos controlados em quantidade, aonde iria?

Pope pensou um pouco. Só Deus sabe que lembranças e conexões passaram por sua cabeça. A resposta, porém, não poderia ter sido mais simples:

— Eu arrumaria um médico. Oferecer um negócio, entende, uma percentagem. Melhor ainda, procuraria um farmacêutico. Depende da quantidade que você pretende negociar. Um farmacêutico poderia arranjar mais.

Assenti.

— Imagino que você não conheça...

— Seu tempo acabou — disse Pope.

Ele não parecia irritado. Só não era muito bom para os negócios ficar parado ao lado de um sujeito branco carregando uma maleta velha.

— Última pergunta — insisti. — Já ouviu falar de uma mulher chamada Michele Sonnier?

— Sonnier?

— Isso. Ela é cantora. De ópera.

Pope sorriu.

— Claro. Adoro relaxar ouvindo essa merda. — Ele olhou para meu Buick. — Está vendo, moleque? — disse ao filho. — É isso que você consegue com uma vida certinha.

Os dois riram e desapareceram no labirinto de prédios retangulares idênticos.

CAPÍTULO 7

A QUE PONTO EU CHEGARA. *Minha vida é um alerta para o filho de um traficante de drogas. Ótimo.* Com as palavras de Pope ecoando nos meus ouvidos, entrei no estado de indiferença necessário para enfrentar o trânsito de Atlanta no meio da tarde. Peguei a rampa de subida e entrei na artéria de concreto, totalmente entupida, construída antes que a denominação "via expressa" se tornasse irônica. Eu seguia na direção sul, retornando ao meu escritório, mas precisava fazer uma parada no caminho. Tinha de visitar um templo. Um templo com um único seguidor.

Andei a 50 quilômetros por hora, acompanhando a cidade se transformar sob meus pneus. Dez minutos depois, virei na Martin Luther King, uma interseção que penetrava mais fundo na parte antiga e degradada de Atlanta. Parei numa pequena loja e peguei minha encomenda de sempre — minha oferenda. Em poucos minutos, cheguei à ladeira suave e comprida que levava à avenida Oakland. Finalmente avistei meu destino.

A exemplo da avenida, o Cemitério de Oakland devia seu nome às árvores. Fora construído bem antes de um terreno de um acre numa região tranqüila de Atlanta custar meio milhão de dólares. Adentrar aquela imensidão serena — pontuada por graciosos carvalhos, cicutas e salgueiros levemente curvados — é se libertar do barulho estridente da vida no caos urbano e penetrar um lugar em que a alma pode descansar. São quase 90 acres de tranqüilidade que oferecem o isolamento de um lugar gravado na história. Qualquer ruído intrometido vindo da cidade ao redor morre entre as folhas trêmulas de árvores tão velhas quanto Abraham Lincoln.

Estacionei o carro, desci e deixei a paz do lugar me invadir. Levou alguns minutos, mas eu não tinha pressa. Caminhei sobre a grama verde, sentindo o vento quente no meu rosto. Enquanto andava naquele lugar que já se tornara familiar para mim, eu olhava os nomes nas lápides. Era uma aula de história sobre antepassados ingleses: Andrews, Sullivan, Franklin, Peery. Fileira após fileira, percorri 150 anos de sangue sulista. Houvera um tempo em que a área central de Atlanta fora o centro do universo do Sul. Os ricos e bem relacionados eram enterrados no Cemitério de Oakland desde antes da Guerra Civil.

Depois de chegar a um amplo mausoléu — erguido por uma família rica o bastante para esconder seus mortos numa fortaleza de isolamento —, virei à esquerda, para a curta caminhada que levava ao meu destino. Contei seis lápides numa pequena subida, parei e olhei para a direita. Inscritas numa pedra de mármore branco estavam as improváveis palavras: *Violeta Ramirez. 1977-2001. La flor inocente. Bella como la luna y las estrellas.*

Aquele pedaço de terra e a lápide custaram quase todo o dinheiro que eu ainda tinha após deixar o Carthy, Williams e Douglas. Eu não ligava. O que importava era que ali, cercada pela elite abastada de Atlanta, repousava Violeta Ramirez, a flor inocente, bela como a lua e as estrelas.

Deixei as tulipas encostadas na lápide — vermelhas como o sangue. Fechei os olhos e fiz uma oração por sua alma. E outra pela minha.

No escritório, Blu tinha uma lista de recados à minha espera: um da promotoria, que queria marcar um depoimento; as habituais ligações perturbadas dos meus clientes, algumas racionais, outras não; uma mensagem particularmente irada da mãe de alguém que fora condenado uma semana antes. Eu conhecera o filho dela meia hora antes da audiência. Portanto, em tese, é possível que ele não tenha recebido a representação legal a que tinha direito. No entanto, obviamente todos na sala sabiam que ele era culpado, e isso tudo não passa de discurso.

Eu sentia um pouco de culpa em relação a Blu. Toda aquela reflexão sobre ética me fizera pensar se soltar Sammy em cima do novo pretendente dela era uma atitude correta. Stephens estava traindo sua namorada, o que, logicamente, tornava-o um babaca. E claro que ele podia cuidar de si mesmo. Mas Sammy nascera no Sul, ao contrário de Stephens, o que deixava o riquinho em desvantagem no jogo que estava para começar. Se você um dia se vir no papel de intrometido num relacionamento, peça a Deus para que a outra pessoa seja do Wyoming ou de algum lugar parecido. Se essa pessoa for da Geórgia — ou, pior ainda, do Alabama, como Sammy — será hora de assumir uma postura defensiva.

Resolvi ignorar todos eles e parei para pensar. A referência que Coelho fizera a medicamentos certamente era um complicador. Não via razão para Doug se interessar por remédios, legais ou não. Não havia nada de muito diferente em seu declínio: ele começara pelo ecstasy, totalmente adequado à sua personalidade, e depois se metera com cocaína, por causa da tendência crescente de misturar as duas drogas. Essa é a armadilha das brincadeiras com tóxicos: as pessoas tornam-se criativas quando seria melhor não inventar muito. Havia ecstasy com heroína, com cocaína, com *speed* e com sabe-se lá mais o quê à venda nas ruas de Atlanta, com nomes de desenho, como Patolino e X-Men. Uma coisa levava à outra e, um dia, Townsend decidira que gostava mesmo era de cocaína e podia viver sem ecstasy. Provavelmente, ficou satisfeito por alguns meses, até que sua vida começou a se desintegrar. Nesse ponto, a trágica aritmética do vício levou-o a opções mais baratas. Doug Townsend não podia mais pagar por cocaína pura, e também não se dava bem com crack, a opção dos mais pobres. Assim, como muitos outros nerds, Doug foi atrás de metanfetaminas. Eram baratas, e para pessoas que gostam de passar a noite em claro escrevendo código de programação, elas têm poderes mágicos.

Nada daquilo ligava Doug à avenida Dilaudid e ao conjunto Perry Homes. Eu, sinceramente, não queria ir até lá. Em primeiro lugar, não tinha contatos e, naquelas condições, uma pergunta errada à pessoa errada podia calar uma parcela inteira da sociedade. As conversas espalham-se tão rapidamente nesse tipo de lugar que, se você piscar, perde a história. Mas naquele momento, pelo menos, havia uma alternativa, e fazia sentido em diversos níveis apostar nela.

O computador de Townsend estava montado sobre uma pequena mesa no meu escritório. No interior dele, eu esperava encontrar várias respostas para minhas perguntas. E me dei conta de que, quanto mais informações achasse, mais improvável se tornaria a possibilidade de Doug ter se matado. Se soubesse com antecedência quando morreria, certamente teria apagado qualquer coisa horrível de sua máquina. Mesmo pessoas no corredor da morte não gostam da idéia de serem humilhadas depois de deixarem esse mundo.

Peguei o telefone e liguei para Michael Harrod. Uma secretária eletrônica atendeu. Era a voz de Harrod: "Anda logo, você está atrapalhando minha transferência de dados". Depois ouvi um sinal.

— Michael? Olha, sobre aquele favor, vou precisar dele agora. — Silêncio. — Sei que está aí, Michael. Você nunca sai, a não ser quando vai pegar alguma coisa na Radio Shack. — Mais silêncio. — Pesadelo?

Harrod atendeu.

— Oi, pode falar.

— Lembra daquele servicinho que eu tinha para você?

— Sei.

— Bem, provavelmente seria bem mais fácil se estivesse aqui.

— Provavelmente.

— Deixe-me refrescar sua memória. Livrei você de se tornar a bonequinha no clube de férias do condado de Fulton. Está na hora de pagar.

Silêncio novamente. Depois de muito tempo, Pesadelo disse:

— De quem é esse computador, afinal?

— Isso importa?

— Claro, não quero me meter numa fria.

— Um ex-cliente meu. Você não conhece.

— Qual é o nome dele?

— Doug Townsend.

Houve um silêncio de pelo menos 15 segundos antes da resposta.

— Consegui descobrir de onde você está ligando.

E, então, ele desligou.

NÃO TIVE TEMPO DE PENSAR no que significava a resposta de Pesadelo. Antes que eu pudesse botar o telefone no gancho, ouvi Blu revirando seus pertences fora da sala. Fui até lá, curioso. Ela arrumava suas coisas, como se estivesse para sair. Olhei para o relógio: ainda faltava quase uma hora para o fim do expediente. Defeitos à parte, ela costumava ser pontual, tanto na hora de chegar quanto na de ir embora. Sentei-me numa das cadeiras da sala de espera. Observei-a enfiando uma revista na bolsa, lembrando mais uma vez como nossas vidas eram diferentes. Como seria ter uma gama tão limitada de qualidades, mas ter essas poucas em tão espetacular abundância? Como seria virar uma mulher como ela, entrar num bar e fazer acelerar o batimento cardíaco de todos os homens heterossexuais do lugar? E minha maior curiosidade: como seria saber que havia poucas oportunidades — momentos de sorte — em que suas qualidades poderiam encontrar um dos raros homens com plena capacidade para realizar todos seus sonhos? Faria diferença, realmente, que o sujeito fosse um babaca de proporções épicas? Blu ergueu a cabeça, olhando para mim e sorrindo:

— Vou sair mais cedo hoje, se não houver problema — disse, com suavidade.

Sua voz tinha um tom de desejo reprimido.

— Ainda não está na hora de fechar — informei. — Só para lembrar.

Ela sorriu.

— Você não se importa, não é, Jack? Faz uma hora que o telefone não toca. — Eu tinha de admitir que aquilo era verdade. — É que eu tenho um encontro.

Blu enfiou um pé num escarpim azul. Eu não percebera que até então ela estivera descalça.

— Vai sair com aquele Stephens?

Seu sorriso cresceu. O tempo pareceu parar enquanto eu esperava a resposta. Três palavras revelaram tudo que eu queria saber.

— Ele é maravilhoso. — Ela pegou a bolsa e se dirigiu à porta. — Se não precisar de mais nada, até amanhã. Tchau, Jack.

Com aquelas palavras, ela deslizou pela porta, deixando-me sozinho no escritório. Imaginei Blu sendo levada a Nova York num jato corporativo da Horizn, para um passeio de compras liberadas.

Andei em círculos pelo escritório até Pesadelo chegar. Por incrível que parecesse, ele trocara de camiseta. A nova trazia a foto de uma ovelha com expressão de surpresa e a frase "Dolly Lama, Nossa Líder Espiritual". Sua atitude também mudara. Desde que passara pela porta, pude sentir sua empolgação.

— Onde está? — perguntou, sem me cumprimentar.

Apontei para minha sala.

— Parece que eu disse as palavras mágicas.

— É.

— Está insinuando que conhecia Doug Townsend?

— Nunca o conheci pessoalmente. Mas mesmo assim tenho respeito pelo Matador.

— Matador?

— Doug.

— Doug Townsend era conhecido como Matador?

— Escuta, cara, estamos falando de uma realidade alternativa. Ser chamado de Matador não significa que ele andava com uma arma. Significa *matador de arquivos.*

— Mas você está dizendo que Townsend tinha uma reputação na comunidade hacker.

Pesadelo deu um sorriso.

— Que comunidade hacker?

Fiquei olhando para ele por um instante antes de dizer:

— O computador está por aqui.

Pesadelo me seguiu até a sala, onde eu tinha colocado o computador de Townsend sobre uma mesinha. Ele se sentou e depois abriu uma valise contendo dezenas de discos. Levou uns cinco minutos para perceber que entrar na máquina do meu ex-cliente não seria moleza.

— Merda — disse Pesadelo.

— Problemas?

— Não há quase nada aqui. Ele estava trabalhando através de algum computador central. Pelo que temos aqui, devia ser da universidade Georgia Tech.

— Por que eles?

— Por que eles têm uma estrutura enorme e uma postura descuidada. São os estudantes de graduação que gerenciam os computadores centrais.

— Então estamos ferrados?

Pesadelo sorriu de novo.

— Só vai levar um tempinho.

— Quer alguma coisa? Uma Coca?

— Tem água mineral?

— Não.

— Então nos vemos quando você voltar.

Aparentemente, Pesadelo era saudável no que dizia respeito a bebidas. Levantei da cadeira e saí para a lojinha que ficava na esquina do quarteirão. Quando voltei, o sorriso pretensioso de Pesadelo desaparecera.

— Essa merda é complicada — disse ele.

— O que isso quer dizer?

— Quer dizer que essa merda é bem complicada.

— Agora, sim, ficou claro. Obrigado. — Pesadelo franziu a testa, e eu perguntei: — Quer dizer que ele estava tentando invadir um sistema com defesas poderosas ou algo parecido?

— Não tenho idéia do que ele estava tentando invadir. Mas o que quer que seja, deixou o Matador preocupado. As defesas são no sentido inverso.

— Como assim?

— Está na cara que ele não queria ninguém indo atrás de suas conexões e identificando sua máquina. Esse negócio está protegido. Por dedução, são senhas, já que o Matador não teria recursos para uma barreira de hardware, como reconhecimento da palma da mão ou da íris. Seja lá o que for, é um negócio sinistro, cara. A maioria das senhas tem seis caracteres, às vezes oito. Essa aqui tem 26. É coisa de maluco.

— Vinte e seis?

— É. Mas fica pior.

— Que ótimo.

— Matador estava usando a nova criptografia de 4.096 bits. O número de possibilidades é de... acho que as calculadoras não chegam a números tão altos. Tipo um bilhão de bilhões.

— Maravilha.

— Talvez mais. É tão inimaginável que não consigo pensar no número.

Tentei acreditar que pessoas como ele conseguissem fazer algum tipo de mágica.

— E então, o que fazemos?

Pesadelo parou para pensar.

— Posso preparar um programa de força bruta — disse ele. — Um programa que tenta todas as combinações. Mas tem um problema.

— E qual é?

— Demoraria cerca de seiscentos anos para acabar de rodar.

— E aquelas cenas de filme em que o cara aperta uns botões e, pronto, estamos dentro do computador?

O rosto de Pesadelo era puro desprezo.

— Coisa típica de Hollywood. Leva *semanas* para passar por uma proteção dessas. Para entrar aí, precisamos de uma estratégia mais objetiva, em vez de desperdiçar nossas forças. Estou rodando a versão mais atualizada do Crack, mas acho que será inútil. — Pesadelo nem me deu a chance de perguntar. — Ataque automático com dicionário. Ele contém todas as palavras da nossa língua. Tenta invadir com todas as combinações possíveis. Mas essa criptografia é inatingível, mesmo com meu computador de casa trabalhando simultaneamente.

— Você pode fazer isso?

— Claro, posso espalhar o Crack por múltiplas plataformas, com um ganho significativo de poder de processamento. Talvez, se eu conseguisse colocar o computador central da Georgia Tech para trabalhar nisso, nós tivéssemos uma chance.

— É possível?

— Hum, talvez.

— Michael, isso vai funcionar?

— Você está perturbando muito, cara. Preciso pensar.

Passaram-se quatro horas. Eram nove e meia. Pesadelo dissera que estava com fome, e eu propus pedir uma pizza. Sua resposta foi, literalmente, a seguinte:

— Que se dane essa merda. Vou para casa.

— Está desistindo?

Pesadelo começou a andar para lá e para cá diante do computador de Townsend. Achei melhor não incomodá-lo.

— Preste atenção — disse ele, alguns minutos depois. — Preciso pensar nisso. Encontro você aqui amanhã de manhã.

— Para fazer o quê?

Ele olhou para mim.

— O Matador era bom. Mas não era nenhum Pesadelo.

CAPÍTULO 8

QUEM QUISER TER UMA imagem romântica de Atlanta — e a maioria dos moradores de lá quer — deve tentar vê-la no pôr-do-sol. Sob a luminosidade fraca do anoitecer — aqueles preciosos minutos — a cidade oscila entre suas várias personalidades, sublime e intocável. É uma ocupação urbana erguida no meio de uma floresta, com seus limites rígidos amenizados pelas copas das nogueiras, estoraques, carvalhos e bordos vermelhos. Existe algo de frágil em seu encanto, principalmente para nós que passamos nossos dias e noites acompanhados da vegetação rasteira que se esconde sob sua superfície. Mas, à medida que a noite avança, seu sentido histórico torna-se mais obscuro; o tom começa a ficar mais urbano, menos marcadamente sulista. Trata-se de uma cidade presa entre o sol e a escuridão, entre a história e o futuro.

O passado da cidade é refém da doce fragrância das flores de magnólia, que, apesar do impacto dos automóveis e dos arranha-céus, de algum modo ainda sobrevivem. Este é um mundo em que a bandeira dos Estados Confederados pode ser considerada, sem exagero, um símbolo romântico. Ela está gasta nas extremidades, mas sua resistência já calou a boca de muitos observadores da cultura, poucos deles nativos do Sul. Neste mundo, ainda existem cotilhões para jovens garotas brancas, desde que elas tenham pais suficientemente ricos e nostálgicos. Eles se prendem a tais convenções porque sentem o que está por vir: a nova economia pregada por Pesadelo. Essa outra versão de Atlanta é o coração do Sul high-tech, um ponto central de um mundo sem rosto ou alma desprovido de fronteiras e de história. Esse mundo chegará em breve. Quando isso acontecer, combinar palavras como "sulista" e "gracioso" será tão anacrônico quanto os Filhos da Confederação. No meio de tudo isso, frágil e tentando desesperadamente se manter, encontra-se o presente de Atlanta, sua luminosidade: a vida urbana no Sul dos Estados Unidos. Eu entendo sua diversidade melhor do que a maioria. Cresci na área rural do Sul, por isso conheço o mundo do qual as pessoas que vão para Atlanta estão fugindo, uma parte importante da sua psique. Depois fui para Emory, por isso sei como são as crianças que crescem tão protegidas e privilegiadas, a ponto de seu conceito de crise ser gastar além do limite de seus cartões de crédito. Trabalhei no Carthy, Williams e Douglas, por isso conheço o jeito peculiar com que os pais dessas crianças sacaneiam e recompensam uns aos outros, graças ao sistema jurídico americano. E, porque tive a alma reprovada em seu teste mais importante, agora passo os dias com a escória da cidade, pessoas para as quais nem toda a genialidade da classe dominante consegue pensar num destino que não envolva serem tratados como gado. Para o bem ou para o mal, virei um inconveniente especialista nas almas maltratadas do Sul.

Dirigindo pelos 25 quilômetros que separavam meu apartamento do teatro Fox, passei por tudo aquilo. Da região sul de Atlanta, deve-se contornar até o noroeste, entrando nos parques industriais dos subúrbios que cercam a cidade e nos quais se reúnem, de poucos em poucos quilômetros, prédios de vinte andares em aço e vidro; depois, pega-se a I-75 para o norte, passando pela convergência de linhas de trem e pelos depósitos de cargas que fazem de Atlanta o principal centro de distribuição do Sudeste; depois passamos pelo McDaniel Glen, o curral de gado humano; e, finalmente, pegamos a saída para a rua Oito, em direção ao centro, onde os bancos e as empresas tradicionais fazem negócios. Desse ponto, são poucos quarteirões até o Fox.

Eu ia ao Fox pelo mesmo motivo que fora ao Glen: era a única coisa em que eu conseguia pensar. Era a última das três noites de apresentação de *Capuletos e Montéquios*, e eu sabia que Michele Sonnier estaria atrás daquelas paredes por mais um tempo. Enquanto dirigia até o Fox, olhei para o relógio: passava das onze. O espetáculo encerrara-se meia hora antes. Entrei no estacionamento privado sem problemas; os seguranças já estavam longe. Estacionei, desci do carro e caminhei até a saída do palco. Havia um grupo de vinte pessoas, bem-vestidas, mas diferentes das que estiveram presentes no Four Seasons. Aqueles eram fãs verdadeiros de ópera, em sua maioria estudantes universitários.

Aproximei-me do grupo e perguntei a uma jovem se estavam esperando por Sonnier. Ela deu um grande sorriso e fez que sim. Não sabia quanto tempo levaria; aparentemente, Sonnier não tinha pressa. Para mim, não havia problema. Eu esperaria o tempo que fosse necessário.

De poucos em poucos minutos, a porta se abria e alguém saía, mas a multidão sempre se desfazia como uma bolha ao perceber que não era a estrela. Cheguei a me sentir mal por algumas das cantoras, que surgiam com sorrisos no rosto só para se tornarem alvos do desapontamento repentino por não serem outra pessoa. Mas finalmente a porta se abriu mais uma vez e o homem que acompanhara Sonnier durante a festa no Four Seasons apareceu. Escondime numa sombra, ao lado do prédio, por ora satisfeito em apenas olhar. O homem parecia entediado; acendeu um cigarro e ficou observando o grupo de fãs distraidamente. Alguns minutos depois, veio Sonnier, usando um cachecol de algodão no pescoço, apesar do calor. A multidão aplaudiu sua chegada, e ela sorriu, mas eu fiquei surpreso ao notar sua aparência. Carregava um ar de profundo cansaço, muito pior do que durante a festa. A impressão era de que cantar uma ópera por três noites seguidas tinha seu preço.

O ÚLTIMO ADEUS | 99

A pequena multidão se aglomerou ao seu redor. Depois que algumas pessoas a abraçaram, com toda naturalidade, o homem que a acompanhava usou os braços para abrir um pouco de espaço. A expressão de Sonnier era de alguém que precisava daquilo. Ela estava exausta. Alguém lhe fez perguntas sobre canto; eu podia ver a fadiga por trás de seus olhos. Provavelmente, ela já ouvira aquelas perguntas uma centena de vezes. Mas ainda assim respondeu a todas e deu autógrafos. Quando só restavam três ou quatro pessoas, avancei discretamente até a periferia de seu campo de visão, embora permanecesse parcialmente na sombra. Sonnier olhava para baixo, autografando um papel. Ela percebeu a presença de alguém diferente e olhou para cima. Como eu estava na meia-luz, não creio que tenha me reconhecido naquele momento. Ela deu outro autógrafo, mas eu podia senti-la procurando por mim no escuro, curiosa. Sonnier tinha o radar dos famosos — um detector de pessoas que estão atrás de algo. Uma limusine encostou para conduzi-la ao hotel. Enquanto o homem ia até o carro conversar com o motorista, dei um passo na direção da luz, à esquerda de Sonnier. Ela se virou e me viu claramente; sua caneta parou no meio do nome. Trocamos olhares por um segundo e depois ela virou a cabeça.

Talvez fosse o choque de me ver novamente. Se ela acreditava ter me enganado em nosso primeiro encontro, a ilusão acabou ali. Sonnier estava rija e tensa. Permaneci ao seu lado, a cerca de um metro e meio, sem pressioná-la. Ela continuava conversando com os últimos fãs, mas agora estava com pressa. Quando só restava uma pessoa, gritou para o homem ao lado da limusine:

— Bob, podemos ir?

O homem virou-se e, ao me ver, correu abruptamente na direção de Sonnier. Não sei se ele se lembrava de mim do Four Seasons, mas certamente captara a mensagem no tom de voz dela. Ignorando minha presença, ele sorriu para a mulher que conversava com Sonnier e disse:

— Importa-se em irmos andando até a limusine?

Sonnier dava o último autógrafo enquanto andava; a porta da limusine a aguardava. De repente, ela estava entrando no carro. Não fui atrás dela. Não havia sentido naquilo. Eu só tinha uma pergunta a fazer, e ela não a responderia no estacionamento do teatro Fox: "Por que você mentiu sobre não conhecer Doug Townsend?".

Assim que a porta se fechou, o carro partiu, virando na Peachtree. Acompanhei as lanternas afastando-se na noite de Atlanta e depois caminhei pelo estacionamento até meu carro. No Four Seasons, Sonnier fizera um bom trabalho de simulação, mas que não fora suficiente. Naquela noite, não sei se devido ao cansaço do espetáculo ou à surpresa me ver novamente, ela mostrara muito mais. Mesmo que seus mundos fossem muito distantes, Doug Townsend fora bem mais do que um fã.

ERA UMA E MEIA DA MANHÃ quando meu telefone tocou. Eu ainda não chegara ao sono profundo; estava naquele estágio perigoso, vagando num estado de sugestão entre a vigília e os sonhos. Nada disso me impediu de reconhecer a voz no exato instante em que a ouvi. Já sentira aquele arrepio na espinha antes.

— Sr. Hammond?

Meus olhos se abriram. Lembrei-me mentalmente do som, só para ter certeza.

— Ora, se não é a grande Michele Sonnier.

Houve um breve intervalo.

— Estou falando com o Sr. Jack Hammond?

— Está.

— Sei que é tarde. E espero que não se incomode em receber uma ligação em casa.

— Sem problemas. — Uma pausa mais longa antes de continuar. — Posso presumir que você gostaria de conversar sobre um determinado assunto?

O que aconteceu à sua voz naquele momento não chegou a ser um estalo, mas sim uma espécie de tremor sutil.

— Sim, há um assunto.

— Talvez seja mais fácil eu dizer o assunto.

Um breve suspiro.

— Sim, seria bem mais fácil.

— Você quer falar sobre Doug Townsend.

Ouvi-a soltando o ar, como se estivesse se encolhendo um pouco.

— É isso mesmo. Sobre Doug.

— Ligou para a pessoa certa.

— Tudo isso é horrível.

— Concordo.

Suas frases seguintes foram ditas de modo meio confuso, muito mais rapidamente do que as outras.

— Ouça, Sr. Hammond, este não é um assunto de que eu gostaria de tratar pelo telefone. Pode vir aqui?

— Onde?

— O Four Seasons. Suíte Ansley.

Fiquei segurando o telefone, momentaneamente confuso.

— Olha, não quero ofendê-la, mas por que não está...

— Em casa, com meu marido?

— Se não se importar com minha curiosidade.

— Me importo, sim. Pode vir aqui ou não?

— Em meia hora, tudo bem?

— Sim.

— Estarei aí.

CHOVIA QUANDO PAREI sob o toldo da entrada do Four Seasons. Como não havia manobristas trabalhando àquela hora, procurei um lugar para estacionar sozinho. Desci do carro e entrei novamente no mundo cuidadosamente construído das revistas de decoração. As flores frescas já seriam suficientes para pagar meu aluguel.

A suíte Ansley ficava no décimo nono andar. Peguei o elevador vermelho, revestido de madeira, e, depois que a porta se abriu, saí no corredor. A suíte era a terceira porta à esquerda. Bati. Nada. Bati mais uma vez. Houve uma discreta agitação, e logo percebi uma sombra atrás do olho mágico. As trancas — uma no alto, outra no meio da porta — foram abertas. Então a porta se abriu e pude ver o rosto marcado por lágrimas de Michele Sonnier.

Ela me deu as costas sem dizer uma palavra. Segui-a ao interior da suíte, fechando a porta atrás de mim, e percorri o ambiente incrível que incluía duas janelas panorâmicas enormes voltadas para as luzes de Atlanta. Ela se sentou pesadamente num longo sofá de tecido estampado, chorando suavemente. Acomodei-me na outra ponta, à espera do melhor movimento.

Creio que levou cerca de cinco minutos; era difícil saber, com o tempo se arrastando tão lentamente. Para mim, Ralston apareceria a qualquer momento, cobrando satisfações sobre o que eu fazia com sua esposa às duas da manhã. Quando ela finalmente ergueu os olhos para mim, parecia meio surpresa com o fato de eu ter respeitado suas lágrimas. A questão é que já passei centenas de horas ao lado de pessoas prestes a confessar e aprendi a reconhecer o momento em que a culpa aflora. Assisti a clientes lutando contra essa corrente, desesperados na esperança de não submergir em seu próprio senso de certo e errado. Aprendi a distinguir quem devo puxar para fora e quem devo deixar se afogar. A confissão estava em seu rosto, na curva de seus ombros, no cansaço de seus olhos.

Depois de um tempo, Sonnier tirou os cabelos da frente do rosto. Ela vestia uma calça verde-escura e um pulôver marrom-claro.

— Desculpe-me — disse ela. — Já me sinto um pouco melhor.

— Não se preocupe.

— Sinto muito me encontrar neste estado.

Apesar de todo o cansaço, ela continuava bonita. Diante daquela pele sedosa e morena, era quase impossível não tentar tocá-la, nem que fosse para ter certeza de que se tratava de uma pessoa real.

— Então você quer conversar sobre Doug...

— Sim. Doug. — Seu olhar passou por mim e se fixou na parede. — Você sabia que eu estava mentindo sobre ele. Pensei que fosse melhor atriz do que isso.

— Você é uma ótima atriz, mas eu sou um crítico exigente.

Sonnier me observou por um instante e depois concordou.

— Pessoas que não mentem são cada vez mais raras. — Ela foi até o bar. Eu podia ver suas coxas se movendo sob a roupa desenhada à perfeição. — Não se pode confiar em ninguém hoje em dia. De padres a presidentes.

— Sei disso.

— Isso basta para uma pessoa perder a fé, embora, para ser sincera, a fé nunca tenha sido meu forte. — Ela se serviu de água mineral. — Tem certeza de que não quer nada?

— Só quero que me fale de Doug.

— O que diz a polícia?

— Diz que ele está morto. Provavelmente devido a uma overdose causada por ele mesmo.

Ela guardou a garrafa e tomou um gole da água, delicada e formal.

— A polícia de Atlanta é excelente, Sr. Hammond. Tenho certeza de que sabe o que está fazendo.

— Sua postura é bastante patriótica.

Ela me fitou.

— Nem toda mulher negra odeia a polícia, Sr. Hammond.

— Nem toda mulher negra é uma cantora de ópera rica, também.

— O que quer dizer com isso?

— Quero dizer que a raça é a característica mais importante nesta cidade. Decidi há muito tempo que não participaria desse jogo. Tenho nove clientes negros para cada branco e me orgulho disso. Se você vai começar a jogar com a questão da raça, posso ir embora agora mesmo.

Por um momento, pensei que fosse ser expulso, mas depois de alguma tensão ela cedeu.

— Talvez eu o tenha interpretado mal. Só fico cansada de me defender de acusações de que sou muito branca.

— Passo por isso o dia todo com meus clientes.

Ela sorriu com brandura.

— É claro que sim. Então podemos esquecer esse assunto.

— Ótimo. Mas continuo no seu quarto de mil dólares por noite, esperando que você me diga do que tudo isso se trata.

— Sabe o que sempre me incomodou nos advogados, Jack? — disse ela, desviando o olhar.

Tive vontade de rir; a maioria das pessoas tem uma lista de queixas.

— Não.

— É a terrível suposição de que é sempre melhor que as coisas fiquem claras. Eles estão sempre tentando encontrar algo, desenterrar as mágoas das pessoas. Há momentos em que é melhor que as coisas permaneçam ocultas, para que as pessoas possam continuar vivendo.

— Quando alguém morre, abre-se mão do direito à privacidade — argumentei. — É assim que funciona.

— Mesmo quando há vítimas inocentes? Quando há alguém que não fez mal a ninguém e está sendo arrastada para uma situação horrível sem ter culpa?

— Está falando de si mesma?

Sua reação de surpresa pareceu autêntica.

— De mim? Eu, inocente? Você não está entendendo nada, está?

— Essa é sua chance de esclarecer as coisas.

— Não sei por onde começar.

— Pode começar contando como conheceu Doug.

Ela concordou.

— Não nos *conhecemos* exatamente. Ele foi aparecendo, um pouco de cada vez. Eu olhava para a platéia e via um rosto. Achava algo familiar, mas costumo estar tão concentrada em cantar que geralmente não penso nos espectadores. — Seu olhar perdia-se na parede oposta. — Levou muito tempo, um número razoável de apresentações. Mas logo percebi que não havia como estar enganada. Era *ele*, ainda que eu não soubesse quem ele era. No começo, fiquei confusa. Tudo era diferente. A cidade, o camarim, a música. Mas ele era constante, saído de um mundo e instalado em outro. Às vezes, me perguntava que dia era, se eu estava no lugar correto.

— Ficou com medo?

— Do Doug? — Ela fez um gesto negativo. — Não. Embora haja fãs obcecados no mundo da ópera, eles não causam receio. A maioria é meio desajeitada, mas educada. Só que ninguém nunca chegara ao nível dele. Ele estava em *todos os lugares.* — Um suspiro profundo. — Ele parecia inofensivo. Tinha vasto conhecimento sobre a música, o que me deixava mais tranqüila. Você sabe, maníacos não costumam freqüentar concertos de música clássica.

— Depois de um tempo, vocês começaram a conversar.

— Sim, pouco antes da turnê atual. Comecei a notar a presença dele do lado de fora, o que representou uma mudança. Ele ficava sorrindo, de um jeito bem envergonhado, bem tímido. Nem um pouco assustador.

— Continue.

— Eu o via de relance, como aconteceu hoje com você. Ele ficava afastado, atrás da aglomeração, na saída do camarim. Nunca pediu autógrafo. Acho que não queria ser visto como parte daquele grupo. — Ela fez uma pausa, perdida em suas lembranças. — Mas um dia ele finalmente falou.

— E o que disse?

Ela deu um leve sorriso.

— *L'amore non prevale sempre.*

— O que significa?

— O amor nem sempre prevalece. É uma frase em italiano, tirada de Romeu e Julieta.

— A ópera que você acabou de encenar.

— É meu papel mais famoso, minha assinatura. Sou convidada a interpretar esse papel a toda hora, mas tento me limitar a algumas poucas ocasiões por ano.

— Onde aconteceu isso?

— Acho que em São Francisco.

— E depois, o que aconteceu?

— Achava aquilo charmoso, de certa forma. Todas aquelas pessoas tentando chegar perto e Doug esperando pacientemente. Eu estava prestes a ir embora quando ouvi sua voz suave dizendo *L'amore non prevale sempre.* Olhei ao redor e o vi bem ali, cabisbaixo, olhando para os próprios sapatos.

— Disse alguma coisa a ele?

— A fala seguinte, a fala de Romeu. *E c'è ancora nessun' altra maniera a vivere.* E, ainda assim, não existe outra maneira de se viver. — Ela fez uma pausa. — Olhe, o que ele estava fazendo, me seguindo daquele jeito... se eu parasse para pensar naquilo, saberia que significava que ele tinha algum tipo de problema.

— Concordo.

— Mas o que se pode fazer? É lisonjeiro, ainda que de uma forma estranha, desde que você sinta que a pessoa é segura. Você sabe como ele era. Um homem gentil. Conversávamos um pouco depois das apresentações. Às vezes, antes. Ele contou que entendia muito de computadores e que estava começando uma pequena empresa. — Ela sorriu de um jeito melancólico. — Acho que ele gostaria que eu me sentisse orgulhosa dele.

— Tenho certeza disso.

— Sim, nesse sentido sua atitude era infantil. Então eu o encorajei. Escutava os relatos de suas pequenas vitórias. Ele precisava de aprovação. Tudo isso é tão triste.

Triste mesmo. Doug desabou sobre o sofá, morto e com o braço cheio de fentanil.

— Mas algo aconteceu — afirmei. — Do contrário, eu não estaria aqui.

Ela se encolheu novamente; sua linguagem corporal demonstrava afastamento.

— Doug era brilhante ao seu próprio modo. Você sabe disso. Só que ele não conseguia deixar as coisas correrem por si só. Achava que estava me ajudando, mas apenas acelerou todos os acontecimentos. — Ela murchou, virando de costas, e o volume de sua voz tornou-se tão baixo que mal podia ser ouvida. — Um dia ele se aproximou de mim. Eu senti que havia algo diferente. Ainda estávamos no interior do teatro. Disse que queria me contar uma coisa. Concordei, mas ele não respondeu na hora. Aproximou-se mais um pouco e sussurrou.

— O que ele disse?

— *Eu faria qualquer coisa para ajudá-la.* Seu olhar era penetrante; ele não piscava. *Para ajudá-la com seu segredo, eu faria qualquer coisa.* Nunca vira um comportamento daquele tipo vindo dele. Sinceramente, acho que, se eu tivesse pedido para ele pular de um precipício, seria atendida. Ou algo pior ainda.

— Tem idéia do que poderia fazê-lo dizer uma coisa dessas?

Ela permaneceu em silêncio por um instante, tomando coragem.

— Devo lhe contar minha história, Jack? Devo fazer um relato da minha vida? — Ela olhava para o chão, enquanto alisava a calça com a palma das mãos. — A história tem início num apartamento de dois quartos, com mobília alugada e um telefone cortado por falta de pagamento. Tenho seis anos. Ouço minha mãe remexendo nas coisas dentro do banheiro.

— Ela era professora, não era? Vi no seu site.

Sonnier deu uma risada triste, olhou para o teto e suspirou.

— Professora? Minha mãe era *secretária*. Que sorte a minha. Ela poderia concorrer ao título de mãe do ano, exceto pelo fato de ser viciada em drogas. Acho que perderia alguns pontos por isso.

— E seu pai? O site diz que era médico.

Ela fechou os olhos.

— Meu pai dirigia um caminhão. Pelo menos foi o que me contaram. Nunca o conheci.

Fiquei em silêncio por um minuto, de pé, tentando entender o que acabara de ouvir.

— Talvez eu deva me sentar — comentei.

— Faça isso. Só estamos começando.

Sentei no sofá, e então ela prosseguiu.

— Muito bem. Mamãe, quando estava trabalhando, era secretária. Na maior parte do tempo, dedicava-se ao Valium e ao Percodan. No início, não usava as drogas tradicionais. Isso veio depois. — Uma risada amarga. — É incrível como uma pessoa pode chegar tão baixo, não acha? Como alguém pode brincar com fogo por tanto tempo, sem perceber o momento em que já é tarde demais? Um dia, está totalmente perdida e nem consegue se dar conta. — Ela olhou para mim. — É claro que o dinheiro acabou. Ela não podia mais se manter no emprego depois que começou a aparecer drogada. Mas... — Uma expressão de repulsa passou por seu rosto. — Ela era esperta. Os homens podem ser bastante generosos, nas circunstâncias adequadas.

— Quantos anos você tinha enquanto isso acontecia?

— A essa altura eu tinha oito.

— Lamento.

— Claro, todos nós lamentamos, Jack. Lamento que minha mãe tenha parado de se importar com tudo, a não ser com os meios de obter as drogas que amava. Lamento que me ver a deixasse louca porque se lembrava da péssima mãe que era. Eu dizia algo, e ela me olhava como se eu estivesse na casa errada. A presença de uma criança a obrigou a escolher. O problema é que ela não podia abrir mão de certas coisas. Assim, um dia, eu voltei para casa da escola, e ela simplesmente havia partido. Desaparecido da face da Terra.

— Foi abandonada?

— Mamãe foi embora com um de seus supostos namorados. Ele era um achado. Quanto mais ela piorava, mais ele piorava também. Ela estava achando pessoas compatíveis. Vagabundos que nunca tinham trabalhado na vida. Àquela altura, ela já não era mais exatamente bonita... porém, sob a iluminação adequada... — Sonnier virou-se. — Portanto, para se livrar de mim, ela o acompanhou ao mundo das drogas.

Ela engasgou, como se tivesse engolido algo amargo.

— E o que você fez?

— O grande estado da Geórgia tornou-se minha nova mãe. E era incrível.

— Geórgia? Pensei que fosse de Nova York.

— Todo mundo acha isso.

Parei para pensar naquilo.

— Todo mundo? Está dizendo que...

— Sim, Jack. Até Charles.

— Isso não é nada bom — comentei, olhando-a fixamente.

— Morei em seis casas diferentes num período de quatro anos. Passei um tempo até no Glen.

Eu estava chocado.

— No Glen? Está falando sério?

— Cerca de um ano e meio. Os lares adotivos não funcionavam. As pessoas me achavam... difícil. O que é um grande eufemismo. Eu era o *terror*. E não sei por que razão, já que as coisas iam tão bem. Afinal, só dois dos meus seis pais adotivos abusavam de mim, e um deles era mulher. Claro que foi ingratidão minha.

A imagem da estrela refinada despedaçava-se diante de mim. Ela soava cada vez mais como um dos meus clientes. Estava contando o caminho comum pelo qual passam as almas perdidas de Atlanta: abuso, abandono, os pecados de uma geração irresponsável sendo jogados sobre a seguinte. Porém, de alguma forma, a mulher diante de mim acabara em outro mundo, cercada de luxo.

— Como alguém pode enfrentar tudo isso e sair ilesa do outro lado? — perguntei.

— Não diga absurdos. Não estou ilesa.

Apontei para a suíte.

— Certo. Então como chegou aqui?

Ela me olhou nos olhos.

— Eu não era amada, Jack. Isso não tinha nada a ver com meu dom. Talvez fosse até a fonte dele. Então dividi minha vida em duas partes. A primeira, destruí. Até as lembranças. Cuidadosamente, construí uma existência totalmente nova, uma que começava onde a outra, terrível, havia acabado. Toda aquela tristeza nunca tinha acontecido. Nem nas sombras. Tinha simplesmente sumido. E foi assim que consegui não ficar louca.

— Deve ser difícil lembrar disso tudo.

— As feridas são profundas e exigem tempo para serem esquecidas. Eu tive minha época de... como as assistentes sociais dizem? *Mau comportamento*. Fui maltratada pelo sistema de adoção por um tempo. Mas, por um lado, era o lugar perfeito para desenvolver meu talento.

— O canto?

A resposta foi negativa.

— A *interpretação*. Você aprende a fazer papel de boazinha, a convencer as pessoas. Quando os casais apareciam, eu fixava os olhos num dos dois, tentando induzi-lo a querer me levar para casa. Depois de um tempo, fiquei muito boa nisso. Eu podia sentar e conversar, de pernas cruzadas, como uma menina boazinha tomando chá. Não havia tragédias ou momentos terríveis. *Sim, senhora, eu adoraria outro biscoito. Não, minha mãe não voltava cambaleando para casa, drogada, e ficava jogada no sofá por dois dias. Eu não tenho mãe.* Na época eu não tinha consciência, mas estava praticando para o que viria depois. Estava aprendendo a fingir.

Enquanto ouvia a história, eu não conseguia deixar de pensar na capacidade de se refazer que algumas pessoas possuem. Conhecera aquela realidade no meu trabalho; de um grupo de vinte, dezenove são tragados pelo sistema, mas um não se deixa levar. Por esse, você dá o máximo, porque, apesar de tudo, ele tem um espírito forte.

— O que aconteceu depois? — perguntei.

— Fui para a casa de umas pessoas. Era um período de experiência; uns meses juntos antes que eles tomassem uma decisão. Um casal legal. Carro na garagem, casa no subúrbio. Eu tinha treze anos.

— Não há muita gente disposta a adotar uma menina de treze anos — observei.

— Tudo bem, Jack, pode dizer. Uma menina *negra* de treze anos.

— De qualquer maneira, foi um gesto corajoso.

— Não exatamente.

— O que quer dizer?

Ela assumiu uma expressão dura.

— Era a idade perfeita, considerando-se as intenções do marido. Se pesquisar, vai descobrir que o percentual de liberais pedófilos é equivalente ao de qualquer outro grupo. — Permaneci estático, acrescentando essa dor à sua coleção de tragédias. Não havia nada a ser dito. Às vezes, a tragédia corre como um rio, e só um nadador muito forte consegue sobreviver. — Não estou dizendo que ele queria aquilo — ponderou ela. — Acho que, na verdade, ele se odiava por causa de seus atos. Eu, com certeza, odiava. Mas ele não conseguia se conter. Simplesmente começou a me observar, a me olhar de um jeito estranho. Então, um dia, foi ao meu quarto. — Ela se levantou e começou a caminhar lentamente. — Depois disso, decidi consertar as coisas. Dei início ao meu plano brilhante. Funcionou perfeitamente, e ele nunca voltou a me tocar.

— O que você fez?

— Engravidei — disse ela, num tom seco. Houve uma longa pausa antes que continuasse. — Funcionou. Sabe como é: produto com defeito. Não era mais uma linda garotinha.

Sua risada soou incrivelmente similar a um som de choro.

— Ele era o pai?

— Não, não. Ele ainda não havia chegado a esse ponto. Gostava mais que eu fizesse coisas para ele.

— Então quem era o pai?

— Um garoto muito *bonito* da vizinhança. Eu o escolhi, essa é a questão. Ele tinha dezessete, e eu, treze. Saía escondida para encontrá-lo. — Uma pausa. — Nunca lhe contei sobre o bebê. Não havia razão. Eu sabia o que acabaria acontecendo. Além disso, ele já tinha seguido em frente. Ainda o encontrei algumas vezes, mas ele só pensava em me agarrar.

— E o que seus pais adotivos disseram?

— O casal carinhoso? — perguntou ela, com ironia. — Mandaram-me de volta, claro. Eu não era o que eles procuravam. Foi uma despedida tocante. O marido teve um compromisso na mesma hora.

— Contou a alguém o que ele fazia?

— Não.

— Por que não?

— Porque não importava. Ele desaparecera, e eu estava livre. Tive a criança no Centro de Assistência Social.

— Então você tem um filho. É mãe.

Sua respiração tornou-se mais intensa.

— Ela nasceu. Era uma terça-feira. O quarto era bem claro e havia muito barulho. Nunca a vi novamente.

Uma pessoa inocente que ela não queria ver envolvida naquilo. Sua filha. Quando olhei para ela, vi os frágeis restos da coragem de uma garota perdida desmoronando; a casca resistente sendo arrancada como um curativo sobre uma ferida. Seu rosto estava coberto de tristeza e de repulsa a si mesma.

— Você entende? — perguntou. — Eu a abandonei, Jack. Abandonei Briah assim como minha mãe me abandonou. — Ela enxugou as lágrimas. — Briah. O nome da minha filhinha é Briah.

— É um lindo nome.

Ela balançou a cabeça, contendo as lágrimas. Em seguida, caminhou até onde eu estava sentado e estendeu a mão trêmula.

— T'aniqua Fields. Muito prazer.

Levantei-me e apertei sua mão.

— T'aniqua — repeti.

— Não tem muito a ver com o mundo da ópera, não é mesmo?

Eu conheci muitas mentes torturadas durante os anos de trabalho na área do juiz Odom, e aquela situação era tão trágica quanto qualquer outra. Se as pessoas soubessem como sua loucura afetava seus filhos, talvez tivessem o cuidado de permanecer limpas.

— Você teve a criança — disse, em voz baixa. — E depois, o que houve?

— Eu não podia voltar para adoção com Briah. Alguns dias antes, completara catorze anos. Por isso, eles a levaram. — Ela me olhou de modo suplicante. — *Eles a levaram.*

— Então você não a abandonou. Ela foi levada.

— Abandonei, sim. Eu não lutei por ela. Não disse nada. Fiquei deitada na cama, de olhos fechados, enquanto eles a levavam.

— Você estava indefesa. Tinha apenas catorze anos.

Ela se virou para mim com uma raiva repentina nos olhos.

— Você não entende? Eu *queria* que a levassem. — Ela me deus as costas de novo e começou a soluçar. — Eu esperava que tudo sumisse da minha vida, como se nunca tivesse acontecido. Queria voltar aos meus sonhos de garotinha. Queria ser a criança que eu havia imaginado. Só uma criança. — Sonnier mal conseguia respirar em meio às lágrimas. — Duas noites depois, eu fugi. Roubei dinheiro de uma das assistentes sociais e peguei um ônibus. Fiz coisas que...

Parou no meio da frase, sem querer seguir em frente. Houve uma última pausa — um silêncio enquanto a tempestade ganhava força — e ela desmoronou de vez. A armadura que mantinha o segredo em segurança encontrava-se, finalmente, em pedaços. Ou então eu estava assistindo a um desempenho espetacular, melhor até do que o apresentado no palco — mas eu tinha experiência o bastante para poder eliminar tal possibilidade. Levantei-me e lhe dei apoio, segurando seu braço.

— Mantenha a calma.

— Onde ela está, Jack? Eu a deixei no...

— Eu sei — pensei. *Você a deixou no inferno.*

— De repente, Doug apareceu, dizendo que faria qualquer coisa por mim.

— Ele descobriu?

— *Tudo* — sussurrou ela. — Como ele conseguiu?

— Devia haver registros em algum lugar. Na assistência social. Se havia alguma coisa para desvendar, Doug era a pessoa certa para isso. Ele era brilhante com computadores.

— *Maldito seja.*

— Ele só queria ajudar.

— Tudo estava bem *resolvido* — disse ela. — Ele despertou todas as emoções, o arrependimento. Vejo o corpinho dela sendo levado da minha cama. Acho realmente que vou ficar louca.

— Fique calma.

— Construí uma vida nova, Jack. Começou como sobrevivência, uma forma de evitar a perdição total. Mas agora esta é minha vida *de verdade.*

— Imagino que seu marido não soubesse no que estava se envolvendo — disse, em tom ameno.

Um sorriso debochado.

— Meu marido estudou em Groton, Jack. Depois em Yale e na Escola de Medicina de Harvard. Fez doações para a campanha de *Bush*, pelo amor de Deus. Charles acredita que a exclusão social é uma conseqüência inevitável de uma cultura de dependência. — Ela balançou a cabeça. — Já esteve nos escritórios da Horizn?

— Não.

— Tudo por lá brilha, do piso ao teto. Não se encontra uma partícula de poeira no prédio inteiro. Até o ar é filtrado e limpo. Tudo é perfeito. — Ela foi até o bar para se afastar de mim. — O mundo do meu marido é completamente ordenado. O meu, infelizmente, é uma bagunça. — Abriu uma garrafa de Armagnac e serviu uma dose. — Homens criados em Groton não se casam com fugitivas que têm mães viciadas, Jack. Nem com mulheres que tiveram filhos sem pai levados por assistentes sociais. Nunca aconteceu na história mundial.

A lógica do que ela dissera me fez parar por um instante. A verdade era inegável.

— Tem certeza de que ele não sabe?

Um gesto negativo.

— Quando conheci Charles, já estava em minha nova vida havia mais de sete anos. Eu mesma acreditava na minha história. Tinha cuidado de todos os detalhes do meu passado, preenchendo as lacunas. Não havia rastros.

— Como conheceu seu marido?

— Charles foi assistir a uma apresentação, no começo da minha carreira. Eu havia interpretado apenas papéis pequenos, mas estava claro que um futuro promissor me aguardava. Charles era maravilhoso. E, visivelmente, ambicioso. Foi amor à primeira vista. Fiquei surpresa que um homem distinto como ele se interessasse por alguém como eu. Era a prova de que minha nova vida tinha se tornado real. Se não fosse assim, como ele me amaria? Eu estava em casa, livre. Depois que me casasse com o grande Charles Ralston, meu passado nunca mais me alcançaria. Precisei de um tempo para compreender o que estava acontecendo de fato.

— E o que era?

— Eu não tinha vivência. Era inevitável que ele se decepcionasse comigo. Mas eu sabia cantar. Era a única coisa real. E Charles levou isso a sério. Virei um cachorro amestrado, que apresentava seus truques. Por um tempo, achei que aquilo mostrava como ele se importava comigo. Um dia, porém, percebi que minha carreira lhe dava uma valiosa distinção social. Há pessoas que não se impressionam com um novo-rico, principalmente quando se trata de um negro. A arte abre portas nesses casos — explicou, esvaziando o copo.

— Irônico, não acha? No fim das contas, virei um bem social. — Ela pôs o copo na bancada e o encheu novamente até a metade. — Em troca de não criar caso, recebo certa liberdade em minha vida. Eu e Charles levamos vidas separadas, mas não perturbamos o mundo do outro. Principalmente agora.

— Refere-se à oferta de ações.

— A abertura de capital é o ponto culminante de tudo que meu marido se esforçou para conquistar. Você estava certo ao dizer que ele não sabia no que estava se envolvendo. Embora eu não sinta nada por ele como esposa, não tenho direito de destruí-lo com meus pecados. O fato de ser emocionalmente incapaz como marido não é culpa dele. Ele simplesmente é assim.

— Talvez você deva esperar este momento passar.

— Não vou esperar nem mais um minuto, Sr. Hammond. Minha filha está viva e está em algum lugar de Atlanta.

— O que está dizendo? Doug lhe contou alguma coisa?

— A última mensagem que me mandou. Ele devia estar com pressa, pois era bem curta. Ou talvez não considerasse seguro. *Ela está aqui, e precisamos agir agora.* Foi tudo o que ele disse. — Ela foi até a janela, levando o copo. Seus olhos concentraram-se nas luzes da noite de Atlanta. Eu podia senti-la procurando na escuridão, atrás de uma menina desconhecida e solitária, numa cidade de milhões de habitantes. — É impossível ignorar uma mensagem como essa. Mas onde fica *aqui*? Um lugar. Qualquer lugar.

— Acha que ele estava com ela?

— Não sei. Só sei que agora vejo minha filha a todo momento. Não consigo pensar em outra coisa. Por isso, vou encontrá-la, não importa como.

Ela me lançou um olhar de súplica.

— Você quer minha ajuda — eu disse.

— Quando o vi esta noite, percebi que tinha de arriscar. Disse que é amigo de Doug. Então vou confiar em você. Tenho de confiar em alguém. Para mim, é impossível sair à procura dela sem levantar suspeitas.

— Quero algo em troca.

Seu rosto esboçou um sorriso triste.

— Claro que quer. Quanto me custará?

— Não quero dinheiro. Quero sua ajuda em relação a Doug. Não posso me esquecer do que vim fazer aqui: tentar descobrir o que aconteceu com ele.

— Como posso ajudar?

— Quero saber de tudo que houve entre vocês dois. Tudo.

Com um gesto, ela concordou e logo voltou a observar a cidade. Nenhum de nós falou por um longo tempo. Finalmente, ela disse baixinho:

— Você me viu cantar, não viu?

— Vi.

— O que achou?

— Achei magnífico. Você deixou a platéia inteira emocionada.

As extremidades de seus lábios curvaram-se sutilmente para cima.

— Isso já é alguma coisa. Uma razão para viver mais um dia. — Ela esvaziou o copo novamente. — Canto para dar um sentido à minha vida, Jack. Canto para que Deus não me condene ao inferno. — Ela virou para a janela e lançou um olhar perdido sobre a cidade. — Estou cansada. Não me lembro de ter me sentido tão cansada.

— Podemos voltar a conversar amanhã, se preferir.

— Sim — disse ela, fechando os olhos. — Seria melhor.

Após um breve instante, ela se aproximou de mim e estendeu a mão. Eu a cumprimentei, e em seguida nós atravessamos a suíte, em direção à porta. Ela parou diante de uma escrivaninha e escreveu um número num pedaço de papel.

— Este é o número do meu celular — disse. — Podemos falar à vontade.

— Ligo amanhã, depois que nós dois dormirmos um pouco.

— Duvido que eu consiga dormir muito. Pelo menos por enquanto. — Ela abriu a porta para mim, mas, no momento em que eu saía, segurou meu braço. — Está carregando uma pequena bomba dentro de si, Jack. Tome cuidado para que não exploda.

Assenti com um gesto e saí para o corredor. *A grande Michele Sonnier*, pensei, enquanto a porta batia atrás de mim.

CAPÍTULO 9

NA MANHÃ SEGUINTE, ainda podia sentir sua pele na ponta dos meus dedos, seu perfume nas minhas roupas. Talvez fosse apenas imaginação. Olhei para o criado-mudo; lá estava o papel amassado com o número do celular. Sentei-me na cama, enquanto organizava os pensamentos. *Meu Deus, Doug não teve chance.* Não havia dúvida de que ela era fantástica. Era linda. Mais linda do que qualquer outra pessoa que eu conhecesse. Era exótica, sofisticada... *Caramba, controle-se. Isso aqui é sobre Doug, e ponto final.*

Não. Não é só isso. Não mais. Você se envolveu com a dor dela e agora tem de lidar com o problema. Em algum lugar, possivelmente em Atlanta, havia uma garota de 14 anos que não conhecia a mãe. Não se sabia se ela desejava conhecê-la ou não. Podia ser mais uma vítima de um sistema falido de assistência social; uma pessoa endurecida e indiferente. Também podia ser uma das poucas histórias de sucesso. Mas a lembrança de Michele e Doug me levou de volta ao início — como Doug morrera. Novamente tentei encaixar duas palavras: Doug e suicídio. Deixei que passeassem pela minha mente por um tempo, tentando uni-las. Eu entendia por que Billy Little acreditava naquilo: era mais fácil e tirava o caso Townsend da sua mesa de trabalho. Billy era uma boa pessoa, mas estava sobrecarregado. Se Doug tivesse se matado, a pilha de pendências diminuiria.

Para mim, Doug Townsend não era trabalho extra. Era um cara corajoso, romântico e desorientado. E meu amigo também. Por isso, quando cheguei ao escritório naquela manhã, fiquei feliz ao ver Pesadelo sentado na sala de espera. Ele estava agitado porque Blu não o deixara entrar na minha sala. A visão dos dois se entreolhando representava um choque de culturas, como se a modelo Gisele Bündchen aparecesse na sua formatura do colégio. Muita nova economia teria de se estabelecer para que Pesadelo tivesse chance com Blu. Cumprimentei minha secretária e levei o garoto até minha sala. Ele estava com a mesma camiseta e o mesmo jeans preto. Tudo igual, menos o sorriso pretensioso. Os hackers podem ser estranhos, mas também estão entre as pessoas mais persistentes do mundo. Para eles não é nada passar dois dias acordado para invadir um sistema seguro. Assim que vi Pesadelo, soube que, em algum momento da noite, tentar invadir o computador de Doug Townsend deixara de ser uma obrigação comigo e se tornara uma obsessão. Aliás, bem tarde da noite. Sua aparência cansada me levava a acreditar que dormira pouco, se tanto. Eu estava feliz com sua presença. Precisava entrar no computador de Doug mais do que nunca.

Pesadelo não estava preocupado com formalidades. Ele botou a bolsa que carregava no chão e pegou um disco.

— Tive de dar sangue para conseguir isso — disse ele, de um modo sombrio. — É uma espécie de serra elétrica para códigos.

— Onde conseguiu?

— Com o próprio Satã — respondeu ele, com uma expressão séria.

Resolvi não insistir; vinda dele, não sabia o que aquela resposta significava. E também não me importava. Eu só queria entrar na máquina. Quatro horas depois, ele me expulsou da minha própria sala. Nem pude culpá-lo: eu estava enchendo o saco. Dei a ele o número do meu celular e fui dar uma caminhada na Polston, a rua do meu escritório. Tomei um café numa loja de conveniência, andei na frente da academia de ginástica do outro lado da rua e finalmente voltei — não agüentava permanecer longe. Pesadelo não estava satisfeito.

— Qual é o problema? — perguntei.

Pesadelo franziu a testa.

— Rodei esse negócio um milhão de vezes. Não funciona. Que merda é essa?

Vi os pequenos asteriscos na tela, algo que Pesadelo não conseguia decifrar.

— Isso aí corresponde a letras, certo?

— Eu tinha certeza, mas talvez tenha entendido tudo errado.

— Por que seguiu esse caminho?

— É o estilo do Matador.

— Deixe-me ver se entendi. Doug era tão conhecido a ponto de você estudar o estilo dele?

A resposta foi afirmativa.

— É uma comunidade pequena. Sim, eu conhecia o estilo do Matador. Ele gostava de ironia. Como na vez em que ele trocou a senha de um administrador do eBay usando as letras de *hacker do mal*.

— Ele invadiu o eBay?

— Por uns dez minutos. O Matador era o maior *cypherpunk* da região Sudeste, cara. Talvez do país inteiro.

— *Cyberpunk*?

— Não. *Cypherpunk*. Um decifrador de códigos.

— Você está de brincadeira.

— Não mesmo. O Matador era admirado na comunidade. É por isso que estamos ferrados. Um cara que quebra códigos vai ser também muito bom ao criar os seus. E essa não é minha área.

— E qual seria?

— A minha? Invasão telefônica. Invadir, redirecionar, esse tipo de coisa. Provavelmente sou o melhor do mundo. — Ele olhou para a tela. — Nenhuma combinação de palavras na língua inglesa abre esse sistema. O que acaba nos deixando com combinações aleatórias. E suponho que não possamos esperar algumas centenas de anos. O que estamos procurando, afinal?

— Não tenho certeza. Qualquer coisa que possa nos levar à razão da morte de Doug.

— Meio vago.

— Há mais uma coisa. — Hesitei enquanto escolhia as palavras com cuidado. — Estamos tentando achar alguém. Uma pessoa desaparecida.

— Bem, não vamos achar ninguém, nem coisa alguma, antes de entrar nesse maldito computador.

— Nada funciona, não é?

— *Nada* — disse ele, com sotaque espanhol.

Seu jeito de falar me fez pensar.

— Você disse nenhuma combinação de palavras na língua *inglesa*.

— Isso.

— Não houve tentativas em outras línguas.

— Cara, existem umas 15 grandes línguas no mundo, sem falar de uns cinco mil dialetos. Se você quiser tentar uma por uma, podemos voltar daqui a alguns meses.

— Doug era fanático por ópera — contei. — Italiano, francês, esse tipo de coisa.

Pesadelo olhou para mim.

— Ópera? Você deve estar brincando.

— Não estou. Pode tentar alguma dessas línguas?

— Teoricamente, sim, se eu baixar dicionários dessas línguas. Eu teria de reconfigurar o Crack.

— Então, o que acha?

— Acho que ainda não temos merda nenhuma, então vamos lá.

Saí da sala de novo porque não queria observar Pesadelo praticando sua arte proibida. Voltei uma hora depois. Ele estava quase deitado na minha cadeira, de olhos fechados e com as pernas em cima da minha mesa. Dei um chute para tirá-las, e ele acordou.

— Conseguiu? — perguntei.

Ele reagiu com deboche.

— Não seja ridículo. Mas consegui um dicionário de italiano. E botei uma boa parte do computador central da Georgia Tech trabalhando nisso. Acho que poderemos usá-lo por algumas horas antes de eles me pegarem.

— Você não devia fazer alguma coisa nesse tempo?

— Tipo o quê?

— Sei lá, qualquer coisa. — Apontei para o computador. — É assim o grandioso mundo das invasões de sistemas? Passar horas sentado enquanto o computador faz o trabalho?

Pesadelo reagiu com um sorriso.

— Vai buscar um almoço para mim — disse ele.

— Sabe, parceiro, estou começando a imaginar se a cadeia não lhe teria feito bem.

— Sanduíche de cogumelo portobello do Cameli's. Com a salada de três grãos. Preciso de proteínas. — Seu gesto para que eu saísse parecia o de um figurão de Hollywood. Olhei para ele, pesei as conseqüências negativas de pegá-lo pelo cangote e jogá-lo para fora e deixei a sala. Pesadelo me chamou de volta. — Ei, parceiro.

— Diga.

— Molho picante, ok?

Blu já havia saído para o almoço. Eu deixei a sala sem dizer nada. Fui buscar o sanduíche para Pesadelo; com o trânsito terrível, era quase uma e meia quando voltei. Joguei o saco de comida na mesa e perguntei:

— E então?

Ignorando a pergunta, Pesadelo enfiou a mão no saco. Ele pegou o sanduíche, levantou uma fatia de pão e verificou o molho. Satisfeito, levou o sanduíche à boca e deu uma mordida.

— Uma dieta baseada em carne não é mais sustentável — disse com a boca cheia. — A quantidade de grãos necessária para alimentar uma vaca...

— Não estou no clima para discursos ecológicos, Michael.

Pesadelo encolheu os ombros e apontou para a tela.

— Isso significa algo para você?

Andei até o computador e dei uma olhada. A frase *L'amore non prevale sempre* piscava na tela. Fiquei surpreso.

— Só pode ser brincadeira — comentei.

— O que significa?

— É uma fala de uma ópera. Doug costumava citá-la.

— Também é a senha do computador dele.

— Está dizendo que conseguiu entrar?

— Estou.

Pesadelo girou na cadeira e apertou o "enter". Ouvi o disco rígido começar a rodar e, assim, entramos no mundo secreto de Doug Townsend.

ACREDITO QUE A SOLIDÃO possa ser o estado natural da raça humana. Andamos pelas ruas, até nossos escritórios, presos em nosso isolamento. Não sei como explicar de outra maneira o que estava oculto nos arquivos do computador de Doug — seu caos interior transformado em números binários e voltagens infinitesimais. O lado perturbado de sua mente estava catalogado ali, diverso em sua perversidade, único em sua forma bizarra de auto-expressão. No ciberespaço, sua obsessão por Michele não se limitava ao tempo ou à dimensão física. Dentro do computador, ela florescia plenamente em sua loucura.

Descrever a essência da convivência entre Doug e Michele me causa dor porque perturba a sensação tranqüilizadora de uma falsa segurança, que torna a vida normal possível. Admito que é falsa. Sei que é. Mas também sei que é indispensável. É como ignorar os riscos de voar. Há a possibilidade matemática de um acidente. E também não há benefício algum em pensar nisso. Em relação à vida, funciona da mesma forma. Se você considerasse o que cada homem ou mulher aparentemente interessante pensa de você — caso fosse possível penetrar seu verniz de normalidade —, talvez nunca mais saísse de casa.

Eu conversara horas e mais horas com Doug, e nem por um segundo o assunto envolvera Michele Sonnier. Muitas dessas horas foram agradáveis — a base de uma amizade. Quando estávamos na faculdade, não havia sinal de instabilidade, apenas as habilidades sociais voláteis de um nerd. Obviamente, eu tinha de presumir que toda forma de obsessão começa em algum lugar. Mas isso significaria que toda nossa convivência fora uma mentira? Até nossas conversas, algumas ocorridas duas semanas antes, sobre sua empresa de informática? Teria ele recorrido a uma força de vontade colossal para suprimir o nome dela de seus lábios, segundo após segundo? No meio de uma história sobre sua infância em Kentucky, estaria ele desejando pronunciar o nome dela? Ou estaria ele dividido em dois, cada parte com uma metade independente de seu cérebro, e o que eu via era algo real, porém incompleto?

Não havia respostas. Doug partira. Perdido no personagem de Michele, ele criara obras de arte bizarras, amálgamas da imagem dela transportadas a dimensões inexistentes. Eu devia lembrar de Doug pelas páginas em que ele sobrepusera o rosto dela a uma fotografia de seu próprio corpo, criando uma espécie de monstro metade homem, metade mulher? O que eu devia pensar de uma igreja composta de fotos dos olhos dela?

Conduzido àquela loucura, senti-me forçado a admitir que minhas opiniões sobre a morte de Doug não passavam de teorias cegas. Era tudo uma questão de saber que lado de seu cérebro estivera responsável pelas escolhas. O Doug Townsend que eu conhecia nunca se mataria. Já o Doug Townsend escondido naquele computador era capaz de coisas que eu não podia imaginar. Mas também me convenci de que sua nova versão, previamente oculta, dificilmente desapareceria em silêncio na noite. Com certeza, aquela energia acabaria se expressando antes da morte causada por ele mesmo.

Pesadelo balançava a cabeça, nitidamente impressionado.

— Esse negócio é muito doido — comentou.

— Eu sei. Mas... acho que não há nada de ilegal.

— Se está dizendo.

— Então aquela segurança toda era por causa disso? — perguntei.

O garoto levantou os olhos, surpreso.

— Não, cara. Aquela segurança toda era por causa *disso*.

Pesadelo debruçou-se sobre o teclado. Depois de alguns segundos, apareceu o logotipo dos Laboratórios Grayton, seguido de uma longa lista. Fiquei olhando a tela por um bom tempo. Eu esperava algo a respeito da filha de Michele, não aquilo.

— Laboratórios Grayton? Ele estava invadindo a empresa?

— Se quiser ver dessa forma.

— Como você chamaria isso?

— Eu chamaria de completa obsessão.

— Por quê?

Pesadelo apertou algumas teclas antes de responder.

— Porque há quase um terabyte de dados aqui.

— Está dizendo que ele coletava muita informação.

— Estou dizendo que nem uma mosca entraria na empresa sem que ele soubesse — esclareceu, afastando-se da mesa. — Invasão é uma coisa, cara. É só entrar, dar uma olhada, brincar um pouco com a cabeça deles. Mas isso... ele espelhou a companhia inteira. É loucura.

— Uma coisa obsessivo-compulsiva?

— É, o cara mais obsessivo-compulsivo do mundo também era um grande hacker. Mas não tão grande quanto eu. — Pesadelo voltou para perto da mesa e olhou para o monitor. — Cara, isso é lindo. Considerando que ele era maluco, claro.

— Do que está falando?

— Só estou admirando o trabalho. — Ele apontou para a tela. — Olhe, bem aqui. O Matador conseguiu acesso *shell* para parecer um usuário interno. Esse é um cuidado essencial: ele se mistura ao ambiente e todo mundo baixa a guarda. A partir daí, é só uma questão de avançar.

— Seja mais claro.

Pesadelo assumiu uma postura de reverência.

— O Matador tinha o Cálice Sagrado, cara. Estou falando de acesso à raiz. Quando você tem acesso à raiz, pode fazer qualquer coisa. Pode até alterar as senhas das pessoas. Pode configurar uma porta de entrada oculta para ter acesso imediato quando quiser. E meu recurso favorito: um programa para registrar o que se digita. Você instala em qualquer terminal do sistema e, assim, pode imprimir cada tecla digitada pela pessoa. Você vira o rei do pedaço.

— E Doug tinha tudo isso.

— Ele *dominava* o lugar. Podia ter arrasado tudo. Podia ter destruído os sistemas e trancado os administradores do lado de fora só por maldade. Eles teriam de ficar assistindo, como se fosse o *Titanic* — explicou Pesadelo, e com um riso baixinho, murmurou: — Seu louco.

Eu estava perplexo. Esperava encontrar informações sobre a filha de Michele, mas, em vez disso, descobri que Doug realizara uma invasão de grandes proporções numa empresa da qual eu nunca ouvira falar.

— Que empresa é essa, Grayton?

— Boa pergunta — respondeu Pesadelo.

— Podemos bisbilhotar?

Pesadelo assentiu. Enquanto ele digitava, fazíamos uma visita guiada pela companhia. As páginas públicas revelavam que o forte da empresa era pesquisa médica. Havia páginas dedicadas a diversas terapias em desenvolvimento. Em poucos minutos, porém, chegamos a uma longa lista de letras e números aparentemente sem sentido.

— Até onde podemos ir? — perguntei.

— Temos acesso à raiz, cara. Podemos ir a qualquer lugar. Mas isso não quer dizer que vamos entender tudo que encontrarmos. Só sei que o Matador queria muito achar algo. Não deixou pedra sobre pedra.

— Já sabemos que ele podia ser obsessivo. Talvez seja apenas expressão desse tipo de compulsão.

— Pode ter certeza de que é uma compulsão.

Observei a tela.

— Escute, caras como você...

— Hackers?

— Isso. Suponho que as pessoas... tentem contratá-los para realizar serviços. Coisas que elas não gostariam que ninguém mais soubesse.

Pesadelo deu um sorriso irônico.

— Tipo o que você está fazendo agora?

— Falo de executivos. Homens de negócios.

— É uma indústria em expansão, desde que você queira participar.

— E o Matador era bom.

— Muito, muito bom.

— Então é possível que Doug estivesse trabalhando para alguém. Um serviço informal. — Olhei para Pesadelo. — Nova economia, em outras palavras.

— Sim, é uma possibilidade real. Um serviço desses podia valer muito dinheiro.

— Dinheiro suficiente para comprar passagens aéreas e acompanhar Michele Sonnier pelo país inteiro.

Uma expressão de compreensão espalhou-se pelo rosto de Pesadelo.

— Cara, você está certo. Faz todo sentido.

Voltei a olhar para a tela. *Então isso aqui é um negócio. Ele queria pagar as contas. A idéia de ajudar Michele veio depois.*

— Certo. Se Doug estava trabalhando para alguém, as perguntas são óbvias. Temos de descobrir quem lhe pagava e por que queria tantas informações sobre os Laboratórios Grayton.

— Quem quer que seja, não estava brincando. É uma invasão de grandes proporções. — Pesadelo manteve-se em silêncio até que, de repente, ouvi-o soltando o ar. Como se fosse possível, ele estava ainda mais pálido do que o normal. — O Matador invadiu esses caras.

— Isso aí.

— E agora ele está morto. — Ambos ficamos quietos, observando as palavras *Laboratórios Grayton* piscarem na tela. Tentei pensar na coisa certa a dizer para não deixar Pesadelo nervoso, mas era tarde demais. A situação já o deixara perturbado. — Cara, temos que sair desse site.

— Não entre em pânico, Michael.

— Pânico? O Matador está *morto*.

— Exatamente. E por isso mesmo o que estamos fazendo é tão importante.

— Ficou maluco? Vou encerrar a conexão agora mesmo.

Pesadelo virou-se para o teclado; pus minha mão sobre seu pulso fino para impedi-lo.

— Escute, quero descobrir a razão de tudo isso. É preciso que você me ajude.

— Você não tem dinheiro suficiente para me convencer.

Pesadelo. Até parece.

— Não tenho dinheiro, Michael. Mas mesmo assim quero sua ajuda. — Ele arquejava; seu peito côncavo movia-se intensamente sob a camiseta. Parecia ter visto um fantasma. — Vou incomodá-lo um pouco, mas será por uma boa causa.

— É melhor começar logo. Quanto mais rápido acabar, mais rápido poderei sair daqui.

Virei a cadeira dele para mim e encarei-o de cima para baixo.

— Você é um garoto talentoso, Michael. Inteligente, habilidoso e, do seu jeito esquisito, ambicioso. Mas vou lhe contar a verdade nua e crua: até agora, você não fez nada com isso. — Pesadelo começou a se levantar; empurrei-o para baixo. — Preste atenção, Michael. Invadir uns sites para poder contar vantagem aos seus amigos num encontro secreto em que vocês sequer usam seus nomes verdadeiros... isso não quer dizer nada.

— Para você.

— Para ser bem claro, Michael, você e seus amigos hackers passam o dia todo se masturbando. Estou oferecendo a oportunidade de uma transa de verdade.

— Do que está falando?

— Você pode fazer algo real em vez de ficar fingindo. Você é bom nisso, Michael.

— Bom, não. Ótimo.

— Certo. Você é ótimo. E sua história até agora não reflete nada disso. Pelo amor de Deus, eu tive de livrar sua cara de uma acusação de furto numa loja. — Pesadelo baixou os olhos. Ele estava nervoso, mas pela primeira vez sua pose não bastava para encobrir a vergonha. — Use seu talento em algo significativo, Michael. Faça algo importante. — Mexi a cabeça demonstrando frustração. — Ou então o desperdice. Por que não? É só o que tem feito na vida até agora.

Michael olhou desconfiado para mim; eu podia sentir que ainda estava assustado.

— Quer dizer que ajudá-lo faz de mim um cara legal?

— Isso, Michael. E ajudar Doug também. As duas coisas.

— Não posso mais ajudar Doug. É tarde demais.

— O que aconteceu a Doug tem relação com o nome piscando naquela tela. O que acha que estávamos fazendo aqui? Espionando a vida de Doug só por curiosidade?

— Não me importo com o que estávamos fazendo, cara. Eu lhe devia uma e agora estamos quites.

— Saia desse esconderijo, Michael. Faça algo importante. Seja meu parceiro. — Houve silêncio enquanto o cérebro do garoto pensava. Ele estava botando a oportunidade e o medo na balança. — Seja um homem, Michael. Seja um homem em vez de uma mera sombra — insisti.

Permanecemos quietos por um tempo. De repente, algo despertou nele. Talvez ele temesse não ter outra chance de aparecer. Talvez se imaginasse aos quarenta anos, branco como sempre, enlouquecendo gradualmente diante de uma tela de computador. Tudo que sei é que, depois de alguns minutos, ele disse em voz baixa:

— Tudo bem. Seremos parceiros, como nos filmes. Como Jackie Chan e aquele cara negro.

Soltei o ar de dentro de mim, sentindo o alívio em meu corpo.

— Estamos mais para Abbott e Costello — observei.

— Quem são esses?

— Dois caras que já morreram.

CAPÍTULO 10

O MUNDANO É O QUE DISTINGUE a vida real do cinema. Michael foi embora por volta das duas, basicamente por que eu tinha uma papelada para o juiz Odom que não podia esperar. Se não preenchesse aquilo, não receberia. Em seguida, tive um encontro com um cliente de 47 anos, reincidente, que provava que o vício em drogas não era um hábito exclusivo dos jovens. Quando aquele homem entrara no meu escritório, parecia ter 70 anos. Mas o apetite pela destruição química de seu organismo ainda não fora saciado. Aceitar o caso era minha contribuição para o sistema judiciário americano. Já passavam das três quando consegui ligar para Michele. Ela atendeu imediatamente.

— É o Jack. Pode conversar?

— Posso — respondeu ela, soando melhor do que quando eu a deixara; quase recuperada. — Estou no carro.

— Certo. Eu queria fazer algumas perguntas. Podemos conversar agora ou...

— Descobriu algo? — perguntou, tomada pela ansiedade.

— Entrei no computador de Doug — respondi. — Não encontrei nada a respeito... do assunto que discutimos. Ainda não.

Sua voz murchou.

— O que encontrou?

O ÚLTIMO ADEUS | 133

As imagens da obsessão de Doug vieram à minha cabeça. Tinha de guardar aquilo para mim, para proteger a privacidade do meu amigo, coisa que ele já não podia fazer. Mas sobre a Grayton eu podia falar.

— Muitas coisas. Precisamos conversar.

— Estou a caminho de um ensaio — disse ela. Dava para ouvir o barulho do trânsito ao fundo. — Está meio complicado agora.

— Talvez possamos nos encontrar mais tarde.

— *Não* — disse com firmeza. — Encontre-me na sala de ensaio por volta das cinco. Já devo ter acabado a essa hora.

— Teremos privacidade?

— Não haverá ninguém além do meu acompanhante. Você conhece o campus da Universidade Emory?

— Como a palma da minha mão.

— Ótimo. Lembra-se da pequena capela, perto do Centro Callaway?

— Claro.

— Você verá um aviso de entrada proibida. Ignore.

— Combinado.

Era cedo para ir a Emory, então decidi gastar 15 minutos e passar em casa. Dei uma olhada no noticiário: a compilação habitual de tragédias humanas. Desliguei a TV. Pensei um pouco sobre Michele e acabei percebendo que eu estava levantando a guarda. Existe um tipo de mulher que atrai situações dramáticas — conscientemente ou não — e esse magnetismo pode fazer um homem prender-se a ela como se fosse um pedaço de metal. Lembrei-me de que não precisava daquilo. Eu precisava mesmo era de informações — e estava disposto a ajudá-la em troca do serviço. Se ajudasse a reunir mãe e filha, ótimo. Ao contrário do marido dela, eu passara tempo suficiente entre os perdidos das classes mais baixas para entender o que acontecera. A determinação de Michele em consertar as coisas, numa situação em que aquilo podia lhe custar caro, parecia admirável. Mas eu queria manter meu foco em Doug.

Cansado de andar de um lado para o outro no meu apartamento, saí para o encontro na sala de ensaio um pouco antes da hora. Estacionei e me dirigi à porta da frente. Mergulhei na escuridão e logo me deparei com o poder de um instrumento vocal treinado à perfeição, em plena exibição. A sala tinha apenas cerca de cem lugares. Eu estava a pouco mais de dez metros do palco. Ela usava roupas comuns: calça preta, top vermelho-sangue e pouca maquiagem. O cabelo estava preso num rabo-de-cavalo. Sua voz espalhava-se pelo ambiente com uma força que fazia o ar vibrar. A apresentação era impressionante. Um homem calvo, de meia-idade, estava curvado sobre um piano, acompanhando-a, mas sua presença era irrelevante. Demonstrando uma facilidade graciosa, Michele desafiava as leis da física com sua voz. Não havia esforço ou severidade; apenas a abundância e a força de uma pessoa três vezes maior do que ela.

No escuro, procurei uma cadeira para ouvi-la. Havia uma avidez em seu canto, algo de desesperado e físico. Eu vira aquilo em Romeu — o desespero violento, a total dedicação ao papel. Lembrei de suas palavras: *Canto para dar um sentido à minha vida. Canto para que Deus não me condene ao inferno.* Aquelas palavras, que antes me pareceram tão fortes e misteriosas, materializavam-se diante de mim. Não havia mais dúvida quanto à fonte de seu talento artístico. Por que me parecia impossível desviar o olhar enquanto ela cantava? Porque, sob cada nota, havia uma tristeza indefinível, porém claramente real. Ela sofria e transformava sua dor em algo precioso.

Ela cantou por aproximadamente vinte minutos, parando de vez em quando, às vezes dizendo algo ao seu acompanhante. Notei que ela procurava por mim na escuridão; então, num intervalo, resolvi me levantar. Ela apertou os olhos, reconheceu meu rosto sob a luz fraca e sorriu. Aquele sorriso, que contrastava com o profundo sofrimento de sua apresentação, pareceu frágil como porcelana.

Eu esperava que Michele encerrasse o ensaio ao me ver, mas em vez disso ela fez uma pausa, virou-se e sussurrou algo ao acompanhante. Mesmo visivelmente surpreso, ele começou a dedilhar o teclado. Ela avançou em silêncio até o meio do palco e parou ali, de olhos fechados, como uma estatueta de ébano. Depois de alguns segundos, inclinou a cabeça cuidadosamente. O pianista começou a tocar.

O que um garoto de Dothan pode dizer a respeito desse tipo de música? Cresci ouvindo discos de Buck Owens e Waylon, do meu pai, e meu primeiro beijo foi dado ao som de uma velha fita de Guy Clark. Era uma música capaz de derrubar tudo que separava um ser humano de sua tristeza. Já a música produzida em Nashville hoje em dia não serve para nada porque não tem coração. Mas, ouvindo Michele cantar, percebi que todas as dores sentimentais são uma só, e o estilo é apenas um detalhe. Rico ou pobre, branco ou negro, nada disso importa. Cantada nos tons celestiais de uma ópera ou expressa na voz irritante de uma cantora de bar, a dor é sempre a mesma. É a experiência comum às pessoas. E, quando a reconhecemos em forma de música, ficamos paralisados. Fiquei ali, ouvindo, ciente de que uma das maiores cantoras do mundo estava se apresentando exclusivamente para mim. Não posso fingir que aquilo não me tocou. Tenho certeza de que, para possuir um dom como o que Michele expôs naquele momento, algumas pessoas chegariam a aceitar vivenciar suas tragédias. Se a verdadeira arte vem da dor, então sua arte corria na forma de rios, percorrendo toda a sua alma.

A coleção de consoantes que ela pronunciava só podia vir do russo — por isso não entendi nada. Não importava. A música alternava-se entre trechos grandiosos de melodias intensas e frases delicadas e comoventes. Fiquei observando-a no escuro e deixei que sua voz me invadisse.

Ao terminar, ela olhou para baixo, como se estivesse exposta. Deu um beijo no rosto do acompanhante e abaixou-se para pegar suas bolsas. Depois desceu elegantemente pelas escadas à esquerda do palco. Saí do meu lugar e avancei pelo corredor em sua direção.

136 | REED ARVIN

Encontramo-nos ainda separados por uma fileira de cadeiras; ela se curvou e me beijou ao estilo europeu, nas duas bochechas.

— Importa-se de conversarmos no meu carro? — perguntou. — É mais reservado.

Ela enfiou a mão na bolsa e tirou uns óculos de aros finos e lentes verdes. O perfume era o mesmo — cítrico — do Four Seasons. Concordei com a idéia e andamos na direção da porta nos fundos da sala.

— Qual foi a última música que cantou?

— Cantei-a para agradá-lo — disse ela, sorrindo.

— E por que faria isso?

— Porque você acha que a ópera não passa de um melodrama chato para pessoas ricas. Mas está errado.

Abri a porta do pequeno auditório e entramos num corredor.

— Ninguém que a ouça cantar pode pensar dessa forma — comentei.

Ela sorriu, claramente lisonjeada.

— É uma história de Pushkin — contou. — Conhece-o?

— Pessoalmente não.

— Ah, meu Deus. Ele...

— Conheço, sim. O santo padroeiro da tragédia russa. O que diz a letra?

Ela parou de andar antes de responder.

— Uma mulher está dividida entre dois amores. Ela ama o primeiro intensamente, mas ele é pobre e derrotado. Não possui nada.

— E o outro?

— É um homem rico e poderoso. Tem tudo que deseja. Mas ela não o ama. Pelo menos não tanto quanto ao outro.

— Deixe-me adivinhar: o cara rico é mau, e o pobre é bom.

Ela balançou a cabeça, contrariada, e voltou a caminhar.

— Estamos falando de Pushkin, não de uma novela. *Krasoyu, znatnostyu, bogatstvom, Dostoinomu podrugi ni takoi, kak ya.*

— Traduzindo...

— A vida é mais complicada do que nós desejamos.

— Concordo.

— Ela acha que não é digna de ser a mulher de um grande príncipe. Por isso é impelida a escolher o homem pobre. É o medo de casar-se com alguém de uma classe superior e não conseguir corresponder. Uma espécie de drama psicológico.

Passamos pela saída que levava à rua.

— E o que acontece?

— Ela decide confiar no homem pobre. Arrisca tudo por ele. — Ela deu mais alguns passos, parou e virou-se para mim. — Em troca disso, o homem pobre a vende. Ele a trai para garantir a vitória num jogo estúpido de cartas.

— Está brincando.

— E você que esperava clichês...

— Mas o príncipe aparece para salvar o dia, não é? Há um final feliz.

— Ela se joga no Canal do Inverno. Fim. — Um sorriso triste e irônico. — Chama-se *Pikovaya Dama*. A dama de espadas.

Ela me olhou nos olhos por um segundo — tempo suficiente para eu captar a ironia do título — e depois se virou, satisfeita, para continuar a caminhada pela calçada até seu carro. Fiquei parado. Eu observava suas costas, reparando no balanço suave do seu quadril. Depois a segui até seu Lexus. Entramos e permanecemos sentados, com o motor ligado.

— E então, o que descobriu? — perguntou ela.

Que nosso amigo Doug Townsend estava destruído por dentro, e que seu sofrimento resultava de um amor gigantesco e doentio por você.

— Deixe-me fazer uma pergunta antes. Você acha que Doug poderia amá-la de verdade? Um sentimento que fosse além da mera obsessão?

Ela olhava através do pára-brisa.

— Quem sabe? Turandot, Tosca, Romeu. Todos eram vítimas de obsessão. E são os apaixonados mais conhecidos do mundo. Vivo num mundo de obsessão.

— Eles são personagens de histórias — ponderei. — Não são reais.

— Para Doug, eram. Ele podia viver nesses mundos. Talvez estivesse perturbado a ponto de viver como se fizesse parte de uma peça.

— Então me responda: algum personagem dessas histórias simplesmente desaparece e se mata sem dizer nada a ninguém?

— Aonde pretende chegar?

— Você diz que Doug vivia nesse mundo da ópera. Mas, se alguém assim pensa em se matar, certamente gostaria que a mulher amada soubesse.

— A mulher amada?

— *Você*, Michele. Doug estava apaixonado por você. Deve ter percebido. Um homem não viaja por todos os Estados Unidos atrás de uma mulher se não estiver apaixonado por ela. Talvez ache que ele se matou porque sabia que nunca a teria, não da forma que gostaria, pelo menos.

Sua voz ficou baixa.

— Não seria impossível.

— Deixe para lá. Não deve ter sido isso. — A gratidão em seu rosto mostrava que eu a tinha afetado. — Um cara não se mata por causa de uma mulher sem deixar que ela saiba disso. Seria muito patético. Ele espera que a mulher sinta toda sua dor.

— Ele alcançou seu objetivo, se era isso que desejava.

— Está sendo teatral — observei.

Eu não pretendia magoá-la, mas já vira muita dor de verdade e sabia que o que ela sentia não se encaixava naquela categoria. Estava chateada, porém não arrasada, como em relação à sua filha, por exemplo.

Ela pensou em responder, mas se deteve.

— Certo — disse, por fim. — Aceito o que está dizendo. É melhor do que a outra opção.

— Ótimo.

— Então, em que ponto estamos?

— Já ouviu falar de uma empresa chamada Laboratórios Grayton?

— Não.

Escondi minha decepção.

— Então me diga o seguinte: você pagava ao Doug pelo que ele fazia?

— Ele não aceitaria nem um centavo.

— Então acho que temos uma resposta.

— Como assim?

— Doug andava coletando uma quantidade imensa de informações sobre os Laboratórios Grayton. Acho que um concorrente contratou Doug para espionar a empresa. Era um serviço ilegal; por isso, provavelmente envolvia um montante respeitável.

— Espionagem? Doug?

— Nossa imagem de Doug como uma simples vítima da vida estava um pouco equivocada — comentei. — Ele não era apenas bom com computadores. Tinha uma reputação considerável no submundo dos hackers.

Ela pareceu perplexa.

— Pensei que fosse um amador, como aqueles garotos que passam a noite inteira trocando mensagens.

— Esses garotos, como você os chama, podem fazer estragos consideráveis. Doug tinha muito talento. E, pelo que aprendi nestes anos, o talento vai para onde é recompensado, seja no mundo legal ou no submundo. Suas habilidades valiam uma fortuna nas mãos da pessoa certa.

— Como descobriu tudo isso?

— Com a ajuda de um conhecido — respondi. — Alguém que também pertence a esse mundo. Ele me contou que Doug era bem conhecido por lá. Olhe, não preciso ser um gênio para imaginar seu marido como possível contratante. A Horizn está no mesmo ramo de negócios.

Seu rosto expressou certa tristeza.

— Charles? Ele não sabe nada a respeito de Doug.

— Tem certeza disso?

— Tanta certeza quanto posso ter. De qualquer maneira, Doug teria me contado sobre uma aproximação de Charles. — Ela suspirou. Parecia cansada. — Vou viajar amanhã. Estava ensaiando para isso. Vou a St. Louis.

— Ficará muito tempo longe?

— Não. É algo rápido. Uma apresentação informal, só uma noite. Vamos apresentar *La Boheme*.

— Uma ópera informal?

Ela sorriu.

— É um festival. A platéia não se produz, não como você viu no outro dia. Sem trajes de gala. As pessoas aparecem até de bermuda. Cenários modestos. Uma bagunça total nos bastidores. — Percebi um brilho repentino nela. — Venha comigo. Odeio viajar sozinha.

— Não está falando sério.

— Claro que estou. São só algumas horas, ida e volta. Você pode?

Não, por várias razões.

— Não costumo comprar passagem nas promoções de última hora. Sinto muito.

— Não seja ridículo. Vou no jatinho da Horizn.

— Meu Deus.

— Podemos conversar sobre Doug.

— Doug.

— Sim. Seremos... amigos. — Ela fez uma pausa. — Preciso disso neste momento, Jack. Você não imagina como é bom poder conversar com alguém que sabe de tudo. É como voltar a respirar.

Desviei o olhar, só para poder me concentrar em alguma coisa que não fosse sua pele cor de caramelo.

— Não sei se é uma idéia muito boa.

— Venha comigo, Jack. Vou cantar algo tão bonito que você vai ficar de coração partido.

— É a última coisa de que preciso.

Assim que pronunciei aquelas palavras, sabia que cometera um erro. *Ela vai querer saber de tudo. Não vai descansar até descobrir o que aconteceu comigo, como a dor da culpa pelo que houve com Violeta Ramirez me faz entendê-la tão bem.*

— Eu sabia que havia alguma coisa — disse ela. Seus olhos estavam fixos nos meus. Eu esperava um ataque à minha história particular a qualquer momento. Mas, para minha surpresa, ela me deixou escapar. — Não importa. No final, é sempre a mesma coisa.

— O quê?

— *L'amore non prevale sempre.* O amor nem sempre prevalece. — Ela deu um leve sorriso. Seus lábios pareciam quentes e reluzentes. — Pense sobre amanhã. Quero que venha comigo. Seremos... amigos.

O TRÂNSITO IMPIEDOSO do fim de tarde em Atlanta conspirava mais uma vez contra o movimento. Não havia sentido em tentar voltar para casa. Lembrei que a região próxima à universidade abrigava vários restaurantes baratos e honestos e resolvi parar para jantar mais cedo. Já dera três garfadas num prato sem graça qualquer quando meu celular tocou. Era Sammy, dizendo que Odom saíra mais cedo e pedindo que eu o encontrasse no Rectory. Graças à sua época de empregado por lá, ele tinha um acordo bastante razoável com o garçom, que permitia encher seu copo de Chivas pelo preço de um Seagram's. Quando se bebe em grande quantidade, esse tipo de gentileza é interessante. Acabei o jantar e dirigi até o Rectory; Sammy já esvaziara vários copos aproveitando seus privilégios. Para ele, uma noite era perfeita quando o limite do cartão de crédito e sua capacidade de beber convergiam num gráfico perfeito. Ainda era cedo, mas naquele ritmo a noite acabaria num sonho de qualquer professor de matemática.

— Ele a levou ao Nikolia's Roof — contou Sammy, antes mesmo de eu me sentar.

— Quem levou quem? — perguntei, puxando uma cadeira.

— *Ele* — balbuciou Sammy. — Ao Nikolia's.

— Aquele no último andar do Hilton?

— Dá um tempo, Jack. Só existe um Nikolia's. E *ele* a levou lá.

Tudo ficou claro. Sammy estava falando de Blu.

— Caramba, Sammy, como ficou sabendo disso?

— Um cara me devia um favor. Ele trabalha nessa área.

— Não passe dos limites, Sammy.

Ele não tirava os olhos da bebida.

— A primeira regra da vingança é conhecer o inimigo.

— Eu sei, mas botar alguém atrás do cara... — Comecei a pensar se fora a decisão certa contar a Sammy sobre os planos de Stephens. Mas era tarde demais. — Olhe, Sammy, o Nikolia's é um lugar bem conhecido. Talvez ele seja flagrado. Alguém o verá e contará tudo à namorada dele.

— Não — disse Sammy, balançando a cabeça. — Eu me informei. Ele estava num ambiente reservado. É amigo do Nikolia ou algo parecido.

— O cara não é casado. Então, tecnicamente, está no mercado.

— Eu sei. E ele também vai ser tecnicamente espancado.

— Sammy, estou implorando, não dê uma de maluco. Mantenha a razão.

Ele olhou para mim, com os olhos turvos.

— Sabe o que me incomoda em você, meu amigo Jack?

— Imagino que exista uma lista. Pode começar pela letra A.

Pedi um *scotch* à garçonete.

— Errou. Você só tem uma coisa de errado. Você... como se diz mesmo? Você lança suas pérolas aos porcos.

— Não me diga.

Sammy bateu com o copo vazio na mesa. Depois de tentar, sem sucesso, chamar a atenção da garçonete para pedir outra dose, virou-se para mim.

— Olhe para você, Jackie. Você é um gênio e, mesmo assim, passa o dia todo no gabinete do juiz Odom.

— Isso paga as contas — respondi.

— Fico lá, observando você todos os dias, e me pergunto: o que pensar de um cara que fala como se tivesse um milhão no bolso, veste-se como se tivesse um milhão no bolso e entende mais de processo do que qualquer outra pessoa que eu conheça... Caramba, Jack, você ganha noventa por cento dos casos.

— Faço meus clientes declararem-se culpados em mais da metade dos casos, Sammy — reagi, sem muita convicção.

Que ótimo. Agora Sammy está me passando o mesmo sermão que passei em Pesadelo. Maravilha.

— Sim, mas eles são todos culpados.

— Não são todos culpados, Sammy.

— Eles são *todos* culpados, sim, e você sabe disso.

— Certo. A maioria deles é culpada.

— E você livra a cara deles, seu maldito gênio maldito.

O rosto de Sammy transmitia certa confusão. Ele já tomara drinques demais para manter o pleno domínio da linguagem.

— O que está acontecendo? Hoje é a noite de atormentar o Jack Hammond? Já estou enfrentando muitos problemas.

— O que estou tentando dizer — começou Sammy, organizando os pensamentos — é que, comparado a você, não passo de um débil mental.

— Sammy...

— Sério — ele interrompeu. — Sou um débil mental. Mas mesmo com minha capacidade limitada vou arrancar uma vingança de Stephens tão linda que faria um homem adulto chorar. — Sammy olhou para o copo vazio. — De preferência, ele.

— O que pretende fazer? — perguntei.

Uma sensação de receio crescia dentro de mim. Stephens estava muito além do mundo de Sammy.

— Nada que interesse a você — respondeu ele.

— Sammy...

— Deixe isso para lá, Jackie. Agora o assunto saiu de suas mãos. Tudo o que você precisa saber é o seguinte: vejo um dia muito ruim se aproximando para o novo namorado de Blu.

CAPÍTULO 11

NICOLE FROST NÃO TINHA um sobrenome adequado. Para uma corretora de valores, demonstrava um calor humano admirável. Estudamos na mesma faculdade; ela, porém, não chegou a conhecer Doug. Seu mundo era outro: o grupo especial de pessoas apenas passáveis academicamente, mas de excelente desempenho social. Tinha-se como certo que ela seria bem-sucedida, e não houve decepção quanto a isso. Ela cuidara dos meus modestos investimentos em tempos mais felizes — antes de eu ser obrigado a sacar cada centavo para sobreviver. Liguei para Nicole um dia depois de falar com Michele, em busca de informações sobre os Laboratórios Grayton.

— Oi, Jack! — disse, com sua animação inabalável. — Que bom falar com você. O que conta de novo?

— Tenho uma pilha enorme de dinheiro para investir. Está tudo em notas de vinte, e talvez você encontre alguns resíduos em parte delas. Espero que não haja problema.

— Muito engraçado.

— Ora, posso ter ido para o outro lado. Nunca se sabe.

— Defender essas pessoas é ruim o suficiente, Jack, mas esse é outro assunto. Já que você não vai ajudar nenhum de nós a ganhar dinheiro, no que posso ser útil?

— Preciso de informações.

— Aqui vai uma: está falido.

— Obrigado, eu já sei disso. Mas não é sobre mim.

— Muito bem.

— O que sabe sobre uma empresa chamada Laboratórios Grayton?

Houve silêncio enquanto Nicole vasculhava seu gigantesco arquivo mental.

— Pequena empresa de biotecnologia. Não tem feito muito barulho. Eu provavelmente nem saberia deles se não fossem daqui.

— Nada de espetacular saindo de lá?

— Talvez — respondeu ela. — Não acompanho muito o setor de biotecnologia.

— Tem idéia de quem comanda o negócio?

— Hum, acho que os membros da família estão no conselho agora. O Sr. Grayton mesmo é só um testa-de-ferro. As ações não valorizam muito. Estão quase sempre estáveis.

— Certo, vamos mudar de assunto. E quanto à Horizn?

Pude ouvir uma risada.

— E quanto à Horizn? Ela está prestes a render muito dinheiro para muita gente.

— Vai ser algo grande?

— *Gigantesco.* A patente da hepatite vai render dividendos por décadas. É a doença perfeita, entende? Sem querer ser insensível.

— O que quer dizer com isso?

— Quero dizer que você precisa tomar o remédio do querido Dr. Ralston pelo resto de sua, assim espero, longa vida. É algo fantástico, do ponto de vista do investimento. O que não deixa de ser engraçado.

— Por quê?

— Não sabe como Ralston conseguiu seus milhões?

— Não faço idéia.

— Há apenas dez anos, Ralston não passava de um humilde ser humano, como eu ou você. Chefiava uma equipe de pesquisadores na Universidade de Columbia.

— Sim, ouvi dizer que ele era cientista.

— Foi sua equipe que desenvolveu o tratamento da Horizn para a doença — contou Nicole. — Obviamente, a universidade exigiu a propriedade da patente. Ralston agia na condição de funcionário. Ele tinha direito ao percentual padrão, mas queria tudo.

— Ele contestou o acordo?

— Isso. É claro que ninguém o levou a sério. Geralmente esse tipo de contrato é muito bem amarrado. Mas isso foi até ele se associar a um advogado...

— Derek Stephens.

— Sim, Stephens. Parece que ele é uma espécie de gênio da propriedade intelectual. O maior especialista do país. É sempre citado no *Wall Street Week*. Enfim, graças a ele, Ralston ficou com a patente, e ambos tornaram-se milionários.

— Ambos?

— Ralston não tinha dinheiro, então pagou pelos serviços de Stephens com uma participação na patente. Stephens fechou o escritório, e os dois foram dominar o mundo juntos.

— Um espírito bastante empreendedor.

— Sim. E agora o preço da droga é três vezes o que deveria ser.

— Dane-se a ralé, é o que sempre digo.

— Nosso mundo é cruel, meu querido. — Nicole parou de falar por um instante. — Escute, Jack, qual é a razão do seu repentino interesse?

— É só um assunto em que estou trabalhando.

Pude sentir a curiosidade de Nicole.

— Jack, você não esconderia nada de mim, não é?

— Como assim?

— Alguma coisa que esteja sendo falada e que tenha chegado ao seu conhecimento através dos seus amigos exóticos.

— Hum, talvez. Não tenho certeza.

— Não é legal fazer mistério quando se está pedindo favores, Jack. Conte à sua amiga Nicole o que você sabe.

148 | REED ARVIN

— Para ser sincero, não posso fazer isso.

— Então deve ser algo quente — disse ela, num tom respeito-samente mais baixo.

— Nada me deixaria mais feliz do que retribuir sua gentileza com algumas informações privilegiadas. Mas estou voando às cegas neste momento.

— Considerando seu... hum... *círculo profissional*, provavelmente é algo sórdido. Deve saber que a oferta da Horizn acontecerá em menos de duas semanas. Notícias ruins não seriam nem um pouco bem-vindas.

— Calma, Nicole. Neste exato momento, não sei de nada. Se começar a espalhar rumores infundados, vai acabar vendendo ações nas regiões mais remotas da Sibéria.

Percebi a tranqüilidade voltando a Nicole.

— Então o que está me dizendo?

— Só estou fazendo algumas perguntas.

— Certo. — Depois de uma pausa, sua voz pareceu repentinamente animada outra vez. — Ei, Jack, o Ralston estará no campus da Georgia Tech na próxima sexta. Acabei de ver uma nota da imprensa a respeito.

— Para quê?

— Porque ele é brilhante. Escute só. Ele está no período de silêncio. Não pode fazer qualquer comentário sobre a Horizn até a oferta de ações.

— Regulamento da comissão de valores mobiliários.

— Exato. Mas, estando a poucos dias da oferta pública, ele quer botar o nome da Horizn na cabeça de todos os investidores do país. Qual é a saída, meu querido?

— Não sei.

— Ele doa um prédio. A Escola de Engenharia Biomédica Charles Ralston. Custará quatro milhões e, em troca, ele receberá vinte em publicidade. Mais do que o suficiente para pagar a despesa. Estou dizendo: esse homem é um gênio. Bem, o fato é que vários de nós iremos. Conheço Ralston e sei que ele dará um jeito de encaixar um comentário sobre a Horizn. Você pode ir junto.

— Não vai se incomodar?

Nicole riu.

— Claro que não. Além do mais, você é um enfeite adorável.

— Não me sacaneie, Nicole.

— Não, pelo contrário. Você não tem interesse aparente por mulheres, o que o torna irresistível. Um cara muito atraente do Suntrust estará lá, e quero fazê-lo se sentir mal.

— Ah, está me usando.

— Ele precisa de motivação. Portanto, quando eu me derramar em cima de você, não me leve a mal. A cerimônia começa às 11. Vamos nos encontrar aqui na frente às 10.

— Combinado.

— Vista alguma coisa legal. Até sexta. Tchau, querido.

VENHA A ST. LOUIS, dissera a voz. *Seremos amigos.*

Passei o resto do dia no tribunal, ouvindo aquela voz na minha cabeça. Ouvi-a enquanto Odom parecia sofrer durante uma das minhas alegações, na qual sustentei que, ao contrário da opinião do policial responsável pela prisão, oferecer maconha a um estranho que não levantara o assunto constituía um flagrante armado. Também ouvi a voz enquanto olhava distraído para uma jovem que sofrera a queda derradeira ao inferno da prostituição, para pagar pelo seu vício em cocaína. Ouvi a voz, ainda, enquanto trabalhava durante o almoço, tentando me inteirar de um caso de direção sob efeito de álcool envolvendo um sujeito que só falava croata.

Venha a St. Louis, dissera ela. *Seremos amigos.*

Conferi o relógio. Eram 14h40, o que me dava exatamente o tempo necessário para pegar o avião, se eu perdesse completamente a cabeça.

Eu perdi completamente a cabeça.

CAPÍTULO 12

O JATINHO DA HORIZN era um Grumman preto e reluzente que parecia valer cada centavo dos sete milhões que custara. Havia um logotipo da empresa — um *H* estilizado em branco sobre um fundo vermelho — estampado na cauda do avião. Estacionei no Campo Brown, um aeroporto particular no noroeste de Atlanta. Tranquei o carro — um ato dispensável diante das grades e da segurança 24 horas destinada a cuidar dos carros de luxo em volta do meu velho Buick — e atravessei a rua até a entrada. Eu a vi assim que abri a porta.

Ela estava sozinha, vestida de um modo tão simples que só uma pessoa incrivelmente rica pode se dar a tal luxo. Usava um jeans esfarrapado e uma camisa de algodão laranja, folgada em seu corpo esguio. Ela ergueu a cabeça quando entrei, e seu sorriso quase me derreteu ali mesmo. Depois me deu um beijo; seus lábios macios e quentes tocando meu rosto. Caminhamos juntos até o avião e embarcamos.

Um jato particular Grumman é uma forma de estimar a distância entre os que são apenas ricos e os que são consideravelmente ricos. As pessoas nessa faixa de consumo consideram a primeira classe dos vôos comerciais um insulto ao seu bom gosto. Passam horas com decoradores de interiores de aviões, tomando decisões importantes, como escolher entre instalações de ouro e de titânio para o banheiro. Graças à riqueza das indústrias Horizn, era naquele mundo que Michele morava.

Ela estava falante na primeira parte do vôo — quase como se fosse uma garotinha. Sorria e servia champanhe, depois se recostava para apreciar as montanhas da Geórgia, que passavam embaixo de nós. Tudo estava muito confortável, e Charles Ralston parecia não existir. Mas ele existia, qualquer que fosse o acordo entre os dois.

— Estive pensando — comecei a falar. — O que fez foi admirável. Não devia menosprezar isso. Vir de onde veio e conseguir seu próprio espaço.

Ela pôs o copo na mesinha, parecendo levemente irritada.

— É isso que dizem.

— O que isso significa?

Ela suspirou.

— A coisa dos negros.

— Que coisa dos negros?

— Aquela história de os brancos decidirem qual menininha negra mais bonitinha poderá ser a criada da casa.

Olhei para ela, surpreso.

— Talvez possa me explicar melhor.

— Você já sabe que fui para Nova York. Lá conheci algumas pessoas e acabei do outro lado do rio, em Nova Jersey. Elizabeth.

— Nunca estive lá.

— O inferno do leste — explicou ela, com uma voz desanimada e indiferente. — Há uma grande população portuguesa por lá. Não é tão ruim. Eles cuidam uns dos outros. Mas as áreas negras são outra história.

— E o que aconteceu?

— Entrei na escola. Eu era solitária, e a escola é um ambiente social.

— Entendo.

— Havia um projeto que levava orquestras às escolas. Pequenos grupos apareciam algumas vezes por ano, como os pacotes de ajuda humanitária enviados à Somália.

— Imagino que as pessoas que vivem na Somália precisem de comida — observei.

— Sabia que você não entenderia.

— Achei que não fôssemos voltar à história de brancos e negros.

— Eu sei. É só que... por que não temos nossas próprias coisas? Uma hora torna-se cansativo estar sempre do lado que recebe. Víamos aquelas pessoas andando pela escola, sentindo pena de nós. Pequenos sorrisos corajosos, como se fôssemos pacientes num hospital. Acabávamos nos sentindo pior do que antes. — Seu olhar estava perdido, mergulhado nas lembranças. — Mas havia a música. Enquanto a música tocava, não importava onde eu estava. Nada importava. Só as notas, os sons. A maioria das crianças sequer escutava. Eu ia me esgueirando até a frente, como se estivesse em transe. Nunca vira ou ouvira algo parecido na vida.

— Alguém cantava?

— Sim. Não lembro se ela era boa. Faz muito tempo, e eu me impressionava com facilidade. Mas ela era linda e usava uma roupa deslumbrante. Fiquei olhando para ela um bom tempo, antes mesmo de começar a cantar. A forma como se sentava, de pernas cruzadas, as costas retas como uma régua. Sorria para nós; eu pensava que ela devia entender de todos os assuntos do mundo. Finalmente, ela se levantou e caminhou até o meio do palco. Eu estava maravilhada.

— Do jeito que as pessoas ficam quando vêem você hoje em dia — comentei.

Ela sorriu.

— Acho que sim.

— O que houve depois?

— Era apenas um pequeno conjunto de câmara, cerca de dez músicos. Ela começou a cantar algo em francês. *Francês*. Eu não entendia muito das coisas, mas sabia que não devia gostar daquilo. Era europeu. Uma lição fora bem explicada para mim. Coisas antigas, vindas da Europa, eram inimigas. O que representava um grande problema, pois achei aquele som o mais lindo que já ouvira.

— O que resolveu fazer então? — perguntei.

Uma expressão sombria tomou seu rosto.

— Comecei a ouvir mais daquilo. Porém, não como estudante, e sim como uma garotinha. Eles tinham tudo na biblioteca pública. *Tudo*. Ouvi, ouvi e imitei. Não fazia a mínima idéia se tinha talento. Mantive segredo, mas aquilo passou a abrir uma ferida em mim.

— Por quanto tempo durou isso?

— Alguns anos. Eu cantava com freqüência, ampliando o repertório, mesmo sem saber as letras. Algumas poucas vezes, cantei em voz alta para os meus amigos. Eles riam ou faziam coisas piores. Depois de um tempo, não podia mais agüentar; precisava encontrar pessoas como eu.

— E?

— Eu não entendia de nada, sabe como é? Eu só sabia que as pessoas cantavam no Lincoln Center. Um dia tomei coragem e peguei um ônibus até lá. Não sei o que se passava na minha cabeça. Talvez eu esperasse ver cantoras de ópera circulando em seus figurinos, cantando umas para as outras. Fiquei perambulando pela escola Juilliard, passeando pelos corredores, hipnotizada. Ouvia a música vinda de trás das portas fechadas. Senti vontade de disparar pelos corredores, só para poder ouvir todas aquelas coisas diferentes.

— O que houve depois?

— Fiquei lá por muito tempo. Três ou quatro horas. Tive medo de ser expulsa do lugar. Tentava me esconder sempre que aparecia alguém com cara de que não aprovaria meu comportamento. Mas então uma porta se abriu, bem diante de mim, e não consegui sair da frente. Uma mulher deixou a sala e quase me atropelou. Lembro-me de ter espiado o interior do estúdio dela, onde havia muitos livros, um piano e pequenas obras de arte. Parecia o paraíso.

— E o que você fez?

— Congelei. Ela olhou para mim e perguntou: "Você está perdida?" — Michele virou-se e olhou pela janela do Grumman, distante em suas memórias. — Eu não conseguia falar. A mulher estava prestes a ir embora quando consegui responder: "Sim, senhora. Estou perdida" — Michele virou-se para mim novamente, afastando o constrangimento com um sorriso. — Ela foi simpática. Contei a ela sobre a cantora que estivera na minha escola e sobre as idas diárias à biblioteca. Contei sobre minhas árias favoritas e que costumava cantar acompanhando os discos. Talvez aquilo a impressionasse, talvez não. Afinal, ela estava na Juilliard, e não faltam crianças precoces por lá. Foi outro motivo que a fez me ajudar.

— Qual?

— Eu disse que sabia que devia odiá-la, mas não odiava. — Michele voltou a olhar pela janela. — Ela pareceu ter vontade de chorar.

— Ela concordou em ser sua professora?

Michele esvaziou a taça de champanhe.

— Isso mesmo, Jack. Ela disse que eu podia morar na casa grande.

— Desculpe-me por considerar sua atitude um pouco malagradecida.

— Eu já disse: você não consegue entender.

— Sabe, Michele, não sei se é o fato de você receber uma fortuna para cantar Mozart ou se é o jatinho particular que me faz sentir pena de você. Fico devendo uma resposta.

Seus olhos pareceram se inflamar.

— Já expulsei homens da minha vista por menos do que isso.

— Guarde isso para alguém que não trate todos os garantidores de fiança do centro de Atlanta pelo primeiro nome.

O ÚLTIMO ADEUS | 155

Ela me observou por um segundo e depois explodiu numa risada.

— Se você não vai reagir à culpa dos brancos, realmente vai me irritar muito.

— Já ouvi tudo isso. Estou imune. Agora me conte como chegou aqui.

Sorrindo, ela se curvou na minha direção e beijou meu rosto.

— Você não se assusta facilmente. Gosto disso.

Embora não soubesse, ela estava errada. O que me assustava era o quanto eu queria beijá-la. Eu precisava de toda minha força de vontade para não cobrir seus lábios irresistíveis com os meus.

— No início, eu ia lá toda terça. Depois passei a ir às quintas também. E, finalmente, passei a ir quase todos os dias. Precisei de muito tempo para entender o que ela já tinha percebido desde a primeira vez que me ouvira.

— E o que era?

Ela baixou o tom de voz.

— Que, não importa que música eu cante, sempre estou cantando sobre a minha própria vida.

— Como Johnny Cash — comentei. — Sempre achei que esse era o segredo do sucesso dele.

Ela reagiu com certo desprezo.

— Que comparação, Jack.

— Se você desrespeitar o homem de preto, vou jogá-la do avião.

— Está bem, Jack — disse, balançando a cabeça. — É exatamente como Johnny Cash, só que em italiano e em figurinos elisabetanos. Certo.

— Como acabou de volta a Atlanta?

— Por causa do meu marido. Se você é negro e ambicioso, Atlanta é o centro do universo. Também não atrapalha que a mão-de-obra seja mais barata. — Ela se virou para a janela; a menção a Ralston pareceu tirar-lhe o ânimo. — Preciso descansar minha voz, se não se importa. Vou tentar dormir um pouco.

Seguimos em silêncio, enquanto o avião passava sobre Nashville e depois virava para o noroeste, na direção de St. Louis. Michele mantinha-se de olhos fechados, embora eu não soubesse se estava realmente dormindo. Vendo o tempo passar, eu a observava e pensava se tomara a decisão certa ao acompanhá-la. Seu rosto parecia preocupado, como se seus sonhos estivessem sendo assombrados por lembranças ruins.

Pousamos no Spirit of St. Louis, um pequeno aeroporto no subúrbio da cidade, perto do rio Missouri. Estávamos na planície, numa pista de pouso escavada no meio da lama e do solo fértil do delta. O avião taxiou até uma limusine estacionada ao lado da pista. O homem que eu vira acompanhando Michele na festa e no teatro Fox saiu do carro e ficou de pé, assistindo ao jatinho parar a cerca de trinta metros de distância. Os motores deixaram de girar e o barulho transformou-se em silêncio.

— Quem é ele? — perguntei.

— Bob Trammel — respondeu Michele. — Ele vem antes e confirma as datas para mim. Cuida para que tudo esteja pronto, esse tipo de coisa.

Espiei rapidamente pela pequena janela do Grumman. Trammel tinha 40 e poucos anos, 1,80m, corpo atarracado e cabelo preto penteado para trás. Como da vez anterior em que eu o vira, estava fumando. O piloto passou pela área dos passageiros, destravou a porta e empurrou a pequena prancha de desembarque para baixo. Vi Trammel se aproximando do avião com uma expressão de tédio. Michele apareceu na porta primeiro; antes que começasse a descer, Trammel me viu atrás dela. Seu rosto demonstrava desagrado. Como ainda estávamos distantes demais para sermos ouvidos, perguntei:

— Esse Trammel está com você há muito tempo?

Ela fez que não.

— Foi idéia do Charles. Mas ele tem trabalhado bem. Muito eficiente.

Descemos até a pista. Um dos pilotos levava a mala de Michele. Ela foi até Trammel. A serviço da Horizn ou não, ele agia como se estivesse no comando. Não entendo nada de ópera, mas, como todo mundo, já ouvira a palavra "diva". Nos dez segundos que levamos para ir do avião ao carro, Michele mergulhou completamente em seu personagem. Enquanto dava aqueles poucos passos, ela parecia mais alta, com as costas mais retas e o nariz alguns centímetros mais empinado. Sequer se deu ao trabalho de me apresentar a Trammel.

— Poderia cuidar da bagagem, Bob? — pediu, sem olhar para ele.

Diante da porta aberta da limusine, ela entrou, não sem antes segurar minha mão e me puxar. Foi uma surpresa sentir sua pele. Tinha inteiro controle da situação; eu nunca vira uma mulher exercer aquele tipo de autoridade com tamanha naturalidade. Em seu mundo, ela reinava absoluta.

Trammel bateu a tampa do porta-malas, deu a volta e sentou-se no banco da frente do Lincoln Town Car.

— A viagem foi boa? — perguntou, observando-me pelo espelho retrovisor.

— Você conversou com Colin? — perguntou Michele, ignorando o que ele dissera.

— Ele fez as mudanças. Sem problemas.

Olhei para Michele.

— Colin?

— Colin Timberlake. Diretor artístico. Um profissional brilhante. Ele usa a batuta como se fosse um martelo, mas o resultado é ótimo.

Ela olhou para fora. Passávamos por uma zona industrial de St. Louis, sem qualquer atrativo. Podia sentir seu distanciamento, sua preparação interior para a apresentação. Qualquer contato íntimo que tivesse passado pela minha cabeça seria um equívoco; desde o momento do pouso, Michele só se preocupava com o trabalho. Em poucas horas, ela assumiria uma personalidade completamente diferente, apostando sua carreira contra mais uma noite de brilhantismo.

Michele manteve-se concentrada pelo resto do trajeto até a Universidade Webster, onde se localizava o Centro Loretto-Hilton. Seguimos até o teatro, que era bem menor do que o Fox, mas não deixava de ser belo, cercado de flores exóticas e jardins meticulosamente podados.

— Belo lugar — comentei, ao descer do carro.

— É um ambiente pequeno e íntimo — disse Michele. — Excelente acústica.

Ela caminhou rumo à entrada do palco. Eu a seguia quando senti a mão de alguém no meu braço. Era Trammel.

— Lembro de você — disse ele, em voz baixa, ainda me segurando. — Estava na festa em Atlanta. E, depois, na saída do palco, na última noite no Fox.

— Bem, essa é a versão mais longa. A maioria das pessoas me chama simplesmente pelo nome. Jack.

Trammel estreitou os olhos.

— Há muito em jogo neste momento. Tenho certeza de que você não vai querer ficar no caminho.

— Não — respondi. — Não vou querer.

— A sala verde fica do outro lado do palco. Há refrigerantes, frutas e outras coisas à disposição. Aguarde por lá.

Atravessei o estacionamento, até o acesso ao palco, por onde Michele já desaparecera. A porta me conduziu a um mundo nos bastidores, que consistia num caos ligeiramente organizado. Pessoas corriam pelo palco, dando ajustes finais ao cenário. Várias crianças usando figurinos esfarrapados foram reunidas para receber orientação de uma mulher — provavelmente sobre como rastejar com autenticidade. Trammel pediu para que eu saísse do caminho, apontando na direção de uma porta de metal no outro lado do palco.

— A sala verde fica do lado de lá.

Assenti e me encaminhei à porta de metal. Ao transpô-la, encontrei um corredor cheio de camarins. Como nenhum deles era o de Michele, prossegui sozinho até a sala verde. Tratava-se de um ambiente esparso: alguns sofás e um buquê de flores disposto casualmente sobre uma longa mesa. Havia uma variedade de bebidas e aperitivos. Peguei um refrigerante. Também havia um monitor de TV instalado numa parede, exibindo imagens de uma câmera que registrava um ângulo aberto do palco. Com freqüência, membros do elenco com figurinos em diferentes estágios entravam na sala verde para devorar uma fruta ou barra de cereais ou, ainda, pegar uma garrafa d'água. Ninguém falava — o que estava ótimo por mim. Depois de cerca de uma hora, vi pelo monitor que Michele aparecera no palco. Não havia som, mas eu podia notar que ela conversava com um homem alto e magro, de cabelos grisalhos penteados para trás. Supus que fosse o diretor. Com ou sem som, estava claro que ele pedia algo. Michele observava-o com uma espécie de desinteresse petulante. Então, o homem começou a agitar os braços, transformando a adulação em súplica. Finalmente, Michele pôs as mãos em seus ombros, fazendo-o parar. Ela disse algumas palavras e dirigiu-se à saída do palco. Apesar disso, o homem continuou falando com ela, antes de levantar as mãos e sair pelo outro lado.

Como ainda faltava algum tempo para a apresentação, resolvi dar uma volta no campus. Retornei aos bastidores uma hora antes do concerto. Examinei as portas dos camarins até me deparar com uma em que havia uma grande estrela e uma placa dizendo "Srta. Sonnier". Bati.

Por um segundo, não houve resposta; mas, de repente, a porta se abriu. Michele estava de pé, vestindo um roupão semi-aberto, com os cabelos presos. Eu podia ver o contorno dos seus seios desaparecendo nos vincos vermelhos do tecido do roupão.

— Onde está Trammel? — perguntou ela.

— Não tenho idéia. Como estão as coisas?

— O diretor é incompetente, acabei de expulsar a figurinista, e o barítono é incapaz de reconhecer um tom, além de cantar tão alto a ponto de parecer que sou eu quem está cantando errado.

— Ainda bem que eu vim.

Ela sorriu e, com isso, a prima-dona desapareceu.

— Você me faz sentir bem, sabia? — disse ela.

— Obrigado.

— Pode me ajudar com isso?

Michele ficou de costas e deixou o roupão cair pelos ombros até a cintura. Ela usava um sutiã de renda quase transparente. Dos ombros, seu corpo afilava-se, chegando a uma cintura fina. Pude ver um pedaço da calcinha fio dental que combinava com o sutiã. Forcei meus olhos para cima.

— Ajudar com quê? — perguntei.

— Com isso.

Ela esticou o braço e me entregou uma roupa de cor marrom. Estava manchada e parecia ter sido vestida até quase rasgar. Michele levantou as mãos, e eu baixei o vestido pelos seus braços. Quando o figurino chegou à cintura, ela deixou o roupão descer até o quadril. O vestido escorregou por sobre seu traseiro e cobriu metade das suas coxas.

— Estou achando que você tem de parecer pobre — comentei.

— Pobretona — disse ela, rindo. — Mas, pelo menos, é em Paris, o que ajuda um pouco.

— É, em Paris é bem melhor.

— Você entende bem como é ser pobre, Jack?

O modo de falar suave da alta classe desapareceu por um instante. De repente, sua voz tornara-se jovem e urbana, com o tom agressivo das áreas pobres. Eu não sabia se era algo autêntico ou se ela estava somente vestindo um novo figurino.

— Nunca passei fome — respondi. — Mas sei como é estar do lado de fora, olhando para dentro.

— Imaginei isso — disse ela, antes de se virar para se ver no espelho.

— Acho que é hora de ir. Trammel me mostrou a sala verde. Vou comer um pouco de queijo.

Ela riu. A voz sedosa estava de volta.

— Faça isso — disse. Sua voz soava como pura música, mesmo numa conversa normal. Ela se virou para mim novamente. — Fico feliz que esteja aqui, Jack. É bom ter amigos por perto.

Vendo-a diante de mim em seu figurino de moleque de rua — uma mistura surpreendentemente atraente de menor abandonada e sedutora experiente — tive vontade de pegá-la em meus braços e salvá-la das ameaças do implacável inverno de Paris.

— Preciso ir — insisti, em voz baixa.

— Sim — respondeu ela, dando um beijo no meu rosto, suave e casto.

Continuei sentindo o toque de seus lábios na minha pele por todo o caminho até encontrar meu lugar na platéia. Com o tempo, as pessoas começaram a entrar no teatro. Era uma mistura de estudantes e espectadores mais velhos — todos mais à vontade do que no Fox. Cheguei ao lugar da quinta fila que Michele me arranjara e me acomodei para vê-la cantar.

Desde o início, algo me incomodou. Começou como uma sensação vaga de desconforto, mas se tornou mais intensa à medida que a apresentação avançava. Precisei de meia hora para descobrir o que me irritava. Finalmente, entendi: se Puccini entendia algo sobre ser pobre, não pusera esse conhecimento em *La Boheme*. O programa dizia que ele começara a vida falido, mas que já havia se tornado famoso e rico na época em que a ópera foi escrita. Aquilo arruinara sua perspectiva. É sempre a mesma coisa: assim que alguém consegue dinheiro de verdade, passa a romantizar com exagero a época em que não possuía nada. Passa a contar histórias sobre como eram bons os tempos em que não precisava lidar com os problemas da riqueza. Sei disso porque fiz o mesmo. Imagino que Puccini tenha sido o pior de todos nesse sentido. A imagem de Paris no inverno que eu via no palco — uma pobreza tão sutilmente pitoresca e charmosa que poderia sair de um filme da Disney — estava muito distante dos conjuntos habitacionais de Atlanta. E os boêmios — o pintor, o escritor e o resto da turma — também gorjeavam como passarinhos da Disney. A maioria divertia-se bastante por ser pobre. A única que eu conseguia entender era Mimi, por estar morrendo. Não que eu considere impossível encontrar momentos de felicidade no gueto. Já vi tais momentos centenas de vezes. Mas o humor do gueto é tingido pelo nervosismo mordaz que vem da consciência de que sua existência não é um destino inevitável. Puccini esqueceu-se disso: quando as pessoas excluídas riem, riem com vontade, como se fosse uma defesa contra a vida. O humor não tem nada de charmoso; é desafiador. Os personagens de *La Boheme* cantavam sobre amor e poesia como se não tivessem preocupações no mundo. Em outras palavras, agiam como pessoas ricas que, por acaso, não possuíam dinheiro. A verdade é que não ter dinheiro é uma merda, e as pessoas que realmente não têm podem dar vários exemplos disso. Com certeza, Johnny Cash não cometeria tal erro.

Nada disso significava que a ópera não era bonita. Creio que era sua própria definição. O espetáculo mostrava que algo pode ser um monte de lixo num nível e, mesmo assim, exercer um efeito mágico em outro. A música, por exemplo, era tão bonita que podia deixar em frangalhos um espectador que não tomasse cuidado. E no centro, iluminada de todos os lados, estava Michele Sonnier. Como ela cantou naquela noite. Ela se apresentara bem em Atlanta, no papel de Romeu, mas aquilo atingia outro nível. Às vezes, cantava com a delicadeza de uma estatueta de vidro, como se sua voz fosse se desfazer em fragmentos reluzentes, ao menor toque. Em outros momentos, cantava com uma sexualidade determinada e desinibida.

Acredite em mim: não havia um homem no teatro que conseguisse tirar os olhos dela. Michele era um milagre.

Suponho que se trate de um dom, já que as outras pessoas no palco se esforçavam com a mesma intensidade. Na verdade, até mais intensamente. Podia-se notar em seus olhos as milhares de horas passadas em salas de ensaio melancólicas, praticando escalas ou o que quer que os cantores façam. E também se podia ver medo e certa estupefação sempre que Michele cantava. Talvez houvesse até ódio. Porque nenhum esforço levaria qualquer um deles ao nível a que Michele chegava. Não importava quem estava ao lado dela no palco; nunca se notava as outras pessoas. Os espectadores mantinham os olhos vidrados em Michele, assistindo ao seu rosto iluminado. Era como se ela dissesse que, a despeito do que cantava, aquilo sempre dizia respeito à sua vida. Ela dominara a habilidade de deixar o sentimento fluir, razão pela qual, ao ver sua apresentação, no escuro do teatro, todas as barreiras que eu construíra entre nós foram abaixo. Não sinto orgulho disso, mas também não me envergonho. Considerando-se o que veio a acontecer depois, o significado daquilo mostrou-se tão tormentoso que nunca o entenderei inteiramente. Porém, quando olho para trás, sei o que me ligava a ela: ambos queríamos desaparecer dentro de alguma coisa. Havia um significado diferente para cada um de nós, mas a essência era a mesma.

Estar apaixonado. Não disse as palavras a mim mesmo naquela noite, sentado no escuro, porque ainda não era hora. Mas, em alguns caminhos, basta o primeiro passo para decifrar o destino final. Talvez as palavras pudessem me ocorrer naquela noite — precipitadas, porém proféticas —, mas, de repente, ela estava morrendo mais uma vez no palco. Eu assistira a duas apresentações de Michele e em ambas ela acabava morta. Daquela vez, a causa era a tuberculose, um presente do ar gélido de Paris. Comecei a pensar se as mortes eram uma característica das óperas. De qualquer maneira, aquela era totalmente diferente da de Romeu. Tratava-se de uma batalha dura e fria pela vida, e era penoso de se assistir. Embora sumisse mais e mais, sua voz continuava linda, espalhando-se perigosamente pelo ar. A orquestra não passava de um sussurro por trás dela. Finalmente, ela soltou sua última e trêmula nota. Dava para sentir a platéia respirando com ela, completamente mergulhada em seu mundo. Um pedacinho de cada um dos espectadores estava morrendo. E, a exemplo do Fox, algumas pessoas ao meu redor começaram a chorar. Era exatamente igual ao que ela provocara em mim nos bastidores, mas agora os alvos eram mil pessoas, todas completamente desconhecidas.

E logo, como antes, estava tudo terminado. A magia desfez-se, despedaçada pelos aplausos. No camarim, houve outra onda de congratulações, com dezenas de buquês de flores e montes de pessoas desejando parabenizar e tocar a estrela. Mantive-me a distância. Embora não fosse meu mundo, era fascinante observar aquilo. Eu não conseguia entender como ela podia se sentir solitária com todas aquelas pessoas ao seu redor, elogiando-a, mas o fato é que ela era solitária. Sem dúvida. Era tão solitária quanto eu — solitários a ponto de acordar no meio da noite com uma profunda dor na alma. Num breve momento, em meio ao caos, ela olhou para mim. Sorri e fiz um gesto de aprovação com a cabeça. Ela devolveu o sorriso, mas a conexão só durou um instante. Michele foi novamente engolida pela multidão de admiradores.

Saí do camarim, desejando me afastar do barulho e em busca de um pouco de ar fresco. Trammel estava do lado de fora fumando um cigarro.

— Bela apresentação — comentei.

Trammel olhou para mim como se eu tivesse acabado de bater em seu BMW novo.

— O que veio fazer aqui, Sr. Hammond?

— Estava justamente pensando nisso — respondi. — Acho que vim só para que pudessem perguntar.

Uma espécie de sorriso debochado formou-se em seus lábios.

— Então você é o brinquedo desta temporada.

— Perdão?

— A expressão é auto-explicativa.

Examinei-o com atenção: rosto fino, olhos astutos, terno preto não muito bem alinhado.

— Deixe-me perguntar uma coisa — eu disse, mudando de assunto. — O que um gerente de turnê faz?

Trammel balançou os ombros.

— Basicamente, recebe o dinheiro. E diz às pessoas coisas que Michele prefere não dizer ela mesma.

— Que tipo de coisa?

— Meu camarim é frio. A água mineral é da marca errada. O diretor de palco é incompetente. E, claro, "adeus".

— Adeus?

Trammel me olhou com ironia.

— Isso mesmo. "Adeus."

Permanecemos em silêncio. A fumaça do cigarro de Trammel destacava-se sob a luz de um poste.

— Com que freqüência tem de dizer isso? — perguntei.

— Sempre que necessário.

— Ela não diz isso pessoalmente?

Ele balançou a cabeça.

— Por que deveria? Ela tem a mim.

— E quanto a Ralston? Ele certamente não concorda com isso.

— Isso não cabe a mim dizer. O Sr. Ralston pode cuidar de seus próprios problemas.

Houve uma agitação atrás de nós; os primeiros artistas do elenco deixavam o auditório, dirigindo-se aos seus carros. Trammel jogou o cigarro no chão e o apagou com o sapato. Antes que se afastasse, eu disse:

— Mais uma coisa.

— Sim?

— Quem foi o brinquedo da última temporada?

O sorriso debochado voltou aos lábios de Trammel. Ele respondeu com uma única palavra:

— Sumiu.

No AVIÃO, A EXAUSTÃO pós-espetáculo manifestou-se novamente. Ela pediu que eu lhe servisse uma bebida do bar. Levei doses de *scotch* para nós dois e, assim, nos acomodamos para a viagem. O avião tinha forma de casulo; a fuselagem estreita criava um ambiente agradável e aconchegante. Estávamos sentados um ao lado do outro. Depois que decolamos, ela subitamente se deixou cair sobre meu corpo, ajeitando-se sob meu braço. Parecia um gesto de confiança, o modo como ela relaxou, sua respiração profunda e lenta. De olhos entreabertos, Michele dava a impressão de estar completamente satisfeita com seu corpo encaixado no meu. Aquele anjo reluzente encostando seu corpo belo e delicado no meu... Mas ela era casada com outro homem, fato que me obrigava a estragar tudo. E eu me considerava um especialista naquilo.

— Trammel me disse algo interessante depois do espetáculo — comentei. — Um negócio que me chamou a atenção.

Michele olhou para mim sem sair de baixo do meu braço. Sua pele era tão suave e radiante que aquilo era tudo que eu podia fazer para não a tocar.

— O que ele disse?

— Que eu sou o brinquedo desta temporada.

Admito que não esperava uma risada como reação.

— É o tipo de coisa que ele diria.

— Por quê?

— Porque ele é muito bobinho.

— O que quer dizer com isso?

— Ele tentou algo comigo, insistentemente, por uns três meses.

— Está dizendo que ele só está irritado?

— Quando ele finalmente entendeu, ficou todo emburrado. Típico. — Ela olhou para mim. — E é por isso que gosto de você.

— Porque eu já sou emburrado?

Ela sorriu.

— Você não tenta.

— Fazer o quê?

— Exatamente.

Ela se aconchegou mais ainda sobre meu corpo, e meu braço a envolvia. As pontas dos meus dedos repousavam em seu colo, tocando sua adorável pele morena. Fazia dois anos que eu não estava com uma mulher e no momento em que nossas peles se tocaram pude sentir cada um desses dias que se passaram.

Fiquei sentado ali, sem falar, assistindo à minha determinação cair por terra. Não pretendo menosprezar a beleza da fidelidade tentando encontrar desculpas para o que aconteceu. Fui criado na igreja e sei muito bem distinguir o certo do errado. A necessidade, porém, fala uma língua própria. Você pode se conter por um tempo, mas um dia o que subsiste no seu interior acaba aflorando. Para cada momento de perfeição cuidadosamente construída, há um instante de perda de controle. Ou talvez seja apenas encontrar-se de novo, encontrar seu eu verdadeiro, o mais próximo da sua alma. Tudo de que me recordo é que conversamos um pouco — embora não lembre muito bem do que falamos. Sei que me sentia seguro. E que, na segurança da concordância mútua, não importava que eu fosse um homem destruído preso a um escritório insignificante e que por acaso ainda tinha bons ternos no armário. E não importava que ela estivesse presa a um casamento sem amor e que carregasse uma culpa terrível que apenas mais tarde eu teria de enfrentar. Uma alma destruída encontrara outra alma destruída, na esperança absolutamente vã de que dois erros, juntos, pudessem curar um espírito. Trata-se da mentira por trás de toda história de amor, não importa se escrita, cantada ou vivida.

Pode acreditar no que vou dizer: os homens agem como se a possibilidade de serem descobertos fosse tão odiosa que eles prefeririam matar a serem expostos. Mas a verdade é que eles desejam ser descobertos e querem desesperadamente que suas fraquezas sejam aceitas. Quando uma mulher faz isso, não é preciso dizer mais nada, porque ela o tem.

Lembro de ter pensado: *Do que está com medo? Por que não reconstruiu sua carreira? Por que se contenta em trabalhar nos casos do juiz Odom, ganhando trocados? Por que não se apaixonou por ninguém em mais de dois anos? Por que seu melhor amigo é um estudante fracassado de direito e bêbado? Por que não reencontrou seu equilíbrio? Por que não se curva e beija essa mulher incrível e deixa para se preocupar com o significado depois?* Eu sentia que estava me descobrindo, pouco a pouco. Enquanto todas aquelas perguntas passavam pela minha cabeça, seus efeitos não transpareciam em meu corpo, salvo pela respiração mais intensa e o calor no rosto. Consegui me controlar em poucos segundos. Mas então era tarde demais.

Ela viu através de mim. Observava-me. Seus olhos de artista olhavam nos meus com uma espécie de precisão calorosa. Eu estava exposto, e isso é tudo. Não lembro quando seus dedos tocaram no meu rosto. Não lembro sequer de quando ela se ergueu na direção da minha boca. Só sei que, num determinado momento, meus olhos estavam fechados e as pontas dos seus dedos percorriam meu queixo e minha bochecha. Quando tocaram meus lábios, abri os olhos. Sua boca parecia tão quente, com os lábios ligeiramente afastados, que eu tinha a impressão de que a resposta para todas as perguntas escondia-se ali. Curvei-me e a beijei. Passara-se tanto tempo desde que eu estivera com uma mulher pela última vez que, no fundo, temi que tivesse esquecido como fazê-lo.

Agora, lembrando da ocasião, tudo parece diferente. Não apenas o beijo. Passei a acreditar que acontecesse o mesmo em relação a tudo. A distância muda as coisas. Mas uma parte de mim se prende àquele beijo, àquele momento. Não sei mentir sobre isso. Ela era casada — com ou sem amor — e era errado. Contudo, eu não tinha defesa contra aquilo. Tocar seus lábios me levou de volta às minhas crenças em relação a brancos e negros e bagunçou tudo, reordenou tudo, cuspiu tudo. De repente, eu estava num rio, devorando sua pele negra, voltando no tempo para uma época em que não havia raças, não havia o McDaniel Glen, não havia a guerra entre os Estados. Meu Deus, parecia que eu estava sendo beijado pela própria deusa Gaia. Alguns momentos são só nossos; não podem ser compreendidos pela mente de outros. Só sei que nenhum homem ou mulher tomará aqueles minutos sagrados de mim — os minutos em que Michele Sonnier deu-me liberdade.

CAPÍTULO 13

EPOIS DOS MOMENTOS de amor, vem o terremoto. Assim que o avião pousou, não reencontramos apenas a atmosfera úmida da cidade, mas também a realidade e as preocupações que pareciam tão remotas a 40 mil pés de altura. No entanto, havia uma força poderosa que ajudaria em nosso reajuste às circunstâncias recém-modificadas: a própria cidade de Atlanta. Ela é uma cúmplice voluntária do amor. Suas regiões de classe média, amplamente arborizadas, são tão vastas que convidam à ilusão de que vivem num estado de graça, protegidas de todo o mal. Nesse estado calculado de negação, a cidade submete-se à luz suave das tardes do fim do verão no Sul, a mesma luz que caía sobre as *plantations* antes da Guerra de Secessão e aquecia as debutantes em seus passeios. A beleza natural do lugar persiste de alguma forma: as brisas continuam suaves, os pinheiros continuam esguios e altos, e as madressilvas continuam exalando sua fragrância. Imersa naquele brilho gentil, a cidade aceita de bom grado suas ilusões mais estimadas. E o que acontece numa cidade também pode acontecer num par de almas humanas. Para novos amantes, a beleza de Atlanta pode ser uma cortina contra a realidade. Com Michele ao meu lado, não havia outro lugar no mundo em que eu desejasse estar.

Estávamos mudados. Havia uma nova e complexa camada de considerações misturadas a uma situação já complicada. Casada e solteiro. Negra e branco. Rica e pendurado por um fio. Alta cultura e baixa. Havia mais razões para fugir do que eu podia contar. E nenhuma delas tinha metade da importância deste simples fato: Michele encontrara um modo de abrir a porta que eu conseguira manter trancada desde a morte de Violeta Ramirez.

Mesmo os amores ilícitos têm seus códigos de conduta, e não restava dúvida de que eu os conheceria. Se, por um lado, era muito cedo para saber com exatidão o que estávamos compartilhando, ambos sabíamos que se tratava de muito mais do que um momento de perda de controle. Então fizemos o que todo casal de amantes tem feito da época de Romeu e Julieta aos dias atuais: desejamos um afastamento das preocupações do mundo, um lugar sem percalços onde pudéssemos simplesmente sentir.

Combinamos um encontro no dia seguinte, mas somente à tarde. Perambulei pela manhã, visualizando sua pele nua na minha mente, a pressão dos meus dedos percorrendo seu corpo cheio de vida. Houve uma breve audiência com Odom, algo de que, felizmente, eu podia cuidar com menos de metade da minha atenção. Fui encontrar um cliente disposto a lutar até o fim; infelizmente, ter sido filmado comprando crack de um policial disfarçado tornava sua atitude um caminho provável para a cadeia. Como ele era primário, convenci-o de que uma admissão de culpa e uma postura de arrependimento lhe garantiriam a liberdade mais rapidamente. Teria sido melhor para minha própria paz de espírito se um Pontiac rebaixado, do fim dos anos 80, com rap no volume máximo, não estivesse à sua espera logo depois de ele receber a sentença determinando a suspensão da pena e a submissão a um tratamento clínico obrigatório. Mas muito antes eu já tive de enfrentar o fato de ser melhor advogado do que salvador — e de que eu não podia mudar a vida de meus clientes fora do tribunal. Fazia meu trabalho diligentemente e, quando eles tinham sorte suficiente para saírem livres, desejava apenas que fossem com Deus.

172 | REED ARVIN

Às três, fui encontrar Michele em Virginia Highlands, uma área sofisticada no norte da cidade. Trata-se de uma parte essencial da ilusão de ótica de Atlanta, um lugar capaz de convencê-lo de que todos os elementos radicalmente diferentes da cidade um dia conviverão em paz. Naquele dia, a rua principal da área irradiava vida, decorada por um arco-íris e com todas as criaturas de Deus cumprimentando-se educadamente e sorrindo o sorriso dos bem-alimentados. Um sujeito rastafári alto com o cabelo preso num gorro; mulheres balzaquianas em roupas que lhes davam um ar decidido e feminista; jovens muçulmanos de barba, vestidos em roupas inteiramente brancas; garotas incrivelmente magras mostrando a barriga e fumando cigarros. Andando naquelas ruas, era fácil acreditar que os McDaniel Glens da vida não existiam.

Até Michele parecia um arco-íris, numa saia roxa, laranja e preta que esvoaçava e fazia um ruído agradável quando ela andava. Ela também vestia um top branco-sujo, de tecido delicado, e três braceletes de metal, todos no braço esquerdo. Os cabelos estavam bem presos, num rabo-de-cavalo de trancinhas. Óculos escuros escondiam seus olhos, embora eu duvide que estrelas da ópera corram muito risco de serem reconhecidas na avenida North Highland.

A região caracteriza-se por uma espécie de nervosismo amedrontado e esterilizado que permite que as pessoas se sintam progressistas sem correr riscos reais. É repleta de butiques New Age, restaurantes vegetarianos e lojas de roupa mal-iluminadas que botam incenso para queimar e deixam sinos de bambu presos à porta. Michele me levou a várias lojas, pedindo opiniões sobre isso e aquilo. Se eu estava deslocado, já que meu gosto por roupas resume-se basicamente a apreciar a mulher que as veste, ela se achava em casa. Uma hora experimentava um par de brincos vindos da Ásia; noutra um cinto de couro de origem desconhecida; e, finalmente, uma camisa bordada com farrapos de cores vivas. A mim, bastava assistir-lhe em suas alegres extravagâncias, perdida entre tecidos exóticos ou demonstrando desgosto diante de um par de sapatos ridículos.

Eu adorava cada segundo. Naquele lugar, onde Buda, Jesus e Maomé pareciam se entender tão bem, não éramos negros ou brancos. Estávamos livres para sermos apenas homem e mulher — tudo o que queríamos. Lembro das horas, dos minutos e dos segundos; do frágil e abençoado anonimato de que desfrutávamos. Por baixo de tudo, misturado a tudo, não-declarado, porém vivo, estava o que fizéramos na noite anterior. Seu jeito de fechar os olhos quando minhas mãos desceram pelas suas costas, o gosto do seu ombro, o momento de esquecimento: tudo rondava nossas conversas, nossos olhares fugazes, nossos toques momentâneos. Cada instante continha a corrente atordoante do sexo, e o prenúncio certo de que nos perderíamos um nos braços do outro novamente.

Contudo, naquela tarde quente, não havia pressa. Caminhamos por toda a região — cerca de 15 quarteirões — ao nosso próprio tempo. Acabamos entrando na Darkhorse Tavern para um jantar e uma taça de vinho. Como ainda era cedo, o lugar estava quase vazio. Sentamos num canto escuro, no fundo do restaurante. Estávamos agitados, um comendo do prato do outro. O relógio avançava, mas, ignorado, era totalmente irrelevante. Gradualmente a noite caía do lado de fora.

Há situações em que a expectativa é tão deliciosa e divertida que se torna um prazer quase irresistível. Começamos a nos mover mais lentamente à medida que os minutos passavam, saboreando os momentos inigualáveis de um novo amor. Devemos ter permanecido um bom tempo lá porque o restaurante ficou lotado. Olhamos ao redor e nos surpreendemos ao nos vermos cercados de outros casais, o que nos agradou mais ainda. A cidade inteira aparentava estar em paz. E nós estávamos confortavelmente no centro de tudo. Depois de alguns drinques, ela disse:

— Sua vez.

— De quê?

— De contar sua história. Não sei nada a seu respeito, e isso não é justo — disse, sorrindo. — Bem, claro que sei como você beija.

— E como eu beijo?

— Espetacularmente.

— Acho que isso deve ser o bastante, não?

— Estou falando sério. Por exemplo, onde você foi criado?

— Em Dothan, Alabama. É parecida com Nova York, só que mais sofisticada.

— Estou falando sério, Jack. Quero saber de verdade.

— Já ouviu aquelas bobagens sobre cidadezinhas charmosas do sul?

— Já.

— São bobagens mesmo.

Ela riu.

— Deve ter havido algo de bom — insistiu.

— Bem, acho que eles não nos agrediriam por nos beijarmos em público. Talvez.

— Imagino que isso seja um avanço.

— E havia meu avô, que foi um dos melhores homens que tentaram levar algo parecido com uma vida naquela região do país.

— O que ele fazia?

— Tentava transformar alguns acres de poeira em dinheiro — respondi. — Tentou uma dezena de coisas diferentes. Galinhas, porcos, milho, alpacas.

— Alpacas? Aqueles bichos dos quais se fazem suéteres?

— Acho que eles só usam o pêlo para isso.

— Você entendeu.

— Ele não era um fazendeiro, mas nunca ouvi reclamações. Talvez só se queixasse quando eu não estava por perto. Percorria oito quilômetros para ajudar um vizinho e passaria fome para que todos tivessem o suficiente. Foi sargento de artilharia no Pacífico durante a Segunda Guerra. Quando penso nele, não consigo entender o que aconteceu a este maldito país. Entro no tribunal e tenho a impressão de que uma geração inteira de homens simplesmente se esqueceu de crescer.

Ela concordou, sem tirar os olhos da bebida.

— E seus pais?

— Boas pessoas. Pequenos agricultores do Alabama, como meu avô. Já partiram. Mas me viram passar no exame da ordem.

Michele sorriu.

— Você é como eu — observou ela.

— O que quer dizer com isso?

— Conseguiu escapar.

— Acho que sim.

Paguei a conta e começamos a caminhar vagarosamente até nossos carros. No escuro, nossos toques tornaram-se mais deliberados. Ouvimos música saindo de uma porta no caminho; paramos e acompanhamos por um tempo uma banda tocando blues. Michele encostou-se em mim, balançando no ritmo da música.

— Vamos entrar — disse, jogando-se sobre meu corpo.

— Nunca imaginei que gostasse desse tipo de música — comentei.

Michele afastou-se um pouco e me beijou no rosto.

— Gosto de *todos* os tipos de música, querido. Exceto Johnny Cash, claro.

— O que você tem contra o homem de preto? Ele *ama* você.

Enquanto conversávamos, uma porta se abriu, e um casal saiu. A música espalhou-se pela rua, intensa e vibrante. De onde estávamos, podíamos ver a banda no palco e uma pequena pista de dança lotada de gente alegre girando sem parar.

Entramos e nos misturamos, atravessando a multidão sem preocupação. Não importa por onde passe, o blues continua sendo patrimônio do Sul, por uma razão imutável: é o único estilo de música que contém doses idênticas de alegria e dor, o que corresponde a uma lição resumida da história da nossa parte do mundo. Por isso, ainda é um elemento essencial da alma sulista. Então, estávamos em casa naquele lugar, a despeito das outras coisas que poderiam nos separar. Encontramos uma mesa no fundo e pedimos bebidas. Michele mexia-se suavemente em sua cadeira; eu apenas a observava, perdido em seus movimentos graciosos. Quando me pegou olhando, levantou do lugar e exigiu:

— Vamos dançar.

— Você está brincando, não é?

Seu rosto foi tomado por um sorriso.

— Quero ver esse traseiro se mexendo, garotão.

Levantei-me e a acompanhei até a pista de dança. Michele sentia-se livre e estava linda — uma combinação poderosa de elementos sedutores. Ela ficou bem ao meu lado, e então começamos a nos mexer juntos, desaparecendo em meio à vibração da música. Nossos dedos se entrelaçaram, e logo estávamos nos movendo como imagens refletidas.

A mente tem a capacidade de se fixar numa única coisa, ignorando os perigos, e nós aproveitamos essa realidade. Fazíamos parte de uma multidão alegre que ouvia uma música que sempre servirá de lembrança a nós, sulistas, do que temos em comum. Há momentos em que, para ser realmente feliz, você precisa negar a existência de certos fatos. Com a ajuda daquelas pessoas, e da música, conseguimos alcançar tal estado naquela noite. Para nós, só existia aquele momento, o ritmo da música, a multidão se mexendo e a doce sensação de estar apaixonado. Eu ficaria feliz se aquilo durasse para sempre.

Deixamos o carro dela em Highlands e decidimos ir ao meu apartamento. Quando chegamos, ficamos sentados no meu Buick, diante do prédio. Avisei-a de que não deveria esperar muito.

— Não é exatamente o Four Seasons — expliquei, sem dar a dimensão exata da coisa.

Depois disso, pensei que nada daquilo importava. Ela estava lá por causa de mim e não da mobília. Beijei-a com toda intensidade e paixão que possuía dentro de mim. Ela fechou os olhos e me abraçou. Por um tempo considerável, meu Buick parecia o lugar mais perfeito do mundo. Abri a porta para ela e mostrei o caminho, pela escada, até meu apartamento.

Michele entrou nos meus oitenta metros quadrados de paraíso e absorveu tudo com uma expressão de surpresa: um carpete cinza bastante castigado; uma mistura de móveis de gosto duvidoso, incluindo sofá e poltrona marrons e uma televisão sobre um rack preto; uma sala de jantar de cinco peças, comprada usada e sem maiores atrativos; e, acima de tudo, uma notável falta dos detalhes aconchegantes que tornam um ambiente habitável. Ao lado dela, aquilo tudo parecia triste, solitário e masculino.

— É adorável — disse ela.

— Ah, claro. Há dias em que eu mal consigo esperar para chegar em casa e me esbaldar em todo esse luxo. — Apontei-lhe um lugar no sofá. — Precisa de alguma coisa?

Ela balançou a cabeça.

— Não, estou muito bem.

— Claro que está. Só preciso de um segundo, ok? — Deixei-a sozinha na sala e fui até meu quarto. Quando voltei, notei que ela observava um documento emoldurado que eu recebera numa vida anterior. — Este documento certifica que Jack L. Hammond foi autorizado a exercer a advocacia na Suprema Corte da Geórgia — recitei. — Assinado pelos juízes.

— É uma grande honra, Jack. Por que isso não está no seu escritório?

— Duvido que causasse grande impressão na minha atual clientela.

Depois de se levantar, ela caminhou languidamente na minha direção.

— Você precisa superar isso — disse, envolvendo minha cintura com os braços. — Talvez eu possa ajudar.

Então ela me beijou. Levemente, no início; e depois, de modo mais intenso.

— Com o quê? — perguntei.

Ela se afastou um pouco, fixando o olhar em mim.

— Com tudo — sussurrou.

Logo estávamos perdidos um no outro novamente, e nada mais importava. A paixão ansiosa e descontrolada do avião tornara-se mais amena e, assim, encontrei meu ritmo. Gastei todo o tempo necessário para agradá-la, feliz por descobrir suas curvas, as linhas precisas do seu quadril, sua barriga, suas costas.

Eram altas horas da noite quando botei um disco do Billy Joe Shaver para tocar — um com a música sobre como o amor se apaga. Ela se sentou na cama e escutou por uns 15 segundos antes de dizer:

— Isso é tão horrível que não consigo encontrar palavras para explicar o quanto.

— Não foi você quem disse que gostava de todos os tipos de música?

Ela escutou por mais alguns segundos e depois tapou os ouvidos:

— Eu estava errada.

— Besteira — reagi. — É exatamente como *La Boheme*.

— Você nunca mais tocará meu corpo.

— Escute, o que ele está dizendo é que as pessoas aproveitam a alegria e o prazer enquanto podem, porque sabem que isso não vai durar muito. Exatamente como Puccini e aqueles boêmios. A diferença é que, da forma como ele diz, eu consigo acreditar.

Ela passara a rir, jogando-se sobre os travesseiros.

— Tudo bem. Aceito transar ao som dessa briga de gatos se você prometer continuar o que estava fazendo há alguns minutos até o fim.

— Adoro meu trabalho — disse, aproximando-me dela.

Deixei minha língua percorrer suas pernas negras e delicadas, dos tornozelos ao quadril, parando numa discreta tatuagem na parte mais alta de sua coxa. No avião mal-iluminado, eu não a notara. Estava escrito: *Pikovaya Dama*. Sua respiração acelerou-se, e ela virou de lado, dando as costas para mim. Sua mão buscou a minha, puxando-me para perto até que eu a tivesse envolvido com os braços. Ela, então, virou o rosto e me beijou por cima do ombro. Depois me deu um sorriso tão cheio de tristeza que tudo que pude fazer foi beijá-la de novo e apertá-la mais forte.

— Não é segredo — disse ela. — Dá para ver quando uso biquíni. Mas apenas uma pessoa em cada mil sabe o que significa.

Ela virou de volta e pressionou seu corpo nu contra o meu, beijando-me intensamente. Pelas horas seguintes, esquecemos o mundo exterior, ambos voluntariamente inebriados pela presença do outro. Durante todo o tempo, houve a rapsódia recíproca do toque e do prazer, que levou ao momento dos olhos bem fechados, do tremor, da luz intensa da liberação.

Depois veio o sono — um sono de que eu não desfrutava havia anos. Nunca fui o tipo de homem que não consegue dormir com uma mulher ao seu lado na cama. Pelo contrário: a respiração tranqüila de Michele me conduziu a um lugar de descanso de cuja existência eu já até me esquecera. Não houve sonhos; apenas o escuro. E as lembranças, naqueles momentos, deixaram de existir.

Quando abri os olhos, na manhã seguinte, ela estava sentada numa poltrona, observando-me em silêncio. Sorri e me levantei.

— Está vestida — notei. — Que horas são?

— Já pedi um táxi — disse ela. — Não queria acordá-lo.

— Não seja boba. Eu a levo até seu carro.

180 | REED ARVIN

Ela fez que não:

— É melhor assim.

Deitei de novo, deixando os lençóis caírem em torno da minha cintura.

— Eu podia tirar o dia de folga.

— Tenho coisas a fazer — disse ela, rindo, com a musicalidade afetada de volta à sua voz.

Foi naquele momento que o primeiro raio da realidade atravessou minha cortina: ela tinha outra vida, uma vida que eu não podia tocar. Eu não podia perguntar "Que coisas?". Não podia perguntar porque estragaria tudo. Seria daquele jeito ou simplesmente não seria.

Ao ouvir uma buzina do lado de fora, ela se levantou. Pulei da cama e fiquei de pé, despido, diante dela. Puxei-a para perto. Não perguntei quando nos veríamos de novo. Há situações em que perguntas sobre o futuro podem arruinar o presente.

Durante toda aquela manhã, tomando uma ducha, arrumando-me para o trabalho, fiquei repetindo seu nome.

— A grande Michele Sonnier — repetia para as paredes do banheiro, o interior da geladeira, o armário no qual ficava o guarda-chuva.

Repeti as palavras no carro, enquanto assistia aos limpadores espalhando a água de uma chuva repentina que molhava o pára-brisa. Finalmente, troquei aquelas palavras por nomes de outras mulheres de músicas de dor-de-cotovelo que tocavam na minha rádio preferida. Assoviei as canções no corredor do meu escritório. Mas meu bom humor não resistiria por muito tempo depois que eu abrisse a porta.

O PRIMEIRO ROSTO que vi foi o de um policial uniformizado com uma expressão austera de seriado policial. O segundo foi o do parceiro dele, um homem barrigudo, muito acima do peso, o que dava uma aparência estufada às roupas. O terceiro foi o de Blu, visivelmente nervosa. Sua voz cortou o nevoeiro de imagens.

— Jack. Seu celular está desligado? Estou tentando falar com você há vinte minutos.

Olhei ao redor, atordoado.

— Não sei... deve estar. O que está acontecendo aqui?

O primeiro policial respondeu:

— Um roubo — disse ele, numa voz monótona e oficial. — Ou pelo menos uma invasão de propriedade. Não conseguimos confirmar o que foi roubado, se é que algo foi roubado.

— Um roubo? — repeti, examinando o ambiente, momentaneamente confuso.

A porta que separava Blu da minha sala estava aberta. O ar parecia úmido, embora o ar-condicionado permanecesse ligado. Atravessei a sala de espera e entrei. A janela atrás da minha mesa também estava aberta, deixando o ar matinal entrar. Alguns papéis espalhados deixavam claro que alguém estivera ali. Voltei até Blu.

— Você está bem? — perguntei. — Suas coisas estão todas aí?

Blu respondeu que sim, mas pude notar que a idéia de alguém mexendo em suas coisas a deixava inquieta.

— O advogado aqui tem uma clientela bem interessante — disse o policial gordo. — Talvez tenha sido um deles.

— Espere um instante — pedi em voz baixa.

Uma sensação de que havia algo errado tomava o lugar do meu choque inicial.

— O que foi? — perguntou Blu.

Com um desconforto crescente, olhei de volta para a minha sala. Passei pela porta mais uma vez, observando ao redor. Tudo parecia normal. Então vi o espaço vazio na mesinha em que Pesadelo estivera trabalhando. O computador de Doug desaparecera.

CAPÍTULO 14

SENSAÇÃO DE TEMOR é indefinível. Se você sabe do que tem medo, se consegue estabelecer a causa, ela perde força. É o desconhecido que sobe pelas suas costas e se prende ali, emitindo um zumbido ameaçador, como uma corrente elétrica perigosa. Um roubo e a conseqüente sensação de violação podem levar esse zumbido a um volume enervante. A culpa também age sobre seus receptores emocionais; aguça todas as respostas, tornando-o hipersensível. Tive uma sensação passageira de que, talvez, o roubo estivesse ligado ao que eu e Michele fizéramos na noite anterior. Poderia ser coincidência que houvesse ocorrido enquanto aproveitávamos aqueles momentos juntos? Ou seria uma compensação cármica, uma maneira divina de equilibrar o prazer e a dor?

Culpa. Para um criminalista, essa é a palavra-chave. Não é por acaso que os júris não consideram os acusados inocentes. Eles dizem "sem culpa" porque, em algum lugar de seu subconsciente coletivo, há a certeza de que ninguém é verdadeiramente inocente ou imaculado. Tais palavras simplesmente não se adequam à raça humana. Portanto, quando se vive uma espécie de delírio com a mulher de outro homem — ainda que se acredite estar apaixonado por ela —, começamos a esperar que rochas caiam ao redor, só para acertar as contas.

E, assim, eu sentia o zumbido, o temor. A primeira coisa que fiz foi dispensar Blu pelo resto do dia. Ela estava impressionada e, como eu tinha planos de me ausentar, não queria deixá-la sozinha no escritório. Depois de me olhar com gratidão, Blu pegou a bolsa e saiu quase correndo. Em seguida, liguei para Pesadelo, para avaliar os danos causados pela perda da máquina de Doug. Ninguém atendeu, o que não me causou surpresa. Para ele, nove da manhã era hora de ir dormir, não de acordar. Deixei um recado, imaginando que ciber-vizinhança de Atlanta ele passara a noite visitando. Então voltei à minha sala, sozinho, e parei para pensar. Alguém queria o computador de Doug. Meu primeiro raciocínio foi o mais óbvio: o responsável fora quem o contratara, por não desejar que as informações se tornassem públicas. Não precisava ser um gênio para incluir a Horizn na lista de clientes em potencial. O roubo seria uma forma de cobrir seus rastros. Aquela teoria me agradava; era clara e funcionava. Mas havia uma alternativa mais sombria: era possível que Doug tivesse sido assassinado *antes* de entregar as informações ao contratante, por alguém determinado a evitar que aquela transação fosse concluída. Se isso fosse verdade, haveria um terceiro envolvido; alguém decidido e perigoso, disposto a cometer assassinato.

Eu precisava falar com Billy Little. Se aquilo chegasse a outro nível, queria que ele estivesse ao meu lado. Espionagem industrial era uma coisa; todo mundo sabia que empresas costumavam bisbilhotar os segredos de concorrentes. Se a Horizn — ou qualquer outra companhia — tivesse acessado os arquivos da Grayton, não seria uma grande surpresa para o mundo dos negócios. Roubo de computadores também não impressionava muito. Mas matar pessoas era algo diferente. Assim, dirigi até o trabalho de Billy, no prédio leste da prefeitura. Levei vinte minutos.

Quase o derrubei no corredor quando chegamos juntos a uma curva. Esbarrar no Billy é como colidir contra uma parede impecavelmente vestida.

— Escute, Billy, preciso conversar com você. Podemos ir à sua sala um momento? — perguntei.

— Vou pegar um café e o encontro lá.

Segui pelo corredor e parei diante da sala de Billy. Poucos minutos depois, ele apareceu, com uma xícara de café em cada mão. Entregou-me uma e entramos na sala, deixando a porta bater atrás de nós.

— O que houve? — perguntou.

— Sofri uma invasão — contei. — Ontem à noite.

— Caramba, Jack, sinto muito. Algum policial apareceu por lá?

— Sim, eles preencheram um boletim de ocorrência.

— A vizinhança lá não é mole.

— Não acho que a vizinhança tenha envolvimento — opinei.

— Por que diz isso?

— Alguém teve muito trabalho para levar apenas uma coisa. O computador de Doug Townsend.

Billy franziu a testa.

— Seu cliente morto?

— Isso. Meu computador estava a um metro e meio, e ninguém tocou nele.

— Acha que eles foram interrompidos no meio do roubo?

— É possível. Parece que saíram com pressa.

— Certo.

— A questão é que entrei no computador de Doug. As coisas que encontrei lá eram muito interessantes.

Billy sentou-se em sua cadeira e, com um gesto, sugeriu que eu fizesse o mesmo.

— Talvez seja melhor você começar pelo começo.

— Doug não era apenas um viciado em drogas — expliquei. — Ele tinha talento.

— Que tipo de talento? — perguntou Billy.

— Habilidade com computadores. Ele estava invadindo uma empresa chamada Laboratórios Grayton. Já tinha coletado uma quantidade impressionante de informações sobre as operações da empresa.

A expressão de Billy tornou-se mais preocupada.

— Seu amigo era um hacker?

— Era. Ao que parece, um hacker muito talentoso. — Billy queria interromper, mas o detive com um gesto. — Não fique irritado. Eu mesmo só fiquei sabendo depois.

— Continue.

— Doug obteve acesso total à rede da Grayton. E, de repente, apareceu morto.

Billy observou-me em silêncio por um tempo.

— Viciados morrem em momentos imprevisíveis. Mas estou prestando atenção.

— E agora meu escritório é invadido, e a única coisa roubada é o computador dele. Não foi uma invasão comum, Billy. Alguém queria o conteúdo daquela máquina.

— Essa empresa, Laboratórios Grayton. O que faz?

— É uma empresa farmacêutica. Pesquisas de ponta, como tratamentos experimentais. Estou averiguando. O importante é que atua na mesma área da Horizn.

— Espere um pouco, advogado — disse Billy, meio apreensivo. — Para começar, quem cuida de espionagem industrial é o FBI. As polícias locais não metem a mão nisso.

— E quanto a roubo? Aquele computador não saiu andando por vontade própria.

Billy voltou a me observar em silêncio.

— Deixe-me fazer uma pergunta, Jack. Por que você não abre logo o jogo e me conta no que está pensando?

— O que está dizendo?

— Estou dizendo que você quer me convencer de que Charles Ralston tem alguma relação com esse negócio. E com seu amigo também. Uma teoria da conspiração ou algo parecido.

— É uma possibilidade.

— Uma entre milhares. Esse é o problema. Vou dar um exemplo. Quantos viciados em drogas você acha que recebeu em seu escritório nos últimos dois anos?

— Não sei. Todos que saíram pagando fiança. Talvez uma centena.

— Uma centena. E quantos deles, na sua avaliação, já se envolveram em roubos?

— Que merda, Billy...

— Sessenta? Setenta? O que quero mostrar é que seu escritório é um ponto de encontro para pessoas que precisam de dinheiro. Você tem bons equipamentos de informática por lá. Então, um belo dia, você é roubado. — Ele deu de ombros. — Não estou dizendo que essa é a resposta. Só estou dizendo que, se tivesse de apostar, apostaria nas pessoas que já fazem esse tipo de coisa para viver.

— Mas a coincidência do momento é bem curiosa — argumentei.

— Concordo. Mas, antes de abrir uma investigação de assassinato, convocar o FBI e implicar uma das figuras mais queridas de Atlanta na morte de um viciado, prefiro esperar um pouco e tentar descobrir mais detalhes, se não se importar.

— Ok. — respondi, ficando de pé.

Billy levantou-se e apertou minha mão.

— Obrigado. E, só para constar, ainda acho que está correndo atrás de fantasmas.

Parei na porta por um breve instante.

— Pode ser. Mas são os meus fantasmas.

ESTAVA DE VOLTA ao escritório às 11 horas. Liguei para Pesadelo de novo, na esperança de que o vampiro houvesse saído do caixão. Sem resposta. Sentei à minha mesa, ciente de que precisava fazer outra ligação, uma que eu gostaria de evitar, mas não podia. Michele também tinha direito de saber sobre o computador de Doug. Era inteiramente possível que houvesse informações sobre sua filha escondidas nos discos — e que estas tivessem sumido. Talvez o ladrão estivesse interessado naquilo; talvez não. Porém, se o segredo vazasse, sua vida como existia até então estava acabada.

Digitei os números no celular. Michele atendeu, e sua voz me levou de volta à noite anterior; por poucos e preciosos instantes, nada mais importava. Fui lançado na obliteração sedutora daquela nossa dança sensual, naquele momento de queda de barreiras erguidas muito antes. De repente, quis que tudo fosse mais simples. Quis tempo para estar ao lado daquela mulher, tempo sem as complicações de Doug, da filha escondida e, por Deus, de um marido. O que eu estava fazendo? Ela esperava do outro lado, mas eu não conseguia formar frase alguma. Havia muitas interferências. Todas vindas de dentro de mim.

— Houve um roubo — contei, finalmente.

Sua voz ficou imediatamente séria.

— O que aconteceu?

— O computador de Doug — comecei a dizer. — Sumiu. Alguém entrou no meu escritório. Ontem à noite, enquanto estávamos juntos.

— Meu Deus, Jack. E se...

— Eu sei. Mas não tire conclusões precipitadas. É possível que, se Doug soubesse de algo, tivesse contado a você.

— Não tenho um bom pressentimento em relação a isso, Jack. Temos de fazer algo *agora*.

— Tenho o nome verdadeiro dela e uma data de nascimento. É um ponto de partida. Mas preciso que você me dê algum tempo — argumentei.

— Isso não basta, Jack. Precisamos encontrá-la. Receio que... Receio que ela esteja no McDaniel Glen.

— No Glen? O que está dizendo? Doug chegou a lhe contar algo?

— Ela está aqui, foi o que ele disse. Pense nisso, Jack. Doug era vizinho do Glen. Portanto, *aqui* pode muito bem corresponder àquela área.

— Como você sabe onde Doug morava? — perguntei.

— É claro que ele me contou. *Precisamos agir agora.* Foi isso que ele disse. Como se houvesse alguma espécie de perigo. Parece ter relação com o Glen.

— Escute: você já pensou na possibilidade de ela viver feliz num lugar qualquer? De estar bem, freqüentando a escola e cheia de amigos? Tudo simplesmente perfeito?

Eu mesmo não acreditava naquilo. Contudo, no meu ramo, era preciso lembrar que algumas histórias tinham finais felizes, para não se enlouquecer. Michele também não acreditava naquela hipótese.

— Pensei nisso um milhão de vezes. Mas sei que não é a verdade.

— Não deixe esse roubo a abalar — sugeri.

— Mas isso me abala, Jack. Precisamos agir. Agora.

— Como espera fazer isso? Batendo de porta em porta?

— Por que não?

— Além do fato de que seria provavelmente inútil, você tem outras preocupações — lembrei. — Se aparecer envolvida nisso, mais cedo ou mais tarde alguém vai ligá-la à menina. Você é uma personalidade conhecida, Michele. Não temos como manter seu nome fora disso. Aí aparecerão as câmeras de TV e tudo vai virar uma confusão.

— Pelo amor de Deus, Jack, você acha mesmo que os moradores do Glen vão à ópera?

— Só estou dizendo que ser reconhecida é uma possibilidade. Sua foto já deve ter saído algumas vezes nos jornais, e é curioso o que as pessoas acabam guardando na memória.

Houve um momento de silêncio.

— Então não vou aparecer por lá — disse ela.

— Não me leve a mal, mas a idéia de eu fazer isso sozinho não me parece ser muito promissora. Um cara branco, num Buick, tentando achar uma menina no Glen?

— Você ainda vai estar no escritório lá pelas três?

— Posso estar. Para fazer o quê?

— Só esteja lá.

ÀS CINCO PARA AS TRÊS, olhei pela janela: um carro que parecia o Lexus prateado de Michele estava entrando no estacionamento do prédio. Como o carro passou direto sob minha janela, não pude ver quem dirigia. Quem quer que fosse estacionou e permaneceu no interior do veículo, como se estivesse à espera. Decidi descer para ver de perto; desde a invasão, eu andava desconfiado das pessoas que apareciam na vizinhança. Assim que me aproximei, a janela do motorista foi baixada.

— Oi, Jack — disse a mulher.

A voz, inconfundível, pertencia a Michele. Mas a aparência era outra.

— Meu Deus, o que é isso? — foi minha reação.

Ela estava vestida com extrema simplicidade. Nada da pobreza artificial de antes: aquilo era real. Em sua transformação de diva em moradora do gueto, Michele removera cuidadosamente cada pedacinho de luxo, substituído por um antiestilo indefinível. Além de calças largas e sujas, ela usava uma camiseta exageradamente grande da Universidade de Miami, com o logotipo quase desaparecendo. O cabelo estava preso sob um chapéu desalinhado. Não havia sinal de maquiagem, e os óculos escuros eram do tipo mais vagabundo. Se ela estivesse um pouco mais alucinada, ficaria perfeita entre meus clientes.

— Você está horrível — comentei, sem tirar os olhos dela.

— Ótimo. Vamos no seu carro.

Ela subiu o vidro, saiu e trancou o Lexus. Parecia mais baixa do que eu lembrava. Foi quando vi os tênis castigados no lugar dos sapatos habituais.

— Não pode estar falando sério.

— Eu vou até o Glen, Jack. — Ela me olhou com decisão. — Você pode ficar, se preferir. Vou de qualquer maneira.

— Não existe a menor chance de eu deixá-la entrar no McDaniel Glen sozinha.

— Provavelmente estarei mais segura sem você.

Aquilo me deixou sem reação. Era verdade, eu tinha de admitir. Andar ao meu lado seria como carregar uma placa dizendo que ela não era dali.

— Não acho que isso possa funcionar — insisti. — Vamos nos acalmar e pensar por um segundo.

— Vou encontrar minha filha, Jack. Levei catorze anos para encarar este momento. Talvez ir ao Glen seja inútil, mas pelo menos é um ponto de partida.

— Eu vou junto — decidi.

Fazia muito tempo que eu não pensava sobre o princípio da atração magnética do professor Spence, mas comecei a ter a sensação ruim de que suas palavras voltariam para nos assombrar. Quando se tratava de atrair o pior da classe criminal, o McDaniel Glen estava praticamente alinhado ao norte verdadeiro.

— Droga, eu vou junto — repeti.

COMO EU ESTAVA COM TRAJE de trabalho, voltei ao meu apartamento para trocar de roupa. Vesti um jeans e guardei o celular num dos bolsos.

— Está pronta? — perguntei.

— Sim, vamos.

Atravessamos a cidade e chegamos à região do Glen às quatro. O trânsito na auto-estrada já começava a se transformar num monte indefinido de cimento úmido. Parei diante dos portões de ferro do Glen e encarei Michele. Eu queria perguntar algo, mas sua expressão me deteve. De olhos arregalados, ela via a entrada de parte de sua história e de seu horror. Até então, eu não me dera conta do que voltar àquele lugar significava para ela.

— Você nunca tinha voltado?

Ela respondeu que não sem abrir a boca. Estava quase imóvel. A visão dos portões de ferro do Glen abria um buraco que atravessava catorze anos de um passado construído sobre uma enorme mentira.

— Parece Auschwitz — disse ela, num sussurro. — Quando cantei em Varsóvia, fui visitar o campo. É chamado de Oswiecim por lá. Os portões de ferro são idênticos. Nunca havia notado.

Dei uma olhada na entrada; ela estava certa. Só faltavam as palavras: *O trabalho liberta*. Naquele momento, entendi parte de sua dor. Ela tinha a culpa dos sobreviventes. Escapara do inferno e, como todos na mesma situação, sofria pelos que ficaram para trás.

— Só Deus sabe se isso vai funcionar — disse eu. — Mas vamos tentar.

Voltamos a andar em direção à entrada. Havia uma quantidade surpreendente de carros encaminhando-se ao conjunto, prova de que pelo menos alguns dos moradores tinham emprego. Porém, também havia a habitual população de adolescentes, que podia ser apática ou agressiva, de acordo com o vento. Era aquilo que tornava o lugar tão perigoso para estranhos; era preciso morar lá para saber interpretar o clima. Uma piada podia se transformar em algo sério num instante, e os alertas eram sutis. Uma ênfase diferente numa palavra, uma mudança na postura, e podia começar a confusão. Quem conhece o sistema pode evitar conflitos e levar uma vida relativamente segura. Pode até prosperar. Eu sabia que sim porque a vida, sublime em sua recusa em ser intimidada, absolutamente nobre em sua silenciosa dignidade, podia acontecer em qualquer lugar — teoricamente, até em Auschwitz. Infelizmente, devido ao meu trabalho, eu passava o tempo todo com pessoas que faziam escolhas diferentes. Chequei o relógio: passava das quatro, mas ainda teríamos várias horas de claridade.

— Dirija devagar — disse ela. — Eu a reconhecerei.

— Fala sério.

Ela me olhou atravessado.

192 | REED ARVIN

— Tudo bem. Então vamos perguntar. Temos o nome e a data de nascimento. Talvez alguém tenha uma informação.

Concordei e começamos a descer a rua principal do Glen, passando diante do escritório do DMH. Suponho que todos mantenham uma ligação meio romântica com o lugar em que passaram a infância, mas nunca tinha pensado que aquilo fosse possível em relação ao Glen. Eu estava errado. Podia sentir a nostalgia tomando conta de Michele enquanto avançávamos os quarteirões. Esquinas e prédios que, para mim, pareciam idênticos, para ela tinham milhares de detalhes únicos. Fisicamente, o Glen estava fossilizado, como uma relíquia de museu. A vida que passava por dentro dele — risadas, lágrimas, crianças, amizades, caos, ordem — não exercia efeito aparente sobre a estrutura, exatamente como o exterior das prisões não se modifica. As unidades habitacionais eram como celas, e as histórias individuais que se desenrolavam dentro delas eram praticamente invisíveis a quem passava na rua.

— O ônibus escolar parava aqui — contou Michele, apontando para uma placa. — Ficávamos em fila, como carneirinhos. — Ela me disse para virar à esquerda, e eu obedeci. — Esta é minha rua — anunciou, tão atenta que mal piscava. — Ali! — gritou, indicando o prédio E. — Meu Deus, Jack. Meu Deus.

— É o seu prédio?

Parei o carro. Ela ficou olhando para a porta por um longo tempo. Eu não fazia idéia de que segredos estavam enterrados sob os tijolos marrons e a estrutura de aço enferrujado.

— Aconteceram coisas atrás daquelas paredes que nunca deviam ter vindo à luz — ela sussurrou.

— Sinto muito.

Eu sabia que não estava ao meu alcance entender seu mundo. Éramos muito diferentes, separados por abismos culturais tão profundos quanto um cânion. Ela apontou para o outro lado da rua, onde ficava o prédio F.

— Eu conhecia uma menina de lá. Ela era legal. — Michele voltou a observar o prédio E. Um grupo de garotos saiu pela porta principal, rindo e fazendo brincadeiras. — Vou perguntar a eles se sabem de algo.

— Calma...

Antes que eu pudesse detê-la, a porta do carro já estava aberta. Ela saiu, e os garotos pararam imediatamente. Lançaram-lhe aquele olhar cheio de testosterona típico dos jovens — especialmente quando andam em bando.

— Qual é a parada, gata? — perguntou um deles.

Ele foi se aproximando, olhando-a de cima a baixo e invadindo seu espaço, antes mesmo que ela tivesse saído direito do carro.

— Pode ficar aí mesmo — disse Michele.

Num milissegundo, sua voz parecia vir de outro mundo. Quase caí do carro. Era uma voz incisiva, firme e que exigia respeito. Mas os garotos reagiram com risos.

— A gata não quer nada com o Darius — disse outro deles. — Ela tem bom gosto.

Darius não achou graça. Na verdade, ele chegou mais perto, quase encostando nela.

— Vamos lá, gatinha, por que está fazendo isso? Vai gostar de mim quando me conhecer melhor — disse ele.

Na segunda vez, a voz saiu metálica.

— Fique longe, porra — gritou a mulher que ganhava a vida cantando árias.

Eu não sabia se ria ou se chorava. Parecia que o mundo estava de cabeça para baixo. Ou talvez estivesse na posição certa. Não tinha certeza. Tudo que sei é que, ao ver os olhos de Michele, Darius entendeu. Só há uma forma de descrever sua reação: ele ficou longe, porra.

Embora eu não soubesse se aquilo melhoraria ou pioraria a situação, abri a porta e saí do carro. Darius fez um gesto na minha direção.

— Esse aí é seu motorista, gata? — perguntou.

Michele não deu importância.

— Estou procurando uma pessoa. Quem me disser onde ela está ganha cinqüenta dólares.

— Beleza, gata — respondeu Darius. — Qual é o nome dela?

Michele continuou se dirigindo ao grupo todo.

— Ela tem catorze anos. Seu nome é Briah. Briah Fields.

— Não conheço ninguém com esse nome — disse um dos outros garotos.

— Sei, Briah — disse Darius, lentamente. — Eu conheço ela.

A cabeça de Michele virou-se na direção do jovem.

— Mais alguém a conhece?

Aqueles segundos bastaram para os outros garotos entenderem o plano.

— Ah, claro — começaram a gritar. — Eu conheço. Mora na rua Trenton. Mora no prédio M. Vi a menina uns dias atrás.

Darius aproximou-se mais ainda de Michele.

— Viu, gata, eu disse que conhecia ela. Vou levar você até ela. Me dá os cinqüenta.

— Quando eu a vir, você recebe o dinheiro — disse Michele, sem vacilar.

Ao descobrir que Michele tinha pose suficiente para desprezar sua presunção, o garoto começou a perder a paciência. Eu estava parado, tentando imaginar se eu provocaria a morte de nós dois ao abrir a boca, quando um movimento à esquerda chamou minha atenção. Virei a cabeça e vi uma patrulha da polícia entrando na nossa rua. O carro estava a quatro extensos quarteirões de distância.

Na mesma hora, os garotos deram alguns passos para trás, embora Darius mantivesse os olhos em Michele, fazendo ameaças silenciosas. A patrulha aproximou-se lentamente. Dois policiais — um branco e um negro — olharam pela janela, ao passarem, e seus olhos recaíram curiosos sobre mim. Michele ficou tensa. O carro avançou mais um pouco e parou. Voltei-me para Michele, mas, antes que eu pudesse falar, ela já desaparecera num dos grandes prédios de apartamentos. Não havia dúvida, porém, de que fora vista.

Merda, merda, merda. Os policiais caminhavam devagar na direção do pequeno grupo. O sargento alto e corpulento estava claramente no comando. O outro, um policial baixinho, seguia seus passos.

— O que está acontecendo? — perguntou o primeiro.

— Beleza? — disse um dos garotos.

Darius, que antes se apresentara como líder, agora se misturara ao bando. Ninguém encarava os policiais. Havia uma regra não-escrita na vizinhança: os policiais exigem respeito total, até no tom de voz. Se você tratá-los como deuses — e não estou exagerando —, eles não criarão problemas e talvez até lhe darão uma chance. Por outro lado, se você fizer qualquer tipo de gracinha, eles transformarão sua vida num inferno. É absolutamente imperativo que os moradores dos conjuntos sejam respeitosos. Por isso, as interações entre a polícia e os cidadãos são, em sua maioria, unilaterais e marcadas por respostas curtas.

O policial mais alto aproximou-se de mim:

— Tem identidade?

— Claro, sargento — respondi, sorrindo.

Entreguei-lhe a carteira de motorista. Ele examinou o documento e depois me encarou.

— O que está fazendo aqui no paraíso? — perguntou ele, com cara de idiota.

— Sou advogado criminalista. Estou buscando informações para uma cliente.

O outro policial resolveu falar.

— É mesmo? Sobre quem? Será que já demos um flagrante nele, Bobby?

— É uma garota. E acho que o senhor está enganado.

196 | REED ARVIN

O sargento caminhou até meu carro. As crianças que estavam na rua abriram caminho. Ele deu uma olhada, perguntando-se por que um advogado dirigia uma lata-velha como aquela.

— O senhor não estaria aqui por questões farmacológicas, estaria, advogado?

— Não, sargento.

Ele enfiou a cabeça pela janela aberta e começou a cheirar.

— O senhor se importa que eu examine o interior do carro?

— Na verdade me importo sim.

— Por quê? — interveio o outro policial. — Tem algo a esconder? Acho que ele está escondendo algo, Bobby.

Os garotos ao redor prestavam atenção no circo que se armava na rua. Eu era branco, e eles queriam ver o que aconteceria. Era uma espécie de experimento científico para eles; uma reação química desconhecida acontecendo diante de seus olhos. Quase torci para ser vítima de um abuso de poder, só para eles verem que nem tudo na vida depende da raça. Mas eu não podia. Era um advogado e não estava disposto a ser incomodado pela polícia de Atlanta.

— Se este é um pedido formal para revistar meu veículo, eu não autorizo — declarei.

Parecia que todo o oxigênio ao nosso redor fora sugado. Os garotos olhavam fixamente para o policial, esperando uma resposta devastadora. Era uma questão de respeito — e este, ao lado do pedaço de Kevlar em seu peito, era sua proteção mais importante. Torci para que ele não insistisse, mas, previsivelmente, foi isso o que aconteceu.

— Você está certo — disse ele ao parceiro. — Acho que ele está aqui para comprar droga.

Ele voltou para perto do carro e enfiou a cabeça pela janela de novo. *Não toque na maçaneta*, pensei. *Estufe um pouco o peito e acabe com isso.*

— Vou perguntar mais uma vez — disse o policial, tirando a cabeça de dentro do carro. — O senhor me dá permissão para revistar o veículo?

— Não.

A mão do policial começou a se mover na direção da porta. No momento em que seus dedos tocaram na maçaneta, eu disse:

— Vou botar a mão no bolso agora, policial. Estou avisando para que o senhor não entenda mal a situação. Vou pegar meu celular. — O sargento levantou-se, pronto para encarar uma ameaça. Olhei bem em seus olhos e depois enfiei a mão lentamente no bolso da frente da minha calça. — Celular — repeti. Peguei o aparelho e o abri. — O negócio é o seguinte. O senhor tem duas opções. Se achar que existe uma razão forte, eu e seu parceiro podemos esperar aqui, ao lado do carro, enquanto o senhor vai até o centro e tenta convencer um juiz de que o fato de eu estar parado numa esquina lhe dá o direito de obter um mandado de busca. Como todos eles me conhecem pelo nome, poderá ser um pouco difícil. Mas, se quiser tentar, o que eu mais tenho é tempo. A outra opção é ir em frente e abrir a porta do carro, enquanto eu vou narrando os acontecimentos para o detetive Billy Little.

O sargento arregalou os olhos. Ele estava nervoso e sem graça.

— O senhor conhece o detetive Little? — perguntou.

— Salvei a vida dele no Iraque — respondi, com ironia. — E, diferentemente de você, ele é bem rígido em relação à Constituição. Como eu disse, você é quem sabe. Quanto mais penso, menos me importo com sua opção. Mas, se tocar na maçaneta, farei a ligação.

Àquela altura, uma pequena multidão de garotos estava aglomerada ao redor da cena, tornando a situação ainda pior. Dava para sentir a platéia gravando os acontecimentos na cabeça, registrando como os brancos lidavam com a polícia. Eu queria explicar que não tinha a ver com raça, que eram apenas três anos de escola de direito, mas nunca acreditariam. Até hoje, não sei quem estaria certo.

O policial mais alto afastou-se do carro com uma expressão séria no rosto. Mas eu sabia qual fora sua escolha.

— Ainda acho que estava aqui para comprar — disse ele. — Mas tudo bem. Se vai insistir com essa babaquice constitucional, pode sair daqui.

— Insistir com essa babaquice constitucional é algo que nunca me cansa.

— Então vá circulando. Ou não, e aí terei uma razão para detê-lo.

— Preciso encontrar minha cliente.

— Temos regras aqui dentro do Glen, advogado. Se não for morador, precisa estar a convite de alguém. Quem é sua cliente?

Ele estava certo: o McDaniel Glen era um lugar de acesso restrito. Olhei para a área gramada cheia de sujeira que separava a rua do prédio mais próximo. Michele encontrava-se em algum lugar ali perto. Ela ficaria sozinha com os garotos.

— Escute...

— Foi isso que pensei. Saia daqui. Agora.

— Policial...

— Diga mais uma palavra — ameaçou o sargento.

Dei uma última olhada no prédio e depois comecei a andar até o carro. Não havia mais nada a se fazer. Ser preso não ajudaria Michele. Se ela precisasse ser salva, eu não poderia fazer nada da cadeia. Assim, entrei no carro, liguei o motor e saí lentamente, com o coração na boca. Metade da multidão se dispersou, e o resto permaneceu no local, para ver a reação dos policiais. Eles entraram na patrulha e me seguiram até a saída do Glen. Foi o trajeto mais demorado que já percorri. Caso eu parasse para reparar em alguma rua, eles me prenderiam. Finalmente, passei pelos portões de ferro, deixando Michele lá dentro. A patrulha estacionou do lado de fora, e os policiais ficaram observando pelo pára-brisa, para se assegurarem de que eu continuaria me afastando. Não havia como retornar antes do meio da noite — uma perspectiva nada animadora. A troca dos policiais só aconteceria à uma da madrugada, um horário em que entrar no Glen de carro podia se transformar numa questão de vida ou morte. Peguei o celular com esperança de que Michele estivesse com o dela. O aparelho tocou a meio metro de mim, dentro de sua bolsa. Desliguei e fiquei sentado, em silêncio, pensando se eu teria coragem de ir atrás dela. E sabendo que, de qualquer modo, seria necessário fazê-lo. Minha tentativa anterior de salvar uma mulher não acabara bem. *Merda. O princípio da atração magnética do professor Spence está pronto para ferrar minha vida.*

CAPÍTULO 15

LGUNS DIAS DA MINHA VIDA passaram tão rápido quanto folhas de papel queimando e se transformando em cinzas diante de mim. Ao contrário disso, sentado no meu carro, a dois quarteirões do Glen, cada minuto parecia uma eternidade. Eu não podia ir embora. Também não podia entrar. Não podia fazer merda nenhuma.

Meu cérebro, porém, não sofria essas restrições; trabalhava a toda velocidade, criando um cenário infernal atrás do outro sobre o que estaria acontecendo a Michele Sonnier naquele momento. Eu não devia ter me surpreendido com seu comportamento; afinal, Michele passara um ano e meio de sua adolescência naquele lugar, aprendendo a navegar naqueles canais traiçoeiros. *Estarei mais segura sem você*, dissera ela. Talvez estivesse certa. Era plenamente possível que meus temores não tivessem razão de ser. Mas também era possível que eu os estivesse subestimando. Os conjuntos habitacionais não são um mundo que se submeta facilmente a uma análise racional. Algumas pessoas passam uma vida inteira lá sem incidentes. Outras levam vidas tão cronicamente repletas de tragédias que não são capazes de imaginar seu trigésimo aniversário. O Glen, eu aprendera, era um universo particular.

Depois de onze ou doze situações desagradáveis passarem pela minha cabeça, fechei os olhos, frustrado. *Ela não pode aparecer por-*

que os policiais conhecem todos que pertencem ao lugar. Eles a deteriam, e os repórteres especializados em celebridades passariam o dia imaginando por que a mulher de Charles Ralston — disfarçada — fora encontrada perambulando pelas ruas do pior bairro de Atlanta. Eu tinha de supor que Michele faria qualquer coisa para que aquilo não acontecesse. *Então depende de mim. Embora seja uma idéia terrível, vou voltar lá para dentro.*

Pelo menos uma coisa aprendi observando meus clientes fracassados: às vezes há um lado positivo em ficar louco. Se você se fecha num mundo próprio, as respostas previsíveis não se aplicam. Você precisa agitar a jaula para não se ferrar. Assim, depois de algumas horas, resolvi fazer a coisa mais insana que me veio à cabeça. Peguei a carteira e passei todas as notas para o porta-luvas. Depois botei um boné, enfiando a cabeça o mais fundo possível. Saí do carro, tranquei as portas e corri sob a luz fraca até avistar a entrada. Os policiais continuavam lá, sentados na patrulha. Avancei mais alguns quarteirões e me esgueirei por uma ruazinha. Algumas centenas de metros à frente, parei e respirei fundo, como nunca fizera na vida. Olhei para ambos os lados e, em seguida, escalei a grade de ferro que separava o McDaniel Glen do resto do mundo. Trinta segundos depois, caí do outro lado. No momento em que pus os pés no chão, tornei-me o cara mais branco de Atlanta.

Primeiro passo: seu cliente morre. *Segundo passo:* você descobre que ele estava apaixonado por uma cantora de ópera da alta sociedade. *Terceiro passo:* você concorda em ajudá-la a encontrar sua filha desaparecida. *Quarto passo:* você se vê andando pelo Glen, no escuro, tentando achar essa mulher. *Quinto passo:* é totalmente possível que você não esteja atraindo as cagadas dos outros e, em vez disso, as coisas estejam funcionando exatamente ao contrário. Você é a merda, meu amigo, e está sujando todas as pessoas que encontra.

O prédio onde eu abandonara Michele ficava a sete ou oito blocos. Comecei a correr. Dois blocos adiante, deixei de ter motivo para temer o que Darius e seus amigos pudessem fazer a Michele. Eles saíram de uma esquina e praticamente me atropelaram. Logo se viraram para mim e passaram a correr ao meu lado, sorrindo. Parecia que poderiam correr dias sem parar naquele ritmo.

— Ei, seu filho da mãe — disse Darius. — O que você está fazendo? Treinando para as Olimpíadas?

— Isso — respondi, sorrindo. — Estou treinando para as Olimpíadas.

— Você é lento pra cacete — comentou outro garoto. Eles ficavam girando, sem aparentar o menor sinal de cansaço. Pela minha súbita necessidade de oxigênio, concluí que eu agüentaria mais uns seis quarteirões antes de ficar sem fôlego. — Acho que você não vai conseguir medalha merda nenhuma.

— Vou estampar meu rosto na caixinha de cereal — devolvi, enquanto procurava por Michele. — Vou faturar um milhão de dólares com patrocínios.

Outro garoto, que não era Darius, deu uma risada. Ele parecia estar realmente se divertindo:

— Você é um babaca engraçado.

Notei uma tatuagem em seu antebraço direito; era um desenho feito em casa de uma estrela de seis pontas. *Nada bom.*

— Eu tento ser — respondi, sem perder a pose.

Nessa hora, outro jovem me ultrapassou, tomando uma dianteira de dois ou três passos. A perna direita de sua calça estava enrolada, o que, a exemplo da estrela, era um símbolo da Folks Nation, uma gangue de abrangência nacional com forte adesão no Glen. Seria uma questão de princípio me darem uma surra — não porque eu era branco, mas porque estava na área deles sem permissão. Acredite: os membros da Folks Nation eram intimidadores igualitários. *Socorro. Meu Deus, estou completamente ferrado.* Olhei para frente; salvo engano, eu estava perto de onde Michele sumira. Claro que, àquela altura, ela poderia se encontrar a quarteirões de distância. Continuei correndo, com os garotos ao meu redor, como se formássemos uma esquadrilha de caças.

— Gostei do boné — observou um garoto mais baixo.

É engraçado como uma declaração inofensiva pode conter tanto ódio. "Gostei do boné." Entre dois conhecidos, trata-se de um elogio. Num bar, pode ser o início de uma conversa. Naquelas circunstâncias, significava o seguinte: *Agora você está ferrado. Se me der o boné, está ferrado porque é fraco, e merece uma lição. Se não me der o boné, também está ferrado, porque não mostrou respeito.* Eu acabara de entrar na pior parte da tempestade de Judson Spence, e a maré vinha me engolir. Parei de correr. A loucura me levou a entrar no Glen; talvez também me ajudasse a encontrar Michele e a tirar nós dois lá de dentro.

Nosso pequeno grupo parou. Os jovens formavam um círculo ao meu redor. Eram esguios, assustadoramente ágeis e fortes e tinham na cabeça um conjunto de possibilidades quase aleatórias que iam do magnânimo ao inimaginavelmente violento. Também havia a pura curiosidade — dava para ver em seus olhos — de entender o que deixaria alguém tão fora de si a ponto de enfrentar o destino que eu decidira enfrentar. Por um instante, achei que aquilo fosse me ajudar, já que estava decidido pelo caminho da loucura. Depois que se começa, é preciso seguir em frente. É tudo ou nada.

— Você gosta de mingau de aveia? — perguntei a Darius.

— Como é que é? — reagiu ele, surpreso.

— Mingau de aveia — repeti. — Estava imaginando se você gosta. — O grupo ria com certo nervosismo. — Eu, pessoalmente, adoro. Acho que é um manjar dos deuses.

— Do que você está falando? — perguntou Darius.

— Do meu boné — respondi, de modo meio psicótico. — Porque o uso como tigela para comer mingau de aveia todo dia. É muito útil para isso.

— Esse papo é maluquice — disse o garoto que queria meu boné.

— É — concordou outro jovem. — O babaca é maluco.

O primeiro garoto, porém, continuava determinado.

— Não importa se ele é louco. Continuo gostando do boné.

— Eu preciso dele — expliquei. — Preciso dele porque o uso para comer mingau de aveia toda manhã.

O garoto que queria o boné me lançou um olhar confuso e começou a ficar para trás. Por um lindo e maravilhoso momento, eu estava livre. Eles engoliriam a história. Deixariam o pobre branco maluco em paz, e eu acharia Michele, e nós dois voltaríamos ao Buick sob a luz da lua. Provavelmente foram aqueles pensamentos felizes que me impediram de perceber o soco de esquerda se aproximando de mim. Então, tudo desapareceu.

CAPÍTULO 16

EU PODIA OUVIR o hino americano, mal executado e fora de ritmo. Fogos de artifício explodiam a uma distância incrivelmente próxima. As fagulhas caíam sobre mim, queimando minha pele. Eu conseguia sentir cada uma. Abri os olhos. A luz penetrou minhas pupilas como uma gilete. Fechei-os novamente em meio a gemidos.

— Acorde. Está tudo bem agora.

Hesitante, voltei a abrir um olho, apenas parcialmente. Só então percebi que estava deitado.

— Ahhh.

— Fique quieto. Esteve fora de si por um tempo.

Gemi de novo, murmurando algo ininteligível. Senti um calor úmido na boca e depois uma dor aguda nas costas que subia pelo pescoço e abria um buraco na extremidade do meu crânio. Lembrei dos últimos minutos, apesar do quanto eu desejava que não fossem verdadeiros. Eu acabara de apanhar muito. Tentei me sentar, mas só cheguei à metade do caminho. Era o bastante.

— Muito bem. Vá com calma — disse a voz.

Finalmente, consegui abrir os dois olhos, acostumando-me gradualmente à luminosidade. Olhei ao meu redor: eu estava num sofá, dentro de um quarto pequeno e limpo. Não podia ver de onde vinha o som.

— Eu podia tê-lo levado ao hospital — explicou a voz. — Mas eles o fariam esperar na sala de emergência por umas cinco horas antes de examiná-lo. Sua condição não exige tanta afobação.

— Quase me enganou — respondi, formando minha primeira frase coerente.

Olhei para a esquerda, de onde vinha a voz. Lá, sorrindo de modo gentil, estava Jamal Pope.

Hora de ir embora, disseram todos meus neurônios, em coro. Meu corpo, porém, seguia uma lógica diferente. Meus membros pareciam gelo picado — só que mais frios.

— Como vim parar aqui?

Pope deu uma risada.

— Nada acontece no meu quintal sem que eu saiba. Coelho trouxe você para cá.

— Lembre-me de mandar um cartão de agradecimento. Mas agora preciso ir.

Embora eu enviasse comandos às minhas pernas, não havia resposta.

— Vá com calma — disse Pope. — Não se apresse. Você precisa de um tempo.

Ele se levantou e foi à cozinha, que eu conseguia enxergar de onde estava. Olhei em torno; aparentemente, Jamal não gastava seu dinheiro em móveis. Era tudo normal, mas nada diferente do que havia em outros apartamentos. Fiquei imaginando qual seria o sentido de faturar tanto dinheiro. Então, outra pontada de dor me obrigou a esquecer de tudo por um instante.

Pope apareceu com um copo d'água para mim.

— Beba isso. Está precisando, depois de uma surra.

Peguei o copo e tomei alguns goles.

— Obrigado. Que horas são? — perguntei.

— Por volta de meia-noite. — Ele olhou bem para mim. — Não devia se meter com a Folks Nation. Eles não gostam de gente branca.

— Eles deixaram isso bem claro.

Pope riu.

— Dizem que você estava com uma mulher. Parece que ela está bem.

— É, eu estava coletando informações sobre um caso — disse, com cautela.

— Parece que ela não é daqui.

— Ela é de Bowen Homes — expliquei. — Está me ajudando.

— Bowen? Então acho que não conheço.

— Não, provavelmente não.

Pope me observou com um sorriso nos lábios. Era óbvio que ele sabia que eu estava mentindo. Infelizmente, não dava para perceber o que mais sabia. Meu objetivo era sair dali antes que ele pudesse fazer mais perguntas.

— Qual é o nome dela?

Merda. Deixe-me ir embora, Pope. E deixe-a em paz também. Deixe-nos ambos em paz, seu filho da mãe insensível. Deixe-nos viver nossas vidas sem essa merda toda.

— T'aniqua — respondi. — T'aniqua Fields.

O rosto de Pope permanecia implacável.

— Bem, acho que você está certo. Não conheço. — Ele se aproximou de mim e pôs a mão sob meu corpo. — Quer saber? Vou te ajudar a encontrar essa mulher.

— Ahn...

As palavras começaram a se formar, mas a dor de ajeitar o corpo transformou-as num gemido baixinho.

— Devagar — disse Pope. — Está tudo bem. Levante-se agora. Tente se ajeitar.

Busquei apoio em Pope enquanto me adaptava novamente ao mundo vertical. Quando o quarto parou de girar, tudo melhorou. Meu raciocínio estava mais claro. Dei um passo e depois outro.

— Eu consigo. Obrigado.

— Claro — disse ele, pegando algumas chaves. — Vamos procurar a T'aniqua. Ouvi dizer que ela está bem.

— É sério, Pope, eu não quero...

A mão pousada sobre meu ombro, que até então oferecia amizade e apoio, passou a me causar uma dor sutil. Apesar de não ser radical, a mudança mostrou-se bastante expressiva. A mensagem era clara: *Você está no meu mundo. Tenho maneiras de fazê-lo perder essa discussão que você nem imagina.* Olhei para Pope, que continuava com um sorriso inabalável no rosto.

— É, talvez ela ainda esteja por perto — concordei.

— Eu não gostaria que nada acontecesse a ela — disse ele. — À noite, isto aqui fica perigoso. — A pressão aumentou, empurrando-me na direção da porta. Saímos. Eu ainda mancava, mas começava a recuperar o equilíbrio. Dois garotos apareceram do nada; um deles era Coelho. — E aí? — perguntou Pope.

Diferentemente da primeira vez que o vira, Coelho fazia jus ao apelido; era um feixe de energia agitada.

— Não vi a mulher — informou. — Parece que saiu.

Pope virou-se para mim.

— Parece que sua amiga está brincando de esconder. É melhor lhe darmos uma ajuda.

Ele me levou até seu carro. Tratava-se, finalmente, de um sinal de sua renda verdadeira: uma bela Mercedes preta parada na rua. Pope tivera de se adequar ao mundo em que vivia. A Mercedes era original e exibia um polimento perfeito. Mesmo sob a luz da rua, ela brilhava. Um menino apareceu do nada ao meu lado. Primeiro, abriu a porta de Pope; depois, a minha. Sentei-me no couro refinado, sentindo meus ossos doerem com o simples movimento. Pope se acomodou e baixou o vidro.

— Vamos encontrá-la — disse. — É só perguntarmos por aí.

— Tenho certeza de que ela teria saído há muitas horas, se pudesse — observei. — Não tem razão para se esconder.

Pope deu partida no motor e logo começamos a descer pela rua principal do Glen. Passados poucos blocos, entendi o que o respeito significa nos conjuntos habitacionais. Não é exagero dizer que Pope era tratado como chefe-de-estado. Não conseguíamos percorrer trinta metros sem que alguém o cumprimentasse. Alguns queriam acumular favores para usá-los num eventual erro futuro; outros tentavam conseguir trabalho ou uma oportunidade. Ele chamava a todos pelo nome e os recebia em seu reino para uma bênção passageira.

O McDaniel Glen estava em plena vida à meia-noite. Havia até crianças pequenas brincando e rindo nas entradas dos prédios. Ninguém parecia assustado. A maioria delas se divertia. Perto de casa, seguindo as regras, mas se divertindo. Ali estava a sociedade em toda sua glória. Pessoas simplesmente agindo como pessoas, conversando e dando risadas. O cenário quase me fez sorrir, mas lembrei que atravessando toda aquela boa vontade havia uma Mercedes preta comprada à custa da desgraça humana.

Aparentemente, ninguém vira Michele. As perguntas de Pope tornavam-se mais duras à medida que avançávamos. Eu podia sentir que sua cabeça estava a mil, imaginando quem era aquela T'aniqua Fields e o que ela e o advogado branco faziam em seu mundo.

Levamos cerca de vinte minutos para percorrer o Glen inteiro. Enquanto retornávamos ao apartamento, Pope recebeu uma ligação. Ele grunhiu algumas vezes ao telefone e depois se virou para mim.

— Ela não está aqui. Alguém acha que ela foi embora há algumas horas.

— Previsível — comentei, tentando parecer casual.

Enrolar Pope era perda de tempo, mas eu esperava que, se eu não esfregasse minhas mentiras na sua cara, ele poderia me dar um desconto. Como todo o resto naquele mundo, era apenas uma questão de respeito. E, para minha eterna gratidão, Pope abriu o guarda-chuva para me proteger da tempestade de merda.

— É melhor ir embora — disse, olhando para mim. — Ela deve estar procurando por você.

Houve um instante de reconhecimento entre nós dois, e eu parti.

CAPÍTULO 17

NTÃO ELA CONSEGUIU SAIR, provavelmente horas atrás. Está segura. Pope acreditava naquilo, e uma coisa era certa: nada acontecia no Glen sem seu conhecimento. No entanto, aquela garantia — e eu sabia, racionalmente, que era absoluta — não me impediu de percorrer todos os quarteirões ao redor do Glen por pelo menos uma hora, à procura de Michele. Mas finalmente vi que não havia como negar: ela desaparecera. Segui para casa. Quando cheguei, eram quase duas da madrugada. Era inútil tentar contatar Michele; o único número que eu tinha era do celular, que, naquele instante, repousava sobre minha mesa de jantar. Pensei em ligar para a polícia — mesmo que significasse revelar sua identidade — mas desisti da idéia. Estava exagerando na reação, o que não deixava de ser compreensível, considerando-se o que eu passara nas horas anteriores. Menos de 15 blocos separavam o ponto em que eu abandonara Michele dos limites do Glen. E, certamente, ela percorrera aquele caminho muitas vezes quando criança. Não havia razão para não acreditar que simplesmente tivesse passado pelos portões e voltado a Atlanta.

Aquilo tudo, porém, não passava de embromação. Nas cinco horas seguintes, dormi cerca de dez minutos. A manhã de sábado chegou, e o fim de semana ameaçava durar uma eternidade. Na maior parte do dia, vaguei pelo meu apartamento, frustrado pela impossibilidade de falar com Michele. Eu olhava para o telefone, na esperança de que, pelo menos, ela me ligasse. Andei para lá e para cá. Dormi em pequenos períodos intercalados, sentindo a energia agitada que vem da exaustão. Observei minha imagem no espelho, vendo a superfície do meu rosto ficar escura e azulada; mas, na tarde de domingo, o inchaço começou a diminuir. Aqueles dois dias imaginando tudo de mau que poderia ter acontecido a Michele eram demais para mim. Na segunda, pela manhã, eu não agüentava mais. Precisava tomar alguma providência e, por isso, liguei para Pesadelo. Era melhor do que ficar me olhando no espelho.

Mais uma vez, tive de conversar com a secretária eletrônica.

— Acorde, Michael. Temos de agir. — Nenhuma resposta. Eu não estava com muita disposição para aquilo. — Merda, é o Jack. Eles roubaram o computador do Doug.

Pesadelo pegou o telefone. Eu podia ouvir sua respiração, enquanto ele retornava à consciência, lentamente.

— O quê? — murmurou ele.

— O computador do Doug. Foi roubado do meu escritório umas noites atrás.

— Quem roubou? — perguntou, com a voz mais limpa.

— Alguém que não quer que descubramos o que está acontecendo.

Houve silêncio enquanto Pesadelo pensava sobre as informações. Aparentemente, ele não gostou do que significavam.

— Isso não é bom.

A ligação caiu.

Levei um tempo para entender o que acontecera: ele desligou na minha cara. Liguei de novo. Pesadelo atendeu, mas não disse nada.

— Mantenha a calma, parceiro — disse-lhe em voz baixa. — Preciso de você. — Apesar do silêncio, eu sentia a tensão tomando conta dele. — Eu e você. Jackie Chan.

— Eles roubaram o computador do Matador?

— Roubaram, Michael.

Nem mencionei o problema envolvendo Michele e a surra que levara dos representantes da Folks Nation. Mais nervosismo era a última coisa de que Michael precisava. Sua voz tornou-se um sussurro, como se houvesse alguém no quarto ao lado, espionando.

— Cara, você foi totalmente desmascarado.

— Provavelmente.

— Significa que eles sabem que entramos **no site**. **Sabem de** onde veio a invasão.

— A conexão partiu do meu escritório. Não existe nada que leve a você.

— Pode ter certeza de que eu prefiro que continue assim.

— Explique-me isso, Michael. Pensei que você tinha dito que todos os dados estavam no computador central da Georgia Tech.

— E estão. Mas o acesso começava no computador do Doug. Imaginei que, se eles mandassem um sinal, pararia na Georgia Tech. Mas eles foram além e acabaram localizando você.

— Como fizeram isso?

Outro longo silêncio.

— Não sei — respondeu Pesadelo, em voz baixa.

— O que quer dizer com isso? Achei que você fosse um rei do mundo cibernético ou algo parecido.

— Você está ferrado, cara. Sério.

— Não exagere, Michael. Se alguém quisesse me matar, não teria muita dificuldade. Eles queriam o computador. E conseguiram. Provavelmente, queriam ter certeza de que não poderíamos voltar a invadir.

— Se for isso, eles estão ferrados, porque posso entrar de novo na hora que eu quiser.

— Está falando sério? Pode entrar de novo? — perguntei, sem acreditar.

— Claro. Tranqüilo. Isto é, se eu fosse maluco.

— Michael, precisamos entrar de novo no site.

— Claro, amigo, vamos invadir de novo e ficar esperando alguém aparecer para nos matar. Preciso ir agora.

— Só me diga como podemos entrar.

— Posso emular o acesso de Doug.

— E eles não iriam saber? — perguntei.

— Óbvio que sim.

— Então o que adiantou levarem o computador de Doug?

— Como você disse, eles não sabem a meu respeito. Por enquanto, devem apenas estar tentando descobrir como você entrou.

— E eles vão conseguir?

— Só porque estão com o computador do Doug, não quer dizer que podem passar pelas barreiras de segurança. Se você não tivesse falado do italiano, estaríamos até agora olhando para a tela, feito idiotas.

— Tem certeza disso?

— Quase absoluta.

— Certo. Então, temos de entrar novamente, sem sermos detectados. Tem de haver uma maneira. Pense um pouco, Michael. Pense em alguma coisa.

Outro longo período de silêncio. Metade de mim esperava que Pesadelo desligasse mais uma vez — eu já estava preparado para dirigir até seu apartamento, bater na porta e torcer seu pescoço até ele concordar em me ajudar.

— Onde fica essa Grayton? — perguntou ele, finalmente. — Qual é o endereço?

— Não sei. Espere um pouco. — Procurei Grayton na lista telefônica. — Fica na avenida Mountain Industrial. Sei onde é. Pegando a 285. Duas saídas depois de Stone Mountain.

Mais uma pausa.

— Muito bem. Vamos nos encontrar na biblioteca pública de Sandy Spring. Você acha o endereço na lista. Esteja lá às onze.

— Na biblioteca?

— Isso.

— Por quê?

— Não quero falar pelo telefone. Só esteja lá.

A BIBLIOTECA PÚBLICA de Sandy Spring fica na região norte de Atlanta, a cerca de 45 minutos da minha casa. Quando cheguei lá, Pesadelo andava sem parar do lado de fora, como se estivesse sendo procurado. Ele se assustou ao ver meu rosto.

— Você está um lixo, cara.

— Um pequeno desentendimento — expliquei. — O inchaço vai sumir em alguns dias. — Pesadelo me observou por uns cinco segundos e depois começou a andar de volta para o carro dele. — Pode parar aí mesmo — avisei.

Ele se virou para mim.

— Cara, quero ficar bem longe disso que aconteceu com você.

— Escute, merda. — Eu estava perdendo a paciência para agüentar o medo do garoto. — Meus últimos dias foram péssimos. Apanhei feio tentando proteger uma pessoa. Invadiram meu escritório e roubaram o computador. Isso para não mencionar que estou me apaixonando pela mulher errada. O mínimo que você pode fazer é ligar um maldito computador e digitar uns comandos. Agora, arraste sua bunda lá para dentro e me ajude, senão vou perder o controle.

Pesadelo estava de olhos arregalados.

— Você está ficando louco — disse ele.

— Provavelmente.

— Se apaixonando pela mulher errada? — repetiu.

— Isso aí. E isso me deixa de mau humor. Agora, faça o que eu mandei, antes que eu desconte toda a minha frustração em você.

Relutando, ele começou a se dirigir à biblioteca.

— Espero que também tenha deixado algumas marcas em quem fez isso com você.

— Não que eu me lembre. Agora continue em frente.

Segui Pesadelo até a biblioteca. Era uma construção discreta, de um único andar, encravada numa vizinhança arborizada. Havia poucas pessoas no lugar, além da equipe de quatro ou cinco funcionários. Pesadelo me levou até uma fileira de computadores na parte de trás.

— Eles têm banda larga aqui — contou ele. — E não há controle. Daqui a pouco você vai ver uns indivíduos esquisitos baixando material pornográfico.

— Nossos impostos sendo bem empregados. Ou melhor, os meus, porque você provavelmente não paga nada.

— Pode crer. — Depois de se sentar no último computador, ele tirou do bolso um aparelhinho de plástico, menor do que um chaveiro, e o enfiou na parte da frente da máquina. — Memória flash — explicou, antes de começar a digitar. — Fique de olho em qualquer coisa estranha. Além de você. Já disse que você está um lixo?

— Já. Agora me conte o que está fazendo.

— Estou me conectando à Georgia Tech daqui. O sistema das bibliotecas tem seus próprios roteadores. É impossível localizar um computador nele. Se eles mandarem um sinal, vão descobrir que a conexão vem de uma biblioteca, mas não vão conseguir descobrir de qual. São mais de trinta unidades espalhadas pela cidade. De qualquer maneira, esta aqui é a mais distante deles possível. Só para garantir.

— Pesadelo, você é um gênio.

— Eu sei. Agora você pode ficar observando as pessoas esquisitas. Isso aqui deve demorar um pouco.

Sentei-me a algumas mesas de distância para que Pesadelo pudesse trabalhar em paz. Vi um exemplar do *Atlanta Journal-*

Constitution jogado numa mesa próxima e resolvi procurar notícias sobre a oferta de ações da Horizn, na seção de negócios. Depois de virar algumas páginas, deparei-me com uma foto de Charles Ralston, sob a manchete: LEVANDO SEUS LUCROS PARA A BOLSA. Percorri a matéria rapidamente. O consenso era de que, na semana seguinte, muitas pessoas ficariam ricas, com Ralston e Stephens no topo da lista. O preço inicial era de 31 dólares por ação, mas se esperava que esse valor durasse apenas uns 15 segundos. Quem não fosse um grande negociante ou fizesse parte da empresa, não tinha chance. Na opinião do jornalista, o preço de fechamento no primeiro dia passaria de 40 dólares, com expectativa de chegar a 50 dólares em um ano. Os documentos enviados à comissão de valores mobiliários indicavam que Ralston e Stephens possuíam cinco milhões e meio de ações cada. Enquanto eu me dedicava às contas, Pesadelo se aproximou. Ele parecia nervoso, mas estava se segurando.

— Você está bem? — perguntei.

— Sim. Estamos lá dentro. O que procuramos?

Pensei um pouco antes de responder:

— Briah. Briah Fields.

Pesadelo trabalhou por uns cinco minutos e voltou balançando a cabeça.

— Nada — informou.

— Tem certeza?

— Tenho. Quer dizer, quase certeza. Então era só isso? Posso ir para casa?

— Só mais uma coisa. LAX.

— Tipo o código do aeroporto de Los Angeles?

— Apenas as letras. LAX. Estava num caderno no apartamento de Doug.

Pesadelo não queria acreditar.

— Você deve estar me sacaneando.

— Não. Só procure isso.

— Vou ficar vinte minutos — disse ele. — Depois disso, encerro a conexão.

Segui Pesadelo até o terminal. Ele começou a procurar entre os arquivos, sem resultado.

— Quais são as áreas principais? Está dividido de alguma forma?

— Está. Há seções de informações financeiras, comunicação, testes clínicos.

— Testes clínicos. Tente isso — sugeri.

Pesadelo levou um longo tempo na busca, sem achar nada, mas no fim veio a reação:

— Caramba.

— O que foi?

— Está aqui.

A tela estava dividida em duas colunas, cada uma com quatro nomes. Cada nome era seguido de um endereço e de um número de telefone. No alto da página, a barra indicava: *Teste 38, LAX: estudo clínico duplo-cego com o Lipitran AX. Tratamento para a cura da hepatite C. Organização de Pesquisa Clínica: Hospital da Misericórdia de Atlanta. Pesquisador responsável: Dr. Thomas Robinson.* Meus olhos estavam fixos na tela.

— LAX. Não tem nada a ver com o aeroporto. É um medicamento. Lipitran AX. Estes devem ser os nomes dos participantes do teste.

Percorri a lista em busca de algum nome familiar. Num instante, o mundo parou. O terceiro nome na coluna da direita era Doug Townsend. Seguido pelo telefone dele. Pisquei achando que o nome poderia sumir. Pesadelo quebrou meu transe:

— O Matador. Ele estava tomando o remédio?

Meu cérebro estava a mil. *Hepatite. Fonte de todo o lucro de Charles Ralston. Talvez a Grayton esteja tentando tomar uma parte do negócio da Horizn.*

— Hepatite? Acho que Doug não tinha isso.

— Talvez tivesse e nunca contou.

— Talvez — admiti, sem convicção. — Mas certamente, com ele morto, as pessoas que participavam do teste desejariam saber o que estava acontecendo. Ele simplesmente teria sumido do estudo. — Ficamos pensando naquilo por um momento, até que me veio a luz. — Há uma forma de descobrirmos o que está acontecendo. — Olhei ao redor: não havia ninguém perto de nós. Peguei o celular e liguei para o primeiro telefone da lista. Uma voz feminina, meio desorientada, atendeu. — O Brian está? — perguntei. A única resposta foi um murmúrio em voz baixa. — Brian Louden? Posso falar com ele?

— Brian está morto — disse a voz, engasgada. — Meu querido filho morreu há uma semana, na quinta.

Senti um aperto no estômago.

— Sinto muito, muito mesmo. Sinceramente. Sinto muito por tê-la incomodado — disse, antes de desligar.

— O que disseram? — perguntou Pesadelo.

— Leia o segundo nome para mim.

Chantelle Weiss, avenida D, 4239. Liguei para o número. Um homem atendeu.

— Posso falar com Chantelle? — perguntei.

— Quem está falando? — quis saber o homem.

— É o Dr. Robinson.

— Não é possível.

— Perdão?

— Isso é algum tipo de brincadeira doentia? Você não é o homem que a matou? Por que está ligando para cá e perguntando por ela? Você é louco?

— Desculpe-me — disse, rapidamente. — Liguei para o número errado.

Depois de desligar, caí na cadeira, atônito.

— E aí? — perguntou Pesadelo, que suava, apesar do ar-condicionado.

220 | REED ARVIN

Uma sensação horrível percorria todo meu corpo.

— Leia o terceiro nome.

Jonathan Mills, rua Trenton, 225. Liguei e um homem atendeu.

— Lamento incomodar. Aqui é Henry Chastain, do Hospital da Misericórdia.

— Pois não? — respondeu a voz.

— Isto é muito embaraçoso, por isso peço desculpas pelo incômodo.

— Tudo bem. O que deseja?

— Estou conduzindo uma pesquisa para o hospital. Acontece que arquivei a pasta do Jonathan no lugar errado. Sinto muito, mas poderia me dizer para que doença era o tratamento ao qual ele se submetia?

— Hepatite C.

— Jonathan participava dos testes clínicos do Dr. Robinson, correto?

— Sim. Quem está falando mesmo?

— Henry Chastain, do Hospital da Misericórdia.

Houve um momento de silêncio.

— Pode me dizer qual é a razão disso?

— Estou realizando uma pesquisa sobre índices de mortalidade em diversas doenças. — Minha estratégia me fazia sentir pior a cada instante, mas não havia outro jeito. — Se preferir não falar sobre o assunto, entenderei perfeitamente.

Mais uma pausa.

— Jonathan não morreu de hepatite — disse ele, finalmente. — Morreu em conseqüência do tratamento.

— Entendo. Sinto muito. Pode me contar o que houve?

— Acabei de contar. Ele começou o tratamento e morreu uma semana depois. — A voz sumiu outra vez por um segundo. — Posso ligar para você em outra hora?

— Não será necessário. O senhor ajudou bastante — agradeci, antes de desligar o telefone.

— O que está acontecendo? — perguntou Pesadelo. — Qual é a relação entre todos esses nomes?

Eu observava a lista fixamente, enquanto a repulsa e o pesar me provocavam um arrepio.

— Mortos — respondi, encarando Pesadelo. — Estão todos mortos.

PRECISEI DE UNS VINTE minutos para convencer Pesadelo a sair da biblioteca. Depois de ouvir muitos xingamentos sussurrados, consegui levá-lo ao seu carro, um Toyota Corolla num estado mais lamentável do que o do meu Buick. Botei as mãos sobre seus ombros.

— Você vai me deixar na mão? — perguntei, observando atentamente sua reação. — Agora que as coisas estão esquentando?

Ele me olhava, indeciso, entre o medo e a adrenalina dez vezes mais intensa que qualquer coisa que vivera em seu patético mundo *on-line*.

— Cara, o negócio é que isso está ficando sério — disse. — Sério no sentido policial. O que pretende fazer a respeito disso tudo?

Boa pergunta. Quando você começa a descobrir uma informação atrás da outra, mais cedo ou mais tarde vai aparecer algo muito perigoso.

— Quando me envolvi nisso, achava que estava apenas recolhendo os pertences de um cliente azarado — contei. — O fato de as coisas terem fugido ao controle não me agrada mais do que a você.

— Então não preciso explicar por que vou dar o fora agora mesmo.

— Você não vai fazer isso, e posso explicar por quê.

— Essa vai ser boa.

Respirei fundo e arrisquei. Não sei se estava fingindo ou se aquelas foram as palavras mais verdadeiras que já disse. Só sei que elas bastavam para mim e teriam de bastar para ele também:

— Porque isso é o que temos de fazer. É um destino louco que não conseguimos entender, mas sabemos que é real.

— Que maluquice é essa que você está dizendo?

— Eu e você — expliquei. — Quem mais pode desvendar esse mistério? Acha que essa história de Jackie Chan é só uma piada para descontrair? Preciso de você, merda. E você precisa de mim. Porque temos talentos diferentes, e isso nos torna poderosos. Escute, Michael: Doug Townsend era meu amigo. E há mais sete pessoas nessa lista, todas mortas. Não estou aqui apenas para ligar os pontos e conectar algumas empresas farmacêuticas. Estou aqui para acabar com quem estiver por trás disso.

Pesadelo ficou me olhando por um tempo antes de cair na risada.

— Você é totalmente maluco.

— Como preferir.

— Isso tudo é por causa da garota.

— Garota?

— É, a *garota*, cara. Você mesmo disse. Está se apaixonando pela mulher errada.

— Eu sei, merda. Eu sei.

OBSERVEI O TOYOTA acabado de Pesadelo sair do estacionamento da biblioteca e sumir no trânsito. Permaneci de pé por um tempo, pendendo para um lado. Meu rosto doía. Minhas costelas doíam. Minha perna direita doía — de alguma forma eu bati com o joelho enquanto apanhava e não notara até as outras dores diminuírem. E eu não parava de repetir as palavras de Pesadelo. *A garota.* Há momentos em que a vida tenta dizer algo. Doug estava morto. Outras sete pessoas também. Era um péssimo momento para dar uma de surdo.

Atuar em casos de porta de cadeia ajuda muito a entender a psicologia do criminoso como vítima. Com o tempo, você se torna capaz de identificar as características em pessoas no meio da multidão: os olhos alheios de um jovem prestes a descontar tudo na namorada, deixando-a machucada e arrasada; o ressentimento que se irradia sutilmente de uma garota à procura de uma carteira ou bolsa para furtar. Depois de dois anos assistindo ao desfile de desgraças na vara criminal do juiz Odom, eu desenvolvera uma espécie de radar involuntário. Em algumas ocasiões, caminhar numa rua movimentada era como ver fantasmas. Aqui, o irônico desânimo na postura de um homem; ali, a energia destacada de um viciado. Policiais também desenvolvem o radar, mas, no caso deles, trata-se de um recurso valioso. É uma espécie de ferramenta. No entanto, para um advogado especializado em defender os desamparados, o radar pode fazer as partes mais pobres de uma cidade parecerem uma sala de emergência.

Parado ali, do lado de fora da biblioteca, sentindo dores em todo meu corpo, eu tinha de admitir algo que me irritava profundamente: por mais que apontasse o radar na direção de Michele, ela resistia à análise. Michele era impenetrável. Eu tomava decisões partindo do pressuposto de que ela era uma verdadeira vítima, alvo inocente de uma dor desmerecida. Para salvar aquela imagem, eu faria de tudo. Era o pequeno sonho que zumbe dentro do cérebro otimista de todo advogado, até que a vida o arranca de lá: *Torne bom o que é ruim*. Ela cometera um erro grave quando ainda não passava de uma criança e agora estava presa num mundo que não perdoaria aquele tipo de imprudência. Mas também era possível que ela fosse um ímã de tragédias, uma mulher que vivia num alto nível de aflição e que atraía todos que se aproximavam para dentro do seu sofrimento. A diva. Judson Spence nos ensinara a evitar aquele tipo de cliente a todo custo. Mas a verdade é que eu ainda não sabia a que categoria Michele pertencia — o que me deixava louco porque uma escolha errada poderia ter graves repercussões. Podia-se desperdiçar uma vida inteira tentando corrigir pessoas que não eram merecedoras e sequer reconheceriam seu esforço. E, no fim, você estaria tão mergulhado em suas neuroses que mal conseguiria respirar. Eu sabia porque já defendera dezenas de pessoas desse gênero. Eram as pessoas que, tendo sido defendidas por mim nos meus melhores dias, retornavam às suas antigas atitudes antes mesmo de deixar a sala de audiências.

Entrei no carro e observei meu rosto no espelho. Não eram as dores que me impediam de seguir em frente. Era a indecisão. Se eu ia arriscar tudo por ela, precisava saber a razão. *Por que estava me apaixonando por ela?* Seria a força de seu talento artístico, a qualidade indefinível que fazia com que ela parecesse revelar a alma sempre que cantava? Ou, por mais que eu não quisesse, seria a fascinante ferida que a tornava tão vulnerável e carente de piedade? Se aquele fosse o caso, eu poderia simplesmente chamá-la de Violeta Ramirez e lançar meu carro num precipício.

Ainda sem me mexer, olhei meu rosto inchado no espelho. *Não, antes de jogar o carro no precipício, eu teria de prestar minhas profundas e sinceras condolências ao Sr. Charles Ralston. Primeiro, por transar com sua mulher; e, segundo, pelo inferno em que se metera. Sim, ele era sofisticado, bem-educado e, pela reputação, um esnobe — o que não chegava a ser um crime —, mas talvez tivesse realmente se apaixonado por Michele, assim como Doug. Talvez tivesse assistido a uma apresentação na Juilliard e seu coração de cientista tivesse se deixado conquistar. Então ele estaria apaixonado por uma linda e talentosa crise ambulante. Afinal, elas não são chamadas de divas à toa. Talvez, se ele pudesse apagar um dia de sua vida, escolhesse aquele; o dia em que entrara no Lincoln Center, enfiara a cabeça no auditório e vira Michele: jovem, brilhante e com alto custo de manutenção.*

Quem sabe, com mais tempo, eu tivesse alcançado uma conclusão. Se dispusesse de mais dez ou 15 minutos de silêncio contemplativo, talvez fizesse escolhas com finais diferentes. Mas não foi assim. Enfiado no bolso do paletó, meu telefone tocou, levando-me de volta à realidade. Ao atendê-lo, descobri que as horas seguintes da minha vida poderiam ser qualquer coisa, menos contemplativas. Enquanto Pesadelo e eu invadíamos o espaço eletrônico dos Laboratórios Grayton, Sammy realizara sua vingança — muito pessoal e eficiente — contra Derek Stephens. Como sempre, a história começa com uma mulher chorando.

CAPÍTULO 18

BLU TENTAVA FALAR ENQUANTO soluçava, o que não estava funcionando muito bem.

— O Sr. Stephens... Derek... muito irritado... Sammy...

— Calma, querida. Sente-se primeiro.

Eu dirigira como louco, arrancando toda a potência restante no motor do velho Buick, para atravessar a cidade. Ao entrar, vi minha secretária sentada na cadeira, com a maquiagem arruinada. Seus olhos estavam inchados e vermelhos.

— Conte-me o que aconteceu — pedi.

— Ele ligou — contou ela. — Derek. Ligou, falando aos berros.

— Por quê?

— Não sei. Tinha algo a ver com Sammy. Mas, por alguma razão, ele ficou nervoso comigo, e eu não sei por quê.

— O que houve com Sammy?

— Não sei — respondeu ela, fungando. — Mas ele fez algo que deixou o Sr. Stephens muito irritado.

— Por que Stephens ligaria Sammy a você?

— Porque ele sabe que Sammy gosta de mim.

— E como ele sabe disso?

— Eu contei.

— Por que foi fazer isso?

— Fui encontrar o Sr. Stephens no tribunal, e Sammy passou por nós. Ele olhou de um jeito esquisito para o Sr. Stephens. E depois o vimos espiando por trás de uma pilastra.

— Meu Deus.

— Então acabei contando que Sammy gostava de mim. Ficamos rindo. Talvez Sammy nos tenha visto rindo dele.

— Isso não é nada bom.

— E, agora, algo grave aconteceu, mas não sei o que foi.

— Certo. Fique aqui. Vou até o tribunal procurar Sammy. Se Stephens ainda não o tiver matado.

O trajeto até o tribunal me deu oportunidade de imaginar cenários sinistros em que Sammy — acima do peso, com os pulmões explodindo devido aos anos de falta de atividade aeróbica e os reflexos lentos por causa de várias doses de Seagram's — descobria subitamente que Stephens, além de um advogado brilhante, era, para sua desgraça, faixa preta em tae kwon do. Imaginei Sammy deitado de barriga para cima sobre o piso de linóleo cuidadosamente encerado do tribunal, surpreso e humilhado, encolhido depois de ser atingido no plexo solar por um chute executado com perfeição.

Tais preocupações acabaram se revelando uma perda do meu estoque já quase inexistente de adrenalina. Não precisei esperar muito para descobrir exatamente como Sammy conseguira arrancar um pedaço do couro de Stephens pela audácia de ser rico, bonito e objeto do interesse de Blu McClendon. Havia um burburinho semelhante ao de um curto circuito no tribunal.

Gosto de acreditar que a elegância do que Sammy fez veio das profundezas de seu espírito sulista, mas talvez seja uma interpretação muito romântica. Provavelmente, passar o dia inteiro na Vara Criminal do Condado de Fulton o ensinara a pensar de uma nova maneira deturpada. Qualquer que fosse a inspiração, tratava-se de um exemplo perfeito de como deve ser uma vingança: simples, eficaz e meticulosamente legal.

Desde que eu contara a Sammy sobre Stephens, ele passara a manipular o caso de um certo Burton Randall, para que tudo acontecesse no momento certo. Burton era uma lenda: um cleptomaníaco dedicado a um único tipo de objeto e o mais extraordinário ladrão de carros de Atlanta. A avaliação geral era de que ele não conseguia se controlar. Burton adorava furtar carros; precisava furtar carros; vivia para furtar carros. E, como verdadeiro conhecedor do assunto, tinha um gosto refinado. Quanto melhor era o carro, mais intenso era seu desejo. Ele passava direto por velharias com as chaves na ignição, mas corria riscos inacreditáveis por uma máquina que realmente desejasse. Burton estava pronto para a audiência havia dias, mas Sammy — com os poderes absolutos de planejamento que possui um oficial de gabinete — bloqueava as artérias legais, mantendo o ladrão no limbo. O advogado de defesa começava a se irritar. Porém, como uma postura hostil em relação ao oficial de gabinete costuma garantir conseqüências desagradáveis, não se manifestava. Sammy aguardava o alinhamento de dois planetas bem específicos: primeiro, que Derek Stephens estivesse no tribunal, causando estragos em nome da Farmacêuticos Horizn; segundo, que o tempo estivesse absolutamente perfeito. Stephens passara a semana toda no tribunal, mas o tempo não ajudara. Naquela manhã, contudo, o dia estava tão claro que seria possível cortar diamantes com a luz do sol, de tão intensa. Assim, Sammy tomou providências para que a agenda do juiz Odom ficasse magicamente livre para o sempre adiado caso *Geórgia contra Randall*. Além disso, por coincidência, ele deixou bem claro ao pessoal da garagem subterrânea que o bom juiz não estava contente com o tratamento preferencial dado a um certo advogado, em relação a privilégios de estacionamento. O carro deveria ser transferido para o estacionamento externo ou Odom determinaria que fosse rebocado.

Dessa forma, a reluzente Ferrari 360 Modena vermelha de Derek Stephens estava parada, exposta e vulnerável, no estacionamento adjacente ao tribunal do condado de Fulton, quando Burton Randall foi posto em liberdade pela sétima — e muito distante da última — vez, sob ameaça de pagar multa em caso de reincidência e comprometido a retornar à corte numa data futura. O fato de que Sammy mencionara em voz alta o modelo do carro e sua localização exata, enquanto Burton se retirava do tribunal, foi, deve-se dizer, bastante intencional.

Quando a Ferrari de Derek Stephens foi encontrada, três horas depois, indicava incríveis 320 quilômetros intensos e velozes percorridos a mais. Mas a quilometragem era o que menos importava. A geral de que o carro precisava agora — resultado de um espetacular acidente com a polícia de Atlanta, seguido de um encontro com o muro de uma rampa de saída e um choque derradeiro, de grandes proporções, contra uma placa — significava que Stephens nunca mais poderia anunciar o carro como uma "Ferrari 360 Modena, zero quilômetro". Um texto mais adequado seria: "Ferrari 360 Modena, para peças de reposição."

Procurei Sammy por várias horas, mas só o encontrei às cinco, escondido no Captain's, um bar que aparecia em quinto lugar na nossa lista de lugares preferidos. Ele estava sentado, sorrindo com satisfação para si mesmo, diante de uma fileira de copos vazios arrumados de modo triunfal. Fui até a mesa. Ele ergueu a cabeça para me ver.

— Jackie, meu garoto — disse, sorrindo ainda mais. Veio compartilhar do meu momento de glória.

Dei uma boa olhada nele, à procura de sinais de insanidade. Seu paletó estava pendurado na cadeira oposta, como se pertencesse a um amigo que fora ao banheiro. Mas eu sabia que não havia ninguém com ele. Sammy estava sempre sozinho quando não estava comigo. Percebi o nó frouxo da gravata e o botão de cima da camisa aberto

— Vim salvá-lo — anunciei, antes de me sentar. — Você irritou um sujeito muito poderoso.

A resposta de Sammy foi magnificamente precisa:

— Que se foda — disse. Ele voltou a sorrir e se sentou pesada e alegremente em sua cadeira. Depois de um instante de reflexão, resolveu completar o comentário. — Que se foda até as profundezas do inferno.

— Sammy, você está perturbando as forças elementares do universo. Derek Stephens vai acabar com você.

— Como? Eu não fiz nada, Jackie. *Nada*. Marquei uma audiência. Se ele quiser, pode me processar por isso.

Por um instante, pareceu possível que Sammy saísse livre daquilo, mas a sensação durou apenas alguns segundos.

— Escute, Sammy. Stephens não é o tipo de cara que joga limpo. Ele vai levar para o lado pessoal.

— Que assim seja. Ele sabe onde trabalho. Vou arrebentar a cara dele.

— Não estou falando de uma briga.

— Jackie, você está me confundindo com alguém que tem algo a perder.

Olhei-o com desconfiança.

— O que quer dizer com isso?

— Quero dizer que não tenho nada, Jackie. Moro num apartamento alugado. Meu carro foi dado como garantia. Tenho um aparelho de som razoável e cinco ternos. Ganho trinta e seis mil dólares por ano. E, por um momento sublime, ferrei um dos homens mais ricos e poderosos da região sul. Acha mesmo que me importo com o que ele pensa em fazer a respeito?

Fiquei sentado, ali, sentindo-me diante de um momento de iluminação. Bem quando eu precisava, ele me lembrava em que eu falhara. Sammy chegara ao ponto da liberdade existencial perfeita, ou seja, ao estágio em que não se dá a mínima. Tive a sensação de que era observado, como se o universo estivesse à procura de mim. Eu, Pesadelo e Sammy. O Pai, o Filho e o Espírito Santo. Estávamos todos em rota de colisão com alguma coisa e tínhamos nossas lições pessoais a aprender. Um universo bondoso acabara de se certificar que eu não perdesse a chance. Era fato que eu não sabia em quem acreditar. Era fato que eu sequer sabia se queria mesmo descobrir a verdade sobre Michele Sonnier. Mas Sammy provara mais uma vez a validade da única filosofia pura da vida: *fique calmo e deixe passar*. Quando se alcança esse nível de liberdade, a pessoa se torna poderosa e imprevisível como uma bomba de sete toneladas.

Motivado pela profunda lição filosófica que encontrara no fundo de uma garrafa de Seagram's, Sammy olhou para mim, sorrindo.

— Fique tranqüilo, Jackie. Enfrentei Derek Stephens e fiz isso pela mulher que amo. Estou feliz.

Naquele instante, percebi que, a despeito do que viesse a acontecer, Sammy sobreviveria. Ele podia ser um bêbado inútil, mas sabia como agir numa boa briga. Quase tive vontade de rezar. Em vez disso, porém, decidi pagar uma bebida a Sammy.

— Meu amigo, esta é sua noite.

— É isso aí.

Fiquei em silêncio por um segundo.

— Ele provavelmente vai matá-lo pelo que fez.

— Provavelmente — concordou Sammy.

Levantei o braço, e a garçonete veio anotar os pedidos.

— Quero o mesmo que ele. E traga logo a garrafa.

CAPÍTULO 19

A TERÇA-FEIRA AMANHECEU com uma claridade incômoda. Os pássaros, o trânsito e o movimento na rua ressoavam em meio a uma merecida ressaca. Abri um olho e vi que horas eram: 15 para as nove. Liguei para saber como Blu estava.

— Você está bem? — perguntei. — Que tipo de tortura Stephens anda planejando para Sammy?

Houve um breve silêncio antes da resposta.

— Não falo com Derek desde ontem.

— Não fala porque ele não atende suas ligações ou porque não tiveram tempo de conversar?

Outra pausa.

— A primeira opção — respondeu ela, com certa vergonha.

— Vai ficar tudo bem. Agora você sabe que ele é um verme.

— Não fale desse jeito, Jack. Você não o conhece.

— Espero que continue assim. Mas, agora, só quero saber como você está.

— Estou bem. Ah, Michele Sonnier ligou.

Ela disse o nome casualmente, como se eu não estivesse pensando naquilo em cada instante desde que a vira pela última vez.

— Ligou? E o que ela disse?

— Ela disse: "Diga ao Sr. Hammond que estou bem e que entrarei em contato."

— Só isso? Que está bem e entrará em contato?

— Sim.

— Tem certeza?

— Sim. Você vem para cá?

Fiquei sentado na cama. *Ela está bem e entrará em contato.* Senti um alívio percorrendo meu corpo, misturado a um desejo e a uma contrariedade repentina por ter aquelas reações. *Isto é um teste. O universo, achando curiosa minha decisão, horas antes, de não ligar mais para nada, decidira cobrar a dívida.*

— Jack? — chamou Blu, meio impaciente. — Você me ouviu?

— Sim, claro. Qual era a pergunta?

— Você vem para cá ou não?

— Agora não — respondi. — Estou procurando uma pessoa.

— Quem?

— Não se preocupe com isso. Ligo mais tarde.

Desliguei e fui me vestir. Acabei não voltando a ligar naquela manhã porque precisei da maior parte do dia para encontrar o homem com quem eu tinha de falar. Ele não estava em seu escritório. Não estava em casa. Assim que eu mencionava seu nome a qualquer conhecido dele, tentava-se mudar de assunto rapidamente. Parecia que o cara era radioativo. Eu praticamente desistira quando recebi uma ligação de sua secretária, no celular, por volta das três. Ela estava preocupada e sussurrava, como se temesse que alguém escutasse.

— Como assim, preocupada? — perguntei.

— Preocupada. É tudo que posso dizer.

Se eu fosse ao parque Orme, talvez o encontrasse. Ele era baixo, tinha cabelos castanhos e andava desarrumado. Era tudo que ela podia dizer.

— THOMAS? THOMAS ROBINSON? — O homem usava calça de moleton e um pulôver. Não devia fazer a barba havia alguns dias. Seu estado era lastimável. *Pelo menos se encaixa na descrição.* — Dr. Robinson? Pensei que poderíamos conversar um pouco.

O homem olhou para mim com indiferença.

— Nada consegue deter você — disse ele.

Sentado num banco, curvou-se para a frente, procurando pássaros no meio da grama. Segurava um saquinho de sementes na mão, mas, naquele momento, não havia interessados. Até os pássaros mantinham-se afastados.

— Belo dia? — comentei, sentando-me ao seu lado. — Costuma vir aqui sempre?

— Ultimamente, sim — respondeu Robinson.

Ele era baixo, com pouco mais de um metro e setenta, e tinha um corpo franzino. O cabelo era curto, cortado num estilo tradicional, mas estava desgrenhado e parecia não ser lavado havia algum tempo. Ele remexia as sementes enquanto, distraidamente, procurava pássaros ao nosso redor.

— Você é meio difícil de achar — observei. — Sua secretária disse que você não tem um horário fixo de trabalho.

— Nos últimos tempos, não — disse ele, baixinho, antes de se virar, como estivesse disposto a permanecer ali, em silêncio, pelo tempo necessário para eu ir embora.

— Ouça. Vou direto ao assunto. Gostaria de fazer algumas perguntas sobre o Lipitran AX.

Depois de outro instante de silêncio, ele respondeu, com a voz ainda mais baixa.

— Quem é você? Um advogado?

— Como adivinhou?

Robinson riu.

— Depois da tragédia, vêm as aves carniceiras. — Ele desviou o olhar para as árvores. — Está desperdiçando seu tempo.

— Por que diz isso?

— Não haverá processos. Desta vez, não.

Embora aquele não fosse meu objetivo, resolvi entrar no jogo.

— Como tem tanta certeza?

— Sobre o quê? O tratamento não funcionou, e daí? — Ele olhou para baixo, apertando o pacote de sementes com firmeza. — E daí? — repetiu. — Eles assinaram termos de responsabilidade. Muito bem amarrados. Redigidos por pessoas como você. Então, até mais. Não há cadáveres para alimentá-lo por aqui. — Analisei seu rosto: parecia destruído. Permanecemos em silêncio por um tempo até que ele olhou para mim. — Você continua aí? Eu já disse. Não há mina de ouro. Vá atrás de umas ambulâncias ou qualquer coisa parecida. — Seu olhar perdeu-se na distância. — Não se importe comigo. Acabei de matar sete pessoas.

— Sete? Pensei que fossem oito.

Robinson me encarou. Ele estava acabado e cheio da raiva sarcástica que acompanha a culpa.

— Sete. Um homem sobreviveu. Seu nome é Lacayo. — Um momento de reflexão. — Não está morto, não exatamente. Também não se pode dizer que esteja bem. Quase morto. Está no Grady Memorial, agarrando-se à pontinha de vida que lhe resta.

— Por que não me conta o que aconteceu?

— Claro — respondeu. — Vai me fazer muito bem relembrar tudo mais uma vez.

— Sinto muito. Garanto que é importante ou então eu nem estaria mais aqui.

Robinson fechou os olhos.

— O Lipitran AX devia ser a solução mágica para a hepatite C. Seria um grande avanço. — Ele abriu os olhos e me fitou. — A doença está se espalhando como um incêndio descontrolado, sabia?

— Ouvi dizer.

— Sabe que já estamos na E?

— Hepatite E? Não sabia disso.

— Isso porque as pessoas continuam transando e tomando drogas — disse ele, num tom sombrio.

— Qual é o risco na hepatite C? Desculpe-me, não sou especialista nisso.

— Sorte sua. As hepatites A e B são as mais comuns. Na maioria das pessoas, não são fatais. Podem tornar sua vida uma desgraça, se as coisas saírem do controle, mas não matam. Ainda estamos aprendendo sobre a D e a E. Agora, a hepatite C é extremamente perigosa, embora muita gente não saiba.

— Perigosa em que nível?

— Em cerca de vinte por cento dos casos de contaminação, o portador desenvolve câncer no fígado. E esse câncer é totalmente imune a qualquer tratamento existente. Progride de maneira rápida e fatal. Se você tiver isso, vai morrer. Pegar hepatite C é como uma roleta russa. Toda vez que você vai ao médico, gira o tambor. Há uma probabilidade de um em cinco de descobrir que está morrendo. Muito motivador.

— Então, um tratamento capaz de curar a hepatite C seria incrivelmente lucrativo.

— E também salvaria a vida de muitas pessoas.

— Não sei como perguntar isso, mas com que freqüência uma tragédia como essa acontece? Com todos os participantes...

— Morrendo? — completou Robinson. — Não fazemos isso com muita freqüência. Em geral, ficamos satisfeitos em não ajudar as pessoas. Você deve saber que a maior parte das nossas tentativas não funciona.

— Na verdade, não.

— Claro que não sabe. Não permitimos que as pessoas saibam. Do contrário, não conseguiríamos voluntários para nossa próxima idéia brilhante. Acontece que, desta vez, não ajudar os pacientes não era o bastante. Desta vez, tínhamos de matá-los. — Ele olhou para mim, sem rumo e angustiado. — Eles explodiram. Por todos os orifícios. Sangramentos abundantes pelos olhos, nariz, ouvidos, todos os lugares. Parecia... Meu Deus, parecia Ebola. Começou depois da segunda sessão. Eles gritavam. Os corpos explodiam em agonia.

— Meu Deus.

Robinson puxou um monte de catarro e cuspiu na grama. Não ligava mais para os modos durante uma conversa. Sua voz saiu como um fiapo.

— A parte científica parecia perfeita — contou ele. — Desde o início. Era botar o material no tubo de ensaio e observá-lo devorando a hepatite como louco. A aplicação em ratos funcionava como mágica. Acreditávamos realmente que poderíamos alcançar a cura com algumas sessões de tratamento. Por isso, não houve teste com primatas. Parecia tudo tão certo que a FDA, a agência governamental norte-americana que regula produtos alimentícios e farmacêuticos, nos permitiu avançar diretamente para os seres humanos. — Ele me encarou. — Para você ver.

— Ver o quê?

— Que um ser humano não é um rato. — Finalmente, um pássaro se aproximou, pousando a uns cinco metros de nós. Robinson ajeitou-se e começou a chamar a atenção do pardal. — Venha aqui, belezura. — Ele imitava um piado como se fosse criança. — Venha cá pegar umas sementes. — O pássaro virou a cabeça e pulou mais para perto. Delicadamente, Robinson jogou algumas sementes no chão. O pardal moveu-se como um raio, pegou-as e voou para longe. Robinson acompanhou-o com os olhos até vê-lo desaparecer no meio das árvores. Em seguida, virou-se subitamente na minha direção. — Todos eles. Disse a todos eles que o resultado seria maravilhoso.

— Eles deviam saber que havia riscos.

O sofrimento emanava de Robinson em ondas.

— Durante muito tempo, não encontramos interessados em participar do estudo. Colamos cartazes, publicamos anúncios. E nada.

— Por quê?

— Usuários de drogas intravenosas não são exatamente obcecados por saúde. De qualquer forma, não confiam no sistema. Todos acham que vamos entregá-los. — Ele fez uma pausa. — Um tempo depois, apareceram algumas pessoas, repentinamente. Só algumas, e muito nervosas.

— Porque achavam que vocês iam entregá-las?

— É, talvez. Mas o risco de desenvolver câncer era de apenas vinte, vinte e cinco por cento. Portanto, era uma decisão e tanto a ser tomada. Eu me esforcei para convencê-los. Na minha arrogância científica, *garanti* que os deixaria curados.

— E algo deu errado.

O rosto de Robinson parecia paralisado.

— Pode-se dizer que sim.

Ele se levantou e começou a caminhar lentamente pela grama. Segui-o a certa distância. Depois de poucos passos, ele murmurou algumas palavras.

— O que disse? — perguntei.

— Minha carreira brilhante — repetiu. — Gosto de dizer isso. "Minha carreira brilhante." — Ele riu, tomado pela amargura. — Quando você acha que não pode piorar, piora. Olhe para mim, amigo. Sou um membro do clube dos duplamente perdedores.

— Duplamente perdedores?

— Não é qualquer um que consegue estragar tudo nesse nível duas vezes na vida. É como um dom. Tenho doutorado em fracasso.

— Qual foi a primeira?

Robinson parou.

— Não estou muito a fim de cortar uma veia, então talvez seja melhor você ir direto ao assunto. Preciso cuidar do meu sofrimento.

— Preciso da sua ajuda.

— Ajudar um advogado? Por que eu faria isso?

— Porque não acredito que o que houve em seu estudo aconteceu sozinho. Acho que houve um empurrãozinho.

Robinson estreitou os olhos.

— Do que está falando?

— Acho que alguém está interferindo nos acontecimentos. Alguém agindo por trás da cena.

— Então esse alguém teria de ser o desgraçado mais inescrupuloso que já botou os pés na terra — disse ele, com uma expressão austera. — É melhor você ter uma razão para afirmar isso. Aquelas pessoas estão *mortas*.

— Tinha conhecimento de que a segurança da rede da sua empresa foi burlada? — Robinson ficou pálido. — Um grande ataque. Tudo: operações, estudos clínicos, mensagens eletrônicas. Os menores detalhes dos Laboratórios Grayton foram copiados e transferidos para um computador externo.

Ele segurou meu braço como se tivesse garras.

— Quem? Conte-me quem fez isso.

— Meu cliente.

— Vou matá-lo.

— Na verdade, é tarde demais.

Robinson me soltou.

— Ele está morto? — perguntou.

— Está. O nome dele é Doug Townsend.

Ele me olhou, surpreso, e logo passou a tremer.

— Lembro dele. Alto, de pele clara. Ele era seu cliente?

— Isso. Como vê, não precisa odiá-lo. De qualquer modo, tenho certeza de que ele estava trabalhando para outra pessoa.

Robinson desequilibrou-se levemente, desorientado.

— Eu o matei? Eu matei o cara que estava roubando nossos segredos?

— Ele morreu de uma overdose de fentanil.

— Fentanil? Estava hospitalizado?

— Estava no apartamento dele. Aparentemente, injetou um caminhão de fentanil no próprio corpo. Ninguém sabe por quê.

— Improvável — disse Robinson, balançando a cabeça. — Praticamente tivemos de amarrá-lo para aplicar as injeções.

— Ele me contou que era paranóico em relação a agulhas.

— Ele tinha pavor. A hipótese de que poderia se controlar e achar uma veia... talvez, se houvesse uns vinte buracos em seu braço.

— Foi isso que pensei. Mas a questão é que se matar com fentanil seria desnecessário. Ele morreria por causa do Lipitran de qualquer maneira.

Robinson me observava atentamente.

— Então, o que mais você sabe?

— Que Doug era apenas um peão. Porém, nos últimos meses, ele recebeu uma quantia considerável de dinheiro. É óbvio que o dinheiro era para pagar a invasão da sua empresa. E acho que sei para quem ele estava trabalhando. — Parei para escolher bem as palavras. — Se eu estiver certo, não há muita dúvida de que é a mesma pessoa por trás do que houve com seu teste clínico.

— Quem?

— O nome que não sai da minha cabeça é Charles Ralston.

Robinson bambeou, como se tivesse levado um soco. Ele olhou para cima, em sofrimento, e começou a conversar com o céu.

— Você não está satisfeito em simplesmente me destruir, não é? Tem de triturar o que sobrou até tudo virar pó.

— Suponho que o conheça.

— Sim, eu o conheço — respondeu, como se cuspisse veneno. — E, num mundo transformado em caos, ele ser o responsável por isso faria todo sentido. Ele já acabou comigo uma vez, então seria só uma repetição.

— Você já enfrentou Ralston antes? — Robinson fez que sim. A dor em seu rosto era evidente. — Então só há mais uma pergunta a ser feita. Você vai me ajudar?

Pela primeira vez, a expressão de Robinson pareceu tingida pelo toque pungente da morte. Ele chegou a sorrir, revelando um prazer predatório de vingança.

— Ajudá-lo a pegar Ralston? Para conseguir isso, você pode usar até meu sangue.

AFASTAR ROBINSON de sua raiva o bastante para que falasse coisas com sentido era como tentar deixar um bêbado sóbrio. Ele estava mergulhado em ira e precisava de tempo para se recuperar. Levei-o até o Trent's, um bar próximo ao parque onde o encontrara. Ao sentar, suas mãos tremiam enquanto segurava um copo de café Sumatra. Qualquer que fosse seu problema com Ralston, era algo profundo. Bastou um incentivo para uma chama quase descontrolada se acender.

— Vamos deixar uma coisa clara desde já — disse Robinson. — Ralston não é um grande cientista. Ele adora representar esse papel, mas na realidade é apenas medíocre. Seu verdadeiro dom é o furto.

— Explique melhor.

Robinson pôs o copo na mesa.

— Eu integrava uma equipe de pesquisa na Emory. Isso foi no ano... acho que 1986. A questão da hepatite estava explodindo nos centros urbanos, e eu estava determinado a fazer algo a respeito. Trabalhei como louco e consegui um financiamento R01...

— R01?

— São os grandes financiamentos dos Institutos Nacionais de Saúde, os que chegam aos milhões. Quatro milhões e cem mil, no meu caso.

— É muito dinheiro.

— É, sim. Eu tinha dezesseis estudantes de graduação sob minha supervisão, manipulando sangue infectado com hepatite, sem parar. Havia o compromisso da universidade, havia recursos, e nós estávamos progredindo. A chave era isolar uma enzima específica do sangue que tinha afinidade com a hepatite.

— Afinidade?

— É jargão de laboratório. Quando as células se ligam, dizemos que têm afinidade uma com a outra. Mas, obviamente, isso não acontecia na natureza. Se acontecesse, as células T se ligariam à hepatite, e a doença seria semelhante ao resfriado: nos curaríamos sozinhos.

— Então o que fez?

Robinson deu de ombros.

— No mundo ideal, tenta-se encontrar uma enzima na natureza com a qual se possa trabalhar. Você a manipula e modifica. Se conseguir uma ligação, estará na metade do caminho. Depois, tenta combinar o agente que mata o vírus e a enzima que se liga a ele, e assim se obtém um míssil teleguiado contra a doença.

— A bala de prata.

— A bala de prata, droga milagrosa, como quiser chamar. Esse é o sonho que a comunidade científica usa para conseguir que o público apareça com o financiamento. *Dê-nos o dinheiro, e nós conseguiremos curar o câncer com uma injeção.* Só há um problema: somos apenas dois caras sentados num restaurante e conversando sobre o assunto. Fazer essa enzima se ligar ao vírus parece fácil, mas na verdade é incrivelmente difícil. O sucesso depende, em grande parte, de começar com a enzima certa; depois, modificá-la. Acontece que temos de escolher entre centenas.

— E o que acabou ocorrendo?

Robinson curvou-se para frente.

— Fizemos isso. Foi dureza. Trabalhamos sem parar por tanto tempo que alguns estudantes abandonaram o projeto. Eu era um *desgraçado.* Mas finalmente conseguimos dar um grande passo. O fato é que já existe uma enzima no corpo muito próxima do ideal chamada P137. Ninguém havia pensado nela porque ocorre em níveis muito baixos, quase imperceptíveis. Ela se esconde no fluxo sangüíneo, só ocupando espaço. Ao que se sabe, não tem função alguma. É uma sobra do nosso passado genético, algo de que talvez tenhamos precisado há cem mil anos. Está lá, enterrada nas sombras moleculares, um resquício de um resquício.

— E então?

— Precisávamos de uma quantidade maior. Muito maior. Por um tempo, tentei estimular a produção natural no corpo, mas não funcionou. O grande avanço era descobrir como sintetizá-la. Assim que conseguíssemos, não precisaríamos mais nos preocupar com a produção corporal. Fabricaríamos a quantidade que quiséssemos e poderíamos manipulá-la da maneira que escolhêssemos.

— Entendo.

Robinson olhou bem para mim.

— Espero que entenda. Estávamos numa corrida contra a morte e, de repente, podíamos ver a linha de chegada. — Ele fez uma pausa. — Você precisa compreender que estávamos acompanhando os números reais dos centros urbanos. O problema da Aids levava muita gente a se submeter a exames. Assim, começamos a perceber que a hepatite C causaria um estrago igual. Ela não ocupava espaço na mente do público porque a Aids parecia muito mais assustadora. Mas a verdade era que, ao menos na América do Norte, a hepatite C tinha potencial para matar mais gente. Já são três milhões de pessoas infectadas, como você deve saber.

— Não sabia.

— Enfim. Aquela era nossa situação: estávamos prestes a conseguir. Somos capazes de pressentir esse tipo de coisa. É como se houvesse uma pequena névoa e, em questão de segundos, o pedacinho certo se movesse para a esquerda, e lá estava o que leváramos anos para descobrir. — Os olhos de Robinson estavam arregalados. Ele fora tomado pelo êxtase da ciência, perdido em seu amor pelo trabalho. — E então cometi meu erro fatal.

— Qual teria sido?

Robinson olhou pela janela, subitamente arrasado. Sua expressão era de cansaço pelo sofrimento interminável provocado por uma perda terrível.

— Ralston — respondeu ele. — Charles Ralston, o rei dos ladrões.

— Conte-me o que houve.

— Arrogância. Ego. Estupidez. Toda minha, como ficou demonstrado. — Ele ficou observando o café, voltando ao passado. — Eu participava de um seminário em Columbia.

— Onde Ralston trabalhava.

— Isso. Entenda: eu estava empolgado. Quero dizer... Salvaríamos um monte de gente da morte. É bastante difícil guardar isso só para si.

— Meu Deus. Está dizendo que...

— Não foi muita coisa — ele interrompeu, esfregando as têmporas, num gesto de profundo arrependimento. — Apenas uma coisinha de nada. Mas perdi a cabeça. Lembro das palavras exatas: "De repente, a P137 tornou-se muito importante na minha vida". Acho que cheguei a sorrir ao dizê-las. Pensei que fossem palavras lindamente enigmáticas.

— E eram mesmo.

Robinson balançou a cabeça.

— Não para Ralston. Eu não sabia, mas ele estava trabalhando na mesma coisa em Columbia. E não conseguia chegar a lugar algum. Estava no caminho errado, logicamente. Já disse que ele é medíocre.

— Foi o que você disse.

— Medíocre, porém não idiota. Eu acabara de lhe dar as chaves do palácio. Embora entendesse bastante de síntese de enzimas, ele não tinha idéia de como aplicar tal conhecimento. Assim que ficou sabendo onde procurar, foi uma questão de semanas até juntar as peças.

— Sua pesquisa não tinha sido patenteada?

Robinson fez um sinal de não.

— O formulário de informação estava em cima da minha mesa. E eu acabara de dar uma autorização.

Voltei às lembranças da escola de direito.

— Uma declaração pública que permite a uma pessoa com razoável conhecimento duplicar sua tecnologia. — Eu sacudia a cabeça, chocado. — Você tornou sua patente inválida antes mesmo de preencher o pedido.

— Ralston ligou para Stephens, que à época morava em Nova York. Ele já era conhecido pela experiência na área de patentes, principalmente na indústria farmacêutica. Seguindo o conselho de Stephens, Ralston desligou-se de Columbia no dia seguinte.

— Quer dizer que Ralston foi mais rápido?

— Quando descobri o que havia acontecido, Stephens já tinha um esquema perfeito, sem brechas. O resto, inclusive minha carreira, não importa.

— Suponho que a Emory não tenha ficado muito satisfeita?

— Foi a maior humilhação da história da universidade. Aqueles estudantes de graduação trabalharam como escravos, dia e noite, durante meses. Eles fariam parte de um momento histórico. E, de repente, bum! Uma declaração estúpida feita por mim e tudo foi pelos ares. Eu não podia encará-los. — Robinson pegou o copo e tomou um gole. — Desapareci por um tempo. Eu era lixo para o mundo acadêmico, e nenhum laboratório correria o risco de me contratar. A situação ficou tão ruim que aceitei um trabalho como representante de vendas, ligando para médicos.

— Lamento por isso.

— É, foi um inferno. A Horizn estava faturando uma fortuna graças à minha pesquisa, e ninguém podia fazer nada a respeito. É claro que Stephens não cometeu nenhuma falha. As patentes eram intocáveis.

— De que tipo de fortuna estamos falando?

— Há uma população de pacientes crescendo rapidamente e alcançando proporções epidêmicas no mundo subdesenvolvido.

Ralston tem um remédio que cada uma dessas pessoas precisa tomar pelo resto da vida. Pode chamar de bilhões de dólares.

— Deixe-me entender isso direito. Sua carreira está acabada. Ralston está se dando bem. E, de alguma forma, você renasce. Como acabou se envolvendo com a Grayton?

— Entenda: gosto de curar as pessoas. Isso significa tudo para mim. Mas este é um jogo de egos. Você diz que Ralston estava se dando bem. Não se esqueça de que era com a *minha* pesquisa. Então fui procurar a Grayton. Disse-lhe que o trabalho de Ralston era adequado, até certo ponto. Porém, havia um jeito de superá-lo.

— E qual era?

— Ir mais fundo. Esquecer a idéia de tratar a doença como uma condição crônica. Empreender uma tentativa séria de obter uma cura.

— E Grayton entrou nessa?

Robinson fez que sim.

— Você precisa estar disposto a correr riscos, senão perde. Grayton tentava se segurar, mas é difícil competir com as multinacionais. E eu entendia mais de hepatite do que qualquer outra pessoa, aí incluídos Ralston e a equipe dele. Apesar de todo seu potencial, o medicamento da Horizn está uma geração atrasado em relação à proteômica mais avançada. Tenho autoridade para falar, já que fui eu que inventei isso. Assim, disse a Grayton que, se ele quisesse tentar, eu podia ajudá-lo a economizar anos. Uma companhia como a Eli Lilly não se interessaria. Não sabendo do meu passado. Mas a Grayton é obrigada a aceitar riscos maiores. Então fechamos um acordo. — Robinson parecia olhar através de mim, para um lugar desconhecido no interior de sua mente. — E foi lindo. O velho Grayton reuniu tudo de que eu precisava. Pessoas, equipamentos, todos os recursos. Seria meu renascimento. — Sua voz tornou-se um sussurro. — E então começou o inferno.

— Tem alguma idéia do que houve?

— Não. Já repassei tudo mil vezes. Conferi e reconferi nossos dados. Posso garantir: neste momento, aquelas pessoas deviam estar andando por aí sem uma molécula de hepatite no corpo. Em vez disso, estão em necrotérios.

Parei para pensar por um instante.

— Vamos supor que Ralston seja o responsável pela invasão do seu sistema. Qual seria o interesse? Ele estaria apenas tentando roubar sua droga, como da outra vez?

Robinson me olhou com surpresa.

— Roubar? Ralston não aceitaria o Lipitran nem se eu lhe oferecesse de graça.

— Não entendo.

— O Lipitran é uma *cura*, não um tratamento crônico. Quem quer curar as pessoas quando se pode simplesmente tratá-las para sempre?

— Então qual seria a razão?

— Se lançarmos o produto no mercado, a companhia dele não valerá um centavo. Porém, se o Lipitran der errado, ele poderá continuar vendendo seu remédio pelos próximos vinte anos. — Robinson voltou os olhos para o café. — Sete pessoas mortas resolvem o problema, não acha? O Lipitran está tão morto quanto aqueles pacientes.

Percebi que Robinson estava retornando ao seu estado de depressão.

— Bem, vejamos o que temos — sugeri, trazendo sua atenção de volta a mim. — Temos seu computador, com os dados copiados para Ralston. Ele sabe exatamente o que você está fazendo. Ele quer detê-lo desesperadamente.

— Certo.

— Mas não temos idéia de como.

— É aí que sua tese perde força — disse ele, desiludido. — Acredite em mim: torço para que esteja certo. Mas estamos apenas lançando teorias ao vento. Eu estive no laboratório. Só há duas formas de isso dar errado. Ralston teria de adulterar o composto ou mudar a dosagem para um nível tóxico. Ele não conseguiria fazer nenhuma das duas coisas.

— Comece pelo composto.

— Primeira tentativa fora. Não existe lugar, e quero dizer lugar algum, em que ele pudesse comprometer a pureza do composto. Foi totalmente produzido dentro da empresa. Verifiquei a pureza pessoalmente, várias vezes. O composto foi monitorado ininterruptamente até ser dado aos pacientes.

— Muito bem. E quanto à dosagem?

— Segunda bola fora. Supervisionei todos os casos. Não houve erros ou reações adversas no momento da aplicação.

— Bem, ainda temos direito a uma bola fora.

— Errado. A terceira bola fora é que, talvez, seja simplesmente o destino. Talvez aquelas oito pessoas tenham sido apenas azaradas de cair nas mãos do pior médico do mundo. Eu. — A raiva e a decepção marcavam seu rosto. De repente, ele bateu com o punho na mesa. Algumas pessoas viraram-se para olhar, e eu fiz um gesto pedindo que se acalmasse. — Não. Não. Estou dizendo: a parte científica está perfeita. O composto estava correto. As dosagens eram precisas. Deve haver outra possibilidade de ele ter me ferrado.

— Você quis dizer "ferrado com eles", não é, doutor? — observei, num tom discreto.

Robinson baixou os olhos.

— Sim, eles. Ferrado com eles.

— Ouça: minha preocupação é um pouco diferente. Quero justiça para uma pessoa, e essa pessoa é Doug Townsend.

— Há um problema nisso — disse Robinson. — Entendo que Ralston possa tê-lo contratado para invadir os computadores da Grayton. E posso entender que, quando seu cliente deixou de ser útil, eles queriam vê-lo morto. Mas, se tudo isso for verdade, eles saberiam que Doug participava do estudo clínico. E, se soubessem disso, não se dariam ao trabalho de enchê-lo de fentanil.

— Porque saberiam que ele já estava morto.

— Quem quer estragar o crime perfeito? Não há sentido em matá-lo de novo.

— Concordo. E um assassinato traz o envolvimento da polícia, a última coisa que eles desejariam.

— Muito bem, então. Talvez deva começar a considerar a possibilidade de que outra pessoa tenha matado seu amigo.

— Estou lidando com um dia de cada vez. Mas estamos na mesma guerra. Se você realmente tem uma cura para a hepatite C, deve continuar lutando. Ainda pode salvar todas aquelas vidas. E pegar o homem que destruiu a sua por duas vezes.

— Farei tudo que puder. Mas já disse o que sei. Se essas pessoas descobriram uma forma de sabotar o teste, estão operando num nível inédito. — Ele se levantou e pegou o pacote de sementes. — No momento, nós não temos nada.

— Nós?

O rosto de Robinson exibia um otimismo cauteloso tentando sobreviver em meio a uma sensação dominante de derrota. Em seu íntimo, ele queria acreditar no que eu estava lhe contando. Porém, também sabia que não resistiria a outro choque. Caso se unisse a mim e nós falhássemos, o que ainda restava dele acabaria na ala psiquiátrica. Ele já estava bem perto disso. Apesar de tudo, Robinson conseguiu juntar forças para dizer o que eu precisava ouvir:

— Quando tiver mais informações, sabe onde me encontrar.

NÃO SEI QUAL É O PREÇO de um ser humano. Cresci acreditando no preço infinito, aquele estabelecido por Deus. Todos tínhamos a dignidade do Criador e qualquer um que tentasse baixar o preço com uma bala ou uma faca seria obrigado a pagar a diferença. Naquela época, a dignidade humana era um jogo soma zero. Ninguém tinha o direito de mexer com os totais porque todos éramos afetados. Ater-me a essa crença é cada vez mais difícil. Recentemente, num caso do juiz Thomas Odom, vi uma vida humana custar vinte dólares — a pequena e triste coleção de papel e metal pela qual uma vítima infeliz perdeu a vida nas mãos de um viciado fora de si e sem dinheiro. E vi esse assassinato escondido na página dez do jornal, enquanto a cidade entrava em polvorosa para salvar um esquilo preso numa tubulação de esgoto. Bem, na falta de consenso, é preciso escolher em quem acreditar. Ou estamos todos ligados uns aos outros por uma alma em comum, caso em que matar é errado, errado, errado, ou não estamos, e os fortes devoram os fracos. As respostas não poderiam ser muito diferentes.

A questão é que não se espera que pessoas que ganham a vida vendendo remédios tenham dúvidas nesse assunto. Espera-se que elas estejam firmes do lado da vida, sem qualquer ambigüidade. Você quase consegue acreditar nisso, até perceber quanto dinheiro está em jogo, e então todos os antigos embates decorrentes da natureza humana voltam para assombrá-lo. A história mostra que, quando há alguns bilhões de dólares sobre a mesa, ninguém está numa condição que eu chamaria de segura.

Foi nesse momento que comecei a ouvir o relógio na minha cabeça. *Tic, tac, tic, tac.* Era terça-feira, e na manhã da outra segunda Charles Ralston e Derek Stephens seriam os beneficiários de uma imensurável transferência de riqueza, assim que dezenas de milhares de pessoas apostassem no futuro do tratamento da Horizn para a hepatite. *Tic, tac, tic, tac.* Segundo Robinson, um teste bem-sucedido do Lipitran poria cada centavo, e até o futuro da Horizn, em risco. *Tic, tac, tic, tac.* Para ser justo, Robinson estava destruído, arrasado pela culpa e pela derrota. Em tese, seu ódio por Ralston poderia vir daí, e o resto seria apenas um delírio. Um excesso de fracassos não faz apenas o mundo parecer terrível; faz o mundo parecer especificamente contra você, projetado sob medida para desgraçar sua vida. Robinson já estava num estágio avançado dessa jornada, o que me levou a pensar o seguinte: eu tinha seis dias para descobrir que preço Ralston e Stephens poriam em oito pessoas, em sua maioria viciados e derrotados. Precisava descobrir se eles acreditavam no soma zero da humanidade. Precisava descobrir se eles eram monstros.

ESTAVA TUDO CLARO. Eu sabia exatamente quem eram os bandidos e quem eu queria salvar. Compreendia tudo e acalentava aquela clareza. Era lindo. E durou cerca de 15 minutos.

CAPÍTULO 20

— J ACK, QUANDO VOCÊ vem ao escritório?
— As prioridades em primeiro lugar, doçura. Como você está? O Stephens enlouqueceu ou algo parecido?

— Tem uma pessoa aqui, Jack. Uma pessoa que quer falar com você.

Conferi o relógio: eram quase cinco.

— Ah, tem? Esqueci de algum compromisso?

— É o Sr. Stephens.

Aquilo chamou minha atenção.

— Ele está aí? Agora?

— Aham.

— No meu escritório?

— Aham.

— Diga-lhe para não sair daí.

— Não acho que ele esteja pensando nisso.

— Estou a caminho.

DEREK STEPHENS NÃO parecia irritado. Também não parecia manter a calma graças a um esforço sobre-humano. Parecia estar vivendo um dia como outro qualquer e que nunca pensara em juntar as palavras Sammy, Liston e Ferrari. Com um sorriso inexplicável, ele se levantou de uma das cadeiras da sala de espera, tão despreocupado que parecia me dar as boas-vindas ao *seu* escritório. Acredite: parecia um talento nato. Ele até falou primeiro:

— Jack. Fico feliz em vê-lo. Espero que tenha alguns minutos. Olhei para Blu.

— Está tudo bem com você? — Ela respondeu com um gesto afirmativo. Seu rosto estava pálido. — O que você acha de dar uma volta e tomar um café?

— Temos café aqui, Jack — disse, com a voz vacilante.

— Está tudo bem, querida. Relaxe um pouco. Volte daqui a alguns minutos. — Blu olhou para nosso visitante por um segundo e depois pegou a bolsa. — Muito bem — disse a Stephens. — É por aqui.

Entrei na minha sala, joguei os óculos escuros na mesa e fiz um sinal para que Stephens se sentasse numa poltrona em frente à minha mesa. Ele olhou ao redor, provavelmente tentando entender como eu praticava o direito num espaço do tamanho do seu banheiro. Embora eu seja conhecido por recorrer à conversa mole no tribunal, dentro do meu escritório não engulo esse tipo de coisa. Nada. Zero. Depois da minha conversa com Robinson, estava disposto a suportar menos ainda. Era perfeitamente possível que eu estivesse na mesma sala que um assassino sem princípios. Também era possível que eu estivesse completamente equivocado a esse respeito. Por isso, assumi o tom mais neutro que pude. Sentei-me, deixei que ele reparasse no meu olho esquerdo ainda inchado e perguntei:

— No que está pensando?

Stephens ficou me olhando com um leve sorriso nos lábios. Depois de um tempo, respondeu:

— Tenho uma idéia, Jack. Vamos ser amigos.

Retribuí o sorriso.

— Não sei, Derek. Por que eu desejaria isso?

— Porque, dessa forma, eu posso lhe dar conselhos de amigo, e não do outro tipo.

— Eu não sabia que precisava de qualquer dos dois.

— As pessoas que mais precisam geralmente não sabem. Mas acho que começamos mal. Vamos tentar de novo.

Decidi dar um pouco de corda, só para descobrir o que ele queria.

— Sou todo ouvidos, meu amigo Derek.

— Você tem enfiado o nariz onde não deve, Jack. Mais especificamente, embaixo da saia da esposa de Charles Ralston.

Certo, então esse negócio vai ficar feio. Por mim, tudo bem, sem problemas.

— Você vai me desculpar por não querer ouvir esse tipo de coisa de alguém que tem uma necessidade patológica de transar com secretárias.

Stephens sorriu como se dissesse: *Ótimo, você tem peito. Isso torna as coisas ainda mais interessantes.*

— Não que este seja o assunto em discussão, mas me diga: você não aprova meu relacionamento com Blu?

— Temo que minha resposta não seja inteiramente cortês.

Stephens fez um gesto magnânimo com a mão.

— Sem problemas.

— O ponto, Derek, é que Blu é realmente uma garota muito doce. Coração de ouro, embora não muito sofisticada. Você, em contraste, é um esnobe vazio que acredita que, por ter lido alguns livros, é melhor do que as outras pessoas. Mas, essa é uma questão de gosto, então não é o que me incomoda de verdade.

— E o que seria?

— O fato de que vai namorar minha secretária por um tempo e seguramente vai levá-la para a cama. Vai desfrutar de seus muitos encantos enquanto considerá-los interessantes. Mas fazer qualquer coisa que signifique tratá-la como um ser humano completo... casar com ela, por exemplo, não está em seus planos para os próximos um milhão de anos. Não que eu queira que você case com ela, claro, mas a questão é outra. Você não casaria com Blu porque, nesse caso, teria de apresentá-la aos seus amigos da lista Fortune 500 como amostra de seu gosto por mulheres. Temeria que ela o envergonhasse num jantar, talvez se aproximando para perguntar que garfo usar, ou quem foi o poeta Dante ou o que há de tão notável nas pinturas de Kandinsky. Ou talvez ela dissesse algo doce e simplório, como estar pensando em pintar o quarto de azul, e todos seus amigos engomadinhos de Nova York revirariam os olhos, o que seria o *fim* para um sujeito como você. Não, meu amigo Derek, você não vai casar com Blu McClendon. Mas certamente vai usá-la por um tempo e descartá-la quando estiver satisfeito. Ela não sabe reconhecer gente desprezível porque não é da natureza dela pensar nesse nível de perversidade. Eu, por outro lado, sou um cara que identifica um filho da mãe assim que o vê. E, quanto mais penso em você, mais desprezo meu próprio gênero.

Stephens ouvia, recostado na cadeira, com os olhos meio fechados. O sorriso em seus lábios reapareceu, e ele me encarou.

— É uma lástima que você tenha perdido o rumo, Jack. Falo com sinceridade. Você poderia ter sido ótimo. — Ele se curvou para frente. — Logicamente, andei colhendo informações sobre você. Não posso vê-lo passeando embaixo da saia de Michele e ficar de braços cruzados. — Stephens juntou as pontas dos dedos, pensativo. — Serei breve, já que estou com um pouco de pressa. Você era talentoso, inteligente e, há muito tempo, ambicioso. Mas sucumbiu à tentação errada e agora está aqui. — Ele olhou ao redor com desdém. Naquele instante, fiz uma promessa silenciosa: *Se ele mencio nar o santo nome dela, vou lhe dar um soco.* Stephens continuou falando, com a voz inabalável. — Quando foi mesmo? Uns dois anos atrás? Poucos anos depois de se formar. Você estava no Carthy, Williams e Douglas. Bom escritório. As perspectivas eram positivas. Então veio sua pequena indiscrição e você saiu dos trilhos. A questão é que já se ferrou uma vez no altar de uma bela mulher. Quer mesmo cometer esse erro de novo?

Eu tinha plena consciência dos anos de escravidão financeira aos quais eu me condenaria se quebrasse as pernas de Stephens, mas, naquele momento, pareciam uma bagatela.

— Está se sentindo o dono do mundo, não está, meu amigo Derek?

— Parece que sim — disse, sorrindo.

— Você tem uma namorada. Provavelmente, uma metidinha de Connecticut, graduada em Estudos de Gênero, já que você parece não conseguir se manter longe das mulheres do Sul. Enfim, o que importa é que você tem uma namorada. E esse seu "casinho", por acaso, é uma das mulheres mais bonitas do mundo. E, para completar, você está a menos de uma semana de se tornar incrivelmente rico.

— Aonde quer chegar?

— Você não tem nada.

Stephens pareceu achar graça.

— Nada?

— Isso mesmo. Nada. E sabe por quê? Não há nobreza. — Aproximei-me dele. — Você não *trabalhou* para isso, Derek. Sabe, a parte em que você e Ralston fazem por merecer o que têm? Vocês roubaram o tratamento para a hepatite, e isso meio que tira o brilho da coisa.

Stephens me fixou em seus olhos claros e tranqüilos.

— Só existe um indivíduo que afirma isso. É muito interessante que você tenha conversado com ele.

— Ele é um verdadeiro fã do seu chefe.

— Tom Robinson é um cientista competente. Fez alguns bons trabalhos, embora não tão bons quanto imagina. Mas cometeu um erro e não consegue viver com isso. Espera que eu sinta pena dele? Não mesmo. Os negócios são uma guerra. Qualquer um que se dá bem sabe disso. — Ele parou e observou meu escritório com um leve sorriso no rosto. — Olhe para este lugar, Jack. Foi para isso que você estudou direito?

— Pelo menos não precisei roubá-lo.

— Tudo bem, Jack. Você não gosta de mim. Sem problemas. Acha que sou inescrupuloso. Sem problemas. Não vou pedir um voto de confiança. Vou conquistá-lo.

— Esse seria um truque e tanto.

— Ouça. — Stephens olhou bem nos meus olhos e disse: — Michele já lhe contou sobre Briah?

Com aquelas palavras, o mundo pareceu se desequilibrar. Tratava-se do grande segredo, aquele que Michele me implorara para manter em sigilo, a todo custo. Stephens mencionara o nome com tanta naturalidade que poderia estar falando do tempo.

— Briah? — repeti.

— Sim, Jack. Isso mesmo. Sei tudo sobre Briah, e Charles também.

— Ela disse que...

— Eu sei, Jack. Ela mente.

— Ela não sabe que vocês sabem.

— Claro que sabe. Tudo que precisa fazer é lhe perguntar. Quando vir sua reação, vai perceber que estou dizendo a verdade.

Fechei os olhos. As implicações do que ele estava dizendo eram muito vastas. Eu me sacrificara, e se tivesse feito aquilo por uma pessoa que estivera me usando, minha percepção do mundo mudaria. Stephens esperava enquanto eu me recompunha.

— Você sabia que Michele tem ficha criminal? — continuou ele.

— Não. — Uma sensação de enjôo tomou meu estômago. — Que crime ela cometeu?

— *Crimes*. T'aniqua foi uma menina muito infeliz.

— T'aniqua.

— Sim, Jack. Sabemos tudo sobre isso também.

Eu tinha de me esforçar para respirar. Era difícil encontrar ar.

— Ela disse que Ralston nunca poderia saber. Que ele nunca aceitaria.

— Ele *sabe*, Jack. Então não há sentido em discutir se aceitaria ou não.

A lógica era irrefutável. Porém, não respondia à pergunta que me queimava por dentro, em meio àquela humilhação.

— Conte-me por quê — pedi. — Por que inventar tudo isso? Se Ralston sabe, por que implorar pela minha ajuda para encontrar a filha dela?

— Porque ela está impedida de encontrá-la por qualquer via legal — respondeu Stephens. — Então usa sua considerável capacidade de manipulação para conseguir que as pessoas a ajudem. Tenho certeza de que ela contou que a assistência social levou o bebê logo após o nascimento.

— Sim.

— É uma de suas histórias favoritas. Ela também já alegou que a criança foi seqüestrada num shopping, ou que o pai a levou. — Ele deu um sorriso triste. — Se isso ajuda a sentir-se melhor, você não é o primeiro. É o... quinto, se não me engano. O que faz do seu amigo Doug Townsend o quarto.

Fiquei perplexo.

— Você sabe a respeito de Doug?

— O que você precisa entender, Jack, é que eu sei tudo sobre Michele. — Ele me olhou nos olhos. — Tudo. — A imagem do que acontecera no avião da Horizn apareceu na minha mente. — Tudo bem — disse Stephens, como se soubesse no que eu estava pensando. Seus olhos brilharam. — Ela é espetacular, não é mesmo? Quando abre a boca, você se convence de que se trata de uma deusa. Tanta beleza chega a tirar o fôlego. Mas é uma ilusão. É uma mulher com graves problemas. — Houve uma pausa. — Michele foi uma criança difícil de controlar. Quando Briah chegou, ninguém deveria ter ficado surpreso com sua incapacidade de aceitar a responsabilidade em relação ao bebê.

Eu parecia estar virando pedra por dentro.

— E o que aconteceu?

— Houve um acidente. O bebê quase se afogou enquanto Michele se divertia com amigos em outra parte da casa.

— Entendo.

A verdade era que eu não entendia. Ficava mais confuso e decepcionado a cada instante que se passava.

— Ela estava dando banho na garotinha e se distraiu. Com a maconha e a bebida, como acontece. O bebê foi salvo pela polícia, que tinha recebido uma denúncia sobre a festa. Um vizinho ouviu o barulho e achou que a criança poderia estar sendo negligenciada. Policiais invadiram o lugar e encontraram Michele e seus amigos na sala. Chapados. — Eu não conseguia falar. — A polícia fez uma busca na casa e encontrou Briah deitada de costas na banheira. A água estava a centímetros de sua boca. Se tivesse simplesmente virado a cabeça, teria se afogado. — Stephens fez uma expressão de reprovação. — Portanto, sim, Jack, a assistência social levou a criança. Qualquer outra atitude seria uma irresponsabilidade. Foi tudo para salvar a vida da garotinha.

— Onde ela está agora? — perguntei. — Onde está Briah?

— Por que acha que sei disso?

— Porque parece saber de todo o resto.

Stephens me observou enquanto pensava.

— Está certo — disse depois de alguns instantes. — Sei onde ela está. Mas isso não lhe diz respeito. Basta dizer que Charles tem cuidado para que a criança receba tudo de que precisa. — Ele deu um suspiro. — De tempos em tempos, Michele sente remorsos. Então resolve que tem de encontrar a filha e explicar tudo. Passados todos esses anos, ela quer ser mãe. Acho que é compreensível. Mas Briah está num lugar muito melhor, e esse reencontro não traria nada de positivo.

Permaneci em silêncio por um tempo, tentando entender as coisas. O mundo estava de cabeça para baixo. A mulher pela qual eu começara a me apaixonar transformava-se em alguém que me usara friamente, e meu suposto inimigo decidira me confiar seus maiores segredos. De repente, algo me veio à cabeça.

— Escute. Sammy não é o cara mais esperto do mundo. Tenha piedade dele. Ele está apenas... frustrado pelo que não é.

— Não vou fazer nada ao seu amigo — disse Stephens.

— Ele acabou com sua Ferrari — lembrei. — Ou cuidou para que alguém acabasse.

— Estou ciente disso.

— E não vai fazer nada.

— Isso mesmo.

— Blu disse que estava irritado.

— Você não ficaria?

— Eu ficaria possesso. Então por que não vai fazer nada a respeito?

— Porque, embora seu amigo seja um verme patético, ele também é cronologicamente sortudo. Se meu nome aparecer no jornal seis dias antes da abertura de capital da Horizn, não vai ser por causa de uma briga com um funcionário enciumado do tribunal.

— E depois?

— O preço das ações da Horizn permanecerá sensível por um longo tempo, Jack. Vai subir rapidamente, e isso deixará as pessoas nervosas. Estabilidade é tudo. E, francamente, quando eu aparecer na MSNBC, não quero que a primeira pergunta seja sobre uma discussão idiota por causa de um carro.

Eu estava sem reação. Nada, absolutamente nada naquela conversa se desenrolara da maneira que eu antecipara.

— Ele vai sair ileso dessa — concluí.

— Isso mesmo. — Stephens recostou-se na cadeira. — O que nos traz de volta a você.

De repente, entendi o que Stephens fazia em meu escritório e por que corria o risco de me entregar tanta informação, sem rodeios, sobre a vida secreta da mulher de Charles Ralston. *É claro que ele não está desperdiçando seu tempo. Está aqui atrás de um acordo.*

— Eu sou um caso mal resolvido, não é mesmo?

— Se você acha...

— Quer que eu pare de bisbilhotar a respeito da morte de Doug. Não quer que eu acabe atraindo atenção.

— Há um bilhão de dólares em jogo, Jack. Cada centavo depende da reputação impecável da Horizn.

— Isso não é problema meu.

— Não, mas e se todas suas perguntas forem respondidas? Sei que você tem perguntas, Jack. Perguntas relacionadas ao seu amigo.

— O que quero mesmo são respostas.

Stephens enfiou a mão no bolso e pôs um cartão sobre minha mesa.

— Amanhã de manhã, no escritório da Horizn. Dê isso ao guarda na entrada.

Franzi a testa, surpreso.

— Para fazer o quê?

— Tem um encontro com Charles Ralston.

— Isso é para valer?

— Você tem suspeitas, e a conversa com Robinson piorou tudo. Mas a última tragédia de Robinson é responsabilidade exclusiva dele. A Horizn não tem envolvimento. Em busca da paz, Charles concordou em encontrá-lo pessoalmente para discutir esses assuntos. Na minha opinião, ele não devia perder tempo com você. Por outro lado, eu também não suportaria uma mulher tão infiel, portanto ele é um homem melhor do que eu em relação a algumas coisas. — Stephens levantou-se. — Enquanto isso, vou presumir que você assumirá uma postura razoável no que diz respeito a Michele.

— Você quer dizer ficar longe dela.

— Este é um momento delicado, e ela é uma mulher volátil. Se ela perder o controle, ninguém sai ganhando. — Ele começou a andar em direção à porta. Antes de alcançá-la, parou e virou para trás. — E tenho um recado para Tom Robinson. Se qualquer palavra polêmica chegar à mídia, não sobrará nada dele ou dos Laboratórios Grayton para enterrar. Ele não possui provas e eu levo as leis de calúnia e difamação deste país muito a sério. Entendido?

— Vou passar o recado.

— Faça isso.

STEPHENS FOI EMBORA, deixando-me sozinho em minha sala. O álcool, meu doce remédio para a dor havia tanto tempo, acenou como uma amante. A culpa e a estupidez ardiam como uma queimadura. Depois do calor, vem a dor. E, depois de Derek Stephens, veio a auto-recriminação.

Eu fizera a aposta errada. Eu levara uma surra. Eu me abrira — e isso era o mais difícil de aceitar — à beleza, à elegância e ao talento de uma mulher que parecia tão fora do meu alcance que o simples fato de estar perto dela era como um sonho. E eu acabara de descobrir que, para ela, não passara de uma ilusão, de mais um personagem.

O amor, eu estava sendo lembrado, pode ser uma merda. A simples possibilidade fazia as pessoas agirem como idiotas, e tudo que ocorrera desde a morte de Doug Townsend me convencia mais ainda daquilo. Doug se ferrou tentando fazer algo por Michele. Sem aquela obsessão fatal, ele estaria vivo, longe das drogas e reconstruindo sua vida. Sammy, por sua vez, arriscara a própria vida por causa de Blu. *E eu acabei de enfiar o rabo entre as pernas diante de Derek Stephens, que, aliás, está ocupado em partir o coração da minha secretária.* Abri a gaveta de baixo e peguei uma garrafa e um copo. Servi um drinque e fiquei olhando a bebida, observando a luz se refletir no líquido âmbar.

Escutei uma conversa em voz baixa fora da minha sala, e em seguida a porta se fechou, o que indicava que Stephens saíra. Olhei para a garrafa de uísque, pensando em Blu. Já ouvira várias vezes que ser bonita era um saco, mas nunca entendera de fato, até aquele momento. Os maiores atrativos de Blu também eram suas armadilhas mais perigosas. De um lado, um cara como Sammy — que, apesar de um pouco perturbado, tinha um certo cavalheirismo em seu coração devasso — estava sempre à espreita para complicar as coisas. Do outro, um sujeito como Stephens — que dispunha do poder para realizar todos os desejos de Blu — só queria usá-la e descartá-la. Tomei a dose, enchi o copo de novo e observei a bebida, exatamente como da primeira vez. Não sei por quanto tempo fiquei olhando. Só sei que, em algum momento, a porta da minha sala se abriu, e Blu entrou, meio vacilante.

— Como você está? Está tudo bem?

— Claro — respondeu ela. — Deixei uns recados na sua mesa.

— Ouça, Blu, se quiser conversar sobre alguma coisa...

— Não, tudo bem. — Ela passou a mão pelos cabelos de comercial de TV. — Sério, estou bem. — Então veio até minha mesa e entregou uma folha de papel. — Estou pedindo demissão. Aqui está o aviso.

Olhei para o papel e de volta para ela.

— Que conversa é essa? Eu não aceito.

Ela piscou várias vezes, o que me levou a pensar que estivera chorando.

— Não importa, Jack. Vou sair de qualquer maneira. Só estou tentando ser profissional.

— Mas por quê?

— Porque sim.

— É por causa de Stephens? Blu, se ele a estiver pressionando...

— Não — interrompeu ela, com o rosto ficando vermelho.

— Então por quê? Você não pode simplesmente ir embora sem me contar o que está acontecendo.

Ela se virou e, num instante, não havia mais dúvidas quanto ao choro. Blu estivera derramando lágrimas por toda parte.

— Não me obrigue a explicar tudo, Jack. Só me deixe ir.

Eu me levantei, fui até ela e segurei seu queixo, obrigando-a a olhar para mim.

— Você pode fazer o que quiser. Mas diga-me por quê.

Mesmo mergulhada em dor, com o rosto massacrado pela angústia e lágrimas escorrendo de seus olhos azul-celeste, Blu estava deslumbrante. E então ela disse algo tão humano, tão generoso, tão nobre, que penetrou meu coração como uma flecha.

— Estou fazendo isso por você, Jack — disse, aos soluços. — Porque, enquanto eu estiver aqui, Sammy não vai mais ligar.

Voltei para minha cadeira, perplexo. Ela, obviamente, estava certa. Blu fora alvo de declarações de amor idiotas e exageradas como as de Sammy em quantidade suficiente para saber o que viria depois. Ele não chegaria a menos de dez quilômetros dela, mesmo ainda apaixonado a ponto de perder a razão. Quando um homem se declara tão abertamente e é rejeitado — não que Sammy fosse louco o suficiente para esperar outra coisa —, não pode simplesmente pegar o telefone e bater um papo. O ego masculino não aceita isso. Seria impossível para ele ligar para o meu escritório sabendo que a voz de Blu estaria do outro lado. Entretanto, estar certa não significava que eu a deixaria ir embora. Estava preparado para fingir não entender o que ela dizia, na esperança de que nós dois pudéssemos mentir um pouco e seguir em frente.

— Não seja ridícula — respondi. — É claro que ele vai ligar.

Ela não se convenceu.

— Ele não vai ligar, Jack. Os homens são tão...

— Ouça...

— Você não tem como sobreviver sem Sammy — ela interrompeu na mesma hora. — E ele não vai ligar enquanto eu estiver aqui. Ele foi humilhado. Não vai conseguir me encarar. É simples. Tenho de partir.

— Olhe...

— Além disso, ele é seu melhor amigo, Jack. Não vou pedir para você abrir mão disso.

— Então não foi Stephens que pediu para você largar o trabalho?

— Não.

Pensei no assunto por um instante e, em seguida, rasguei a carta de demissão em pedacinhos.

— Sendo assim, não há razão para eu aceitar isso. Você fica.

— Você vai falir, Jack.

— Mas você quer continuar trabalhando aqui.

— É claro que quero. Você... sim, quero trabalhar aqui.

— Então você vai continuar trabalhando aqui.

Ela olhou para mim, finalmente contendo as lágrimas. Sua respiração, porém, permanecia dolorosamente ofegante.

— Por quê? Por que está fazendo isso por mim?

— Porque, atualmente, sinto vergonha pela parcela masculina da raça humana e quero compensar as coisas. Vou fazer algo que nunca foi feito antes. Vou lhe fazer um favor, e sem intenção alguma de levá-la para a cama.

Depois de alguns minutos, ela conseguiu se recompor, ajeitando a blusa e a saia e empurrando o cabelo que estava diante do rosto para trás das orelhas. Em seguida, veio até mim e deu um beijo delicado no meu rosto.

— Obrigada — disse, deixando um pequeno sorriso escapar nos lábios. — Muito obrigada.

— Não há de quê.

— Você vai falir de verdade.

— Provavelmente.

— Bem, se não quiser falar de mais nada...

Ela enxugou as lágrimas novamente, virou-se e saiu pela porta.

CAPÍTULO 21

A QUARTA-FEIRA EM ATLANTA começou como um sussurro — uma suave luminescência dourada subindo pelo leste. Fiquei sentado no meu apartamento, assistindo ao pequeno fragmento da cidade no qual eu vivia acordar, uma luzinha solitária de cada vez. Os jornais eram jogados nas entradas, enquanto os madrugadores — aqueles que enfrentavam uma hora e meia de viagem no transporte coletivo — eram arrancados de suas últimas e preciosas horas de sono. Com os faróis brilhando na madrugada, um carro encostou sob minha janela, no terceiro andar. Eu não dormira. Em vez disso, passara as horas anteriores sozinho em meu apartamento, acompanhado apenas de uma garrafa de uísque e uma lista com oito nomes.

Há pessoas que, quando estão bêbadas, mergulham na escuridão vazia de um sono quase letárgico. Não sou uma delas. Posso beber a noite toda sem cair no sono — embora não seja uma idéia muito inteligente. Com o álcool, fico assustadoramente antenado às desgraças do mundo, o que já seria um peso considerável para se carregar sóbrio. Portanto, eu e minha garrafa de *scotch* passamos a noite num território bem familiar, ruminando sobre padres que assediavam crianças, executivos que ganhavam salários obscenos e Clinton recebendo um boquete no Salão Oval. Em outras palavras, sobre o colapso da decência num país que costumava ter orgulho de si. Diante de mim, como combustível para minha usina raivosa, estavam os nomes de sete pessoas mortas. Jonathan Mills. Chantelle Weiss. Brian Louden. Najeh Richardson. Lavaar Scott. Michele Lashonda Lyles. Doug Townsend. Provavelmente, eu logo poderia acrescentar o nome de Roberto Lacayo, que se agarrava à vida no hospital.

Enquanto o sol nascia, eu observava a lista fixamente, guardando cada nome na cabeça. Do grupo, apenas Doug era uma pessoa completa para mim, cheia dos detalhes que tornam a vida significativa. Mas não era difícil imaginar o que havia de comum entre aquelas outras vidas desperdiçadas. Em algum ponto, todas aquelas pessoas perderam o rumo, viram-se contaminadas por uma doença perigosa e dispuseram-se a correr riscos para conseguir ajuda. Se tivessem morrido no fogo cruzado de uma batalha corporativa, não passariam de peças descartáveis. E o fato de o mundo estar se destruindo não tornava aquilo aceitável.

Permaneci quieto, em silêncio e bebendo uísque, por mais meia hora. Não sei o que eu esperava; talvez achasse que Deus apareceria em meu modesto apartamento e explicaria como o mundo funcionava. Só lembro que terminei a garrafa às seis e meia, o momento em que me libertei. Larguei o copo, consciente de que pensara o bastante sobre questões que não tinham resposta. A razão para as coisas serem daquele jeito era que não havia razão. Nenhuma. Elas simplesmente eram. *L'amore non prevale sempre* — aquela era a verdade. Para sobreviver, era preciso se livrar das amarras. Só assim um homem pode se libertar o suficiente para atravessar essa confusão. *Deus não existe*, pensei, *e eu sou Seu profeta*. Levantei com uma sensação triunfal de ateísmo e fui preparar um café. Vi a garrafa vazia de *scotch* e fiz uma promessa: nunca mais afogaria minhas supostas mágoas. Eu ficaria conectado à minha dor, deixando que imprimisse em minhas células a importância do desprendimento. O mundo era grande demais para eu consertar — e eu também não era genuinamente puro. Mas, se pudesse descobrir o que acontecera aos homens e mulheres assassinados enquanto tentavam se livrar da hepatite, eu o faria. Faria porque eu era aquele tipo de pessoa, e tal fato não exigia explicação. Assim, às oito e meia, entrei no chuveiro para deixar que a água quente levasse embora uma vida inteira de erros. Às nove, vesti um blazer, entrei no carro e parti rumo à Farmacêuticos Horizn.

A SEDE DA HORIZN ficava ao norte de Atlanta, em Dunwoody, uma área tranqüila e amplamente arborizada que abriga escritórios de diversas empresas de médio porte. Assim que entrei no lugar, percebi a marca da psicologia interna de Ralston no projeto. Tendo construído sua companhia a partir de uma tecnologia adquirida de modo duvidoso, ele tomava cuidado para não se tornar vítima do mesmo tipo de ação. A Horizn se transformara numa fortaleza com segurança de alta tecnologia. As chances de se entrar clandestinamente na empresa eram nulas.

Os prédios principais ficavam distantes da entrada, guardada por uma guarita. O caminho era bloqueado por uma cancela comprida e pesada. Mais à frente, cravos de metal ameaçavam os pneus de qualquer veículo que conseguisse passar pela barreira inicial. Câmeras no alto, de ambos os lados do portão, vigiavam o que acontecia embaixo. Assim que parei, um guarda usando um comunicador na orelha abriu a janela da guarita. Seu tom era educado.

— Posso ajudá-lo?

Entreguei-lhe o cartão de Ralston.

— Jack Hammond. Estou aqui para me encontrar com Charles Ralston.

— Aguarde um pouco, por favor. — O guarda disse algo em voz baixa numa espécie de microfone de lapela. Durante um longo tempo, nada aconteceu, até que ele se dirigiu a mim de novo. — Sr. Hammond, por favor, vire o rosto na minha direção. A câmera não está conseguindo enquadrá-lo. — Curioso, virei-me. Passados alguns segundos, o guarda apontou para frente. — Basta seguir o caminho. — E a cancela moveu-se para cima, permitindo que eu passasse.

Dentro da propriedade da Horizn, segui pelo caminho de asfalto negro, por entre as árvores. Em breves intervalos, câmeras montadas em cima de postes altos registravam meu avanço. Depois de uns quinhentos metros, cheguei a uma curva suave e vi o complexo principal: um retângulo de aço e vidro de seis andares, ligado por uma passarela coberta a um prédio curvo de dois andares. Segui até a construção maior e parei no estacionamento da frente.

Atravessei o estacionamento com a segurança eletrônica gravando cada movimento meu. Subi rapidamente o pequeno lance de escadas até a porta; antes que a tocasse, ela se abriu. Avancei e encontrei outra porta de vidro. Enquanto esperava, a porta atrás de mim se fechou; estava preso entre as duas. Câmeras me focalizaram de cima. Uma voz saiu de um alto-falante oculto: "Por favor, olhe para sua esquerda." Houve outra espera e, então, a porta da frente abriu-se silenciosamente. Entrei num amplo átrio com um vão que ia até o topo do prédio. Plantas tropicais enormes e bem cuidadas prolongavam-se para cima em busca do sol. Uma morena atraente aguardava de pé a alguns metros da porta.

— Olá, Sr. Hammond. Acompanhe-me, por favor.

A mulher conduziu-me a um elevador do outro lado do saguão. Pôs a mão numa superfície metálica integrada à parede, fazendo a porta se abrir, e com um gesto pediu que eu entrasse. Segui adiante sozinho, e a porta se fechou. Olhei ao redor: não havia botões. Aparentemente, o elevador era privativo e levava diretamente ao escritório de Ralston. Uma câmera me vigiava. O elevador começou a se mover velozmente até o último andar.

Ao fim da viagem, saí numa pequena recepção, com paredes de madeira escura e poltronas estofadas. O ambiente evocava uma espécie de elegância de sala de desenho inglesa, que parecia fora de propósito num palácio de alta tecnologia. Fileiras de placas, prêmios por serviços à comunidade e fotografias de Ralston ao lado de figurões ocupavam as paredes. Havia notas de agradecimento emolduradas, vindas da Casa Branca, do governador e do prefeito. Os diplomas de Harvard e Yale também estavam expostos, iluminados de cima por um feixe de origem oculta. Mas o lugar de honra era reservado a uma foto do *Atlanta Journal-Constitution* mostrando Ralston numa reunião do conselho da cidade, em postura desafiadora, com o braço erguido e um dedo acusador apontado para alguém. A legenda dizia: *Charles Ralston defende programa de troca de seringas para os desamparados da cidade.* Uma senhora de aparência culta veio me receber.

— Aceita alguma coisa, Sr. Hammond? Chá? Café? — Fiz que não. — Bem, então o senhor pode entrar.

Ela pôs a mão em outro equipamento identificador, e a porta à minha direita se destravou. A secretária abriu-a e me indicou que entrasse.

Se a recepção do escritório de Ralston era uma homenagem aos seus feitos cívicos, sua sala era o oposto: tratava-se dos 75 metros quadrados mais sóbrios e organizados que eu já vira. Não havia praticamente nada, e sua rigidez ampliava a sensação de espaço. Aparentemente, para Ralston, luxo correspondia a área livre, sem qualquer coisa capaz de interferir em seus pensamentos. A sala ficava num canto, o que lhe dava duas paredes para o mundo exterior, ambas preenchidas por vidros escuros. A luz que passava dava ao ambiente um brilho dourado sepulcral. As outras duas paredes eram verdes e tinham grandes obras de arte abstratas. Na extremidade da sala, havia uma mesa — um reluzente tampo de prata montado sobre um fino pedestal de metal polido —, também sem nada em sua superfície. A cadeira de Ralston era de couro preto sobre uma estrutura cromada. Não havia outras cadeiras; os visitantes, provavelmente, tinham de ficar de pé. Era como um claustro de monge, mas projetado para um milionário.

Ralston não se virou quando entrei. Ele estava de pé, no fim da sala, os braços baixos e os olhos perdidos nas árvores que cercavam a Horizn. Usava um terno escuro refinado feito sob medida. Durante algum tempo, nenhum de nós falou. Finalmente, ele se virou e olhou para mim. Seus traços eram rígidos como uma régua: rosto reto e estreito; lábios finos e decididos. Mas sua aparência não era ameaçadora. Havia um ar de cansaço e tristeza, uma nuvem que parecia pairar sobre sua cabeça. Ele não aparentava ser um homem que estava a poucos dias de conquistar a maior vitória de sua vida profissional. Quando enfim falou, sua voz era tão baixa, que tive de me esforçar para ouvi-la.

— Por que os negócios têm de ser como uma guerra, Sr. Hammond?

O ambiente era austero e silencioso. Hesitei em quebrar o clima.

— Não sei — respondi, em voz baixa.

Ele fez um gesto sutil com a mão.

— Venha até aqui.

Percorri metros de um carpete cinza imaculado até chegar num ponto bem próximo dele. Outro gesto conduziu meu olhar para as janelas.

— É lindo, não acha?

As árvores tinham um brilho dourado quase surreal.

— Sim, é mesmo.

Lado a lado, observamos a vastidão arborizada que cercava a Horizn.

— Não sou um homem de negócios, Jack. Minha formação é de cientista. Você sabe disso? — Ralston olhava pelo vidro, sem piscar. — Alguma vez, já desejou fazer voltar o relógio, Jack? Voltar a um momento em que tudo era perfeito?

— Sim.

Ele se virou novamente para mim, com os olhos nos meus e uma expressão inquisitiva. Então, mexeu a cabeça, como se estivesse satisfeito com a resposta.

— Quando eu era jovem, adorava pesquisa. Pesquisa de verdade, e não ficar correndo atrás de recursos do governo. Observar e perguntar por quê. — Ele sorriu. — É uma bela pergunta, não é mesmo, Jack?

— A pergunta "por quê"?

— Você tripsiniza uma proteína e descobre que existem 15 fragmentos de peptídeos. Por que apenas 15, e não 16? A resposta não tem qualquer relação com negócios. É uma pergunta para um cientista. — Ele fez uma pausa, com o olhar perdido, como se mergulhado em recordações. — Você começa nos negócios com ideais. Quer ajudar as pessoas. Talvez faturar um ou dois dólares pelo caminho. E, de algum modo, sem que se perceba, tudo vira uma guerra. — Ele silenciou de novo, perdido em seus pensamentos. — Lamento pela espera no portão — disse, depois de um instante. — Falhas no programa de reconhecimento facial. Não é nada pessoal. Todos que entram no prédio são registrados no banco de dados. — Sua expressão era de pesar. — Até os amantes da minha mulher. — Seguiu-se um silêncio terrível, do tipo que parece engolir os presentes. Comecei a falar, mas Ralston me deteve. — Não importa. Depois que ela o escolheu, não havia mais nada que você pudesse fazer.

— Tive a impressão de que se tratava de uma escolha mútua.

Ralston deu um sorriso fraco e vagamente solidário. Foi até a mesa e tocou a superfície; o pedaço sob seu dedo acendeu-se e as paredes de vidro escureceram gradualmente. De repente, estávamos num casulo sombrio e dourado. Ralston tocou outra parte da mesa, e a parede atrás de si ganhou vida, revelando uma tela de plasma de quase dois metros de largura. A imagem era de uma enorme dupla-hélice.

— Esse é o trabalho da minha vida, Jack. — Ele parecia hipnotizado. — Magnífico, não acha? — Outro toque num botão, e o filamento de DNA começou a se replicar. As duplas-hélices se dobravam, os fragmentos se desintegravam e se recombinavam, até terem criado cópias precisas de si mesmos. Ralston observava em êxtase. — Minha mulher acha que sou frio, Jack.

— Sei disso.

— Sou um cientista. Não um filósofo ou um artista. Mas aqui... — Ele apontou para a tela. — Aqui está minha filosofia, se quiser enxergar assim. Aqui está minha arte. — A duplicação prosseguiu. Dois viraram quatro, quatro viraram oito, oito viraram dezesseis. — É a vida, Jack. Onisciente. Onipresente. Onívora. — Ele voltou a apontar para a tela. — *Isso* é minha filosofia, e tenho a natureza inteira ao meu lado.

Fiquei observando a tela e pensando nas palavras de Ralston.

— No seu mundo, não há escolhas a serem feitas — comentei. — Não há inteligência autêntica. Não há moralidade.

— Você acredita num tipo específico de mundo — disse Ralston, sorrindo. — É uma visão romântica. Mocinhos e bandidos. Clint Eastwood ficando com a garota no final.

— Gosto de clareza.

— Eu também gostaria, se isso existisse. Posso lhe contar algo que o resto do mundo só está descobrindo agora?

— Sim.

— Não existe esse negócio de ética, Jack. A química é a teologia.

— Grande mundo que você está construindo.

— Certo, Jack, você quer tratar de moral comigo. O fato de se sentir culpado por dormir com minha mulher é uma razão para odiá-lo menos pelo que fez?

— Fui convencido de que não se importaria se acontecesse ou não.

Ralston me lançou um olhar de reprovação, mas levou um tempo para reagir.

— Por que veio aqui, Jack?

— Fui convidado.

— Foi convidado porque queria vir e porque seria impossível se encontrar comigo de outra forma.

Parei para pensar por um instante.

— Muito bem. Eu queria ficar cara a cara com você. Você é o grande mistério, o homem dos bastidores. Stephens é fácil de entender. Ele bota muita banca, mas advogados não criam nada. São como rêmoras: precisam se agarrar a um tubarão. Você é o tubarão.

O sorriso voltou ao rosto de Ralston.

— É um homem muito esperto, Jack.

— Estou aqui para tentar entendê-lo, de homem para homem. Você lutou para valer pelo programa de troca de seringas. Foi algo muito corajoso para alguém em sua posição. Custou dinheiro e pontos junto à máquina política local. Então, talvez você seja apenas um empresário durão, e a incompetência de Robinson tenha sido a causa real da morte daquelas pessoas. Nesse caso, não guardamos rancores, e eu peço desculpas por dormir com sua mulher. — Fiz uma pausa. — Mas também é possível que você seja um sacana sem escrúpulos disposto a trocar a vida de oito pessoas inocentes por uma volumosa quantia de dinheiro. Considerando o rumo das coisas no mundo de hoje, não ficarei chocado se for essa a verdade.

— E o que faria se concluísse que sou culpado disso?

— Eu acabaria com você. — Depois de um momento, acrescentei: — E cuidaria para que nunca mais se aproximasse de Michele.

Ralston me observou com atenção.

— Já chegou a uma conclusão? — perguntou.

— Seria fácil se Robinson não fosse tão perturbado. Portanto a resposta, por enquanto, é não.

Ralston parecia pensativo.

— Você entende que não é bom para mim ter uma pessoa como você fazendo barulho por aí neste momento, não entende, Jack?

— Sinto muito por isso.

— Quero fazer uma proposta.

— Estou ouvindo.

— Você diz que quer descobrir a verdade. Vou lhe dar cinco minutos para perguntar o que quiser. Se eu souber a resposta, direi. Prometo desde já que não vou mentir. Mas, em troca, quero algo de você.

— E o que seria?

— Paz. Suspensão das hostilidades. Rumores são poderosos, e os que você carrega não são nada bem-vindos.

— Isso me deixa numa situação interessante.

— Minha oferta está na mesa.

— Creio que minha concordância depende das suas respostas.

— É justo — disse Ralston, depois de me observar por um momento. — Pode começar.

— Doug Townsend estava trabalhando para você?

— Sim.

Então ele estava falando sério e, nos próximos minutos, dirá a verdade.

— Ele invadiu a Grayton sob suas ordens?

— Para os propósitos dessa conversa, sim.

— O que isso significa?

— Significa que não estamos num tribunal. Só estamos mantendo uma conversa amigável.

— Como o descobriu?

— O departamento de segurança corporativa veio me procurar. Disseram que alguém havia invadido nossa rede. Alguém muito talentoso.

— Um especialista em invasões ou em quebrar códigos.

— O melhor que já haviam visto. Estava indo mais e mais fundo a cada tentativa.

— Por que não mandou prendê-lo?

— Porque manter uma mente como a dele atrás das grades seria um desperdício idiota de talento. Os americanos prenderam Wernher von Braun só por ter colaborado com os nazistas? Pelo contrário: fizeram-no trabalhar. A questão realmente importante era identificar o intruso, descobrir o que ele queria. Seria um concorrente? Americano ou estrangeiro? Ou seria alguém independente, um delinqüente que estava apenas se divertindo com um desafio?

— E assim acabou encontrando Doug.

— Isso. Controlamos o acesso, mas o deixamos à vontade dentro desses limites. Eu não queria assustá-lo. Tínhamos de lidar com ele cautelosamente. — Ralston deixou seu olhar se perder. — Havia algumas coisas previsíveis a respeito dele. QI de gênio, nos limites da humanidade. Com muitos defeitos e sem qualquer sinal visível de vida social. As características típicas de um hacker. — Ele fez uma pausa. — Isso, é claro, até descobrirmos o que ele realmente desejava, seu verdadeiro objetivo ao invadir a Horizn.

— Michele.

Ralston deu um sorriso desanimado.

— Um jovem tão problemático.

— Ele procurava uma forma de se aproximar dela.

— A Horizn não significava nada para ele — disse Ralston, assentindo. — Michele era a verdadeira obsessão. Como havia uma ligação entre ela e a empresa, ele decidiu investigá-la, assim como fazia com todos os outros aspectos de sua vida. Ele só tinha um talento de verdade e o utilizou. — Ralston me encarou. — Mas o que fazer com esse pequeno personagem trágico? Talentoso demais para se destruir e perigoso demais para se ignorar. Tomamos a providência mais lógica. Trouxemos Doug para o nosso lado.

— Obrigou Doug a invadir a Grayton em troca de acesso a Michele?

— Não foi necessário obrigá-lo, Sr. Hammond. Em troca de cinco minutos com minha mulher, ele teria ficado feliz em decepar um de seus dedos.

Senti um arrepio.

— Isso é repulsivo.

— Ah, o ponto de vista romântico mais uma vez.

— Você usou sua própria mulher.

— Ela não sabia nada a respeito. Para Michele, Doug era apenas o que ele apresentava, nada mais. Você tem mais três minutos.

— Você teve algum envolvimento no que hcuve com o Lipitran AX?

— Sua pergunta é vaga.

— Você matou os oito pacientes que participavam do teste do Lipitran?

— Não. Deve nos ver apenas como observadores profundamente interessados.

— Agora é você quem está sendo vago.

Ralston sorriu.

— Muito bem, Jack. Serei mais claro: com a ajuda do seu amigo, descobrimos em que estágio do processo a Grayton estava. Nada muito avançado, como ficamos sabendo.

— Então vocês sabiam que o teste falharia.

— Sim.

Minha frase seguinte estabelecia a diferença entre nós dois o mais claramente possível.

— Se sabia disso, então sabia que aquelas pessoas morreriam.

Ele deu de ombros.

— Veja o dilema: não havia maneira de interceder sem revelar como conseguíramos a informação. Era impossível intervir.

— Impossível, não — ponderei. — Apenas difícil.

A expressão de Ralston era implacável.

— Sabe o que mais desprezo, Jack? O que abomino mais do que qualquer outra coisa?

— Não.

— Falta de esmero. Imprecisão. Trabalho de segunda. — Seus olhos brilhavam, mostrando, pela primeira vez, uma paixão verdadeira. — Você quer encontrar um modo de me culpar por essas mortes trágicas. Mas eu não matei aquelas pessoas. A verdade é que, se Thomas Robinson fosse um médico competente, aquelas pessoas estariam vivas. Assistir a uma morte não é o mesmo que causá-la. Você tem um minuto.

Se havia uma confissão escondida naquelas palavras, era impossível percebê-la. Como o tempo estava acabando, decidi mudar de tática.

— Sabe como Doug Townsend morreu?

— Fui informado de que morreu de overdose.

— Está dizendo que não teve nada a ver com a morte dele?

— Eu não só não mataria Doug Townsend, como ficaria feliz em contratar uma escolta pessoal para protegê-lo. A Grayton é só uma de nossas rivais, Jack. O talento do seu amigo foi de enorme valor. Gostaria muito de prorrogar nossa relação indefinidamente.

— Então quem o matou?

— Não faço idéia. Mas pagaria um milhão de dólares para descobrir. Seu tempo acabou. — Ficamos nos observando em silêncio. O único som no ambiente era o baixo zumbido do ar-condicionado. — Diga-me, Jack. Sou o demônio que você temia?

Continuei olhando para ele, sem me mexer.

— Mais uma pergunta — pedi.

Um leve sorriso formou-se nos lábios de Ralston.

— Seu tempo acabou, Jack. Mas tudo bem. Mais uma.

— Disse que Doug Townsend era valioso para você.

— Imensamente.

— Então, se sabia que aqueles pacientes morreriam, por que deixou que ele participasse do teste do Lipitran?

Após um momento de silêncio, o rosto de Ralston se fechou, e a serenidade implacável começou a se desintegrar, transformando-se em algo que parecia um medo apreensivo e difícil de conter. Ele tentou se recompor, mas não conseguiu. Finalmente, falou, num sussurro seco:

— O que disse?

— Disse que Doug estava tomando Lipitran AX. Já tinha completado duas sessões.

Ralston voltou à sua mesa, caminhando de modo rígido, e apertou um botão. *Ele não sabia. Meu Deus, ele não sabia.* A porta atrás de mim abriu-se silenciosamente. Ralston olhou para mim sem piscar.

— Adeus, Sr. Hammond.

ATRAVESSEI O ESTACIONAMENTO da Horizn apressadamente, pensando no que a bomba que lançara sobre Ralston significava. Ele não sabia. Charles Ralston pode mandar em seu mundinho, mas pelo menos uma coisa aconteceu fora de seu controle. E a notícia o deixou aterrorizado. Comecei a ligar para Robinson assim que passei pela segurança da Horizn. Se houvesse um homem capaz de me explicar o que significava o medo de Ralston, seria ele. Fui saudado pela secretária eletrônica, com uma mensagem alegre, anterior ao desastre, que agora soava cheia de ironia. Deixei um recado breve, pedindo que me ligasse assim que possível. Peguei a auto-estrada 400, em direção à I-285, para voltar à cidade. Tentei falar com Robinson novamente cerca de seis quilômetros depois. Mais uma vez, a secretária atendeu. De tão frustrado, por pouco não joguei o celular pela janela. Foi por isso que perdi a I-285. Foi por isso que tive de cruzar três faixas para pegar o acesso. Foi por isso que, preocupado com a confusão causada pela minha manobra de último minuto, olhei pelo espelho retrovisor. Foi por isso que vi um furgão branco pendendo para um lado ao tentar repetir minha manobra inesperada. E foi naquele momento que percebi que estava sendo seguido.

Para me assegurar, reduzi a velocidade ao entrar na I-285: o furgão freou e mudou de pista, tentando manter-se despercebido. Acelerei até chegar à altura da I-80; o furgão seguiu no mesmo ritmo. Eu conseguia distinguir o motorista e um passageiro, mas podia haver outras pessoas no compartimento de carga. *Alerta. Situação nada boa.* Tentei me acalmar. Afinal, mesmo que eles fossem da Horizn, não significava que eu estava em perigo. Ralston podia ser um criminoso, mas era improvável que mantivesse assassinos profissionais à espreita no estacionamento, para o caso de precisar eliminar alguém com urgência. Era mais razoável que tivessem sido enviados para me observar e vigiar minhas ações. Provavelmente sequer sabiam por quê.

Muito bem. Então vou manter as coisas simples. A rotina de sempre, até descobrir quem são esses palhaços. Prossegui em direção ao meu escritório, deixando que o furgão me seguisse por toda a I-285 e pela minha saída, sem criar problemas. Eles mantinham uma distância de cinqüenta metros. Entrei na Cleveland, uma rua quase exclusivamente residencial que levava ao meu escritório, sempre seguido pelo furgão. *A não ser*, pensei, *que estes sejam os mesmos caras que invadiram meu escritório e roubaram o computador de Doug. Nesse caso, eles sabem muito bem aonde estão indo.* Olhei pelo espelho: o furgão estava a 15 centímetros do meu pára-choque traseiro. *Merda.*

Pisei fundo no acelerador, arrancando tudo do velho motor V-8. Disparei pela Cleveland, tentando enxergar vários quarteirões à frente. A rua estava praticamente sem trânsito, embora carros estacionados aparecessem como obstáculos. Tentei alcançar o celular, mas só pude vê-lo deslizando do banco do carona para o assoalho do carro. Talvez aquilo tenha salvado minha vida, já que é impossível cruzar uma cidade em alta velocidade e fazer uma ligação ao mesmo tempo.

O furgão pesado levava desvantagem contra meu carro e, assim, consegui abrir certa distância. Mas toda curva que levava a um cruzamento movimentado ou mesmo um carro qualquer entrando na minha frente encerraria a perseguição. Olhei para trás de novo: o furgão estava a três quarteirões, em alta velocidade. Eu tinha poucos segundos até ficar sem saída. Foi então que um Chevy Caprice antigo entrou na rua, dois blocos adiante. O carro mantinha-se no meio do caminho, impedindo a passagem. *Droga, são dois. Prestei tanta atenção ao furgão que nem percebi.* O Chevy reduziu a velocidade; aparentemente, o plano era me encurralar entre os dois veículos. As luzes de freio do carro da frente estavam acesas, e eu me aproximava rapidamente. Eu não tinha idéias, nem tempo para pensar. Pisei no freio e me segurei à espera do impacto. O furgão vinha em alta velocidade, crescendo no retrovisor. O Chevy travou as rodas, derrapando para a direita. Num impulso, joguei meu Buick para a esquerda e pisei no acelerador, fazendo meu retrovisor chocar-se com o do outro carro. O furgão estava logo atrás, mas era grande demais para repetir a manobra. Ele tocou o lado esquerdo do pára-choque do Chevy, fazendo-o rodar, sem controle. Acelerei até o fim da rua, freei, virei à esquerda e dei tudo por um quarteirão, na direção da Pine. Depois, peguei a esquerda de novo — na contramão — e a direita no quarteirão seguinte, deixando os dois veículos para trás. Passados vários blocos, virei mais uma vez à esquerda, aumentando a distância. Olhei ao redor: o furgão e o Chevy desapareceram. Entrei na Fairburn, virei à direita e acelerei.

Tudo bem. Está tudo bem. Depois de percorrer uns oito quilômetros, entrei no estacionamento de uma loja para me acalmar. *Merda, isso está ficando sério.* Fiquei sentado por um minuto, ofegante. Abaixei-me para pegar o celular e, ao voltar à posição normal, vi o furgão parar bem ao lado, envolto numa nuvem de poeira, a menos de um metro da minha porta. Com toda calma, o homem no banco do carona apontava uma arma, pela janela, na direção da minha cabeça.

As armas têm o poder de clarear o pensamento. Diante de sua capacidade de causar a morte, nada mais importa. O homem fez um gesto para que eu baixasse o vidro. Obedeci. Então ele disse:

— Não se mexa. Sua porta está destravada?

— Sim.

— Desligue o motor e fique parado. Não pisque.

O motorista saiu do furgão e abriu minha porta.

— Chega para lá — ordenou. Ele entrou no carro, apontando a arma para o meu tronco. Assim que se acomodou, encostou o cano na minha virilha. — Vamos dar uma volta. Fique quieto e mantenha o rosto virado para frente.

O homem que permanecera no furgão assumiu a direção e se afastou lentamente. Quando ele estava a cerca de vinte metros, o outro empurrou a arma contra mim, o que me fez tremer.

— Vá com calma. Não tente bancar o herói.

Acompanhamos o furgão, seguindo na direção norte por dez minutos, e depois pegando a I-20 para Birmingham. Mais uns vinte minutos se passaram sem que o homem abrisse a boca. Finalmente, o furgão entrou num estacionamento subterrâneo, num prédio de escritórios de seis andares bastante acabado. O homem no furgão digitou um código na entrada, e a cancela se levantou. Passamos atrás dele antes que o braço descesse.

Entramos na garagem e paramos perto de uma saída para a escada de incêndio. Meu motorista me segurou com força pelo braço.

— Vamos sair pela sua porta. Ande devagar e não faça barulho. Obedeça às ordens se quiser continuar vivo. — Fiz um gesto de concordância e saímos pela porta do carona. Fora do carro, o sujeito pressionou a arma contra minhas costas. — Devagar.

Fomos até a saída de incêndio e seguimos pela escada que contorna o prédio. O outro homem a abriu, e então começamos a subir pela escadaria de metal. Paramos três andares acima. O mesmo homem fez um sinal para que o seguíssemos. Enquanto saíamos da escada, ele já abria a porta de uma sala, do outro lado do corredor. Fui empurrado e ouvi a porta se fechando atrás de mim.

— O que está acontecendo? — perguntei.

Ninguém respondeu. Um dos homens me empurrou até uma segunda sala, nos fundos da primeira. O ambiente estava quase vazio. Só havia algumas cadeiras de metal empilhadas num canto. O outro sujeito atravessou a sala e abriu um armário. Ele pegou um rolo de fita adesiva.

— Fique quieto. Não tente se mexer — disse, num grunhido.

Ele puxou um pedaço grande de fita e o partiu com os dentes. Enrolou-a na minha cabeça, cobrindo minha boca. Outro pedaço foi posto sobre meus olhos. Em seguida, meus braços foram puxados com violência para trás e presos com força. Eu sentia uma ardência intensa. Então, o homem me fez inclinar para a frente e empurrou minhas pernas para trás, deixando meu corpo curvado de forma agonizante. Ele prendeu meus tornozelos aos meus pulsos, deixando-me numa pose de contorcionista. Finalmente — ainda em silêncio absoluto — fui jogado num closet. Minha cara ficou encostada na parede. Ouvi a porta se fechar. Um clique serviu para mostrar que eu estava trancafiado.

CAPÍTULO 22

A FORMA DA DOR MUDA com o tempo. No começo, lembra bordas irregulares e lâminas serrilhadas. Depois de um intervalo — no meu caso, horas — dá lugar a grandes ondas que esmagam a vítima com seu peso. Então tem início o enjôo, que leva você para alto-mar, cada vez mais longe, sem chance de enfrentar a maré raivosa. Finalmente — sabe-se lá quanto tempo depois, uma vez que o tempo perde o significado — a dor se altera novamente, transformando-se em imensas montanhas de gelo. Todos os formatos têm em comum a raiva. Nas primeiras horas, a mente tenta escapar da dor, buscando refúgio em cantos distantes da semiconsciência. Por preciosos instantes, consegue se refugiar num lugar zen, além daquele momento. Preso à angústia, à incessante e ardente agonia, você deseja o choque, que permite que a mente se afaste. Tudo se torna uma visão paradisíaca, uma gota d'água no deserto. *Deixe-me desmaiar. Por favor, deixe-me perder a consciência.* Mas aquela dor em particular — a agonia de braços e pernas sem sangue devido à posição supina e ao aperto torturante — não se evaporou num estado de coma. Ao invés disso, cresceu e cresceu, até se tornar um monstro que atraía todos os meus pensamentos. Eu sentia cada tendão estendido, cada pedaço de tecido esticado, cada músculo suplicando por alívio. Tentei encontrar esconderijos em minha mente, mas sempre era lançado de volta à realidade por um corpo submetido a posições simplesmente impossíveis.

Para enfrentar uma dor desse tipo, é preciso recorrer a armas igualmente terríveis. Naquele dia, aprendi que a única coisa seguramente capaz de subjugar a dor é seu primo mais voraz: *o medo*. Mesmo na mais intensa agonia, o medo ainda pode ser sentido, autônomo e distinto. Em meio à luz ofuscante da dor, vi o pontinho negro, inicialmente pequeno, mas depois cada vez maior, até encontrar seu nome. Eu temia que, se perdesse a consciência — o que desejava com ardor —, também perderia as mãos, ou pelo menos vários dedos, por causa da necrose. Ou então permaneceria tanto tempo no closet que morreria de sede.

Assim, comecei a tentar romper as fitas, o que, para minha desgraça, provocou uma dor ainda maior. Aquilo não funcionaria, a não ser que eu usasse toda minha força, opção que poderia me levar a deslocar os braços e permanecer preso, porém numa agonia mais intensa. Resolvi esperar um pouco, talvez uma hora, avaliando o medo e a dor, ouvindo ambos, imaginando se eu sobreviveria a um momento de esforço supremo. Finalmente, concluí que não havia escolha. Deixar as coisas acontecerem é a única coisa que sempre funcionou. Então rezei para o profeta Sammy Liston — que me ensinara o valor de esquecer tudo e agir como se não houvesse nada a perder — e afastei as pernas e os braços com toda força que tinha.

Uma onda intensa de dor tomou conta de mim. Desmaiei. Houve um período indeterminado de escuridão antes que eu acordasse. Hesitante, tentei mover as pernas. Com um pouco mais de sacrifício, consegui libertá-las. Naquele instante, tudo mudou. Centímetro por centímetro, prossegui até conseguir me sentar. Depois, com o máximo de cuidado, passei as mãos por baixo do quadril e das pernas. Levei-as ao rosto e tirei as fitas que cobriam meus olhos e minha boca.

A escuridão era absoluta dentro do closet; não entrava luz pelas frestas. Descansei um pouco, feliz por conseguir respirar. O sangue começou a circular pelos meus membros. Minhas mãos, porém, continuavam atadas. Foram necessários uns vinte minutos de puxões e mordidas para soltá-las.

Finalmente livre, tentei me levantar. Não consegui; caí de quatro, ofegante. Todos os músculos, articulações e ossos do meu corpo doíam. Eu estava tonto. Encostei-me na parte de trás do closet em busca de apoio. Tentei levantar novamente, desta vez me segurando nas laterais. Gradualmente, com muito esforço, consegui ficar de pé. O sangue corria para baixo, reabrindo vasos quase fechados. Permaneci sem firmeza por vários minutos. Mexia os pulsos, dobrava os cotovelos e curvava os joelhos com cuidado. Tentei abrir a porta; previsivelmente, estava trancada. Não havia outro jeito, e me joguei de ombro contra ela. Senti dor, mas, em comparação com o que eu experimentara antes, era tolerável. Depois de mais três tentativas, a tranca soltou-se da base de compensado, e a porta se abriu. Saí com cautela, esperando um ataque a qualquer momento. Tentei abrir a porta que separava a sala do ambiente principal; também estava trancada. Em seguida, cometi um erro. Resolvi chutar a porta com raiva e, no primeiro impacto, quase desmaiei de dor. Recorri mais uma vez ao ombro, que logo estaria repleto de equimoses. No fim, a fechadura acabou cedendo, e pude sair. O lugar estava deserto.

Atravessei a sala mancando, até a outra porta, e cheguei ao corredor. Aparentemente, o andar inteiro estava desocupado, pois, apesar do barulho que fizera, não havia movimento. Olhei para o relógio: eram cinco e meia. Começava a ficar escuro do lado de fora. Eu permanecera no closet por mais de cinco horas.

Tomando cuidado, peguei o elevador até o estacionamento. Abri a porta de acesso alguns centímetros; o rangido me fez tremer. Uma parte de mim esperava dar de cara com meus seqüestradores. O lugar, contudo, estava vazio. Meu carro permanecia em seu lugar. Abri a porta; as chaves continuavam na ignição. Deixei meu corpo cair no banco — não tinha força ou vontade para usar os braços como apoio. Tudo em mim doía, mas tudo também funcionava, o que era um alívio. Com o sangue circulando novamente, a dor começava a diminuir.

Dei a partida. Fiquei imóvel por um tempo, ouvindo o motor, enquanto me recuperava. Olhei no espelho retrovisor. Havia pedaços de fita presos à minha pele. As marcas eram visíveis; a pele estava vermelha. Tirei o carro da vaga, saí da garagem e, olhando para todos os lados para assegurar-me de que não era seguido, dirigi de volta a Atlanta. Em vez do tráfego intenso que eu previra, quase não havia carros na rua. Precisei de alguns minutos para entender a situação. O sol, ainda baixo, não estava se pondo. Estava nascendo. Eram cinco e meia da manhã, não da tarde. Eu não estivera no closet por cinco horas; estive lá por mais de 17.

CAPÍTULO 23

EU CORPO CONTINUOU doendo durante todo o trajeto de volta. Em casa, arrastei-me até a cama sem tirar a roupa, agradecendo por poder dormir de verdade. Acordei algumas horas depois. Estava faminto. Fui mancando até a cozinha e preparei um prato. Dormi mais um pouco e finalmente, por volta de uma da tarde, decidi tomar uma ducha quente. Deixei a água escorrer pelo meu corpo sem me preocupar com o tempo. Sequei-me, voltei nu para o quarto e dei uma olhada no espelho. Havia marcas feias, roxas e azuis, nos meus pulsos e tornozelos. Ainda doía quando eu tentava andar mais rápido, mas, fora isso, estava tudo bem. *Então você foi seqüestrado, preso com fita adesiva e colocado num closet. Eles não roubaram nada. Não roubaram nem o carro. Não disseram nada e não fizeram perguntas. Só jogaram você num closet e foram embora.*

Vesti uma roupa, mas as horas seguintes ainda foram de períodos alternados de atividade. Dormi, comi e bebi mais água do que imaginava ser possível para um ser humano. Senti contrações repentinas e cãibras que me faziam pular da cama como se fossem pedaços de ferro quente encravados na minha carne. Mas a dor passou, e voltei a um estado normal lá pelas sete da noite.

Tentei falar com Robinson novamente. Como era de se esperar, fui atendido pela secretária eletrônica. Voltei para a cama com intenção de me jogar sobre ela outra vez. Sentei-me, fechei os olhos e deixei meus membros relaxarem. Devo ter saído de mim por um tempo, pois não conseguia me lembrar de quando as leves batidas na porta começaram. Levantei-me e ouvi; as batidas continuavam, delicadas, quase cuidadosas. Procurei por entre uma pilha de revistas sobre o criado-mudo meu revólver empoeirado, uma lembrança dos tempos de tiro ao alvo, durante a adolescência em Dothan. Não parecia muito ameaçador, mas era tudo de que dispunha. Eu sequer tinha certeza se funcionaria. Caminhei até a porta da frente, que, inconvenientemente, não possuía olho mágico. O piso de madeira, ondulado, rangeu quando me aproximei. As batidas pararam. Descoberto, tentei me proteger ao lado da porta.

— Quem é? — perguntei, segurando a arma com firmeza.

— Jack. Jack — repetiu uma voz. — Pelo amor de Deus, deixe-me entrar.

Só havia uma mulher no mundo com uma voz como aquela. Destranquei e abri a porta. Aos prantos, Michele entrou em meu apartamento.

ELA ME ENVOLVEU com os braços e me apertou com força. Seu rosto escondia-se em meu ombro, pressionando a pele ainda dolorida depois dos meus momentos de reclusão. Recuei. Ela se afastou e, em seguida, puxou a gola da minha camisa, vendo as marcas vermelhas provocadas pelas fitas.

— Meu Deus, Jack. O que houve com você?

— Uns caras.

Ela esticou o braço e, delicadamente, tocou meu rosto, logo abaixo da bochecha direita. Além das dores devido ao tempo que passara amarrado, eu ainda me recuperava do incidente com o pessoal da Folks Nation.

— Isso aqui está bem inchado — disse ela. — Querido, sinto muito.

— Voltei ao Glen para procurar você e acabei encontrando Darius e seus amigos. Depois veio o seqüestro.

Ela me olhou com surpresa.

— Seqüestro? Do que está falando? Quem fez isso com você?

— Para ser sincero, suspeito do seu marido.

— Charles? — reagiu ela, agora tensa.

— Fui conversar com ele.

Seus olhos se arregalaram, perplexos.

— Por que fez isso?

— Ele me convidou. Quer dizer, Stephens cuidou disso para ele.

— Meu Deus, Jack.

Desviei o olhar dela.

— Stephens tem uma versão dos fatos um pouco diferente da que você me contou. Não foi muito agradável ouvir a história dele.

Ela agarrou meus braços e me puxou para perto.

— Antes que continue, quero dizer que sinto muito por ter mentido para você. Fiz isso para proteger uma pessoa.

— Se eu for essa pessoa, devo dizer que você fracassou.

— Menti para proteger Briah.

Soltei-me de seus braços e me afastei, deixando-a perto da porta. A verdade é que eu não sabia se queria ter aquela conversa. Eu precisava descer daquela montanha-russa.

— Deixe-me dizer uma coisa, Michele. Talvez você deva procurar outro cara para ajudá-la a resolver seus problemas. Alguém mais tolerante à desonestidade.

Sua expressão era de súplica.

— Explique-me como isso pode funcionar comigo, Jack. Minha vida inteira é uma mentira, e você quer que eu encontre o momento certo de parar. Isso nunca fica mais fácil; só fica mais difícil. São níveis...

Michele parou, sem forças para continuar. Ela estava dividida entre os resíduos de 14 anos de ilusão e a percepção cada vez mais intensa de que o jogo acabara. Contudo, a despeito de qualquer traço de pena que pudesse sentir por suas dificuldades, eu sabia que alcançara o limite em relação à maneira dela de lidar com a vida. Eu queria clareza e, se não conseguisse, iria embora sem olhar para trás.

— A questão é a seguinte, Michele. Você levou a mentira ao máximo que ela poderia alcançar. Talvez fizesse sentido, no início. Mas agora você pode assistir aos acontecimentos até ser engolida ou pode assumir o controle de sua vida e declarar independência.

Ela respirava de modo nervoso, claramente assustada.

— Vou perder tudo — disse. — Até Briah.

— Você vai perdê-la de qualquer maneira se não começar a dizer a verdade.

— Você não consegue entender o que está acontecendo? — perguntou, contrariada. — É claro que Charles sabe a respeito de Briah. Ele sabe de tudo a respeito de todos. Mas a única coisa que a mantém em segurança é manter segredo sobre sua existência.

Eu observava Michele, lutando para não ceder novamente.

— Conte-me o que quiser. Mas, se mesmo balbuciar algo que não seja verdadeiro, eu saio dessa de vez.

— Charles e eu formamos um péssimo casal, desde o início. Ele conhecia as pessoas mais notáveis, de seus dias em Groton e Yale. Entrar para aqueles círculos sempre significou tudo para ele. Jack, ele chegava a escolher minhas roupas. *Esse* vestido, *esses* sapatos. Não, *esse* broche, não. "Você não pode estar falando sério, querida." Até sobre o esmalte ele opinava.

— Parece que você conseguiu superar isso.

— Sim, o visual informal é meu pequeno protesto. Charles acha ridículo, mas entende que há um propósito profissional. Naquela época, eu era mais imatura. Não tinha sentimentos próprios. Charles me dizia o que sentir, até mesmo como pensar. Acreditei nele por um tempo. Ele nascera para aquela vida que eu levava apenas como impostora. Presumi que o que ele fazia era certo. Ele fazia doações, juntava-se a causas filantrópicas. Mas havia uma motivação inconfessa para cada centavo. Ele mantinha uma lista com todas as pessoas importantes e, sempre que éramos convidados por uma delas para um evento social, riscava seus nomes.

— Não vejo a relação disso com o fato de ter mentido para mim sobre Briah.

— Isso tem tudo a ver com ela. Os anos se passaram, mas não consegui esquecer Briah completamente. Decidi ir atrás dela, só para saber se estava bem. Pelo menos foi o que disse a mim mesma. Não sei o que aconteceria se a tivesse encontrado. Eu era desajeitada, e Charles acabou descobrindo. Eu nunca o vira tão irritado. Cheguei a pensar que ele me bateria. — Ela olhou para o nada. — Não era pelo fato de eu ter uma filha, embora isso fosse suficientemente grave. Era pelo fato de sua esposa ser uma garota do gueto dissimulada, com uma filha não-reconhecida. Também não ajudava que o pai da criança fosse membro de uma gangue. Você não pode imaginar o que aquilo provocou em Charles. Ele disse que não concluíra um doutorado para cuidar do lixo de um garoto delinqüente. Aquele dia representou uma morte — disse Michele, em voz baixa. — Foi o dia em que descobri que tipo de homem meu marido era de verdade. Meu marido *despreza* o gueto, Jack. Levei anos para descobrir por que, mas, quando finalmente entendi, foi como um clarão. Tudo a respeito de Charles, toda sua vida, de repente passou a fazer sentido.

— E qual era a razão?

Ela me olhou com uma expressão rígida.

— Meu marido tem vergonha de ser negro. Ele tem uma vergonha imensa de ser *preto*. E, sempre que olha para mim, acaba se lembrando desse fato.

Houve um longo e sofrido momento de silêncio antes que eu falasse:

— Você poderia tê-lo deixado, sabia?

— Não posso fazer isso. Não enquanto houver um Derek Stephens por perto. As pessoas acham que Charles comanda a Horizn. É uma piada. Derek Stephens é o responsável por todas as decisões importantes.

— Quer dizer que seu marido não passa de uma marionete?

— No começo, Charles era apenas uma pessoa distante, mas não era mau. Era uma espécie de máquina. Mas, desde que começou a trabalhar com Derek, ele mudou. Derek é um homem muito mau, Jack. Ele pôs veneno em tudo que havia de bom em Charles. Os dois passam horas juntos, conversando e armando esquemas.

— E por que Stephens se importa tanto com um possível divórcio?

— Porque sou um bem para Charles e, portanto, um bem para a Horizn. Talvez depois da abertura de capital ele encontre uma maneira de se livrar de mim e fazer Charles parecer um mártir. Mas não tenho dúvida de que ele preferiria ver Briah morta a ver o presidente da Horizn humilhado por sua existência.

Olhei para ela.

— Stephens diz que a assistência social levou Briah porque você era negligente.

Michele mostrou-se contrariada.

— Como eu poderia ser uma mãe negligente, Jack? Sequer saí do hospital com ela. — Ela veio até mim em silêncio, segurou minhas mãos e levou-as ao seu rosto, pressionando meus dedos suavemente contra sua boca. — Sinto muito, Jack. Menti para proteger Briah. Isso nunca mais vai acontecer.

— Quero acreditar nisso.

— Perdoe-me. Estou tentando cuidar de tantas coisas ao mesmo tempo...

Michele me envolveu com os braços. Tentei me afastar, sem jeito, e quase perdi o equilíbrio. Senti dor com o movimento. Ela pediu desculpas e me pegou pela mão. Caminhamos até meu quarto.

294 | REED ARVIN

Eu me sentei na cama, e ela tirou minha camisa com delicadeza, passando os dedos suaves sobre minha pele.

— Você tem algo para passar nisso? — perguntou ela. — Um anti-séptico ou algo parecido?

— Na cozinha. Embaixo da pia.

Ela deu um beijo no meu ombro e foi procurar algo que servisse. Ouvi barulho de objetos sendo remexidos, e então ela voltou, segurando um tubo branco.

— Isso vai ajudar. Vai aliviar a dor. — Michele chegou perto de mim e pôs a mão sobre minha barriga. — Deite-se — disse, sentando-se ao meu lado. Ela passou a pomada na minha pele e massageou meus músculos com delicadeza. — Sinto muito que tenham feito isso com você.

Fechei os olhos e deixei que ela passasse a mão sobre minha pele e massageasse as articulações doloridas. Relaxei. Senti a vida voltando ao meu corpo. Ela me virou e, com alguma dificuldade, tirou minha calça. Sem camisa, vestindo apenas uma cueca, senti seus beijos no meu peito e na minha barriga. Suas mãos subiam por minhas pernas. Eu estava cansado. Não apenas fisicamente, mas também por dentro. A cada segundo, eu me sentia mais relaxado, até perceber que estava quase dormindo. Ouvi sua voz, um sussurro em meu ouvido:

— Descanse um pouco, querido.

Deitei a cabeça no travesseiro e fechei os olhos. Ela se arrastou para cima e pousou a cabeça sobre meu ombro. Em algum momento da noite — o céu sem luar deixava a escuridão mais intensa — acordei e, vendo-a dormindo tranqüilamente ao meu lado, tirei a coberta de cima de nós. Pude admirar seu belo corpo por inteiro sobre o lençol branco. Acompanhei os movimentos de sua respiração enquanto dormia. Uma pergunta me veio à cabeça. *Você acredita nela?* Observei seu rosto, à procura de sinais de culpa. De algum modo, Michele percebeu minha presença, pois seus olhos logo se abriram. Ela olhou para mim e sorriu.

— Você parece melhor. Que bom.

— Estou melhor. Muito melhor.

Naquela noite escura, sem luar, deixei que meus dedos tirassem minhas dúvidas, percorrendo sua barriga e subindo até seus seios. Ela gemeu, entregando-se a mim, cedendo aos movimentos das minhas mãos e aos meus beijos. O que aconteceu foi algo indefinível e intenso, um instante destacado do tempo. Minutos passaram-se e, quando nossos corpos finalmente se uniram, ela era outra pessoa. Estava poderosa — queria tirar tudo de mim — e ávida. Tudo que eu vira no palco — a espontaneidade, a dedicação total ao momento — estava presente naquele ato. Seu comportamento era selvagem, cheio de uma paixão desesperada e ofegante. Quando a sensação chegou, ela ergueu a cabeça e mordeu os lábios, deleitando-se com a pressão, o aperto, a fricção. Eu a acompanhei e, ao abrir os olhos, vi Michele me olhando, sorrindo e esfregando os quadris em mim com toda força. Então acabou, e ela me levou de volta para um sono profundo e sem sonhos.

CAPÍTULO 24

AO ACORDAR NO DIA SEGUINTE, sexta-feira, encontrei Michele vestida, como da última vez em que dormíramos juntos. Ela estava na cozinha, procurando algo. Cheguei por trás, com o roupão aberto, e ela se encostou em mim, deixando que eu a beijasse no pescoço.

— Está com fome? — perguntei. Preocupado com seu silêncio, virei-a para mim. — Você está bem?

Ela olhou para o chão.

— Preciso ir. Charles fará um discurso na Georgia Tech. Tenho de estar lá.

— Ele ainda insiste que você participe da encenação?

— Odeio cada segundo que sou obrigada a passar ao lado dele. Não consigo nem explicar.

— Eu também vou.

Ela me encarou.

— Jack, essa não é uma boa idéia. Se ele notar sua presença, a coisa pode virar um confronto.

— Não vai acontecer nada. Só vou ver o que consigo descobrir.

Michele me lançou um olhar de reprovação, mas percebeu que eu estava decidido.

— Tudo bem. Preciso ir agora. O discurso é às onze, e já passam das oito. Preciso trocar de roupa, ficar mais apresentável para o circo. — Ela suspirou. Eu podia ver a preocupação em seu rosto. — Não importa. Vamos todos fazer o que temos de fazer. — Michele me deu um beijo breve no rosto e virou-se para ir embora. Antes disso, porém, parou no meio do caminho e olhou para mim. — Amo você. Sabe disso, não sabe? — Seu sorriso carregava um pouco de tristeza. — Não diga nada. É mais fácil.

Fui até ela. Beijei-a na testa e depois na boca.

— Cuide-se. — Peguei a bolsa que ela deixara no carro na nossa ida ao Glen. — Seu telefone está aqui. Bote para carregar. Pode ser que eu precise falar com você.

Ela pegou a bolsa e me beijou.

— Não deixe que Charles o veja, Jack.

— Não se preocupe.

ASSIM QUE MICHELE SAIU, comecei a me preparar. Liguei uma última vez para Robinson; novamente, fui saudado pela mensagem animada e involuntariamente irônica. Deixei outro recado e desliguei. Pouco depois das dez, o telefone tocou. Atendi, torcendo para que fosse Robinson, mas, em vez disso, ouvi a voz de Blu.

— Jack? Onde você está? Por onde andou? Você não vem para cá?

Tendo acabado de convencê-la a desistir da demissão, concluí que não era um momento adequado para contar que escapara de um seqüestro.

— Vou, sim. Sinto muito por ter sumido. — Dei uma espiada na secretária eletrônica. A luz vermelha piscava sem parar. — O que eu perdi?

— Nicole Frost acabou de ligar. Ela queria confirmar se você ia encontrá-la na Georgia Tech.

— Vou.

— Ela queria lembrar que você devia encontrá-la na entrada com dez minutos de antecedência.

— Tudo bem.

— Tem certeza de que está bem?

— Tenho, sim. Mais alguma coisa?

— Na verdade, tenho uma lista de coisas. Ah, e Billy Little ligou. Duas vezes.

— O que ele disse?

— Só pediu que você retornasse a ligação. Disse que era importante.

— Escute. Eu preciso ir. Ligue para a Nicole e diga que vou aparecer, entendido?

Seria melhor ligar para Billy depois. Ele acabaria querendo saber de tudo, e eu não estava pronto para ouvir suas opiniões. Se Billy assumisse o controle — o que quase certamente aconteceria devido à sua tendência a seguir as regras — eu seria tirado da jogada. Não tenho nada contra a polícia, mas estava claro para mim que, se alguém pudesse descobrir o que acontecera a Doug e aos outros participantes do teste do Lipitran, seria uma pessoa discreta e determinada a quebrar certas regras. Desliguei o telefone e fui me vestir, grato pelo tempo que meu corpo ganhara para se recuperar. Graças às 18 horas de descanso e aos cuidados de Michele, eu me senti quase normal durante o trajeto até a Georgia Tech.

O campus da Georgia Tech não corresponde à imagem comum de um lugar idílico. Destacadamente urbana, a universidade se esconde sob as sombras dos arranha-céus de Atlanta, um símbolo da dominação pelo poder econômico. Os prédios são frios, mais parecidos com sedes de empresas do que com baluartes do conhecimento. Parei meu carro numa vaga apertada e encarei uma subida puxada até o Centro Ferst, onde Ralston faria seu discurso.

Os estudantes típicos da Georgia Tech — o futuro da América metido em bermudas e camisetas — circulavam num intervalo de aulas. A escadaria que levava ao centro era avivada por eles, tomada por uma mistura de jeans, barrigas de fora e mochilas que servia de cenário para um grupo muito menor, formado por gestores de recursos como Nicole, arrumados e impecavelmente vestidos. Os corretores, sempre exibindo sorrisos ansiosos e escancarados, destacavam-se como marcos arquitetônicos. Saídos havia pouco tempo dos corredores abençoados do ensino, eles já pareciam viver a milhões de quilômetros, em outros planetas. Ainda eram jovens — pelo menos se agarravam a um resquício saudável de juventude —, mas, diferentemente dos estudantes, levavam uma mensagem subentendida na testa: *Deixe para dormir depois.* À esquerda da entrada, havia um aglomerado de furgões de redes de TV locais, com antenas de transmissão via satélite no teto. A iminente oferta de ações da Horizn atraía os jornalistas de negócios como moscas.

Nicole estava na escadaria, conversando animadamente com um homem bonito e de aparência próspera, ainda abaixo dos trinta. Ela sorria e exibia o cabelo comprido preso para trás. Usava um vestido azul-claro que parava pouco acima do joelho e um sapato fechado de salto alto combinando. Nicole sempre fora magra, mas naquele dia parecia desnutrida. Era um resultado previsível, considerando-se que ela não parava para almoçar havia três anos. Porém, os lábios brilhantes e os olhos inteligentes que fizeram muitos calouros perderem o sono permaneciam intactos. Ao me ver, pareceu ainda mais animada, como se isso fosse possível. Ela veio até mim, parou, observou meu rosto e baixou meus óculos escuros.

— Jack? Meu Deus, o que houve com você? — Comecei a responder, mas ela me fez parar. — Não precisa dizer nada, Jack. São esses clientes que você tem. Eles são horríveis. Sinceramente, não entendo como agüenta.

— É, acho que executivos desonestos não têm cruzados muito potentes.

— Jack, que maldade. — Cuidadosamente, ela ajeitou os óculos escuros no meu rosto. Em seguida, arrumou meu colarinho. O roçar do pano no pescoço, ainda dolorido devido às fitas adesivas, não foi agradável. — Olhe para você. Perdeu todas suas gravatas?

— Usei-as para manter a lareira acesa. — Eu e Nicole nos conhecíamos havia muito tempo, mas não queria contar-lhe sobre aqueles últimos dias. — Vamos achar um lugar para sentar.

Nicole fez uma cara feia.

— Você me irrita, Jack. Irrita mesmo.

Subimos a escadaria e entramos no prédio, uma construção angular de tijolos aparentes, com uma escultura de mármore italiano na frente. Um grande grupo entrava no auditório pelo átrio. Seguimos o fluxo e conseguimos lugares na parte de trás, nas fileiras da esquerda. Havia dois telões suspensos, um de cada lado do palco.

— Casa cheia — comentou Nicole. — E lá estão as câmeras de TV. — Um grupo de repórteres se amontoava na parte da frente, bem perto do palco, com os cinegrafistas atrás, apoiando os equipamentos nos ombros. — Lá está ele — disse Nicole, apontando para a direita, onde Ralston se encontrava.

Ele estava de costas para a platéia, conversando com um sujeito alto, mal-encarado e pessimamente vestido. Observei Ralston por um tempo, pensando em meus momentos com a esposa dele, curando as feridas da culpa ao perceber que o relacionamento entre os dois tornara-se uma farsa havia muito tempo. A incompatibilidade ia muito além do fato de que ela mentira sobre seu passado. Eles vinham de épocas e classes diferentes. Cronologicamente, Ralston era até mais velho, porém conseguia ser muito mais moderno. Michele era romântica, ligada por sua arte a um tempo em que o amor parecia um destino, e não a química insensível de Ralston. Ele representava o novo homem; portanto, seu tipo de maldade também era novo, bem distinto do barbarismo das perigosas ruas de Atlanta. Ralston não carregava a raiva aparente e intensa da Folks Nation. Estava apenas cansado da moralidade — como se, em sua opinião elaborada cientificamente, com todo cuidado, a idéia de moralidade tivesse se tornado ultrapassada e deixado de ser relevante. Seu ódio era regular, sem os abismos e vales abertos pela paixão. O ódio vindo do gueto era vivo e imprevisível; portanto, podia ser mudado e curado. Ralston, por sua vez, transformara-se numa simples máquina de destruição, como o vírus em que ele apostara sua fortuna. Sentado entre os seguidores de sua ideologia, senti-me totalmente deslocado. *Você acredita num tipo específico de mundo, Jack. Mocinhos e bandidos.* Talvez ele estivesse certo. Talvez não houvesse mais mocinhos e bandidos. Talvez fosse apenas uma questão de decidir até onde você podia suportar e seguir em frente. Talvez eu não passasse de um dinossauro, e os Pesadelos, os Ralstons, os Stephens e os garotos espertos com déficit de atenção da Georgia Tech fossem me deixar para trás, engolindo aquela poeira incrivelmente limpa, fruto da engenharia genética.

— E ali está *ela* — sussurrou Nicole.

Virei a cabeça e, ao avistar Michele, fui sugado de volta ao mundo humano. Ela estava sentada na primeira fila, a uns 15 metros de mim, o que me permitia vê-la de perfil. Usava brincos simples de ouro e tinha o cabelo preso, como no Four Seasons. Sua beleza chegava ao ponto de machucar. Aquela imagem despertava minha lascívia, desejo, paixão, até amor. Talvez fossem sentimentos antiquados de outra época, mas certamente eram poderosos o bastante para me convencer a levar uma surra da Folks Nation. Talvez ambos fôssemos dinossauros, dançando num vento renovado, deslocados na década em que nos encontrávamos, sempre em busca de conforto. Ser filho de um homem que arava terra para sobreviver em Dothan, Alabama, ensinara-me o suficiente sobre desespero para não achar o mundo dela tão estranho. E ainda havia a química inevitável provocada por aquela situação, o enredo antiqüíssimo em que ela precisava urgentemente de ajuda. Eu queria ser o cavaleiro na armadura reluzente; mas estava no século errado.

Nicole aproximou-se de mim e sussurrou:

— Será que ele já era rico quando se casaram?

— Por que quer saber isso?

— *Olhe bem* para ela, querido. Mulheres desse tipo não se casam com professores universitários. Ele já devia ser pelo menos um pouco rico. Só não devia ser podre de rico, como vai ficar agora.

— A abertura de capital.

— Ele vai garantir muito dinheiro para muita gente. Inclusive para mim, por isso seja bonzinho.

Ralston fez um gesto para Michele, que se levantou e caminhou até o palco. Ele passou um braço por trás dela, e os dois ficaram juntos, conversando com o homem mal-vestido. Ralston sussurrou algo, e ela sorriu sem muita animação. Era difícil assistir à cena sabendo o quanto um simples momento como aquele lhe doía. Ela o odiava, mas também o temia — e mais ainda a Stephens. Contudo, enquanto eles tivessem a vida de sua filha nas mãos, Michele obedeceria às ordens.

Alguns minutos depois, as luzes se reduziram, e o silêncio tomou conta do ambiente. Ralston sentou-se ao lado da esposa, mas eles não conversavam. Eu só conseguia ver suas silhuetas na meia-luz que vinha do palco. Michele olhava para a frente, sem qualquer expressão no rosto. O homem alto que estivera conversando com Ralston apareceu no palco, recebendo aplausos esparsos e sem empolgação. As luzes do auditório iluminaram o tablado, deixando a platéia numa quase escuridão.

— Boa tarde — disse o homem. — Bem-vindos ao campus da Georgia Tech. Sou o Dr. Barnard Taylor, diretor da Escola de Biotecnologia. Este é um dia muito empolgante para nós.

Enquanto ele falava, a imagem de um Charles Ralston jovem apareceu em preto-e-branco nos telões das laterais do palco. Nicole chegou perto de mim e sussurrou:

— Hora do espetáculo.

A imagem mostrava um Ralston jovial e animado num laboratório, vestindo um jaleco branco. Para uma simples fotografia, era incrivelmente expressiva. O rosto de Ralston revelava-se cheio de ambição. Ele parecia intenso e satisfeito, em seu ambiente.

— Charles Ralston iniciou sua carreira fazendo algo que nos é muito querido — disse o diretor. — Pesquisa. — Alguns risos contidos escaparam da platéia. — O trabalho do Dr. Ralston prolongou a vida de milhares de pessoas. A antiomiacina é, até hoje, a única droga comprovadamente capaz de controlar os efeitos da hepatite C, o que reduz a incidência de câncer de fígado nas pessoas contaminadas. Ela tem dado esperança às pessoas que aguardam ansiosamente o dia em que haverá uma cura.

A conversa que eu tivera com Robinson me veio à mente; ele convencera Grayton a apostar milhões numa cura para a hepatite C. Não havia dúvida sobre quem teria algo a perder caso fossem bem-sucedidos: Ralston e a Horizn. A imagem na tela passou a mostrar o exterior das instalações atuais da Horizn.

— Nos últimos 15 anos, Charles Ralston conduziu a Horizn a novas áreas da pesquisa farmacêutica, obtendo avanços impressionantes no tratamento da nefrite e de outras doenças renais. Nesse processo, ele se tornou um destaque do empresariado de Atlanta, empregando mais de mil e quatrocentas pessoas. — O Dr. Taylor sorriu. — Algumas delas são ex-alunos da Georgia Tech. — O comentário provocou os primeiros aplausos sinceros. Pôde-se ouvir até alguns gritos de incentivo. — Mas quero falar do lado humano de Charles Ralston, de algo que recebe pouca atenção no atual cenário dos negócios. — A imagem nos telões se dissolveu para dar lugar a um vídeo em preto-e-branco que mostrava uma tomada lenta do mundo decadente dos conjuntos habitacionais de Atlanta. Localizados a poucos quilômetros de onde estávamos, apresentavam contrastes impressionantes. As cadeiras em que nos sentávamos, e às quais não dávamos a menor atenção, eram mais luxuosas do que qualquer coisa atrás daqueles portões. — *Esse* é o escândalo da saúde pública nos Estados Unidos. Enquanto os políticos buscam votos criando facilidades fiscais para os ricos, não fazem nada para conter a pobreza, o racismo e a falta de perspectiva que matam os cidadãos mais pobres. Se os afro-americanos fossem considerados um grupo social à parte no mundo, sua taxa de mortalidade infantil ficaria na quadragésima posição. E, quando analiso o mundo dos negócios, não vejo muitas pessoas chegando até ele para realizar mudanças. Hoje temos entre nós uma exceção que se destaca em meio à indiferença.

Os telões passaram a mostrar uma fotografia em preto-e-branco de Ralston adulto, num estilo soturno, similar ao de Annie Leibowitz. Ele olhava para a câmera como uma esfinge, inescrutável e — ironicamente — com um ar inegável de romantismo.

— O programa de troca de seringas promovido pela Horizn é um exemplo perfeito do que há de bom no mundo dos negócios americano e um desafio às demais empresas farmacêuticas — disse Taylor. — Em vez de apenas lucrar com o tratamento da doença, Charles Ralston faz algo pela sua prevenção. A Horizn detém a patente do medicamento mais eficaz no tratamento da hepatite C. Apesar disso, incorrendo num custo político e financeiro considerável, a companhia, em primeiro lugar, faz tudo ao seu alcance para evitar que os cidadãos de Atlanta precisem do medicamento. Há pessoas nesta cidade que não acreditam no programa de troca de seringas. Mas ainda bem que Charles Ralston não lhes dá ouvidos. Ele prefere salvar a vida da sua gente. Eu celebro essa coragem e generosidade, senhoras e senhores. E hoje essa generosidade alcança nossa comunidade de uma nova e empolgante forma. Vou lhes dar a chance de homenagear esse homem extraordinário comigo. Senhoras e senhores, quero lhes apresentar o melhor amigo que a comunidade de pesquisa da Georgia Tech já teve. Por favor, dêem as boas-vindas ao Dr. Charles Ralston.

Ralston levantou-se de seu lugar e recebeu o calor das pessoas. Ele começou a subir a escada que levava ao palco com um batalhão de repórteres e cinegrafistas em seu encalço. Os holofotes lançavam uma forte luz por trás dele. Aquela situação reunia todos os elementos da Atlanta do século XXI: o homem negro de formação brilhante, incrivelmente bem-sucedido, que olha para a periferia e dá a mão ao seu irmão. Embora a platéia fosse majoritariamente de brancos e asiáticos, o aplauso era sincero — entusiasmado e demorado. Não tenho dúvida que, se Ralston anunciasse sua candidatura a governador, a maioria das pessoas presentes se alistaria para ajudar na campanha na mesma hora. Ao chegar ao palco, ele estendeu a mão para o diretor, que o ignorou, preferindo lhe dar um abraço emocionado. Ralston, momentaneamente surpreso, pareceu constrangido; ele deu um tapinha de leve no ombro do diretor, como um pai que não quer que o filho amasse suas roupas. O diretor distraído permaneceu pendurado no pescoço de Ralston por mais um tempo, antes de lhe permitir que alcançasse o microfone.

Ralston ficou parado, tranqüilamente, em seu terno refinado, esperando os aplausos diminuírem.

— Muito obrigado. Sinceramente. Muito obrigado mesmo. — Finalmente, a platéia silenciou. — É um grande prazer estar aqui entre meus colegas cientistas. Costumo retornar ao mundo acadêmico de tempos em tempos para me lembrar daquilo que me atraiu quando era jovem. Vejo seus rostos e sinto inveja. Inveja do que vocês verão durante a vida. Inveja do mundo que criarão. Inveja do poder que um dia terão.

À medida que Ralston avançava no discurso, o auditório ficava mais e mais silencioso. As pessoas presentes absorviam suas palavras como seguidores ouvindo um líder religioso.

— Há aqueles que os combaterão em sua jornada rumo ao futuro. Eles tentarão lançar seus deuses contra vocês e tentarão impor limites às pesquisas. Vocês terão de enfrentá-los. Lembrem-se sempre de duas coisas. Primeiro, eles não são novidade. O Papa Pio forçou Galileu a se ajoelhar e implorar por perdão, pela temeridade de sugerir que a Terra girava em torno do Sol. Aqueles que se opõem à sua pesquisa são descendentes dessa ignorância. Em segundo lugar, lembrem-se de que vocês certamente prevalecerão. Não possivelmente. Nem mesmo provavelmente. Certamente. Aqueles que temem o avanço da ciência ocuparão um dia seus lugares na lixeira da história, ao lado dos que acreditaram que a Terra era plana e que os negros... — Ralston parou, como se estivesse contendo a emoção. — Que os negros não passavam de bens, objetos a serem comprados e vendidos. — Ele olhou para a platéia. — Toda essa ignorância será derrotada um dia. A Horizn assumiu um compromisso com a pesquisa genética na Georgia Tech pela mesma razão que se compromete com a pesquisa em qualquer lugar: os benefícios inestimáveis que ela promete à humanidade. Acredito nesse mundo, o mundo do futuro. Acredito num mundo em que as pessoas não precisarão ir a Bombaim para comprar um órgão no mercado negro. Isso pode ser aceitável para um homem branco e rico da Europa, mas não ajuda o meu povo daqui. Acredito num mundo em que o grou-americano será salvo da beira da extinção por meio da ciência da clonagem. E, acima de tudo, acredito numa cura para as grandes doenças que enfrentamos, doenças que se impõem ao meu povo de maneira desproporcional. Nunca deixarei de me esforçar, seja através da pesquisa ou do programa de troca de seringas, para salvar suas vidas. — O aplauso ressurgiu espontaneamente entre a platéia. Ralston ficou imóvel, esperando um longo tempo, até que perdesse força. — Deixo este pensamento para vocês. Há pessoas que acreditam que um cientista vive numa torre de marfim, que a ciência não envolve preocupações usuais. A essas pessoas, digo que ciência é vida. Nada existe fora de sua influência. E a importância do conhecimento científico nas políticas públicas nunca foi tão grande quanto hoje. Estamos diante do portal de um novo Éden. Para cada Éden, deve haver um Adão e uma Eva. Estamos testemunhando o próximo passo da evolução humana, a criação do ser humano transgênico. Todos os presentes nesta sala têm uma sorte incrível de estarem vivos neste momento, o nosso momento de triunfo. Durante meio milhão de anos engatinhamos até o instante em que poderíamos nos soltar dos grilhões do destino genético e dar início ao processo de escolher nosso próprio destino. Trata-se simplesmente da emancipação da escravidão genética. É o evento mais importante da história da humanidade. Em comparação, a invenção da roda e a descoberta do fogo são meras trivialidades. E agora vocês serão os senhores — disse Ralston, fazendo um gesto com os braços abertos e esticados, como um sinal da cruz.

Houve uma explosão ainda mais intensa de aplausos. Ralston fez um gesto, e um casal entrou no palco, carregando um cheque gigante semelhante aos dados a ganhadores da loteria. Não se conseguia ver o valor.

— Este é o dinheiro mais barato que já gastei — disse Ralston. — A Escola de Engenharia Biomédica Charles Ralston realizará um trabalho importante em benefício da humanidade. E, se algum de vocês que vierem a estudar lá precisarem de emprego depois da formatura, bem, acredito que possamos conseguir algo.

Mais aplausos, seguidos de gritos e assobios, enquanto o cheque era virado. A quantia doada era de 4 milhões de dólares. A platéia levantou-se, e Ralston acenou para Michele, pedindo que se juntasse a ele no palco. Ela se ergueu da cadeira, sem vida, porém obediente. Com a capacidade de fingir finalmente esgotada, Michele caminhou mecanicamente até o marido, voltando à vida passo a passo. Quando alcançou Ralston, virou-se e encarou as câmeras, sem expressão no rosto. Mesmo tentar sorrir estava além de seu alcance. As câmeras lançavam flashes sobre o rosto de todos.

Nicole agarrou meu braço:

— Acho que estou apaixonada — disse, aos arrulhos. — Ele é espetacular.

— Tem certeza de que o quer como novo Messias? — perguntei, em voz baixa.

— Você não está entendendo, Jack — reagiu ela, com surpresa. — Tudo isso vai acontecer, de uma maneira ou de outra. A única questão é quem vai ficar com o lucro.

Depois de mais alguns flashes e um derradeiro sorriso forçado, Ralston soltou Michele. Livre de seu toque, ela se encolheu novamente, deu as costas e dirigiu-se para fora do palco. Antes que desse mais do que alguns passos, porém, um rosto que eu não esperava encontrar ali apareceu em cena: Bob Trammel, o homem que a acompanhara em St. Louis e no Four Seasons. Ela parou ao vê-lo, mas ele seguiu em sua direção com o mesmo sorriso agradável e completamente falso que eu conhecera antes. Ao perceber Michele tentando contorná-lo, Trammel segurou o braço dela, puxando-a para um canto. Os dois sumiram por trás das imensas cortinas negras.

— Pode me esperar um segundo? — perguntei a Nicole.

— Estou com pressa, querido. Me liga depois?

— Claro. Pode deixar.

Enquanto Nicole acenava para alguns conhecidos da Shearson, comecei a andar contra o fluxo da platéia, tentando alcançar o palco. A imprensa se dispersara, e ninguém percebeu quando subi a escada. Ralston já se retirara, conduzido pelo diretor ao próximo compromisso da agenda. Dei mais três ou quatro passos, até as cortinas, antes de mergulhar na escuridão, à procura de Michele. Enxerguei Trammel, de costas, a cerca de cinco metros de mim. Ele segurava firme no braço de Michele e tinha o rosto bem próximo do dela. Com um movimento repentino, Michele soltou o braço; ela parecia assustada, como se Trammel tivesse acabado de lhe fazer uma ameaça. Ele voltou a falar, mas eu já testemunhara o suficiente. Apesar das dores, disparei na direção dos dois. Michele me viu primeiro.

— Jack! — gritou ela, afastando-se de Trammel. — Jack, é tarde demais. Você precisa sair daqui.

Ao se virar, Trammel me lançou um olhar diabólico, do tipo que faixas-pretas lançam sobre pessoas desavisadas que cometem o erro de atravessar seu caminho. Por um instante, achei que levaria a terceira surra da semana. Eu estava prestes a entrar no estado de indiferença em relação ao que ocorresse depois — ingrediente essencial em brigas de rua — quando uma porta se abriu e um grupo numeroso de estudantes barulhentos juntou-se a nós. Uma mulher de óculos, de uns quarenta anos, dizia, segurando a porta:

— Vamos lá, turma, só temos o palco por uma hora.

Trammel mudou de postura, mas eu quase não percebi. Notei, porém, que Michele se enfiara no meio da multidão e saíra pela porta. Contorcendo o rosto numa tentativa malsucedida de parecer calmo, Trammel fez menção de enfrentar a turba de estudantes, mas se deteve. Mesmo em seu estado, ele se deu conta de que dois homens agitados perseguindo uma mulher chamariam atenção, principalmente com dez furgões de emissoras de TV parados do lado de fora.

Enquanto a turma interminável entrava no palco, a professora, que ainda segurava a porta, nos olhou com desconfiança. Ela sabia que tipo de pessoa devia estar ali naquele momento, e nós não integrávamos a lista. Quando o último estudante passou, a professora dirigiu-se a nós.

— Posso ajudar?

De olhos arregalados, Trammel não sabia o que dizer. Dei um sorriso para ela.

— Sim, certamente. Estamos perdidos. Pode nos dizer onde fica o Prédio Couch?

— Claro — respondeu a mulher, numa voz de diretora de escola.

Ela apontou para o outro lado da área dos bastidores.

— É bem *naquela* direção. Vocês vão achar portas quando chegarem ao outro lado. Vão ter de atravessar o campus todo.

— Obrigado — agradeci, mantendo os olhos em Trammel. — Vamos, Bob. Não queremos atrapalhar a aula dessa gentil senhora, não é mesmo?

Vi o ódio no olhar de Trammel, mas ele se virou e me seguiu pelo palco. Podia sentir sua companhia, logo atrás de mim, e a professora nos observando.

Há situações em que esperar para ver o que acontece é uma idéia estúpida. Concluí que Bob Trammel, recém-interrompido enquanto tentava dominar uma mulher, não se guiaria pela razão. Assim, ao passar pela porta do outro lado, não esperei para ouvir o que ele tinha em mente. Em vez disso, acertei-o com o soco mais forte que já dei na vida. Atingi seu rosto em algum ponto entre a bochecha e o olho esquerdo. Logo senti a dor se espalhar pela minha mão. Mas o soco também jogou Trammel escada abaixo, até uma pilha de equipamentos. Não me dei ao trabalho de perguntar como ele estava. Corri em direção ao corredor e, de lá, atravessei as portas do prédio, chegando à área aberta da Georgia Tech.

Não sou capaz de explicar o prazer maravilhoso que senti ao arrebentar o rosto de Bob Trammel. Escondido em algum pedaço da informação genética que Ralston e seus amigos estavam tão determinados a manipular, havia um centro de satisfação inalterado pelo tempo e conectado diretamente ao prazer primordial de arrancar um sorriso presunçoso da cara de um valentão. Esforcei-me para não dar a volta e repetir a dose.

Corri para o outro lado do prédio, mas não encontrei qualquer sinal de Michele. Peguei o carro e logo acabei na confusão do trânsito do meio-dia. Os automóveis mal se moviam; teria sido mais rápido seguir a pé.

Eu percorrera poucos quarteirões em direção à I-75 quando avistei o Lexus prateado de Michele alguns carros à frente, na faixa ao lado. Ela ia virar à direita, rumo à zona sul de Atlanta. Entrei na fila atrás dela e a segui.

Embora não houvesse dificuldade em chamar a atenção dela, não o fiz. Mantive o Lexus à vista e fiquei para trás, à espreita. Se ela estivesse em perigo, queria estar próximo o bastante para protegê-la; por outro lado, também queria saber qual era o perigo, razão pela qual deixei que seguisse em frente. Num determinado momento, fiquei quase ao lado do seu carro, porém numa faixa distante. Sua expressão era rígida, como se fosse um manequim. Afastei-me um pouco e continuei atrás. Alguns minutos depois, percebi qual seria nosso destino, ainda que eu tentasse resistir àquela hipótese. Quando passamos direto pela saída para a Crane Street e deixamos a auto-estrada, não tive mais dúvidas: Michele encaminhava-se ao McDaniel Glen.

Vi o carro de Michele passar pelos portões de ferro e logo depois era minha vez de entrar no conjunto. Ela estava cerca de cem metros à minha frente. Segui-la despercebido ali dentro seria difícil; as ruas eram retas e geralmente pouco movimentadas. Desacelerei enquanto acompanhava o Lexus avançar. O carro parou a um metro do meio-fio. Encostei atrás de outro carro e tentei enxergar através dos vidros dele. Era um bom ponto de observação: meu carro estava completamente encoberto, mas eu podia ver o que acontecia à frente. Puxei o freio de mão e dei uma geral ao redor; não havia ninguém por perto.

Passados instantes, um homem saiu do prédio na calçada oposta ao carro de Michele. Ele se aproximou e acenou para que ela baixasse o vidro. Meu coração parou. Era Pope. Ele se curvou e apoiou o braço na porta. Os dois conversaram, mas eu não pude ouvir nada. O tom da conversa, no entanto, era claramente de insatisfação. Os dois lados pareciam tensos. Depois de alguns minutos, Pope afastou-se do carro. Engatei a primeira e encostei o pé no acelerador. Se algo acontecesse, queria alcançar Michele o mais rápido possível. Minhas opções contra alguém como Pope seriam limitadas. Estava desarmado, e ele era tão perigoso quanto um animal selvagem. Se eu não o atropelasse, uma briga não duraria muito tempo. Mas eu não tinha objeções quanto a atropelá-lo.

A discussão manteve-se inflamada por um momento e, em seguida, acalmou-se. Pope aproximou-se do carro novamente, com um sorrisinho besta no rosto. Ele enfiou a mão pela janela, e pude vê-lo acariciar o cabelo de Michele. Senti nojo. *Meu Deus. Michele e Pope? Não, é impossível.* Ela disse algo, e o carro começou a se mover. Pope deu um passo para trás e observou-a se distanciar. Michele virou à direita pouco adiante e fez a volta para retornar à entrada do Glen.

Abri a porta do carro, o que foi suficiente para chamar a atenção de Pope. Ele se virou na minha direção, à procura da origem do barulho. Saí do carro. Pope observou-me em silêncio; sua amabilidade tradicional desaparecera. Afastei-me do carro, mantendo as mãos sempre visíveis. Quando estava a uns cinco metros, ele me saudou:

— Melhorou rápido, hein.

— Preciso de algumas respostas — disse. — Sobre a mulher com quem você estava conversando.

Pope sacudiu a cabeça.

— Este não é um momento muito favorável para você. Precisa desistir enquanto pode.

— Ouça, Pope. Você é o chefe por aqui, certo? Não é a polícia. Quero dizer, nada acontece no Glen sem sua autorização.

— É isso aí.

— Então é sua tarefa manter um nível mínimo de decência por aqui. Você não pode deixar a coisa sair do controle.

Ele curvou a cabeça.

— Aonde está querendo chegar?

— Está chantageando Michele por causa da filha dela, não é? — Pope fechou a cara, mas eu segui em frente. — Deixe para me matar depois que eu acabar, Pope. Só me deixe dizer isso. Toda essa história é demais. Você precisa se segurar. Aqui não pode ser mesmo o inferno, não é? Pode parecer que sim, claro. As pessoas podem se destruir e pode haver pobreza e desespero e todo o resto, mas, pelo amor de Deus, Pope. É preciso haver algum tipo de limite, não é?

Pope permaneceu em silêncio por um tempo. A exemplo de Ralston — seu equivalente legal no comércio de drogas — ele era prova de que ser um assassino totalmente amoral que vivia negociando mortes não significava incapacidade de ser racional e até filosófico. Sua moralidade, porém, ficava cuidadosamente isolada, restrita a áreas não-relacionadas aos negócios.

— Você e essa mulher. Não é uma boa idéia.

— Eu sei. Obrigado pelo conselho.

Pope apontou para meu Buick.

— Quanta gasolina você tem nesse seu carro de merda?

— Não sei.

— O que você tem a fazer é voltar para o carro e dirigir para longe daqui até acabar a gasolina — sugeriu ele. — Apenas dirija o máximo que puder, para que eu não precise ferrar sua vida.

— Pelo amor de Deus, Pope. Faça algo pela sua própria gente.

Pope estreitou os olhos.

— Você fez algo legal pelo meu garoto Keshan há um tempo. Mas agora está abusando da sorte.

— Escute-me, Pope. Dê uma olhada nisto aqui. Sério.

Pope olhou ao redor, friamente, e depois balançou a cabeça.

— Você não entendeu nada. Eu não produzi este mundo. Só sobrevivo nele. Isto aqui é apenas um negócio. Sua garota está tentando encontrar alguém. E eu disse que vou cuidar disso para ela. É como um serviço. Como uma taxa pela procura.

— A filha dela está no Glen ou não?

— Por cinqüenta mil dólares, ela estará. É só o que importa.

— Estamos falando de um ser humano, Pope. Pelo amor de Deus, você é negro. Não percebe a ironia? — Eu estava ficando irritado. — Aposto que ela pagará qualquer quantia que pedir.

— Foi mais ou menos a essa conclusão que chegamos.

— Escute. Você também fez algo por mim outro dia. Deixou que eu fosse embora mesmo sabendo que eu o estava enrolando. —

Pope me observava em silêncio. — Então vou lhe devolver o favor. Está cometendo um erro. Está se envolvendo com coisas que não entende. Há pessoas poderosas que não querem que Michele encontre a filha. Ajudá-la vai deixar essas pessoas muito irritadas.

Pope deu uma risada.

— Quem, por exemplo? — perguntou.

— Pessoas de fora daqui. Não estou falando de um pequeno transtorno, Pope. Há pessoas que voam em jatos particulares e possuem muito dinheiro. São poderosas e já mataram sete pessoas.

Senti Pope chegando mais perto, ouvindo com atenção.

— Talvez o preço suba.

— Por Deus, Pope, não seja idiota. Isso vai dar merda.

Pope riu, embora sua postura habitual estivesse mais contida.

— Deixe esse pessoal entrar no meu mundo e ver como é por um tempo.

A ignorância persistente de Pope estava pulverizando minha paciência.

— Derek Stephens não dá a mínima para seu mundo — murmurei.

Pope me olhou com curiosidade.

— Derek Stephens deve ser o único cara branco que já vi *dando* a mínima pela minha gente — disse.

A surpresa me obrigou a parar por um instante.

— Você conhece Stephens? Derek Stephens? Diretor de operações da Farmacêuticos Horizn?

Pope fez que sim:

— Claro.

— Está dizendo que Derek Stephens já botou os pés no McDaniel Glen?

— Não. Conheci o cara lá fora, por causa das seringas.

— Do que está falando?

— Do programa. Eu entrego as seringas a ele.

— O programa de troca de seringas? Está dizendo que ele pega as seringas usadas pessoalmente?

— Isso, ele é meu homem. O Coelho recolhe as seringas e anota os nomes e os endereços de todas as pessoas que entregam. Stephens ensinou como fazer. Tudo muito organizado. Você pega a seringa, mas pede para o usuário botar a tampa. Ninguém quer ser furado por aquilo. Depois anota quem entregou a seringa, o endereço, esse tipo de coisa.

Eu não conseguia acreditar.

— Existe um registro relacionando cada seringa a uma pessoa?

— É o que estou dizendo, branquelo. Então não venha falar merda sobre Derek Stephens, porque ele é meu homem.

Uma coisa fora garantida repetidas vezes durante os debates políticos a respeito do programa de troca de seringas: tudo seria mantido no anonimato. Naquele momento, eu estava sendo informado do contrário. E, mais estranho ainda, de que o próprio Derek Stephens coletava as seringas. Havia algo errado, embora eu não tivesse idéia do quê. Só sabia que, se alguém podia me explicar, era Thomas Robinson. Comecei a andar na direção do meu carro.

— Preciso ir.

— Não volte — disse Pope, deixando claro que o aviso era sério.

LEVEI MEIA HORA para chegar em casa, o que ocorreu quase às três. Procurei minha maleta para pegar a lista das pessoas que participaram do teste com o Lipitran. Em seguida, providenciei um mapa da cidade e o abri sobre a mesa de jantar. Busquei o primeiro nome: *Chantelle Weiss, avenida D, 4239. Avenida D.* Encontrei o endereço no mapa e fiz um pequeno x com uma caneta preta. Ficava no coração do McDaniel Glen. *Jonathan Mills, rua Trenton, 225.* Achei o endereço a poucas ruas de Chantelle Weiss. *Najeh Richardson.* Fora do Glen, mas muito perto. A situação repetiu-se com os outros. Todas as pessoas envolvidas no estudo experimental de Robinson vi-

viam no Glen ou numa área adjacente. *Certo. Então eles moravam no Glen e eram viciados em drogas. Isso significa que há uma grande chance de serem participantes do programa de troca de seringas. Se for o caso, há uma ligação com a Horizn. Mas o que tudo isso quer dizer?* De repente, algo começou a piscar no meu cérebro, como as luzes de uma árvore de Natal. *Ele estava envenenando aquelas pessoas com as seringas. Ele ocultou algo nos cartuchos e, quando as pessoas se injetaram, acabaram se matando. Só pode ser isso.* Nem me incomodei em tentar falar com Robinson novamente. *Vou até o parque para arrancá-lo de seu estupor.*

Empilhei a papelada na mesa, desci as escadas e entrei no carro, para a viagem de quarenta minutos até o parque onde eu havia encontrado Robinson. Ele estava lá, sentado imóvel, em seu banco. Estacionei e atravessei a rua correndo. Ele ouviu o ruído dos meus passos e se virou. Ao me reconhecer, olhou para o outro lado. Dispensei as formalidades.

— Por onde você andou? — perguntei. — Liguei umas vinte vezes.

Robinson parecia uma pessoa que não dormia havia muito tempo. Ele me olhou sem dar importância e disse:

— Blablablá.

— Ótimo. Vejo que retornou à sua depressão.

— Isso. E quer saber por quê?

— Para dizer a verdade, não.

— É porque não vamos pegar o filho da mãe, só por isso. Porque ele é melhor do que eu — disse Robinson, cuspindo no chão. — Ele é melhor, merda.

— Sei como Ralston e Stephens mataram seus pacientes.

Ele me olhou com interesse.

— Do que está falando?

— Eles usaram o programa de seringas novas para envená-los.

Robinson não queria acreditar.

— Essa seria uma jogada e tanto.

— Preste atenção. Parece que todos seus pacientes participaram do programa de troca de seringas da Horizn. Se isso for verdade, todos eles receberam seringas de Ralston. Eles foram pedir seringas novas e, de algum modo, Ralston as usou para envenená-los.

A reação de Robinson não foi a que eu esperava. Sua expressão era de cansaço.

— É isso? Essa é sua teoria?

— Sim. E há mais. Stephens...

— Não perca seu tempo.

— Perder meu tempo? Estou dizendo: só pode ser isso!

Robinson mostrou-se irritado.

— Exceto pela parte em que isso é impossível.

— O que está querendo dizer?

— Escute, Jack, estamos falando de um teste controlado pelo governo federal. Não permitimos que nossos pacientes continuem tomando drogas intravenosas enquanto participam do estudo. Pelo amor de Deus, eles estariam simplesmente se infectando de novo. Pense bem.

— Mas eles eram viciados. Talvez...

— Não, Jack. Não ficamos sentados e esperamos que eles atendam ao nosso pedido. Tratamos todos com metadona oral a partir do dia em que eles concordam cm tomar parte do estudo. Isso significa que, desse dia em diante, as únicas seringas que recebem são as nossas, quando administramos o Lipitran. Entendeu, Einstein? *Sem seringas da Horizn.* Talvez tenham participado do comovente programa de Ralston antes de entrarem no estudo, mas não depois. E, mesmo que alguém conseguisse escapar à vigilância, não seriam todos. É impossível.

Levantei-me ao ver minha teoria em pedaços.

— Merda! Tinha certeza de que havia descoberto tudo.

318 | REED ARVIN

— Bem, é bom se acostumar à decepção. *Eu avisei*. Se Ralston sabotou o teste do Lipitran, operou num nível sem qualquer precedente.

— Eu me lembro.

— Então não me procure com histórias idiotas sobre pessoas envenenadas com seringas. Estamos falando de ciência de ponta. Isso *se* estivermos certos a respeito de toda essa história, para começar.

— Mas...

Robinson levantou-se e me olhou incrédulo.

— Como teve essa idéia maluca, afinal de contas?

— Tive um encontro com Ralston.

— Você conversou com ele pessoalmente?

— Sim. E depois fui ao McDaniel Glen. Descobri que o próprio Derek Stephens coleta as seringas usadas. Stephens, e não um serviçal qualquer. O diretor de operações da companhia. — Robinson voltou a prestar atenção ao ouvir o nome de Stephens. — E não é só isso. As seringas usadas são identificadas, com os nomes dos usuários, endereços, tudo. Portanto, o programa não é realmente anônimo. Cada seringa corresponde a uma pessoa.

Toda a atenção de Robinson estava em mim; seus olhos não piscavam. Ele começou a caminhar, grunhindo palavras entre dentes, como se estivesse discutindo consigo mesmo. Depois de alguns minutos, eu precisava me conter para não o agarrar pelo pescoço e exigir que me contasse o que estava pensando. Finalmente, ele parou, virou-se para mim e murmurou:

— Meu Deus.

— O que foi?

— Como uma pessoa pode sequer pensar em algo desse tipo? Que espécie de mente doentia pensaria nisso?

— *Isso o quê?*

— Ele usou o programa de troca de seringas para matar meus pacientes.

Quase dei-lhe um soco naquele momento.

— É isso que estou tentando lhe dizer!

— Não, Jack. Ninguém foi envenenado. Eu sabia que isso seria impossível. Ficariam resíduos em torno das marcas das picadas. É *infinitamente* mais elegante do que isso.

— Então me conte.

Uma expressão sombria tomou o rosto de Robinson.

— Fique quieto e escute como pensa um psicopata. — Ele começou a andar diante de mim, como se estivesse me dando uma aula. — O corpo humano tem uma forma de lidar com as toxinas. É conhecida como sistema do citocromo P-450. Já ouviu falar dele?

— Não.

— Bem, você já pensou no que acontece quando toma uma aspirina?

— Deixo de ter dor de cabeça.

— Não, estou falando do que acontece com a aspirina. Quatro horas depois da ingestão, ela desaparece do sistema. O que aconteceu?

— Para mim, ela simplesmente acabava.

— Ela é metabolizada pelo sistema de enzimas citocromo P-450 — explicou Robinson.

— A aspirina é uma toxina?

— O que acontece se você tomar um frasco inteiro de aspirinas?

— Tenho problemas.

— Toxina.

— Certo, entendi.

— Muito bem. Entao, uma toxina entra no corpo, e o sistema P-450 analisa sua estrutura química. Em seguida, ativa alguns genes, dois ou três de cerca de trinta mil, e diz ao corpo para produzir as enzimas corretas necessárias à metabolização do composto intruso. É bastante impressionante, considerando-se que você nem se dá conta do que está acontecendo. Você está lá sentado, comendo um pacote de Cheetos.

— Tudo bem, mas o que isso tem a ver com Ralston matando seus pacientes?

— Lembra-se da talidomida? — perguntou Robinson, com um olhar assombrado.

— Sim. Aquelas crianças que nasceram com membros deformados.

— É o sistema P-450 deparando-se com algo novo e desistindo. Como você pode ver, o sistema vem sendo ajustado há milênios pra lidar com o que ocorre na natureza. O problema é que estamos inventando e enfiando novas coisas no corpo humano, coisas que nunca existiram. Todo esse processo de ajuste não adianta nada quando falamos de produtos sintéticos.

— Entendo.

— Os advogados partiram para cima do fabricante, mas a verdade é que não havia como prever o que aconteceria. É claro que eles fizeram testes. E, para noventa e nove por cento das pessoas, estava tudo bem. Só havia um problema. Se a pessoa estivesse grávida, o filho nasceria sem braços. — Ele parou e me lançou um olhar sombrio. — Jack, como acha que funciona um estudo clínico? Nós *damos* a substância às pessoas. Esse é o teste.

A dura declaração de Robinson ficou no ar.

— Eu achava que as coisas fossem mais previsíveis — comentei.

— Bem, isso é importante, porque, se as pessoas não pensassem dessa forma, nunca conseguiríamos voluntários para testar as coisas.

— E o que Ralston tem a ver com isso?

— Não é só o caso da talidomida, Jack. Para todas as drogas, há um minúsculo universo de pessoas que não as conseguem metabolizar. Talvez um por cento, talvez menos. Quanto mais potente é a droga, maior é o número. O Lipitran é uma paulada. Portanto, é inevitável que uma pequena percentagem das pessoas não disponha das enzimas necessárias à sua metabolização. Se tomarem a substância, haverá conseqüências negativas.

— Aonde quer chegar?

Robinson virou-se; estava enfrentando algo que preferia evitar. Ele observava o parque, completamente imóvel.

— E se fosse possível identificar essas pessoas de antemão? — perguntou ele. — E se alguém tivesse um conhecimento tão extenso de genética que permitisse prever quem uma droga mataria, antes mesmo do estudo, e garantir que essas pessoas fizessem parte do grupo?

— Algo desse gênero é possível?

Robinson me encarou novamente. Seu rosto estava pálido.

— Ralston poderia fazer isso. Para tanto, precisaria de duas coisas. E acabei de perceber que ele tinha as duas.

— E o que seriam essas coisas?

— Primeiro, precisaria de Lipitran. Graças à invasão da Grayton, realizada por Townsend, ele dispunha de toda informação necessária à fabricação de um pequeno lote.

— E a segunda?

— Precisaria do DNA de centenas de viciados. Talvez milhares.

— O programa de troca de seringas.

— Sim, o grande programa de troca de seringas, o ato de heroísmo em defesa do povo dele. — Robinson tentava controlar o mal-estar. — Ele não queria ajudar aquelas pessoas. Queria usá-las como bucha de canhão.

— Explique-me como devia funcionar.

Como de hábito, é simples, depois que você entende o esquema. Ralston produz um lote de Lipitran e dá uma dose a um dos viciados. Basta uma, e ele nem precisa saber que está recebendo a substância. O sistema P-450 da vítima começa a liberar as enzimas que uma pessoa normal produz para metabolizar a droga. Alguns dias depois, o viciado volta para buscar uma seringa nova. Ele entrega a usada a Stephens. Ralston lava a seringa com soro fisiológico. Mergulhada entre os resíduos sangüíneos presentes na seringa está a exata resposta enzimática humana ao Lipitran. O resto é uma questão de triagem.

— Ele usa as seringas devolvidas.

— Cada seringa contém o DNA do viciado que a utilizou. E no DNA está tudo que Ralston quer saber. Ele coleta o material, analisa o proteoma e, mais cedo ou mais tarde, encontra um pequeno grupo de pessoas que não possuem as enzimas de que precisam.

— Levaria muito tempo, não?

— Creio que um ou dois anos — respondeu Robinson, dando um sorriso sombrio. — O tempo do nosso programa envolvendo o Lipitran. — Ele fechou os olhos. — Depois de isolar os pobres coitados, Ralston sabe que, assim que receberem o Lipitran, eles morrerão como cachorros.

— Ele me garantiu que não matou os pacientes. Disse que eles morreram por causa do Lipitran.

— É verdade — disse Robinson, balançando a cabeça. — Ele não mexeu nos compostos, nem nos pacientes. Poderia até oferecer guarda-costas àquelas pessoas. Não faria diferença.

— Mas como ele conseguiu incluí-las no teste?

— Estamos falando de viciados. Ele controlava as seringas. Também poderia prometer heroína farmacêutica depois do teste, o que seria como oferecer ouro a um drogado.

Fiquei parado ao lado de Robinson, no silêncio do parque, pensando como às vezes talento não tem nada a ver com virtude.

— Bem, pelo menos pegamos ele, não é? Isso que você acabou de dizer. Ele foi desmascarado, já era.

Robinson cuspiu na grama.

— Ele vai escapar.

— O quê? — perguntei, ansioso para sair daquela montanha-russa.

— Ele vai escapar, Jack. É apenas uma teoria. Não posso provar uma única palavra do que disse.

— Por que não?

— Porque ninguém sobreviveu. Eu só precisaria de um. Qualquer sobrevivente teria, por regra, as enzimas de que os mortos não dispunham. Então eu poderia compará-lo aos demais e demonstrar que o teste fora manipulado. Mas, com todos mortos, é impossível.

— Lacayo! — gritei. — Você disse que ele estava "quase morto". Então, ainda está vivo.

Robinson sorriu sutilmente.

— Morreu há dois dias. Explodiu por dentro, como os outros.

— É inacreditável. Como ficou sabendo?

Ele olhou para baixo.

— Fui visitar o velho Lacayo. A mãe dele me viu por perto. Ela me agrediu.

Então é por isso que não conseguia encontrar você. Estava o tempo todo aqui, tentando curar a ferida aberta pelo último paciente morto. Uma brisa quente atravessou o parque. Robinson olhou para o nada, com uma expressão de derrota.

— Ele é melhor do que eu — disse. — Ele é melhor.

— Você poderia administrar o Lipitran a outra pessoa — sugeri cautelosamente. — Conseguir um novo sobrevivente.

— Quer saber qual é a definição de gênio? — reagiu ele. — Agora Ralston está protegido pela lei. Depois que a FDA suspender as sanções, não posso dar o Lipitran a ninguém sem cometer um crime. Má conduta médica. Exposição ao perigo. Provavelmente até tentativa de homicídio. E, de qualquer maneira, a vida de quem você gostaria de pôr em risco? É só teoria, Jack. Você quer se apresentar num tribunal e contar que deu Lipitran a uma pessoa depois de oito pacientes morrerem horrivelmente por causa da droga?

— Não.

— Mesmo que o paciente sobrevivesse, eu seria condenado pelo resto da vida. — Robinson observava o céu. — Será que você não entende? Trata-se do crime perfeito. Não tem precedente. Ele

324 | REED ARVIN

matou oito pessoas usando o corpo delas como arma. Virou herói enquanto fazia isso. E, para completar, conseguiu que as autoridades federais lhe garantissem proteção contra qualquer possibilidade de descoberta do plano.

Permanecemos em silêncio, lado a lado, em parte impressionados pela genialidade de Ralston e em parte enojados pela finalidade a que se aplicara. Depois de um tempo, Robinson perguntou:

— De onde tirou aquela idéia ridícula sobre seringas envenenadas?

— Sinto muito. Pensei que tivéssemos pegado eles.

— Bem, parece que não.

— A história toda começou quando descobri que Ralston não sabia que Doug estava tomando Lipitran.

Houve um momento de silêncio e então Robinson começou a se virar lentamente para mim.

— Repita isso, por favor.

— Ralston. Ele não sabia que Doug fazia parte do teste. Eu lhe contei quando me encontrei com ele.

— E como ele reagiu?

— Ficou nervoso. Muito perturbado.

— Perturbado?

— Isso.

Robinson me agarrou pelo colarinho.

— Preste atenção, Jack. Você tem de me levar ao corpo de Doug Townsend. Não podemos perder sequer um segundo.

— O corpo de Doug? Esse é um pedido e tanto.

— Se Ralston não sabia que Townsend estava no teste, significa que ele não passou pela triagem. Deve ter entrado no estudo sem o conhecimento de Ralston.

— O que isso significa?

— Significa que ele é um *sobrevivente*.

— Ele está morto, doutor.

— De *fentanil*, Jack. Não do Lipitran. Entende o que estou dizendo? Tudo de que precisamos para pegar Ralston está dentro do corpo de Doug neste momento.

— Espere um pouco. Se Doug estava no estudo, você já não tem uma amostra do sangue dele?

— Claro que sim. De *antes* do uso do Lipitran. Depois ele desapareceu.

— Assassinado porque seria curado.

— Exatamente. Agora me diga que sabe onde está o corpo dele.

— Está na geladeira, no laboratório de patologia da polícia.

— Muito bem. Preste atenção, Jack. Se eu fui capaz de pensar nisso, Ralston certamente também foi. Na verdade, deve ter pensado nisso no instante em que você contou que Doug recebera o Lipitran.

— Então por que ele não me matou quando teve a chance?

— O quê?

De repente, percebi que, na minha pressa, não contara nada a respeito dos brutamontes de Ralston.

— Ralston providenciou um pequeno desvio para mim depois que saí da Horizn — expliquei. — Fui amarrado e jogado num closet.

— Como conseguiu escapar?

— Força de vontade. De qualquer maneira, se eles estavam tentando me matar, eram muito ruins nesse tipo de coisa.

— Eles não vão cometer o mesmo erro de novo.

— E quanto a você? — perguntei. — Tem de sumir do mapa.

— Esperarei na Grayton até você me ligar. O lugar é construído como uma fortaleza.

— Certo. Procurarei você em algumas horas.

— Cuide-se, Jack. A mente que pensou em como matar aqueles pacientes é capaz de qualquer coisa.

A NECESSIDADE URGENTE da remoção do corpo de Doug exigiria mais do que um mero telefonema a Billy Little; um pedido como aquele tinha de ser feito pessoalmente. Conferi o relógio: eram dez para as cinco. Como Billy nunca saía do trabalho antes das seis, sabia que iria encontrá-lo. Ao me ver em sua sala, ele se mostrou surpreso.

— Então aqui está você. O que aconteceu, sumiu do planeta?

— Desculpe, Billy. Blu disse que você ligou.

Entreguei-lhe um pedaço de papel. Ele leu com atenção.

— Laboratórios Grayton? O que é isso?

— É a empresa que Doug estava invadindo. Já lhe contei sobre ela.

— Ah, claro.

— Eles querem o corpo de Doug. Quer dizer, não exatamente eles. O pesquisador-chefe, Thomas Robinson.

Billy pareceu intrigado.

— Isso é sério?

— Robinson estava realizando um estudo clínico, e Doug era um dos participantes. Ele acha que pode descobrir algo envolvendo esse teste, com base no corpo de Doug.

— De que tipo de estudo clínico estamos falando?

— Hepatite C.

Billy me olhou por um instante antes de dizer:

— Consegue adivinhar no que estou pensando neste exato momento?

— Que não sabia que Doug tinha hepatite? Nenhum de nós sabia.

— Não. Estou pensando por que, do dia para a noite, Doug Townsend passou a ser o cadáver mais popular da cidade.

— O que está dizendo?

— Estou dizendo que eles chegaram atrasados. A Grayton. Thomas Robinson. Quem quer que seja.

— Atrasados?

— Sim, atrasados, no sentido de que não estamos mais com o corpo. Foi liberado ontem. — Billy levantou-se e foi até um arquivo. Ele tirou uma folha de uma pasta e me entregou. — Lucy Buckner. Phoenix, Arizona.

— A prima de Doug? Ela sequer retorna minhas ligações.

— Bem, ela retornou as ligações de Ron Evans.

— Quem é Ron Evans?

— O sujeito que apareceu com uma procuração registrada em cartório para tomar posse do corpo de Doug Townsend. — Ele me deu um olhar de lamento. — Eu não podia entregar o corpo à promotoria, Jack. Não havia nada para mandar. O relatório de vitimologia foi completado há alguns dias e confirmou o suicídio. Esse tal de Evans apareceu para exigir o corpo e não havia uma razão legítima para dizer não. — Por alguns instantes, estive muito chocado para responder. *Perfeito. Sem corpo, sem prova. Foi por isso que não me mataram. Eles só precisavam me manter longe por um tempo. O tempo necessário para se livrarem do corpo de Doug e acabar com o problema.* — Vamos voltar ao início, Jack. Por que não me conta o que realmente está acontecendo por aqui? Esse Doug Townsend. Qual é a verdadeira história por trás dele?

Eu me sentia cansado, mais cansado do que nunca.

— Deixa para lá, Billy. Não há nada que você ou qualquer pessoa possa fazer agora.

— Não dê uma de herói, Jack. Se estiver envolvido em algo que fuja ao seu alcance, posso ajudar.

Fechei os olhos.

— Não importa. Acabou.

HAVIA MAIS UMA PEÇA para encaixar no quebra-cabeça. Cuidei daquilo à noite, só para fechar o círculo. Procurei o telefone da prima de Doug e liguei para ela. Uma voz feminina com sotaque do sul atendeu.

— Quem é?

Reuni forças para falar.

— Aqui é Jack Hammond. Eu era advogado de Doug. Deixei algumas mensagens para você depois da morte dele.

Ela pareceu irritada.

— Eu já disse ao Sr. Evans. Eles podem fazer o que quiserem com o corpo de Doug. Colaborar com a ciência ou qualquer outra coisa.

— Quem era essa pessoa?

— Já disse tudo. Se a morte de Doug vai ajudar a ciência, a pesquisa ou o que for, tudo bem, podem ficar com ele. Bem, por três mil dólares, como combinamos.

Três mil dólares. Uma ninharia.

— Alguém lhe ofereceu três mil dólares pelo corpo de Doug?

— Escute, se Doug estava metido em mais confusão, eu não sabia de nada. Disse mil vezes àquele garoto para ficar longe das malditas drogas.

— Não a estou acusando de nada, Sra. Buckner. Só estou tentando obter algumas informações sobre o homem que lhe pagou pelo corpo de Doug.

— Bem, é como acabei de contar. Ele disse que algumas escolas de medicina pagariam pelo corpo, para usá-lo em pesquisas científicas.

— Ele disse quais escolas?

— Não. Disse que, se eu assinasse os papéis e mandasse de volta por fax, ele me daria o dinheiro. Eu respondi que, por mim, tudo bem, mas que eu não ia mandar nada antes de *receber* o dinheiro.

— E recebeu?

— Uma ordem de pagamento de três mil. Fui até o Western Union e peguei o dinheiro. Enviei o fax de lá mesmo. Não tenho aparelho de fax em casa.

— Ainda tem o número do fax, Sra. Buckner?

— Sim. Está bem aqui. É 404-555-1610.

Anotei o número.

— Ele deixou alguma outra forma de contato?

— Não. Não fico surpresa que exista outra confusão. Aquele garoto só trazia problemas, desde o início.

Desliguei sem me despedir e liguei para o número do fax. Uma mensagem de uma sala de cinema no condado de Cobby. *Perfeito, como sempre. Usar um número temporariamente. Eles sequer devem ter percebido.* Deixei meu corpo cair numa cadeira, esgotado. *Desta vez, acabou mesmo.*

Fechei os olhos. *Estava tão perto que já podia sentir o gostinho.* Eu perdera a oportunidade de garantir justiça para Doug Townsend e outras sete vítimas pelo quê? Algumas horas? Havia oito pessoas mortas, e a causa permanecia invisível, sem qualquer rastro.

E o mundo continua girando, pensei. Ralston e Stephens faturariam seus bilhões. Os conjuntos habitacionais perderiam mais algumas almas. E a grande cidade de Atlanta, que nunca lhes dera muita importância para começar, sequer precisaria esquecê-los.

ACORDEI NO MEIO DA NOITE, totalmente alerta. Olhei para o teto por um segundo, pensando se não teria perdido a razão. Mas não tinha. Havia uma falha, sem qualquer relação com células, genes, ciência ou qualquer outra coisa impenetrável que eu mal conseguia entender. Era maravilhosamente humana, e o fato de eu permanecer vivo significava que Ralston e Stephens ainda não haviam se dado conta. Se a situaçao continuasse daquele jeito pelo tempo necessário, eu pegaria os filhos da mãe.

CAPÍTULO 25

ÀS OITO DA MANHÃ, entrei no Buick, que estava arruinado depois da perseguição em alta velocidade. O alinhamento se perdera, e a transmissão — não tinha idéia de quando o óleo fora trocado pela última vez — apresentava sinais de trauma. Mas o carro continuava andando, o suficiente para chegar ao necrotério de Atlanta cerca de uma hora depois. Era sábado. Contudo, como o crime nunca descansa, o lugar também nunca fecha as portas. Por conveniência, o necrotério fica ao lado do laboratório de patologia da polícia, com o qual divide a entrada principal.

Não gosto de laboratórios de criminalística. Sempre acabo me lembrando de hospitais. E o laboratório de patologia do Departamento de Polícia de Atlanta é o mais perto de um hospital que pretendo chegar. É um lugar extremamente limpo, com um cheiro distinto de produtos químicos e iluminado de modo agressivo, quase desafiador. O único aspecto que não é comum a hospitais lembra uma cadeia: a presença ostensiva de segurança eletrônica. O laboratório situa-se no sul de Atlanta, num distrito industrial, distante do quartel-general da polícia. Não há identificação no prédio e, como a entrada de carga fica nos fundos, creio que muitos dos vizinhos sequer conheçam sua atividade. A discrição tem boas razões: para começar, os materiais de teste em seu interior são extremamente valiosos; e, além disso, uma quantidade imensa de delicadas provas é armazenada por lá. Desde a chegada, as câmeras gravam cada movimento. Antes de passar da recepção, você recebe uma identificação temporária, que deve ser exibida todo o tempo. Mostrei minha carteira de motorista, fiz o cadastro e informei à secretária que queria ver a Dra. Raimi Hrawani, patologista responsável pelo laboratório. Como advogado de Doug, tinha acesso à ficha dele. Olhei para as câmeras de segurança e tive vontade de rezar.

Depois de alguns minutos, uma mulher de jaleco branco passou por uma porta dupla diante da cadeira em que eu estava sentado. Tinha trinta e poucos anos, pele morena e cabelo castanho curto, preso atrás das orelhas. Eu não a conhecia, mas já vira seu nome em relatórios de diversos casos. A Dra. Hrawani tinha uma reputação impecável e servira de testemunha em vários assassinatos famosos.

— Olá, Sr. Hammond — disse ela, com sotaque indiano. — Acredito que deseje conversar sobre Doug Townsend. Não tenho muito tempo. Houve alguns fatos desagradáveis no sul de Atlanta ontem à noite e estamos bastante atarefados.

— O detetive Little disse que o corpo de Doug foi liberado.

— Isso mesmo. Toda a papelada foi preenchida corretamente.

— Quando foi isso?

— Por volta de quatro e meia da tarde de ontem.

— Houve necropsia?

Ela fez que não

— Somos basicamente um centro de armazenamento.

— Então não há amostras de tecido ou de sangue?

— Foi feito um teste com Valtox na cena do crime, mas a amostra foi consumida. Acho que só temos uma fotografia.

— Posso ver essa fotografia?

Ela me entregou um crachá de plástico.

— Prenda isso na camisa e venha comigo.

— Para onde ficam as pessoas mortas?

— Isso mesmo.

Segui a Dra. Hrawani, passando pelas pesadas portas de metal e entrando na área restrita do laboratório de criminalística da polícia de Atlanta. A aparência do lugar é industrial — um local de trabalho e nada mais. Não há qualquer tipo de decoração para atenuar o ambiente. O laboratório consiste num quadrado, com uma ampla área aberta no meio ocupada por quatro mesas para necropsia. As mesas, feitas de aço inoxidável perfurado, brilham sob a luz intensa. Ao redor, há ferramentas de aparência medieval, incluindo serras, furadeiras e alicates. Essa área central é cercada por saletas. Acompanhei a Dra. Hrawani ao seu escritório, um espaço também quadrado, ocupado por arquivos e uma mesa de metal, além de uma cadeira com rodinhas. Havia uma foto antiga de um homem e uma mulher, de braços dados, diante de um prédio ornado e colorido. Ela notou que eu olhava:

— Meus pais, quarenta anos atrás. Antes de eu nascer.

— Onde a foto foi tirada?

— No Paquistão. Islamabad. Eles dizem que era muito bonita naquela época. — Ela fez um gesto para que eu me sentasse. Depois pegou uma pasta grande de papel pardo. — Usa drogas, Sr. Hammond?

— Não.

— Se um dia tiver vontade de começar a usar, ligue para mim. Posso lhe dar uma opinião bastante persuasiva.

— O corpo estava destruído?

— Se as pessoas tivessem minha perspectiva, não fariam nada além de comer cereais. — Ela se sentou, pegou uma lata de lixo embaixo da mesa e a empurrou para perto de mim. Estava forrada com um saco plástico. — Caso seja necessário — disse.

— Eu me seguro.

— Geralmente são os homens que perdem o controle.

Ela tirou duas fotografias de dentro da pasta e as jogou sobre a mesa. Precisei de alguns segundos, engolindo em seco, tentando me acostumar às imagens implacáveis e cruas de uma morte impiedosa. Doug aparecia deitado sobre uma mesa de metal, sem camisa, e obviamente sem vida.

— Seu cliente estava definhando, o que é razoavelmente comum com o uso continuado de drogas. Eles perdem o apetite e não conseguem manter o peso. Veja os ossos protuberantes na face, os olhos escuros e encovados. Também há marcas de queimadura nas pontas dos dedos, embora esteja claro que seu amigo era mais cuidadoso do que a maioria. — Ela me olhou. — Mas não há marcas na pele, o que deixa claro que ele não era adepto de drogas intravenosas.

— Doug me disse várias vezes que tinha pavor de agulhas.

A Dra. Hrawani apontou para a outra foto, que mostrava um close do ombro esquerdo de Doug. Não pude acreditar: as palavras *Pikovaya Dama* estavam tatuadas na pele, com o mesmo tipo de letra que eu vira em Michele, embora o trabalho não fosse tão bem-feito. As letras na perna de Michele eram delicadas, claramente feitas por um artista. As de Doug eram mais grosseiras, não tinham sutileza. Mas não havia dúvida: ele carregava uma cópia da tatuagem de Michele na pele.

— Então a hepatite veio da tatuagem — murmurei.

— É uma possibilidade. Sabe o que significa?

— É russo. A dama de espadas.

Ela pareceu intrigada.

— Aparentemente, seu amigo superou o medo de agulhas — prosseguiu.

As palavras de Ralston me vieram à cabeça: *Não tenho dúvida de que, em troca de cinco minutos com minha mulher, ele teria ficado feliz em decepar um de seus dedos.*

— Ele tinha uma motivação muito forte.

A Dra. Hrawani recolheu as fotografias e as guardou na pasta.

— Isso é tudo de que disponho. Infelizmente, não é muita coisa.

— E esse Ron Evans, que pegou o corpo. Você o viu pessoalmente?

— Não. Mas podemos perguntar ao Charlie.

— Charlie?

— A pessoa que cuida dos corpos.

— Ah, sim. Ficaria muito grato.

Fui atrás da doutora até a área de trabalho. Ela chamou um homem grande e musculoso que devia ter quase quarenta anos. Seus ombros e braços pareciam de um levantador de peso.

— Charlie, pode vir aqui um instante?

O homem virou-se, assentiu e veio ao nosso encontro. Depois que a Dra. Hrawani nos apresentou, perguntei-lhe se lembrava de algo incomum na retirada do corpo de Doug. Ele pensou um pouco.

— Não é algo que se possa chamar de estranho, mas eu esperava um serviço especializado, como uma funerária. Vejo sempre as mesmas seis ou sete empresas por aqui. Só que dessa vez foi diferente.

— Foi uma ambulância ou um carro fúnebre? — perguntei.

— Acho que um carro. Mas não havia qualquer identificação. Nenhum nome de empresa.

— Ele assinou a retirada do corpo?

— Isso deve estar no registro, na recepção.

Fomos os três até a recepção. Enquanto Charlie procurava o livro de registros, notei um monitor de circuito fechado exibindo uma imagem da parte externa nos fundos do prédio.

— Isso aqui grava ininterruptamente?

— Vinte quatro horas — respondeu Charlie. — Dentro e fora do prédio.

— Então vocês têm uma fita do sujeito retirando o corpo.

— Nada de fitas. Agora usamos discos rígidos. Mas, sim, devemos ter uma gravação.

— Posso vê-la?

A Dra. Hrawani me olhou com reservas.

— Estamos entrando numa área delicada, Sr. Hammond.

— O que ele fez fora do prédio é público. É só isso que quero ver.

Depois de pensar, ela fez um gesto para o funcionário. Ele procurou o horário no registro e, em seguida, digitou alguns números num terminal próximo. A tela mostrou um furgão Ford Econoline estacionado na área de carga.

— É isso aí. Esse é o veículo — disse ele.

— Pode avançar um pouco, até Evans aparecer?

Charlie apertou uma seta, fazendo a imagem avançar em intervalos de um minuto. Pouco depois, o monitor mostrou Charlie e outro homem carregando um corpo numa maca pela porta dos fundos. O sujeito parecia ter cinqüenta e poucos anos. Era magro e calvo. Na hora de botar o corpo no furgão, ele deixou Charlie cuidar da maior parte do trabalho. Até então, seu rosto não aparecera com nitidez. Porém, pouco antes de deixar o local, ele cumprimentou Charlie. Foi o único momento em que se virou para a câmera.

— Pode congelar nesse ponto?

— Claro.

— Existe um jeito de imprimir esse quadro?

Charlie olhou novamente para a doutora. Ela hesitou outra vez.

— Meu cliente está fora do radar da polícia — expliquei. — Antes que ele suma definitivamente, quero verificar algumas coisas. É muito importante para mim. — Ela fez um sinal para o funcionário. Logo uma impressora a laser próxima despertou. Em poucos minutos, eu tinha em mãos uma fotografia ampliada, em baixa definição, do rosto do homem.

— Não está perfeita, mas dá para ver as feições — disse Charlie. — É o melhor que consigo.

Com todo cuidado, guardei a foto no bolso do paletó.

— Obrigado. Está ótima — disse, virando-me para a Dra. Hrawani. — Agradeço por sua ajuda. Manterei contato.

336 | REED ARVIN

Devolvi o crachá e saí do prédio. Ao entrar no carro, senti a foto no meu bolso. Agora só precisava de Pesadelo.

NEM PERDI TEMPO telefonando. Fui direto para o West End, onde Pesadelo morava. Passavam das dez, e o trânsito na cidade estava finalmente mais tranqüilo. O West End é um bairro barato, ocupado por trabalhadores, cheio de prédios antigos de teto baixo e manutenção precária. Estacionei e fui até a porta do garoto. Podia ouvir um som alto e pesado saindo do apartamento. Bati. Não houve resposta. Bati de novo, mais forte. O volume baixou, e pude notar a sombra de alguém passando diante de cortinas fechadas.

— É o Jack. Precisamos conversar. — Nada. — Não vou embora, Michael. Saia da caverna.

Ouvi o barulho das trancas, e a porta se abriu. Pesadelo pôs a cabeça para fora.

— Eu o convidaria para entrar, mas isto aqui está meio bagunçado.

Ele estava de cueca samba-canção e camiseta. Parecia abatido, como se não dormisse havia dias.

— Você está bem? Não está muito atraente.

— A não ser que pretenda sair comigo, não vejo a importância disso.

— Realmente não há problema — disse, passando por ele. — Não vou demorar. — O cheiro indicava que uma faxina não fazia parte das tarefas de Pesadelo havia pelo menos um mês. Havia alguns móveis e um pequeno aparelho de som, do tipo barato, com alto-falantes embutidos. Ao lado, CDs espalhados, com inscrições feitas à mão. E nenhum computador à vista. — Onde está seu equipamento?

— Lá atrás. Mantenho o material longe das janelas. Vizinhança suspeita.

— Vista uma calça, Michael.

— Vamos sair?

— Sim, mas não é essa a questão. Não me agrada muito vê-lo de cueca. — Ele deu de ombros e foi até o quarto. Passados alguns minutos, voltou vestindo uma calça jeans suja e uma camisa amassada. Olhei-o por um segundo, tentando ignorar o fato de que a justiça para oito pessoas assassinadas dependia dele. — É o seguinte, Michael. Preciso que me ajude mais uma vez.

Pesadelo olhou para mim e enfiou as mãos nos bolsos da calça.

— Cara, andei pensando nisso tudo. Se você vai ficar me usando, vou querer um financiamento.

— Quer dinheiro? Está brincando, não é?

— Não, só estou dizendo que sou uma espécie de prestador de serviços independente. Não tenho motivações pessoais.

— O que aconteceu à nossa parceria? Jackie Chan?

— Só estou falando, cara.

— Sei, você só está falando. — Aproximei-me dele, que demonstrou medo, como sempre, e o agarrei pelo colarinho. — Sabe como essas pessoas morreram, Michael? — Um gesto negativo. — Elas morreram explodindo por dentro. Morreram sangrando por todos os orifícios do corpo ao mesmo tempo. Morreram como cães, em agonia. Então, eu e você vamos até os Laboratórios Grayton, agora. Você vai me ajudar a solucionar o terrível assassinato de oito pessoas. Eu esperava que fizesse isso porque é um garoto decente por baixo dessa aparência forçada e ridícula. Mas, se não me ajudar por isso, vai me ajudar porque, do contrário, vou te dar uma surra.

— Laboratórios Grayton?

— Isso mesmo.

Ele segurou minhas mãos, e eu o soltei.

— Tudo bem — disse Pesadelo.

— Assim? Eu digo Laboratórios Grayton e, de repente, você é todo sorrisos?

— Ei, eu disse que vou fazer sua vontade.

Não havia tempo para discussões. Robinson estava à espera.

— Certo. Precisa de alguma coisa?

Ele pegou a mesma bolsa que levara ao meu escritório.

— Vamos.

ENQUANTO A HORIZN era um palácio de alta tecnologia, a Grayton era um espaço de trabalho construído para garantir o máximo de eficiência. O laboratório ficava num prédio comprido de três andares. Estava claro que a construção tinha algumas décadas — e pouco se fizera para modernizá-la. Não havia preocupação com paisagismo. Essa característica, aliada à presença de segurança por toda parte, fazia o lugar parecer mais uma prisão do que uma empresa do admirável novo mundo da pesquisa genética.

A segurança da Grayton não dispunha da tecnologia da Horizn — obviamente por razões financeiras — mas compensava com intimidação humana. Apesar disso, como Robinson já contatara o vigia, entramos sem problemas na área de estacionamento. Depois de sairmos do carro, passamos pela porta principal e paramos diante de uma recepção com uma dezena de monitores. Dois seguranças armados estavam sentados atrás da parede de telas observando o exterior e o interior do prédio. Ao nos ver chegando, um deles se levantou. Identificamo-nos e fomos conduzidos a cadeiras a alguns metros de distância.

Robinson apareceu cinco minutos depois. Seu rosto mostrava uma tênue esperança, mas o medo também se fazia presente. Eu me levantei.

— Este é Michael Harrod.

— Pode me chamar de Pesadelo — corrigiu Michael.

Robinson observou-o em silêncio e, em seguida, virou-se na direção de um corredor.

— Venham comigo.

Andando pelos corredores quase vazios da Grayton, parecia que Robinson tinha a peste negra. As poucas pessoas no caminho, ao nos verem, entravam nas salas ou simplesmente observavam, lançando olhares maldosos. Aquilo perturbava Robinson. Quando chegamos ao laboratório, ele praticamente se arrastava, de tanta vergonha. Eu o detive na entrada.

— Vamos consertar tudo isso.

— Eu arrisquei a companhia toda e perdi.

— Por que eles não o demitem?

— Não podem. Tenho um contrato.

— Eles não podem pagar a multa?

— Não quero dinheiro. Quero minha vingança. E, por mais quatro meses, tenho acesso ao laboratório.

— Há alguma equipe de apoio?

Cabisbaixo, Robinson tentava vencer a humilhação.

— Ninguém aqui moveria um dedo para me ajudar. Sou um excomungado.

Antes de entrarmos, Pesadelo apontou para algo que parecia um grande chuveiro, no teto.

— O que é aquilo? — perguntou.

— Banho de emergência — respondeu Robinson. — Você os verá espalhados por todos os andares. Usamos muitos produtos químicos fortes por aqui. A idéia é que ninguém esteja a mais de dez metros de uma fonte de água para poder se limpar. É só puxar a alavanca.

— Já usou algum desses?

— Uma vez — disse Robinson, sem entrar em detalhes.

Ele empurrou uma porta dupla e nos conduziu a uma grande sala de formato retangular com cerca de 15 metros de comprimento e dez de largura. Robinson acionou alguns interruptores para ligar as luzes do teto. O espaço era tomado por máquinas de uma complexidade impressionante. Também havia um labirinto de

340 | REED ARVIN

monitores na sala. No entanto, em todos os cantos, as cadeiras estavam vazias. Parecia que, até pouco tempo, aquele era um lugar de atividade intensa, capaz de acomodar pelo menos dez assistentes. Agora, como conseqüência do fracasso de Robinson, o lugar ficara tão melancólico quanto uma tumba. Duas máquinas, emitindo um ruído baixo, dominavam o centro da sala. Pesadelo soltou um gemido de prazer.

— Interessante, não? — perguntou Robinson.

Pesadelo olhava com desejo.

— Imagine o que eu poderia fazer com tanto poder de processamento...

— O corpo — interrompeu Robinson. — Quando podemos consegui-lo?

Lá vamos nós.

— Não podemos. Ele já era. — Robinson me observou por um momento e começou a tremer. — Não entre em pânico. Eu sei onde está.

— O que aconteceu? Você disse que conhecia um cara.

— Eles foram mais rápidos. Enquanto eu estava amarrado...

Pesadelo me interrompeu:

— Você foi amarrado, cara?

Fiz um gesto para que ele se calasse.

— Enquanto eu estava amarrado, alguém conseguiu a liberação do corpo. Foi retirado no fim da tarde de ontem.

Perto de um esgotamento emocional, Robinson falou com a voz alterada:

— Quem está com ele?

Joguei a foto que conseguira no laboratório de patologia sobre a mesa.

— Esse cara. Ele está com Doug.

— Isso é tudo? — reagiu Robinson. — É tudo que tem? Uma foto?

Apontei para Pesadelo.

— Também temos a ele.

— Não conheço esse cara — disse Pesadelo, pego de surpresa.

— É claro que não o conhece. Mas eu conheço alguém que o conhece. E você vai perguntar a ele.

— Como teve essa idéia?

— Quando fui me encontrar com Ralston, fui cadastrado num programa de reconhecimento facial.

— Biometria — disse Pesadelo. — É, cara, isso aí é complicado.

— Todo mundo que passa pela entrada. — Apontei para a foto. — Esse cara trabalha para Ralston, o que significa que também está no banco de dados.

A expressão superficial de interesse no rosto de Pesadelo desapareceu.

— Cara, agora você ficou maluco de vez. A Grayton foi uma coisa. Não vou invadir a Horizn.

— Se conseguir acessar o banco de dados da Horizn, não só poderá identificar esse homem, como provavelmente poderá nos dizer até sua cor preferida.

— Olhe, não tenho nada contra invadir a Horizn. Para mim, eles são um ótimo alvo. Mas não vou fazer isso para você, e certamente não dessa maneira. Você está louco.

— Você vai invadir, sim, Michael, porque isso é importante demais para você nos deixar na mão.

— Mesmo que eu concordasse, levaria semanas, e não estou mentindo.

— Diga-me o que é necessário, porque não temos nem de perto esse tempo.

— Para fazer do jeito certo? Primeiro, eu entraria no banco de dados da comissão de valores mobiliários para verificar as informações sobre a empresa. Tentar descobrir se tem alguma afiliada, se opera com outros nomes. Talvez exista uma entrada por meio de uma subsidiária.

342 | REED ARVIN

— Impossível. Levaria muito tempo. Próxima opção.

— Levando-se em conta que eles são mais espertos do que isso porque certamente são? Gastaria uns dias pesquisando os fóruns de segurança e blogs, para tentar achar alguma mensagem. Às vezes, eles falam dos seus problemas. Se não encontrasse nada, começaria a mapeá-los, com muita paciência. Descobrir quais são os domínios e portas usados. É preciso ser cuidadoso, sem pressa. Você mapeia a rede inteira, um domínio por vez. Então, e só então, começo a atacar. Eu uso paciência, cara. Não saio arrebentando tudo como um amador.

— Continue. O que acontece depois?

— O que importa? Já estamos falando de uma semana.

— Apenas me conte, Michael.

— Quantos funcionários eles têm?

— Cerca de mil e quatrocentos — respondeu Robinson.

Pesadelo assumiu um ar pensativo.

— Mil e quatrocentos. Certo. Então eu provavelmente procuraria um Joe.

— O que é um Joe? — perguntei.

— Uma expressão hacker. Alguém preguiçoso o suficiente para usar o próprio nome como senha. Praticamente toda empresa tem um, e um é o bastante.

— E o que estamos esperando? Podemos conseguir uma lista dos funcionários, não podemos?

Michael pareceu ofendido.

— Eles não são idiotas, sabia? Há proteções. Talvez o Joe seja o porteiro, e normalmente o porteiro não pode acessar o banco de dados da área de recursos humanos sem chamar atenção. Um erro e estou ferrado. Ou, no caso desses caras, mais provavelmente morto.

— Certo, certo. Deve haver outro caminho.

— Não há. — Pesadelo sentou-se, aborrecido. — De qualquer maneira, eles já devem ter sumido com o corpo.

— Todos os laboratórios possuem incineradores — concordou Robinson. — Usamos nas experiências com animais.

— Ótimo — murmurou Pesadelo. — Estou aqui com um bando de matadores de macacos.

— Não importa — interrompi. — Posso lhe garantir que Doug não está na Horizn. Isso seria levar uma prova de homicídio para dentro da empresa. Não acredito que tomariam tal atitude.

— Você pode estar certo — disse Robinson. — Levar um saco com um corpo para aquele lugar não seria tão simples. Tudo é registrado na entrada e na saída. A não ser que um monte de gente estivesse envolvida, não haveria como garantir o sigilo. Seria necessário apagar as fitas e o registro na guarita, subornar pessoas e eliminar potenciais provas físicas deixadas para trás. E ainda haveria o acaso, como uma pessoa entrando na sala errada, no momento errado. Seria mais fácil cuidar disso em outro lugar.

Virei-me para Pesadelo.

— Então é por sua conta.

— Você está sem sorte — respondeu ele, secamente.

Depois de um minuto de silêncio, apontei repentinamente para Pesadelo, que recuou ao seu estilo paranóico.

— Aquilo que estava dizendo antes. Sobre descobrir um parceiro de negócios. Como isso funcionaria?

— É um truque engenhoso. Você acha alguém com quem eles façam muitos negócios, o que significa que há um fluxo intenso de dados entre as duas partes. Talvez essa outra empresa tenha uma segurança frouxa, e aí você pode invadi-la. Depois é só uma questão de esperar que se comunique com a Horizn. Nesse momento, você realiza uma chamada de procedimento remoto. Isso permite que você passe da segunda empresa para seu alvo real. É claro que o tempo de permanência depende do tempo de conexão. Quando a empresa se desconecta, você também cai. Só que, nesse intervalo, você provavelmente já descobriu um modo de se passar por ela.

— Michael, por que você não arruma um emprego normal? Com um cérebro desses...

— É, eu sei — disse Pesadelo, com um olhar desconfiado. — Está dizendo que conhece uma dessas empresas?

Voltei-me para Robinson.

— Não é uma empresa. É o governo dos Estados Unidos.

— Meu Deus, você tem razão — disse Robinson. — Os Institutos Nacionais de Saúde. A Horizn deve se conectar a eles todos os dias, às vezes durante horas. Sei de departamentos que simplesmente mantêm uma conexão aberta, por ser mais fácil.

— Então é isso, Michael. Pode fazer?

Pesadelo deu um passo para o lado, afastando-se de mim. Mas eu podia sentir que estava dividido entre a ansiedade costumeira e a perspectiva de uma nova vítima. Seu ego empurrava-o na direção de um território nunca explorado.

— Precisaríamos saber os nomes das pessoas que acessam os Institutos...

— Conheço *todos* os nomes — interrompeu Robinson. — Posso preparar uma lista em dois minutos.

— Muito bem — disse Pesadelo. — *Se* um deles for um Joe, talvez seja possível. Se vocês tiverem essas informações, claro.

— Vamos tentar — decidi.

Pesadelo estava hesitante.

— Eu ainda precisaria entrar na rede dos Institutos, e não tenho registro lá. — Ele apontou para Robinson. — Então, para isso funcionar, eu teria que entrar como ele.

Robinson tirou os olhos da lista que preparava.

— O quê?

— Não há sentido em invadir os Institutos se ele é registrado. Seria uma perda de tempo. Tenho de entrar como ele, não há outra opção.

Iniciei uma reação, mas Robinson pôs a mão no meu braço.

— Tudo bem. Vamos fazer desse jeito.

— Tem certeza?

— Eu já estou morto mesmo, a não ser que isso funcione. Estamos falando de meras formalidades.

— É daqui que costuma se conectar? — perguntou Pesadelo, apontando para um terminal.

— Sim.

— Cinqüenta mil.

— Michael... — reagi.

— Cinqüenta mil, cara. Esse é um trabalho de alta tecnologia e tem um preço.

— As despesas hospitalares também.

Até hoje, não sei se eu estava falando sério, mas o fato é que Michael deve ter visto algo em meus olhos, porque imediatamente se sentou e disse:

— Pelo menos me arrume uma droga de uma água mineral.

DEPOIS DE ALGUMAS HORAS andando para lá e para cá, finalmente fui até uma máquina e comprei 15 dólares em sanduíches prontos, biscoitos e refrigerantes. Distribuí alguns dos sanduíches e guardei o resto numa geladeira. Pesadelo devorou o dele, mas Robinson se recusou a comer. Sentei-me numa cadeira num canto do laboratório, odiando cada segundo de espera. Um laboratório cheio de equipamentos incompreensíveis é um péssimo lugar para se passar o dia. Tentei conversar com Robinson algumas vezes, mas não era correspondido. Ele só queria saber de perturbar Michael, perguntando como estava a invasão, até que Michael pediu que o deixasse em paz. Passaram-se mais algumas horas e o escritório começou a encerrar o expediente. Em certo momento — depois de alternar períodos igualmente inúteis andando e sentado — eu devo ter cochilado um pouco. Ao sentir um chute na minha perna, pulei da cadeira e dei de cara com Michael me olhando.

— Consegui — disse ele. — Eu sou demais. Provavelmente o maior de todos os tempos.

— E?

Pesadelo segurava uma folha impressa.

— O cara trabalha para a Horizn. O nome dele não é Ron Evans. É Raymond Chudzinski.

— Pesadelo, você é um gênio. Que horas são?

— Eu sei disso. Acho que umas seis e meia.

— Robinson já viu isso?

— Ainda não. Ele está na sala dele.

— Vamos atrás dele. — Dei dois passos e parei. Senti meu sangue congelar. — Michael, eu nunca mencionei o nome de Ron Evans.

— Ahn? Claro que disse.

— Não, Michael.

— Ah, então foi o Robinson.

— Também não lhe disse o nome. — Pus as mãos no pescoço de Pesadelo e o empurrei contra a parede. Ele começou a se debater. — Você nos entregou, seu merda. Só há uma forma de você saber quem é Ron Evans: tendo ajudado Ralston a pegar o corpo de Doug. — Soltei-o, e ele escorregou pela parede. — Já conversei com a prima de Doug. Ela enviou a papelada para um número de fax de Atlanta. O número é de um cinema no condado de Cobby.

— E daí?

— Você é especialista em invasão telefônica. Você redireciona linhas. É sua área. Foi *você* quem me disse.

Tremendo, ele começou a se afastar, tentando permanecer longe de mim.

— Isso é besteira — disse ele, mas a mentira era tão clara que logo desistiu. Sua expressão era de medo. — Eles foram ao meu apartamento. Estavam falando sério. Falando sério com armas nas mãos.

— Quem fez isso? Conte tudo, seu bosta.

— Nós não chegamos a nos apresentar — disse Pesadelo, contrariado. — Eles contaram que me rastrearam quando invadimos a Grayton. Mas não interferiram, para descobrir quem eu era.

Descrevi os caras que me jogaram no closet, e Pesadelo confirmou que eram as mesmas pessoas.

— Escute, cara, essa gente está equipada. Estou falando de tecnologia de ponta. Eles me rastrearam na *Grayton*, cara. Não tínhamos chance.

— Eles pagaram a você, seu verme. Foi isso que importou.

Pesadelo olhou para mim sem qualquer sinal da sua antiga pose.

— Certo, não sou um super-herói como você. É, eu aceitei o dinheiro. Mas não foi essa a questão. — Seus olhos estavam úmidos. — Eu estava com medo, falou? Nunca quis me meter numa situação dessas. Essa história de Pesadelo é babaquice. Eu só gosto de atormentar um pouco as pessoas. Fazer ligações a distância de graça. Invadir um site e publicar alguma besteira, contar vantagem em salas de bate-papo. Aí conheço você e, de repente, estou fazendo espionagem industrial, oito pessoas estão mortas e toda essa merda. Aqueles caras iam quebrar meu pescoço. Pareciam ter muita prática nisso.

E, então, para meu horror, ele realmente começou a chorar. Depois de interpretar o Pesadelo por tanto tempo, ele revelou não ser nada mais do que Michael Harrod, um garoto assustado. Eu sabia por experiência própria que os sujeitos que o procuraram não eram de brincadeira. Para alguém como Michael, representavam algo terrível, insuportável. Pus as mãos em seus ombros, mas ele me afastou, sofrendo com a humilhação e a culpa.

— Então por que fez isso? — perguntei, mostrando o papel. — Eles não vão gostar, se descobrirem que nos ajudou.

— Vocês todos acham que me conhecem — disse Pesadelo, enxugando as lágrimas. — Ralston, ou quem quer que sejam esses malucos. Até você, com seus sermões de pai. Acontece que tenho meus próprios princípios. — Ele apontou para a foto. — Fiz isso pelo Matador — disse, com a voz cheia de raiva. — Ele era da comunidade. Meio maluco, só isso.

— Eles não precisavam de você para isso, Michael. Podem cuidar desse tipo de ação por conta própria.

— Eu sei.

— Eles queriam envolvê-lo porque sabiam que estava trabalhando comigo. Deram dinheiro a você para manter o olho em nós, não foi isso? Para impedir que descobríssemos mais coisas.

— Sim.

— Isso significa que você nos entregou ou não? Sabem que entramos no site deles?

— Sabe que todo mundo sempre me sacaneou? Todo mundo na escola. Quando eu ainda ia, pelo menos. Foi por isso que entrei no submundo. Ninguém me sacaneia nesse mundo. Então comecei a pensar no Matador e em como esses caras acabaram com ele. O Matador era exatamente como eu, sabia? Ele não se encaixava na sociedade educada. Aí pensei que, em vez de agir como um babaca, eu podia pegar esses caras por ele. Seria um feito e tanto. Pegar mesmo esses caras.

Fiquei assistindo a Pesadelo oscilar entre a adolescência brilhante e isolada e algo que se parecia com a vida adulta. Era como observar um potro tentando se equilibrar sobre suas pernas fracas. E se ele estivesse dizendo a verdade — uma dúvida importante, mas era tudo que eu tinha — finalmente teria feito algo decente na vida. Era um começo.

— Vamos.

Pesadelo enxugou os olhos.

— Para onde? — perguntou.

— Encontrar Robinson.

— E o que você vai fazer comigo?

— Você estava sob pressão. Conheço os caras de que falou. Era demais para você. E, como eu não posso perder tempo tentando descobrir se é um mentiroso ou não, estou escolhendo acreditar em você. Então vamos.

Ele se levantou, tentando se recompor, e me seguiu, ainda contendo as lágrimas. Entramos na sala de Robinson, que ficou preocupado ao ver o estado de Michael.

— O que aconteceu?

Mostrei a fotografia.

— Michael conseguiu. Descobrimos o cara. Raymond Chudzinski. Se o acharmos, acharemos o corpo. — Ouvi um murmúrio incompreensível atrás de mim. — O que você disse? — perguntei, virando-me para trás.

— Sei para onde levaram o Matador — disse Pesadelo, em voz baixa.

— Para onde?

— Uma funerária em Walnut Grove. Ele vai ser cremado sob outro nome. Algo parecido com Harrison.

— Você sabia? Droga, Michael, por que não contou antes?

— Eu podia estar assustado, mas não virei um idiota. Estava esperando para ver se conseguia realizar a invasão. Se eles forem pegos, serei um homem livre.

Olhei o relógio. Eram quinze para as sete.

— Devem estar fechados. Mas não é uma boa idéia esperar. De qualquer maneira, parece que eles descartam o corpo depois do horário comercial. Sugiro irmos de carro.

— Ficou maluco? — perguntou Pesadelo. — O cara está morto há dias. Deve estar decomposto.

— Ele poderia estar morto há um ano, e isso em nada mudaria o DNA dele — explicou Robinson. — No entanto, obter informação genética de tecido necrosado não é fácil. Se conseguirmos sangue, será mais rápido.

— Que merda — disse Pesadelo.

— Cale a boca, Michael.

— Se Townsend tiver sido mantido em refrigeração, não importa o tempo que passou — disse Robinson. — Só preciso de uma pequena quantidade.

— E se ele não tiver sido refrigerado? — perguntei.

— Eu diria que teríamos umas doze horas. O DNA não se degradaria, mas o sangue estaria tão coagulado que seria quase impossível retirá-lo.

— Não há mais nada que possamos fazer. Sabemos que o corpo estava refrigerado até ser retirado. Se não tiver sido cremado, podemos conseguir o que precisamos. Se tiver sido, eles se safam, não é? — perguntei a Robinson.

— É nossa última chance, Jack. Se não houver corpo, eles se safam.

— Vou precisar de quase uma hora para chegar lá. Vamos.

CAPÍTULO 26

A FUNERÁRIA FICAVA A MUITOS quilômetros a leste da cidade, encravada na área rural que se espalha pelo entorno de Atlanta. Pesadelo estava no banco de trás; Robinson ao meu lado. Saímos da I-20 e pegamos a auto-estrada 138, na direção nordeste, a caminho da 81. A lua subia e, sob a suave luz prateada, assistimos às montanhas cobertas de árvores cederem lugar a um terreno plano, mais rural. Uns 15 quilômetros depois da divisa do condado, avistamos o local. Eram oito e vinte.

Entrei no estacionamento, no qual havia apenas mais um carro, um Mercedes preto antigo.

— Fique aqui — disse a Michael. — Não deve demorar muito. — Depois me virei para Robinson. — Está pronto?

Robinson pegou uma seringa e pôs no bolso da camisa.

— Estou.

Saímos do carro e fomos até a porta da frente da funerária. Não havia luzes acesas; o lugar parecia vazio. Tentei abrir a porta, mas estava trancada. Apertei a campainha. Nada. Apertei mais uma vez. Ouvi ruídos, e a porta se abriu. Um homem baixo, de origem mediterrânea, apareceu, usando roupas comuns.

— Estamos fechados — informou. — Posso ajudá-lo em algo?

— Espero que não seja tarde demais.

— Tarde demais?

— Este é.. — *Isso não vai dar certo.* — O Sr. Harrison — continuei, balbuciando o nome. — Ele ficou preso em Charlotte. Insistiu que eu o trouxesse aqui para passar um último momento ao lado do irmão.

— Sr. Harrison — repetiu o homem, confuso.

— Foi trazido ontem — expliquei. — Para cremação.

— Harriman — disse o homem, mudando de expressão. — Por um instante, pensei ter ouvido Harrison. Minha audição não é das melhores.

— Isso mesmo. Sr. Harriman.

— Bem, como eu disse, estamos fechados. Mas, já que vocês dirigiram até aqui, não posso mandá-los de volta. Entrem.

O homem afastou-se da porta, e eu e Robinson entramos na funerária. Percorremos um corredor longo e sujo, decorado com objetos melancólicos. A iluminação era precária; o carpete, gasto; e as paredes, cobertas com um papel vermelho.

— Gene D'Anofrio — disse o homem, estendendo a mão e lançando um olhar de compaixão para Robinson. — Sinto muito por seu irmão. Não fui informado dos detalhes.

Robinson foi esperto o bastante para reagir com tristeza e manter a boca fechada.

— O Sr. Harriman quer apenas ter um momento sozinho para se despedir — expliquei. — Eles eram muito próximos.

— É claro.

Depois de virarmos, no corredor, D'Anofrio conduziu-nos por uma porta dupla.

— Temi que pudesse ser tarde demais — acrescentei.

— Não, o irmão dele está bem aqui. Ainda há muito tempo. — Seguimos D'Anofrio para dentro de uma pequena sala com paredes revestidas. Havia algumas cadeiras estofadas de cor vermelho-escuro. — Bem, se os senhores puderem aguardar um momento, trarei o Sr. Harriman até aqui.

— Obrigado. Agradecemos muito — respondi, e D'Anofrio desapareceu por uma porta lateral. Assim que ficamos sozinhos, perguntei a Robinson: — Ele vai simplesmente trazer o corpo numa maca?

— Por mim, ele pode trazê-lo até nas costas. Só preciso de dois minutos sozinho com o corpo. Pode distrair D'Anofrio?

— Sem problemas.

Ficamos sentados por vários minutos. De repente, o silêncio foi interrompido por uma música tocada num órgão, saindo de caixas de som montadas nas paredes.

— Agora ele está exagerando — disse Robinson.

— Só está sendo respeitoso — opinei. — E, em alguns minutos, você vai consertar toda essa maluquice coletando alguns mililitros do sangue de Townsend.

Robinson assentiu, e ficamos quietos até a porta se abrir novamente. Não havia maca. Não havia corpo. D'Anofrio apareceu carregando uma pequena urna de bronze, que ele pôs sobre uma mesinha revestida com feltro. Depois de nos cumprimentar, deixou a sala e fechou a porta.

EU E ROBINSON OBSERVAMOS a poeira carbonizada e esterilizada que um dia fora Doug Townsend. Seu precioso DNA, antes escondido nas proteínas de sua estrutura celular, agora estava destruído.

— Porra! — disse Robinson. — Com todo respeito ao morto, que merda!

Ele se levantou, externou seus sentimentos mais uma vez e saiu do recinto.

SEM ROBINSON, permaneci sob a luz fraca da sala, na companhia de Doug Townsend, meu amigo de faculdade que tinha um grande coração e um amor sem limites por uma cantora de ópera. Eu não o protegera enquanto estivera vivo, nem vingara sua morte. E tinha de responder pela minha própria fraqueza em relação a **Michele**, a peça central daquilo tudo. Ela me expusera de um jeito que talvez nunca mais acontecesse para, depois, usar-me em seus propósitos mais atormentados.

Fui até a urna de bronze, toquei-a e baixei a cabeça.

— Deus em que eu não acredito, apresento-lhe a evidência A, prova de que não existe clareza nesse mundo. Apenas confusão e mais **confusão**. O mal floresce. Os bons, que eu admito espontaneamente também serem bastante corruptíveis, morrem cedo. Você não intervém nessas atrocidades e, portanto, é nulo e inútil. Onde quer que esteja, e o que quer que esteja fazendo, não deve estar sequer perto da cidade de Atlanta, Geórgia.

Dei as costas para a urna e saí. Robinson e Pesadelo me esperavam. Seria uma longa viagem de volta para casa.

NINGUÉM ABRIU A BOCA por pelo menos vinte minutos. Os quilômetros eram vencidos em silêncio. Parecíamos cobertos por uma mortalha. Pouco antes das dez, alcançamos o trânsito impiedoso da cidade — intenso a qualquer hora —, que transformou a viagem numa sucessão de avanços intermitentes.

— Meu Deus, como odeio esta cidade — disse Robinson, quebrando o silêncio. — Acho que vou me mudar. Para o oeste.

Ninguém respondeu, o que pareceu ser a melhor forma de reagir. Quinze minutos depois, olhei para Robinson. Algo acontecera; ele suava em abundância.

— Você está bem? — perguntei. Robinson me olhou por um instante e depois voltou a observar a estrada. Ele parecia ter visto um fantasma. — É sério. Você não parece muito bem. Quer que eu encoste ou faça alguma outra coisa?

— Não os pegamos. Eles escaparam.

— Está tudo bem. Agora eles não têm razão para se preocupar com qualquer um de nós.

— Nós temos de pegá-los, Jack.

— Não podemos. Você precisa esquecer isso agora. Eles jogaram melhor e pronto.

Robinson fez um gesto conformado, mas continuou a desmanchar diante dos meus olhos. De modo perturbador, ele começou a conversar sozinho, exatamente como no momento em que lhe contara sobre meu encontro com Ralston. Pesadelo esticou-se do banco de trás para ver o que estava acontecendo a Robinson.

— Qual é o problema com ele? — perguntou. — Está ficando louco de vez.

— Cale a boca, Michael — mandei. Mas Pesadelo estava certo. Robinson estava se desintegrando. Eu devia ter previsto. Ele tinha muito a perder. — Agüente firme. Estaremos de volta à Grayton em questão de minutos.

Robinson agarrou meu braço e apertou com força.

— Escute o que tenho a dizer, Jack. Temos de pegá-los. Ainda há uma esperança.

— Do que está falando? Você mesmo disse que era nossa última chance. Sem Doug, eles escapam, certo? Você precisa do sangue de um sobrevivente. Sem sobreviventes, não há caso.

— Sim — admitiu Robinson. — Mas posso produzir um novo sobrevivente.

Olhei para frente: vi uma saída a alguns metros. Desci a rampa, segui até uma placa de trânsito e encostei o carro. Puxei o freio de mão.

— Já conversamos sobre isso — repeti. — Você não vai dar a droga a ninguém, doutor. Seria condenado à prisão pelo resto da vida. Exposição ao perigo. Má conduta médica. Até tentativa de homicídio.

— Esqueceu de mim — disse Robinson. — Posso administrar Lipitran em mim mesmo. A droga causará a resposta enzimática. Posso realizar a espectrometria no meu próprio sangue.

356 | REED ARVIN

— Acalme-se. Está ficando muito agitado.

— Eu mesmo, Jack. Posso receber o Lipitran.

— Mas tudo isso é apenas teoria. Se estiver errado...

— Morrerei — completou Robinson. — Explodirei por dentro. Sangue por todos os lados. Bum.

— Ele está certo — disse Pesadelo. — Ainda podemos pegá-los. Encarei Michael.

— Já disse para ficar quieto. — Voltei a me dirigir a Robinson. — Seu estado mental não é muito bom neste momento. Você enfrentou semanas bem difíceis. Não é uma situação recomendável para tomar drogas experimentais.

— Não há mais ninguém. — Ele apertava o descanso de braço. — Não posso dar a droga a qualquer outra pessoa. A FDA a suspendeu. Caracterizaria um crime administrá-la depois disso, Jack. Mais ninguém. Mas posso injetá-la em mim mesmo.

— Seria um crime até nesse caso.

— Mais ninguém, Jack. Sei que estou certo. Tomarei a droga e observarei as enzimas entrando em cena. E então pegaremos os desgraçados. É uma questão básica de proteômica. Coletar meu sangue e submetê-lo ao espectrômetro de massa. Bum. Bum, bum, bum.

— Não existe qualquer possibilidade de que eu permita isso.

— Não importa. — Seus olhos não piscavam. Ele estava no limite, dançando nos braços da loucura, agüentando-se com suas últimas forças. — Vou seguir em frente. Você não pode me impedir. Não pode. Então vá para o inferno, porque é isso que vou fazer.

— Posso encaminhá-lo a um hospital para avaliação psiquiátrica. Robinson deu uma risada bem alta.

— Sou médico, seu idiota. Vou dizer a eles que *você* é maluco.

— Droga, isso tudo é loucura.

— É sua opinião. Vou levar o plano adiante.

Olhei pelo pára-brisa. Os carros afastavam-se à nossa esquerda, acelerando depois de pararem antes da placa. A vida continuava em toda a cidade. Mocinhos, bandidos e todo mundo que se situava entre uns e outros. Ao meu lado, estava um homem disposto a arriscar o que sobrara de sua quase insustentável vida em troca da chance de redimir a si mesmo e as mortes de oito pessoas inocentes. Quer saber por que não o impedi? Primeiro, porque a decisão não cabia a mim. Segundo, porque ele acabara de armar a filosofia de Sammy com uma ogiva nuclear. Deixar *tudo* passar — até sua própria vida. Talvez nunca tenha existido uma pessoa tão perigosa na história de Atlanta. Se alguém fosse capaz de pegar Ralston, precisaria daquele tipo de dedicação.

— Quanto tempo levará? — perguntei, em voz baixa.

Robinson adquirira uma espécie de tique no olho esquerdo.

— Não sei. Quanto mais tempo, melhor. A reação é mais acentuada. Uma dose maior também ajuda. Dose maior e mais tempo. Oito horas. Talvez doze horas.

— Merda — murmurei aos céus, antes de sumirmos outra vez no tráfego.

Um delinqüente, um cientista descontrolado e um advogado sem fé. Os três malditos mosqueteiros.

CAPÍTULO 27

EVAMOS MAIS MEIA HORA para chegar aos Laboratórios Grayton. No caminho, Robinson acalmara-se. Tomada a decisão, ele decidira se controlar. Eram umas dez horas quando entramos no estacionamento. Robinson nos ajudou a passar pela segurança. O resto do lugar estava deserto.

No laboratório, desabei sobre uma cadeira com rodinhas, fazendo-a deslizar pelo chão. Pesadelo manteve-se de pé, com as mãos nos bolsos, parecendo um vampiro exposto à luz do sol. Robinson conversava sozinho, murmurando algo ininteligível.

— Escute, você não tem obrigação de fazer isso — lembrei, em voz baixa. — Matar-se não vai trazer aquelas pessoas de volta.

Robinson balançou a cabeça.

— E quanto ao resto? — perguntou. O tique voltara, mas sua voz permanecia controlada. Ele estava se entendendo com o risco que decidira assumir. — E todas as pessoas que o Lipitran devia salvar? Os transplantes de fígado que não seriam mais necessários? As mortes por câncer? A fadiga crônica, a perda de qualidade de vida? E quanto a tudo isso?

— Não sei responder.

— Sou um médico. Eu curo. E, se a única forma de conseguir isso for injetar Lipitran AX em mim, que assim seja. — Ele caminhou até um dos cantos do laboratório, agachou-se e abriu uma pequena geladeira, de onde retirou um frasco de vidro. Voltou para perto de nós com o frasco e a seringa que levara para a funerária. — Dois anos de trabalho e trinta e cinco milhões de dólares. — Ele ergueu o frasco; a luz cintilou através do líquido transparente. — Tudo desperdiçado, a não ser que isso funcione. — Ele preparou a seringa e enfiou a agulha na borracha que tampava o frasco. Retirou cinco mililitros do líquido e hesitou. Então puxou o êmbolo mais um pouco, até sete mililitros, depois dez. Tentei protestar, mas ele moveu a cabeça em reprovação. — Não importa mais. Se eu não conseguir pegá-los, não me importo com mais nada.

Robinson sentou-se na mesa. Filetes de suor escorriam de sua testa. Depois de se enxugar, segurou uma bola de borracha e começou a apertá-la, enchendo o antebraço de sangue. Depois pegou uma faixa elástica, amarrou o bíceps e passou a bater no pulso para fazer alguma veia aparecer.

Eu e Pesadelo apenas observamos. Nenhuma palavra. Não sabia se o que Robinson estava fazendo era um ato de coragem ou de loucura, mas a decisão não era minha. Ele era a imagem da determinação. Se estivesse errado a respeito de Ralston, morreria em agonia, como seus pacientes. Nada mais. Nossos olhares se cruzaram por um breve e terrível momento. Ele enfiou a agulha no braço; seus olhos se arregalaram levemente. Depois, pressionou o êmbolo lentamente, injetando os dez mililitros de Lipitran AX no corpo.

O TEMPO TORNOU-SE nosso inimigo. Se fora difícil esperar quando o laboratório estava cheio de gente, fazê-lo num prédio deserto era como caminhar com os pés enfiados em concreto. Os minutos pareciam horas.

Robinson tentou me convencer a ir para casa; seriam necessárias várias horas até que valesse a pena realizar um teste. O trabalho seria monótono e estragar tudo àquela altura tornaria inútil o risco que estava correndo. Eu parecia um robô, sem dormir havia mais de 24 horas, mas não podia ir embora. Talvez a droga o matasse, talvez não. O mínimo que eu podia fazer era ficar de vigília.

Agora suando frio, Robinson cambaleou até sua sala, jogou-se numa cadeira e fechou a porta. Pesadelo quis ir atrás dele, mas segurei seu braço.

— Deixe-o em praz, ele precisa de um tempo sozinho. Talvez caia no sono, o que seria uma bênção. Você devia fazer o mesmo.

— Eu? Estou bem. Já você está péssimo.

Sorri.

— É, eu sei.

— Pode confiar em mim. Quero dizer, se estiver preocupado em me deixar sozinho com o doutor.

— Não estou preocupado, Michael.

E não estava mesmo. Mas ele tinha razão: sem dormir, eu não poderia ajudar Robinson com teste algum. Desliguei as luzes do laboratório e voltei para minha cadeira no canto. Passei as horas seguintes cochilando e acordando várias vezes. Ninguém foi ao laboratório, nem mesmo a segurança. O isolamento de Robinson era total. Éramos intocáveis. Leprosos num mundo construído para curar os doentes.

Por volta das duas da manhã, fui dar uma olhada em Robinson. Abri a porta com cuidado, incerto em relação ao que encontraria. Ao espiar o interior, dei de cara com ele sentado, de olhos bem abertos. Tive certeza de que não dormira. Ele acompanhara cada sensação do seu corpo, aterrorizado pela consciência de que estava a instantes de um colapso interno de conseqüências terríveis.

— Você está bem? — perguntei.

Ele olhou para mim.

— Sim. Obrigado.

— Como se sente?

— Não sei dizer. Um pouco de enjôo. Nada muito grave. Como previsto.

— Então está tudo bem.

Robinson deu um leve sorriso e voltou a olhar para a parede. Depois de fechar a porta, fui acordar Pesadelo, que caíra no sono.

— Está com fome?

Ele abriu os olhos e perguntou:

— Como está o doutor?

— Está bem. Acho que assustado.

Pesadelo assentiu e fechou os olhos de novo. Empurrei uma cadeira para perto da sala de Robinson e me sentei. A noite alternou períodos de sono e de vigília. Em dado momento, Robinson saiu do escritório, de olhos arregalados, e segurou meu braço.

— Sete horas. Não estou morto.

— Não.

— Mais algumas horas. Vamos esperar um pouco mais.

Poucas horas depois, o sol começou a nascer. Antes das nove, bati de leve na porta da sala. Como não houve resposta, entrei e encontrei Robinson caído sobre a mesa. Corri na direção dele. Só quando o alcancei, pude ouvir sua respiração e percebi que estava dormindo. Passaram-se mais de nove horas, dentro do que Robinson considerara necessário para uma resposta enzimática fácil de se medir. Cutuquei seu ombro de leve, e ele começou a acordar.

— Tudo bem. Você está bem. Só estava dormindo.

Robinson ajeitou-se na cadeira, incrivelmente alerta. Respirava e analisava sua situação. Então puxou uma cesta de lixo e vomitou violentamente. Foi um momento terrível, até que ele se levantou, tossiu e disse:

— Graças a Deus. Precisava fazer isso há horas.

— Está dizendo que se sente bem?

— Sim. Como disse, o enjôo faz parte das coisas. Estou me sentindo melhor. — Ele se levantou. — Eu... eu estou bem. O que você ficou fazendo? Passou a noite inteira sentado?

— Dormindo e acordando. A maior parte do tempo acordado.

— Obrigado.

— Então você está vivo. Explique-me como isso funciona.

— Encontre-me no laboratório. Preciso me limpar.

Dirigi-me à área principal do laboratório. Lá, acordei Pesadelo e, ao lado dele, esperei por Robinson. Ele atravessou as grandes portas do lugar alguns minutos depois, carregando um copo de água. Depois de botá-lo sobre a mesa, apontou para um equipamento retangular, de formato similar ao de um caixão, medindo cerca de um metro e oitenta de comprimento e sessenta centímetros de largura. A máquina emitia um ruído baixinho.

— Espectrômetro de massa em seqüência QTOF — apresentou. — Com a fonte de ionização por eletrospray, cada um custa quatrocentos mil. Temos dois.

— O que essa coisa faz?

Robinson foi se animando pouco a pouco — uma mudança sutil, porém perceptível. Eu conseguia ver a fagulha que conhecera pela primeira vez em nosso encontro no parque. Ele era um viciado, e a pesquisa era sua droga.

— O que essa coisa faz é algo verdadeiramente lindo. Mede a massa dos componentes do sangue. Isso permite isolar as prováveis capacidades das enzimas. Tudo tem uma massa específica. E ninguém quer perder tempo com elementos improdutivos. — Robinson nos conduziu a uma mesa cheia de instrumentos. — A questão é encontrar as enzimas existentes no sangue do sobrevivente que estão ausentes nos pacientes mortos. Eu sou o sobrevivente... — Ele nos olhou com expressividade. — Até agora, pelo menos. Vou usar Najeh Richardson, um dos pacientes mortos, como fonte da outra variedade de sangue. Quero isolar a enzima de metabolização que eu possuo e ele não.

— Como?

Robinson sorriu.

— Não vai acreditar.

— Por que não?

— Por que não acreditará no quão elegante, simples e belo é isso tudo. Achará que é mágica, mas não é o caso. É simplesmente ciência em seu estado mais belo e adorável. — Robinson nos encarou. — O que resulta de vermelho e azul? Lembrem-se dos tempos de escola. Vermelho e azul. Misturem-nos. O que resulta?

— Sei lá. Acho que roxo.

— Roxo! — O nível de animação de Robinson disparou, sobrepondo-se ao cansaço. — Isso mesmo. Roxo. — Agora venham aqui e observem. — Eu e Pesadelo o seguimos até a extremidade da mesa. — Você extrai o sangue dos dois indivíduos. No caso, Richardson e eu. Lembrem-se de que queremos descobrir o que há no meu e não no outro.

— Certo.

— Você separa os glóbulos vermelhos e outras coisas que não lhe interessam. O que sobra são os extratos de proteína. Alguns milhares de proteínas de cada amostra. — Ele pegou duas lâminas pequenas. — Você aplica uma voltagem para espalhar minhas proteínas numa lâmina e as de Richardson na outra. Estão acompanhando?

— Sim — respondi, sem muita convicção.

— Depois você tinge minhas amostras de vermelho, e as de Richardson, de azul. Em seguida, junta-as num gel bidimensional.

— O que significa que...

— Você sobrepoe uma à outra, até que estejam completamente misturadas. — Ele olhou para nós. — Então, o que resulta de vermelho e azul?

— Roxo — repeti.

— Isso. — Robinson abriu os braços como se tivesse acabado de dizer algo profundo. Ao ver meu rosto intrigado, reagiu: — Pense, caramba. O que acontece?

— Não faço idéia.

Pesadelo decidiu se manifestar.

— Vermelho e azul, um sobre o outro. Os componentes que existem em ambas as amostras tornam-se roxos. Uma parte vermelha *e* uma parte azul. Os componentes que estão em apenas uma amostra mantêm sua cor original. Vermelho *ou* azul. Os componentes únicos ficariam totalmente destacados.

O sorriso no rosto de Robinson era tão sincero que tive vontade de chorar. Se ele morresse, seria uma perda para a humanidade. Mas a vibração causada pela ciência sobrevivia.

— Exatamente — confirmou.

— E quanto tempo leva isso tudo? — perguntei.

— A preparação exige muito tempo. Quando eu acabar com os géis, provavelmente haverá poucas proteínas únicas, e a maioria não terá qualquer relação com o Lipitran. Trata-se apenas de qualidades exclusivas de cada pessoa. Posso fazer uma triagem, deixando um punhado de candidatas mais prováveis. Vou tripsinizar o extrato de proteína destas para obter as seqüências de aminoácidos. Depois, posso ir ao site dos Institutos Nacionais de Saúde, compará-las ao genoma humano e, assim, identificar a enzima exata. — Uma pausa. — No caso de uma pessoa trabalhando sozinha, dois dias inteiros. Mas, com ajuda... — Ele apontou para Pesadelo. — Quer um emprego?

Pesadelo olhou em volta, como se Robinson estivesse falando com outra pessoa.

— Claro — respondeu, finalmente. — Do que precisa?

— De cada segundo da sua vida até que isto esteja terminado. — Pesadelo deu um sorriso, provavelmente o primeiro sem tons de sarcasmo e ironia. Robinson virou-se para mim. — É melhor você ir para casa. Troque de roupa. Tome um banho, pelo amor de Deus.

— Você vai sobreviver?

— Parece que sim. A questão é que você não pode ajudar aqui. O que faria? Servir de babá por um dia e meio? E, quanto a Ralston, ele sabe que o corpo de Doug foi cremado e acredita que não somos mais ameaças. Estamos trabalhando com total liberdade.

Suspirei, cheio de cansaço.

— Muito bem. Vou trocar de roupa e tomar um banho. Depois eu ligo.

— Durma um pouco, Jack — disse Robinson, com ar de reprovação. — Eu ligarei quando estivermos perto de obter qualquer resultado.

Fiz um sinal para Pesadelo me acompanhar até o corredor.

— Você agiu bem, Michael. Como se sente?

Pesadelo sorriu.

— Estranho.

— Tenho uma recompensa — avisei.

— E o que é?

— Você tem dinheiro?

— Acho que se esqueceu de como nos conhecemos — disse Pesadelo.

— Eu sei. Mas, falando sério, pode conseguir algum dinheiro? Dos seus pais ou de qualquer outra pessoa?

Ele parou para pensar.

— Dos meus pais. Eles são podres de ricos.

Depois de um instante, caí na gargalhada.

— Seu merdinha da contracultura. Você só se tornou um anarquista porque seus pais podiam pagar seu aluguel.

— Não me faça rir — retrucou ele.

— Vou rir por nós dois. De toda a hipócrita...

— Ei, não é fácil crescer naquela realidade.

— Sei. Mas existem muitos fundos, não existem?

O rosto pálido de Pesadelo ficou vermelho.

— É, tanto faz.

— Milhões?

— Alguns. Mas não antes de eu completar trinta e cinco anos. Eles não confiam no...

— Deixe para lá — interrompi. — Implore alguns mil dólares. A quantia que conseguir. Roube da Radio Shack, não importa. Imagine que alguém vai matá-lo se não conseguir. É assim que deve encarar a missão. E diga a Robinson para fazer o mesmo.

— No que está pensando, cara?

— Existe mais de um tipo de vingança, Michael. Espere para ver.

ARRASTEI-ME ATÉ MINHA CASA; estava quase dormindo quando finalmente cheguei. Robinson permanecia em segurança, atrás dos portões da Grayton, e eu esperava dormir por algumas horas. Entrei no apartamento, olhando ao redor, desconfiado, em busca de sinais de invasão. Mas tudo estava no lugar. Tranquei a porta, tirei as calças e me joguei na cama. Dormi umas quatro horas — e como precisava daquilo. Quando acordei, eram quase três da tarde. Tomei uma ducha e troquei de roupa, o que me ajudou a recuperar as energias. Meu primeiro impulso foi de ligar para Robinson. Embora eu soubesse que ele teria acabado de iniciar o teste, queria ouvir sua voz e me assegurar de que não estava explodindo por dentro. Fui até a sala e fiquei olhando para a secretária eletrônica, que continuava piscando. Com relutância, apertei o botão. As mensagens espalharam-se pelo apartamento moribundo. Havia algumas de Blu, querendo saber onde eu estava, e o recado do próprio Billy, pedindo que eu retornasse. E então meu mundo virou de cabeça para baixo novamente: a última mensagem tocou; ouvi a voz de Michele. Ela ligara poucas horas antes.

Jack, sou eu. Podemos nos encontrar? Temos de conversar. As coisas ficaram... sinto muito pela proporção que tudo tomou. Eu disse que seria melhor não aparecer na solenidade, querido. Podemos nos ver hoje à noite? Queria que você estivesse aqui. Preciso vê-lo. Aconteceu tanta coisa, tanta loucura. Por volta das nove, no seu escritório? Você pode? Amo você.

Eu me sentara no sofá para ouvir sua voz. Nas últimas 72 horas, recebera um sermão de Derek Stephens, ouvira o pedido de demissão da minha secretária, fora perseguido de carro, seqüestrado, amarrado com fita adesiva e jogado num closet, escapara, empreendera um esforço inútil numa funerária e assistira a Thomas Robinson arriscar-se tentando encontrar um sentido para o trabalho de toda sua vida. Fizera tudo aquilo porque queria justiça e porque estava apaixonado por uma mulher que eu acreditava ser casada com um assassino.

Não podia ignorar o fato de que Michele mentira a respeito de o marido não saber a verdade sobre ela. Ouvindo-a — sem sua presença inebriante — reconheci que não conhecia a real extensão das mentiras. O que ela dissera mesmo? *Explique-me como isso pode funcionar comigo, Jack. Como uma mulher cuja vida inteira é uma mentira pode encontrar o momento certo de parar.*

Descobrir que ela mentira não significava que eu não podia amá-la. A confiança é rígida — quebra-se como um galho seco —, mas o amor é flexível. Quando uma mulher que você ama parece estar se perdendo, você não a submete a um teste de personalidade. Apenas joga uma corda. Contudo, ainda havia uma questão aberta sobre o que aconteceria depois. Amar uma mulher como Michele era um investimento e tanto, e eu já pagara um preço bem alto. Imaginava quanto mais aquilo custaria e quem acabaria pagando. No entanto, sentado ali, ouvindo sua voz, percebi subitamente que havia uma maneira — derradeira e indiscutível — de juntar a confiança e o amor novamente ou separá-los para sempre. A verdadeira história de Michele Sonnier estava enterrada nos registros do Tribunal do Condado de Fulton, e meu melhor amigo tinha as chaves. Se eu corresse, talvez chegasse antes de Sammy ir embora.

CAPÍTULO 28

PELO MENOS EU PODIA começar com boas notícias.

— Você não vai morrer, Sammy — contei. — Vai ficar vivo.

Consegui pegar Sammy antes que fosse embora, por volta de quatro e meia. Fomos à sala dele. Pedi que se sentasse, enquanto fechava e trancava a porta. Depois de ouvir o que Stephens dissera sobre o carro, ele me olhou desconfiado. Estava claro que o fluxo inicial de endorfina que acompanhara sua declaração de independência se dissipara havia uns dois dias, e ele esperava, conformado, pela vingança de que seria vítima.

— Mas ele vai conseguir que façam uma auditoria nos meus impostos ou algo parecido, não vai?

Fiz que não.

— Derek Stephens não tem como conseguir isso, Sammy.

— Claro, mas você entendeu. Alguma coisa ruim.

— Você vai se safar, Sammy. É o momento. Você deu sorte.

Meu último comentário era um conceito totalmente desconhecido para Sammy. Ele precisou de algum tempo para incluí-lo em sua lista de possibilidades reais.

— Sorte — repetiu, como se estivesse falando uma língua estrangeira. — Eu, com sorte.

— Isso mesmo. Ele não vai fazer nada em relação ao carro.

Sammy olhou para mim.

— Por causa do período de silêncio.

— Exato. Ele não pode se arriscar a gerar publicidade negativa neste momento. O que você fez com o carro dele seria destaque no David Letterman amanhã mesmo.

— Certo.

— Então, se conseguir ficar na sua por um tempo, escapará ileso. Quando a poeira baixar, talvez você possa ter se mudado para a Sibéria ou algum lugar parecido.

— Entendi — disse Sammy, compreendendo gradualmente que tivera uma dose extraordinária de sorte. — Consigo ficar na minha. — Seu sorriso, embora ainda tímido, finalmente começava a crescer. — Consigo ficar na minha, Jackie. Com certeza.

— Só há um detalhe — ressaltei.

O rosto de Sammy estampava um meio-sorriso.

— Eu sabia — disse ele, contrariado. — Ele vai mandar quebrar minhas pernas, não vai?

— Não, não, Sammy. Estou falando de ficar na sua exceto por um detalhe.

Sammy não sabia se devia se agarrar aos sinais de esperança.

— Do que está falando, Jackie?

— Você tem acesso a todos os registros do tribunal, certo?

— Sim — respondeu Sammy, desconfiado.

— Até dos delitos juvenis.

Ele se levantou e apontou para a porta.

— Foi um prazer conhecê-lo, Jackie — disse, sem vestígios do sorriso. — Preciso cuidar de algumas coisas.

— Escute, Sammy.

Sammy sentou-se de novo e ficou me olhando com impaciência.

— Eles são *lacrados*, Jack. Isso significa que a única pessoa que pode combinar as palavras "Sammy", "acesso" e "registros juvenis" é Sua Excelência, o juiz Thomas Odom.

— Só estou dizendo que você tem acesso. Você vai lá o tempo todo.

— Isso mesmo. A pedido de *Odom*.

Tentei evitar que a conversa ficasse mais tensa.

— Porque ele precisa saber o que os delinqüentes fizeram antes de aparecerem no tribunal. O que estou tentando dizer é que não seria nada de mais se você pedisse os registros de outra pessoa enquanto estivesse lá.

— Está sonhando.

— Sammy, preciso disso.

— E eu preciso do meu emprego.

— Isso não vai lhe custar o emprego.

Eu tinha de acreditar em minhas palavras porque o emprego de Sammy era a única coisa que o ligava a uma vida com algum sentido. Era sua razão de ser, seu ingresso numa parcela da sociedade que vestia ternos alinhados, dizia por favor e lhe levava bebidas em copos limpos.

— Por que eu deveria fazer isso por você? — perguntou.

— Porque estou à beira de um precipício, Sammy. Preciso ajudar uma mulher muito perturbada.

— É aquela garota. A mulher de Ralston.

— Isso.

— Caramba, Jack. Você não tira ela da cabeça.

— Belas palavras para um cara que arriscou tudo por...

— Eu sei — interrompeu Sammy. — Mas foi uma atitude e tanto, você tem de admitir.

Concordei.

— Ouça, Sammy. Stephens não falou apenas sobre você comigo. Ele também tinha muito a dizer sobre Michele.

— E então?

— Então ele disse que... — Odiava a idéia de completar a frase.

— Ele disse que ela não passa de uma mentirosa de talento. Que fiquei confuso diante da química dela. Que ela é uma maluca do tipo que se diverte manipulando homens para conseguir o que quer. A questão, Sammy, é que, embora eu esteja apaixonado por ela, não sou idiota a ponto de achar que o que Stephens disse está fora do terreno do possível. — Senti uma náusea, mas estava determinado a encarar aquilo. — A verdade está, neste exato momento, em algum lugar do subsolo deste prédio. E você tem acesso aos registros. Cinco minutos com aquele arquivo bastam para eu descobrir quem está mentindo.

— É ela.

— Como você sabe?

— Não sei. Só é mais fácil desse jeito. Você fica livre.

— Seria ótimo. O problema é que ela é casada com um assassino.

Sammy suspirou.

— Eu não diria esse tipo de coisa por aí, nobre advogado, a não ser que tenha provas.

— Estou trabalhando nisso. O que importa, agora, é que oito pessoas estão mortas, e Ralston é o responsável. Ou melhor, Ralston e Stephens.

— Meu Deus, Jack. Tem certeza disso?

— Quase absoluta.

— Sério, Jack, é o meu que está na reta.

— Eu sei. Mas não há alternativa. Preciso descobrir, de um jeito ou de outro.

Sammy olhou para mim por um instante e depois se levantou.

— Você vai ter de me comprar um bar para pagar por isso. É bom que saiba.

— Sim, eu sei. Ouça, ela tinha um nome diferente naquela época. T'aniqua Fields.

Peguei uma caneta e escrevi num pedaço de papel. Sammy observou o nome e, em seguida, me encarou.

— Tudo bem. Que merda. Tudo pelo amor.

— Obrigado, Sammy.

Ele pegou uma pasta.

— Cale a boca e espere aqui. Não fale com ninguém, não atenda o telefone e não abra a porta, se não for eu. Volto em alguns minutos.

NÃO POSSO DIZER QUE tinha certeza de que Sammy me ajudaria, mas estava esperançoso pelo simples fato de conhecê-lo muito bem. Por um lado, Sammy Liston era problemático. Seu humor variava entre uma amargura intensa, devido aos seus fracassos, e um desejo por mulheres indisponíveis. Mas, por outro lado, quando se trata de ficar calmo e deixar as coisas seguirem seu rumo, ele é um mestre Jedi. Subestimá-lo nesse quesito é um grave erro.

Passados 15 minutos, Sammy apareceu de volta, suando intensamente.

— Você não estava desse jeito enquanto pegava os registros, estava? — perguntei.

— De que jeito?

— Como se estivesse roubando um banco.

Sammy fehcou a porta, voltou para trás da mesa e abriu a pasta. Ele jogou uma pasta de papel pardo, com aparência de antiga, para mim.

— Você tem dez minutos.

— Ela tem três centímetros de espessura.

— Então é melhor começar logo.

Assenti e abri a pasta. Eram pelo menos cinqüenta páginas de material, algumas de mais de vinte anos. Como não havia como examinar página por página, olhei por alto as diferentes partes, montando a história da vida de Michele. *Nascimento: Atlanta, Geórgia, Hospital do Condado de Fulton. Dezessete de maio. Mãe: Tina Kristen Fields. Pai: desconhecido.*

As páginas revelaram uma seqüência de pais adotivos — seis no total. Para fazer uma descrição leve, aquele era o tipo de infância terrível, que transitara entre desgraças e inspirara Dickens. As dores que Michele Sonnier levava para o palco consigo tinham razão de ser. No entanto, contrariando o que Stephens dissera, não havia registro de qualquer atividade criminal. Folheei o arquivo, em busca de informações sobre o nascimento da filha dela. Quase no fim, encontrei a decisão da Vara da Infância. Passei os olhos no juridiquês até me deparar com as seguintes palavras:

Embora a senhorita Fields possa desejar ficar com a filha após o nascimento, o tribunal deve defender os interesses da criança. Neste caso, tais interesses são consideravelmente complicados pela situação da mãe. Ela depende de pais adotivos; portanto, não pode assumir as obrigações de uma mãe. Além disso, seus pais adotivos já deixaram claro que não podem assumir a responsabilidade por uma criança, nem estão dispostos a tentar ensinar à senhorita Fields como ser mãe. O tribunal não vê opções viáveis para manter mãe e filha no mesmo lar. Colocá-las em outro lar seria extremamente difícil, demorado e igualmente arriscado. Neste momento, o tribunal acredita que o único caminho possível é manter a criança sob custódia protetora.

Olhei para Sammy.

— Isso é tudo? Stephens disse que ela teve vários problemas com a polícia.

— Se não está aí, não existe.

Folheei as páginas mais uma vez.

— O tribunal tomou a guarda da criança, mas não há menção a uso de drogas. Eles não arrancaram o bebê da casa. Na verdade, ela nunca voltou para casa com a criança. — Levantei-me e apertei a mão de Sammy. — Você é meu herói.

Sammy sorriu e pegou a pasta de volta.

— Saia daqui antes que resolva me pedir outros favores.

Deixei a sala de Sammy, fui até meu carro e liguei para o número direto de Robinson no laboratório. Pesadelo atendeu:

— Sou eu. Conte-me como vão as coisas — pedi.

— Está tudo bem. Robinson vomitou de novo há um tempo, mas ele disse que era normal.

— Ele coletou o sangue?

— Sim. Esperou o máximo que pôde porque não terá tempo de repetir o teste. Estamos trabalhando há algumas horas. Ele acha que levará mais umas doze horas com nós dois trabalhando para conseguir o resultado.

— Você está se segurando?

— Acho que sim. Toda vez que ele tosse, penso que vai explodir.

— Vocês dois terão de dormir antes de terminar — avisei. — Não há como trabalharem direto sem cometer erros.

— Não, não funciona assim. Robinson disse que as últimas cinco ou seis horas são apenas de espera para que os Institutos Nacionais de Saúde correlacionem a enzima ao genoma humano. Podemos dormir nessa parte.

— Muito bem. Relaxe, Michael. Estarei aí à noite, mais tarde. Se alguma coisa mudar, ligue para mim.

— Pode deixar — disse ele, desligando.

Com base na estimativa de Robinson, não haveria resultado antes da manhã seguinte, no mínimo. Faltavam três horas para o encontro com Michele. A verdade era que eu precisava daquele tempo. Diante da visão de Ralston de que as pessoas não passavam de química, não me importava muito saber que poderíamos estar a horas de destruir seu mundo. Mas não só Ralston e Stephens teriam seu mundo virado de cabeça para baixo. Michele seria atingida no fogo cruzado da derrocada dos dois — uma situação totalmente diferente.

O mundo é muito confuso para se acreditar em amores imaculados. Eu já me conformara com o modo como Michele cuidara de sua vida. Nascida no inferno, ela usara as armas da sobrevivência, decidida. Mas não era como o marido. Tudo que existe de precioso na alma humana continuava dentro dela e até crescia, a despeito do que lhe acontecera. E aquilo a fazia mais do que valiosa. Quando cantava, ela se tornava espetacular.

Se a teoria de Robinson fosse confirmada, os processos engoliriam a Horizn, o que certamente exigiria o depoimento de Michele. Os tablóides sairiam ávidos pelo seu passado complicado. Apesar de tudo isso, eu acreditava que ela conseguiria sobreviver. Há pessoas que nos lembram do que significa ser humano, mesmo em seus defeitos. Aquele foi o primeiro momento em que minha mente realmente se acalmou e em que eu percebi o quanto queria vê-la novamente. Amar Michele não era uma repetição de Violeta Ramirez. Amar Michele seria algo que eu faria com minha alma.

Cheguei ao escritório antes da hora. Examinei o lugar com atenção: o carro de Michele ainda não estava lá. Atravessei o estacionamento e peguei a escada até o segundo andar. Abri a porta, acendi a luz e vi que a porta da minha sala estava entreaberta. Uma luz fraca vinha lá de dentro. Ao empurrar a porta, vi uma pessoa sentada na minha cadeira, virada para o outro lado. A cadeira virou-se lentamente, revelando a figura de Derek Stephens. Ele não sorria. E tinha uma arma.

— Feche a porta — disse ele, observando-me com uma expressão tranqüila. — Então Robinson conseguiu manter sanidade por tempo suficiente para entender as coisas, não é?

— Onde está Michele? Juro por Deus que, se a machucar, arranco sua cabeça.

Stephens ignorou minha pergunta.

— Foi muito esperto em invadir nosso software de reconhecimento facial. — *Por favor, meu Deus, diga que Pesadelo não nos entregou de novo.* — Tentar ajudar Robinson foi uma péssima idéia. Tudo estava arrumado. Mas agora mais gente tem de morrer. — Ele parecia muito irritado. — Deixe-me perguntar uma coisa, Jack. Por que você continua acreditando em seus valores fracassados, mesmo estando tão claro que não funcionam? Sua insistência idiota na justiça agora lhe custará tudo que tem.

— Você vai perder. Não me pergunte como. Mas de alguma forma, algum dia, você vai perder.

Stephens deu de ombros.

— Não gosto de desperdiçar coisas tão valiosas, mas não posso fazer suas escolhas por você.

— Acho que você vai superar isso. Agora me diga onde está Michele.

— Sou um ser humano, Jack. Não gosto de matar. Principalmente quando há gente tão valorosa envolvida.

— Há oito pessoas do McDaniel Glen que gostariam de conversar com você sobre isso. Só que elas não podem. Porque estão mortas.

— Não estou falando delas. Estou falando de gente como você.

— Como assim "como eu"?

— Gente que tem algo a oferecer — explicou ele.

— Gente branca, você quer dizer.

— Doug traçou seu próprio destino ao entrar no programa do Lipitran. Olhando para trás, percebo que eu devia ter previsto a possibilidade. Nenhuma outra pessoa sabia mais sobre a eficácia que o Lipitran teria. Afinal, ele mesmo nos dera a informação.

— Então ele tomou a iniciativa e deu um jeito de entrar no estudo.

— Não contei a Charles. É meu trabalho resolver complicações desse tipo.

— Pense numa possibilidade mais antiquada, Derek. Você é um canalha. Doug não tinha idéia do que você pretendia fazer. Se tivesse, nunca o teria ajudado.

— Senti pena por ser obrigado a matá-lo. Quanto aos outros, não poderia me importar menos.

— Imagino como Ralston reagiria ao seu tipo de racismo.

— Ele concordaria plenamente — disse Stephens.

— Ah, claro, tinha me esquecido. Ele odeia sua própria gente.

Stephens deu uma risada debochada.

— Sua gente? A gente de Ralston são as férias em São Bartolomeu e lugares à beira da quadra para os jogos dos Hawks. Inaugurações de exposições de arte e fundos de investimento. Raça não tem nada a ver com a cor da pele, Jack. É assim há pelo menos uma década.

— E onde Michele se encaixa? — perguntei.

— Ela é muito conhecida para desaparecer — explicou ele. — Mas não podemos deixar que continue perdendo o controle o tempo todo. Tentamos controlá-la, só que ficou muito perigoso. Para ser honesto, tornou-se um problema quase sem solução. Fiquei muito preocupado. E, de repente, ela fez a gentileza de resolvê-lo para nós.

— O que isso quer dizer?

— Como se mata uma pessoa famosa? É praticamente impossível. A não ser que ela seja gentil o bastante para ir por vontade própria a um dos lugares mais perigosos do país.

Senti um frio na espinha.

— Ela está no Glen.

— É claro que está no Glen — confirmou Stephens. — E acho isso muito irônico, Jack. Ela está lá para comprar de volta sua paz de espírito. — Ele olhou para mim. — Sinto muito que ela não possa comparecer ao compromisso com você. É que Jamal Pope ligou para dizer que a filha dela estava lá, esperando, e que, em troca de uma grande soma dinheiro, teria prazer em entregá-la. Ela não podia ligar para ninguém e devia ir sozinha. Foi um convite irresistível.

— Você está pagando a Pope para matar Michele.

— Parece que ele é muito bom nesse tipo de coisa. Os jornais de amanhã noticiarão que Michele Sonnier, motivada por um vício até então desconhecido, arriscou-se nas entranhas do McDaniel Glen em busca do que queria. Infelizmente, encontrou membros de uma gangue que tinham planos para seu carro de setenta mil dólares. Houve uma discussão, e ela perdeu.

— E assim acaba a vida dela? Uma armação envolvendo uma compra de drogas que deu errado?

— É o tipo de coisa mundana que acontece de verdade, o que torna tudo perfeito — disse Stephens, sem parecer preocupado.

— E quanto a mim?

Stephens retornou ao olhar perdido, que costumava usar quando queria se afastar de alguns detalhes.

— E quanto a você, Sir Gauvain? Você finalmente terá seu pedido atendido. Afinal, sempre quis morrer por uma mulher.

— De onde tirou essa idéia?

— Já disse, Jack. Verifiquei seu passado. Aquela garota, há uns dois anos, não morreu por causa de sua indiscrição? E você não passou a acreditar que não valia a pena continuar vivendo depois daquilo? — Ele sorriu. — Estou lhe dando a oportunidade de compensar o que houve com Violeta Ramirez, Jack. Você pode partir num ato de consagração chauvinista. Estou lhe fazendo um favor.

— Você disse o nome dela.

— Que nome? Violeta Ramirez?

Pulei por cima da mesa sobre ele, determinado a quebrar seu pescoço. Acertei-o na altura do peito, fazendo a cadeira se chocar contra a parede. Ele pareceu surpreso e irado. Então lhe dei um golpe no estômago, fazendo-o soltar o ar pela boca. Foi quando Stephens bateu com a arma no meu pescoço, o que me deixou de joelhos. Ele encostou o cano da arma na minha cara e na mesma hora congelei — a pistola me trouxera de volta à realidade. Morrer sem encostar o dedo nele não tiraria o sorriso presunçoso de seu rosto, nem ajudaria a manter Michele viva. O cano da arma brilhava na luz fraca — reluzente e mortal. Tentei me afastar um pouco.

— Não tire conclusões erradas, Jack. Só porque eu preferiria que Pope cuidasse disso não quer dizer que não possa fazê-lo por conta própria. Há muito em jogo para que eu não cuide do que for necessário.

Mantive os olhos fixos na arma, que estava a uns trinta centímetros do meu rosto.

— Então o que vai acontecer agora?

Stephens levantou-se.

— É hora de irmos. — Ele me levantou, encostando a arma nas minhas costelas. — As historinhas acabaram. Mexa-se. — Saímos do escritório. Stephens manteve a pistola grudada nas minhas costas enquanto descíamos a escada. A rua estava deserta. Ele pressionou a arma entre meus ombros. — Bem ali. O Ford cinza.

— Um Taurus? Meio pobre para um cara como você.

— É discreto. — Stephens abriu a porta do motorista e me empurrou para dentro. Ele entrou atrás de mim, jogando-me para o banco do carona. Depois de fechar a porta, encostou a arma na minha barriga. Qualquer solavanco mais forte provavelmente faria a arma disparar. — As regras são as seguintes: se você se mexer, eu o mato. Aí será só uma questão de entregar o corpo a Pope e deixar que ele assuma o serviço. Entendeu?

— Sim.

— Ótimo. Agora vamos nos encontrar com sua namorada.

Pelas ruas desertas, seguimos em direção ao McDaniel Glen num ritmo moderado e constante. Stephens dirigia com cuidado; parávamos em todos os sinais. No meio do caminho, resolvi dizer:

— Você ainda tem de cuidar de Robinson.

Stephens manteve os olhos voltados para frente.

— O doutor ficou perturbado depois de sofrer uma segunda humilhação. Após arruinar os planos de outro empregador, achou que não valia mais a pena continuar vivendo.

— Acha que a polícia vai engolir isso?

— Os registros diários de Robinson são mantidos em seu computador na Grayton. Foram cuidadosamente reescritos. As datas do último mês inteiro foram cuidadosamente mantidas no código do computador. Os investigadores descobrirão que suas mudanças de humor estavam cada vez mais radicais e que sua fé em si mesmo estava gravemente abalada. Uma pessoa sem amigos e com vergonha de aparecer. Tornou-se desesperançado. Finalmente, decidiu acabar com a própria vida. Está tudo lá, em todas as dolorosas linhas. A cronologia resistirá a qualquer tipo de análise.

— E Michael?

Stephens deu uma gargalhada.

— Ele é o sucessor de Doug, em todos os sentidos. Tão problemático, tão fácil de se controlar. — Ele voltou a me olhar. — Quem você acha que cuidou das anotações de Robinson?

Meus temores só cresciam. Naquele momento, eu não tinha idéia se Pesadelo estava ajudando Robinson ou garantindo que os testes dessem errado. E eu nunca saberia se havia o dedo de Stephens na jogada.

A viagem até o Glen demorou uns vinte minutos. As ruas estavam relativamente tranqüilas. Seguimos despercebidos pela auto-estrada, apenas mais um dos carros esparsos que se moviam pelas pistas. Quando nos aproximamos da Pryor Street, Stephens encostou a arma com mais força na minha barriga.

— Não tente nada. Pope deixou a parte de trás do Glen liberada pela próxima hora.

Saímos da Pryor e avançamos lentamente até a entrada do Glen. Stephens virou à esquerda, descendo a rua A, em direção à parte de trás do complexo. Havia algumas pessoas nas ruas, mas, aparentemente, todos receberam o recado para cuidarem de suas vidas. Sequer olhavam enquanto passávamos.

Seguimos lentamente até virarmos à esquerda no final do conjunto. Ali estavam as unidades mais isoladas, coladas aos portões de ferro que cercavam a cidade dentro da cidade. Stephens parou o carro e destravou as portas.

— Se fizer qualquer movimento suspeito, mato você na mesma hora. — Ele abriu a porta e desceu, mantendo a arma apontada para mim. — Saia.

Desci logo atrás. Ele me puxou pelo braço e me fez seguir à sua frente. Caminhamos juntos pela calçada escura por alguns metros. Com o cano da arma, ele me indicou que devíamos virar na esquina. Obedeci. Fomos para trás de um prédio e então vi tudo que não queria ver: Michele e Pope. Havia, ainda, uma garota jovem sob o controle de Pope. Não tive dúvidas de que era Briah. Stephens, ao ver a menina, disse alguns palavrões e me fez andar mais depressa.

— Algo errado? — perguntei.

Ele forçou a arma contra minhas costelas.

— Cale a boca e ande.

Ao ouvir a voz de Stephens, Michele virou-se em nossa direção. Seu rosto estava contorcido de dor.

— Jack! Por favor, me ajude, Jack.

Briah estava ao lado de Pope, meio curvada. Tinha os olhos vidrados; com certeza estava alta. Ela nos observava e mexia o corpo para os lados. Fisicamente, era uma cópia impressionante de sua mãe, apenas mais jovem. Era Michele antes de se reinventar, a garota que ela deixara para trás 14 anos antes. Para Michele, devia ser como olhar a imagem refletida de sua juventude.

— Que merda é essa? — perguntou Stephens. — A garota não devia estar aqui.

Pope pareceu irritado.

— Está adiantado. Você não tem relógio?

Stephens iniciou um sermão.

— Hammond apareceu antes da hora. Mas será que você perdeu a noção? A história de Briah era só uma armadilha, seu idiota. Não era para você tentar fazer uma troca de verdade.

O tom de Pope tornou-se ameaçador.

— Ninguém me chama de idiota.

— Você está colocando mais uma pessoa no esquema. Isso atrapalha. Não sabe o que está fazendo.

Por instinto, comecei a procurar proteção. Eu sabia o que Stephens, aparentemente, não sabia: desrespeitar Pope em seu próprio mundo era uma decisão mortal. Aquilo não era uma sala de reuniões, era o Glen. E, no Glen, Pope não era apenas o executivo-chefe, mas também sua própria milícia. Com toda calma, levou a mão às costas e puxou uma Glock 20, uma das pistolas mais letais do mundo. Suas balas explodem no momento do impacto, abrindo um buraco de 25 centímetros de diâmetro no corpo da pessoa. Na comparação, a arma de Stephens não passava de um brinquedo. Pope agitou a pistola no ar. Ele não mirou em Stephens, mas estava claro que se tratava de uma ameaça.

— Deixa eu explicar uma coisa, *otário*. Você não é meu chefe. Se precisarmos esclarecer melhor esse ponto, vamos cuidar disso agora.

Com o *otário*, a atmosfera tornou-se virulenta. Um tremor passou pelo corpo de Stephens. Ele era branco, incrivelmente rico e privilegiado, e um homem negro que parecia não tomar banho havia dois dias acabara de insultá-lo.

— Do que você me chamou?

Pope reagiu como se estivesse entediado, o que piorava tudo. Os dois se subestimavam — uma combinação perigosa. Tentei estabelecer contato visual com Michele, mas sua atenção estava toda na filha.

— Aumente o volume do seu aparelho de audição, *otário* — disse Pope, ressaltando a última palavra. — Assim não preciso ficar repetindo as coisas. Se tivesse esperado mais alguns minutos, eu já teria resolvido essa merda.

Stephens tremia de raiva e frustração. Por um instante, achei que haveria um tiroteio bem ali. Contudo, Stephens não conseguira todo aquele poder sendo indisciplinado. Ele tinha muito a perder. E, num esforço admirável, conseguiu se controlar.

— Não se complicam negócios de bilhões de dólares com esse tipo de porcaria — disse. — Isso é coisa de amador.

— Esse dinheiro é *seu* — devolveu Pope. Ele sacudiu Briah, que tinha o corpo mole. A impressão era de que ela cairia se Pope a soltasse. — E aqui está o *meu* dinheiro.

Stephens balançou a cabeça, contrariado.

— Você não precisa me mostrar a garota para receber o dinheiro.

— Ela é *daqui*, otário. Não é idiota, como você. Ela queria ver a garota antes.

Enquanto Pope e Stephens discutiam, Michele se aproximava de Briah. Ela não se importava com nada além da filha.

— Querida — murmurou, com a voz abalada.

Então começou a chorar de novo, deixando a dor escapar em pequenos soluços. Briah olhou para a mãe, em meio à sua confusão química.

— Isso está saindo do controle — disse Stephens. Ele apontou para Briah. — Agora ela me viu. Você entende? Ela me *viu*. Isso não fazia parte do trato.

Ele botou a arma nas minhas costas e me empurrou em direção a Michele. Amparei-a com o braço. Michele manteve a atenção na filha.

— Querida — sussurrou novamente. — Querida, sinto tanto por isso.

Pope olhou para Michele e envolveu Briah com o braço.

— Não se preocupe com ela — ele disse. — Ela está bem. Está vivendo bem.

Reconheço que não foi muito inteligente de minha parte abrir a boca. Mas ver Pope, um cara que vivia à custa da desgraça de sua própria gente, agir como o sagrado protetor de Briah provocou uma reação antes que eu pudesse calcular os resultados.

— Com você? Sendo mantida drogada o dia inteiro? É isso que considera viver bem?

Antes que Pope pudesse reagir, Michele desabou sobre mim. Todo aquele arrependimento, complexo e pungente, era demais para suportar. Embora não tivesse culpa — ou talvez tivesse, já que a confusão era tamanha que era impossível saber ao certo —, ela perdera a filha. E, naquele momento, estava cara a cara com uma lembrança viva de tudo de que tentara escapar. Ela se jogou sobre mim, destruída pela frustração, a culpa e as lágrimas. Stephens afastou-a de mim e a forçou a se levantar.

— Ela está perdendo o controle — disse a Pope. — Você pode controlar este lugar, mas, uma hora ou outra, as pessoas começarão a ficar curiosas.

Michele começou a soltar um doloroso lamento desesperado. Pope, finalmente entendendo o que Stephens queria dizer, agarrou Briah pelo braço:

— Certo, vamos cuidar disso. Mas não aqui. Lá atrás do prédio.

Assistir a Pope arrastando Briah foi o bastante para despertar em mim um desejo de matar. E não falo em sentido abstrato. Eu realmente ansiava por sua queda definitiva. Antes, porém, queria amarrá-lo a uma cadeira e forçá-lo a assistir ao abominável desfile de desgraça humana que ele disseminara. Vários atos de vingança passaram pela minha cabeça, mas eu sabia que era inútil. Ainda que eu pudesse matar Pope, bem ali, ele não passaria por nenhuma conversão, não sentiria nenhum súbito arrependimento. O ódio estava entranhado; tornara-se parte de seu corpo. Ele perderia a consciência irritado por ver seus planos arruinados. Mas, ainda assim, matá-lo seria ótimo. Seria uma declaração de revolta e um serviço público inestimável. As forças legítimas da sociedade falharam tão completamente que, naquele momento eu estava disposto a trocar muitos anos de minha própria liberdade pelo ato de justiça que sua morte representaria.

Pope começava a se afastar, levando Briah. Stephens carregava Michele. Por um breve instante, eu estava livre. Dei um único passo antes de sentir o cano da arma novamente, desta vez na minha nuca.

— Ande — disse uma voz jovem e agitada, assustadoramente próxima.

Era Coelho. O filho de Pope.

Diante da iminência da morte, as coisas acontecem em câmera lenta. Lembro de caminhar até um beco escuro, com a visão prejudicada e meus sentidos confusos. Minha mente estava tomada por assuntos sem relação entre si: o ruído dos meus pés sobre o cascalho, estranhamente alto aos meus ouvidos; uma corrente repentina de ar jogando um copo de papel contra a parede; uma lâmpada solitária brilhando numa janela distante. Tentei organizar meu raciocínio para imaginar uma forma de me proteger, mas tudo em que conseguia pensar era na arma encostada na minha cabeça. E que o menor movimento faria Coelho apertar o gatilho num impulso. Pelo seu histórico, ele sentiria ainda menos remorso do que seu pai em fazer aquilo. Marchamos em grupo pelo beco atrás do último prédio do Glen até chegarmos a um muro de tijolos. Fedia a urina e suor e tudo de terrível que há na desesperança de gerações imersas na miséria. Eu e Michele fomos empurrados até um canto. Ela estava rígida e alheia, paralisada pela perspectiva de falhar uma segunda vez em relação à filha. Seus murmúrios eram quase inaudíveis.

— Meu bebê, meu bebê.

Ficamos lado a lado, diante de Pope, Stephens, Coelho e Briah. O mundo ficava cada vez menor. Não havia nada além daqueles metros de tijolos empilhados. Abracei Michele, tentando inutilmente protegê-la.

— Sinto muito, querida — disse, puxando-a bem para perto.

Ela olhou para mim. Abraçados, estávamos prontos para morrer. Ouvi a voz de Pope em meio à escuridão:

— Coelho cuidará disso. Ele ainda é menor.

A voz de Stephens respondeu:

— Não me importa quem fará. Só sei que paguei por isso e quero que esteja feito assim que eu sair daqui. — Houve um momento angustiante de silêncio. Então Stephens completou: — E terão de matar a menina também.

— Não vou matar menina nenhuma — disse Pope.

— Foi você que criou esse problema — reagiu Stephens. Sua voz começava a ficar esganiçada. O que estava para acontecer não lhe renderia três anos num regime de segurança mínima e uma multa da comissão de valores mobiliários; ele pegaria de 25 anos a prisão perpétua. A tensão entre os dois crescia em alta velocidade.

— Ela nem devia estar aqui. Poderia continuar levando sua vida patética e nunca conhecer a mãe. Mas agora ela conhece, graças a você e à ganância do seu negócio paralelo. Então é você quem tem de cuidar dela.

— Besteira. Não é minha culpa se você não tem um relógio.

— Merda, Pope, limpe a sujeira que você fez.

— Você não me pagou nada por ela.

Cautelosamente, ergui a cabeça e olhei para os dois discutindo, na escuridão. Estavam de frente um para o outro, deixando-nos de lado por um instante. Pope segurava Briah pelo braço, enquanto Coelho apontava uma arma para nós. Uns três metros separavam Pope e Stephens.

— Não vou discutir com você — disse Stephens. — Cuide da menina.

Pope levantou a Glock e apontou para Stephens. A ameaça, que antes fora vaga, agora era real. Pope estava profundamente irritado.

— Os brancos são todos iguais — disse. — Vocês vêm aqui e agem como se a gente dos conjuntos habitacionais não valesse nada. Mate esse, mate aquele. Como se os pretos não passassem de escravos. — Ele sacudiu Briah, que recuperara a consciência o bastante para perceber que havia algo ruim acontecendo. Ela tentava, sem sucesso, soltar-se. Suas duas mãos puxavam os dedos dele, mas Pope mal sentia. — Acha que mato as pessoas só porque você estala os dedos? Como se fôssemos animais reprodutores? Isso é desrespeito.

Stephens não conseguia esconder a frustração.

— Pelo amor de Deus, Pope, o que você quer?

— O preço é o mesmo dos outros dois. Vinte e cinco mil dólares.

Stephens olhou para a arma. Ele estava no território de Pope e não tinha mais tempo ou opções.

— Tudo bem, merda — disse, finalmente. — Só cuide disso. A polícia vai acabar aparecendo aqui a alguma hora.

— Não se preocupe com a polícia.

— Está bem. Me dê cinco minutos para sair daqui.

Ele deu as costas e seguiu em direção ao seu carro. Passados alguns segundos, ouvi a porta batendo e depois o carro partindo, de saída do Glen.

Pope virou-se para mim. Ele mantinha Briah segura pelo braço, mas ela finalmente percebera que precisava se livrar dele o quanto antes. A garota se debatia, e Pope tentava acalmá-la. Ele não queria ser obrigado a acertá-la pelas costas se a deixasse escapar.

— Merda, garota, fique quieta por um segundo. — Briah chorava e tentava acertá-lo com chutes. Numa hora, ela puxou a mão dele até sua boca e mordeu com toda força. Os dentes se encravaram na carne de modo violento. Ele se afastou, tomado pela surpresa e pela dor. — Merda, para que você fez isso?

Então Pope deu-lhe um tapa violento com as costas da mão. Ela cambaleou, ficou de joelhos e depois caiu de lado. Ao meu lado, a voz que produzira a música mais linda do mundo transformou-se num grito de revolta e horror. Michele avançou sobre Pope como um furacão. Ela era um turbilhão de braços, pernas, dentes e raiva ruidosa saída do inferno. A exaltação de seu ataque era estonteante.

388 | REED ARVIN

Finalmente, ela alcançara o estado de caos pleno, de liberdade irrestrita, em que tudo que amava fora tomado de si. Michele não se importava com o que aconteceria depois; tudo o que sabia era que tinha de fazer Pope parar de machucar sua menina. Ela começou a socá-lo, puxar seu cabelo e chutá-lo com uma fúria cega e absoluta.

Coelho postou-se à minha frente com a arma apontada para minha cabeça. Se eu me movesse, seria morto. Tive de assistir àquele momento terrível. Todo o amor angustiado e contido de Michele pela filha viera à tona, mas Pope ainda era muito mais forte. Gradualmente, ele conseguiu contê-la; depois de levar alguns golpes fortes, segurou o braço dela por trás e aplicou-lhe uma força que a fez chorar de dor. Ela continuou tentando atingi-lo com o outro braço, mas dava para ver que não duraria muito. Foram necessários trinta ou quarenta dolorosos segundos para que o mal em Pope subjugasse o bem em Michele. Embora eu estivesse furioso, não havia nada que pudesse fazer.

No momento seguinte, algo terrível e maravilhoso aconteceu, algo que eu não poderia ter previsto em um milhão de anos. Um momento de puro encanto brilhou suavemente no meio do inferno. Briah, que fora temporariamente esquecida, gritou:

— Mamãe? — disse em sua voz desesperada de menina.

Era provavelmente a primeira vez que pronunciava a palavra. Ela concluíra que Pope estava prestes a matar sua mãe, e nem as drogas que corriam por dentro de seu corpo podiam bloquear a reação. Com essa consciência, ela se jogou sobre Pope. Foi um movimento desajeitado e não muito vigoroso, mas funcionou. Pope curvou-se para frente, quase perdendo o equilíbrio. Sua arma deslizou pelo chão e só parou a uns dois metros de mim.

Aquele era o momento que eu esperava, o momento em que eu podia ver com clareza. Não queria saber de mais nada. Ignorando Coelho, agachei-me e mergulhei na direção da arma. Assim que meus dedos tocaram o metal, houve um estampido alto, e então uma dor que eu nunca sentira tomou conta da minha perna como se fosse fogo. Coelho me acertara na coxa esquerda. Apesar disso, voltei a aproximar meus dedos da arma. Respirei fundo e dei um impulso para frente, agarrando a Glock. Pela primeira vez, os reflexos animais de Pope me ajudaram: ele soltou Michele e pulou sobre mim, impedindo que Coelho me desse um segundo tiro. Ficamos agarrados, lutando pela arma, nem de pé, nem caídos. Michele, em sua fúria incontrolável, pulou nas costas de Pope e começou a socá-lo na cabeça e no pescoço.

Nós três realizávamos uma estranha dança, girando e nos movendo em grupo. Consegui manter a arma apontada para cima, para que, pelo menos, ninguém fosse atingido por acidente. Michele continuou a golpeá-lo por baixo. Pope era muito forte, mas a situação começava a lhe ser desfavorável. Em alguns segundos, ele seria dominado.

— Atire, merda! — gritou ele para o filho. — Atire nesses filhos-da-puta!

Coelho nem precisava do encorajamento do pai. Ele estivera tentando mirar, mas era impossível. A massa de corpos mantinha-se em movimento constante e, daquela distância, um tiro de uma arma como a dele poderia facilmente atravessar a vítima pretendida e acertar Pope também.

— Qual deles? — perguntou.

— Qualquer um, merda! — gritou Pope.

Girei o corpo de Pope, colocando-o entre nós e Coelho. O problema é que Briah ainda não terminara. Ela se reergueu, aos prantos.

— Mamãe, mamãe — disse, avançando de modo cambaleante para onde estávamos.

Ela era uma peça importante. Sem controle, porém importante. Se nos alcançasse, poderíamos todos cair no chão, e o que aconteceria depois seria imprevisível. Pope percebeu a movimentação e disse:

— Ela, merda! Acabe com ela!

Coelho virou-se para Briah, e o momento de encanto se repetiu. Não sei se porque ela era uma garota, mais ou menos da mesma idade, mas ele hesitou. Ficou parado, com a arma vagamente apontada na direção de Briah. De repente, eram apenas dois adolescentes, presos num terrível mundo adulto, onde não sabiam o que fazer. Deveriam estar num parque, brincando de pegar, ou se apaixonando. Deveriam estar em milhões de lugares, menos na escuridão de um dos conjuntos habitacionais mais miseráveis do Sudeste. Deveriam estar fazendo qualquer coisa com sua vida, menos atuando numa jovem tragédia americana com cheiro de morte no ar. Parados ali, olhando um para o outro, eles eram *crianças.*

Por um instante, achei que Coelho poderia jogar a arma no chão e ir embora. Dava para sentir: a decência humana estava erguendo sua voz contida, dizendo ao adolescente que havia algo muito errado e que, embora ele fosse jovem demais para entender como acabara naquele beco abandonado num canto do inferno, aquele era um momento em que o mal deste mundo podia e devia ser silenciado. Tudo congelou, e a noite tornou-se assustadoramente silenciosa. Briah permanecia de pé, agitada, um alvo humano num jogo que ela não conseguia entender melhor do que Coelho. O universo inteiro estava naquele segundo: governos, programas assistenciais inúteis, pretos, brancos, o colapso da família, tudo reunido num garoto cuja raiva transformara-se novamente em tristeza e confusão, diante dos nossos olhos. Juro por Deus que acreditei presenciar toda a história do mundo naquele lugar. Desorientado, Coelho virou-se para o pai. Podia-se ver em seus olhos uma espécie de cobrança: *O que você fez comigo? Como me transformei nisso em tão poucos anos? Por que o mundo é tão inacreditavelmente duro?* Mas o sopro gélido de Pope apagou a chama. Sua voz espalhou-se para

O ÚLTIMO ADEUS | 391

acabar com a esperança; o momento passou, e o mundo voltou a girar em seu eixo mais familiar.

— Atire nela! — gritou. — Atire na cadela!

Coelho virou-se para Briah, fechou os olhos e apertou o gatilho. Porém, durante aquele instante entre pai e filho, Pope perdera o controle sobre Michele. Esta se soltou e pulou na frente de Briah, recebendo o tiro em seu peito. A bala explodiu nela, jogando-a para trás, contra o muro imundo. Ela bateu com força nos tijolos, soltando o ar dos pulmões, como um suspiro profundo. Depois olhou para frente, com medo e surpresa, e finalmente escorregou até o chão. Briah, chocada após ter encontrado e perdido a mãe num período tão breve, cambaleou e caiu no concreto, tremendo e soluçando.

Coelho olhou para Michele e Briah e largou a arma. Ele se virou para o pai, sem expressão no rosto, como se estivesse desligado. Sua consciência e raciocínio mergulharam no silêncio. Pope, contudo, não hesitou. Ele se moveu rapidamente na direção da arma. Tudo se tornou terrível novamente: defender-me daquilo significava ter de matar um homem diante do próprio filho. Apesar de todo o caos, eu sabia que dentro daquele garoto de 14 anos, daquele sociopata em desenvolvimento chamado Coelho, ainda vivia uma criança confusa que desejava desesperadamente levar algo parecido com uma vida comum. Eu tinha milissegundos para decidir se estava disposto a morrer em nome daquela visão.

Minha alma se estremeceu, houve um estampido, e logo minha bala mandou Jamal Pope para o inferno.

AS SIRENES ESTAVAM PRÓXIMAS. Coelho fugira havia tempo, e eu não tinha condições de persegui-lo. Minha perna sangrava abundantemente. Mesmo sem poder andar direito, fui até Michele, e a coloquei no meu colo. Segurei-a e acariciei seu cabelo. Seus olhos abriram-se.

Ela sorriu, levantou a mão e tocou meu rosto. Segurei sua mão, dei-lhe um beijo e a coloquei de volta ao lado do seu corpo. Finalmente, eu conseguira me entender com o amor que sentia por ela, mas a estava perdendo no mesmo dia. Era insuportável.

— Você vai ficar bem — disse, apertando sua mão. — Você vai ficar bem.

— Minha menina... Eu vi...

— Ela está bem. Não aconteceu nada a ela.

Michele apertou minha mão com força.

— Ela está por perto? Jack, querido, não quero que ela me veja assim.

Vi que Briah estava inconsciente a uns 15 metros de nós.

— Não. Ela está... ela não pode nos ver. Ela está bem.

Michele fechou os olhos. Precisava se esforçar cada vez mais para respirar. Seu rosto se contorceu perante a dor que percorria seu corpo. Pouco depois, ela abriu os olhos de novo, desta vez mais devagar.

— Voltei para o Glen, Jack. — Sua voz definhava à medida que a vida deixava seu corpo. — Bem onde tudo começou. É como se nada tivesse acontecido. Como se minha vida nunca tivesse mudado.

Segurei seu rosto enquanto tentava resistir à dor lancinante na minha perna.

— Você fez o som mais belo do mundo. Música para os anjos. — Ela sorriu, e minha determinação em ser forte ruiu. Comecei a chorar. — Queria protegê-la. Queria muito poder protegê-la.

Ela apertou minha mão, sem forças.

— Tudo bem, querido. Tudo bem. — As sirenes estavam mais próximas. Uma pequena multidão começava a se formar. Com a polícia por perto, nem as ameaças de Pope manteriam as pessoas afastadas. Abracei Michele, protegendo-a da curiosidade. Ela sussurrou algo que não consegui entender. Curvei-me para ouvir. — Você vai cuidar dela, não vai, Jack? Vai cuidar da minha menina?

— Sim, meu amor. Eu prometo.

E, com aquelas palavras, mais uma mulher entrava na minha vida.

Senti a mão de Michele relaxar. Ela tossiu, e seu corpo se agitou suavemente. Um filete de sangue escorreu de sua boca. Eu o limpei com minha blusa. Não podia suportar a imagem de sua vida se esvaindo. Era como uma ferida no meu próprio corpo, um rasgo na própria alma. Ouvi o barulho de carros freando. Em poucos segundos, tudo estaria acabado. Uma luz forte tomou o lugar, forçando-me a proteger a vista. Percebi que o sangue de Michele passara das suas roupas e começara a formar uma enorme poça ao lado do seu corpo. Ela voltou a falar, quase inaudível:

— O tiro era para Briah. Era para Briah.

Beijei sua testa.

— Isso mesmo, querida. Você salvou a vida dela. Ela vai ficar bem.

— Fui uma boa mãe, então, Jack? Uma boa mãe?

— Sim, querida — respondi, puxando-a mais para perto. — Foi uma ótima mãe.

Uma lanterna me obrigou a erguer a mão para proteger os olhos.

— Polícia — disse uma voz masculina. — Deixe-a ir e fique de barriga para o chão.

É hora de ir   disse Michele.   Hora de ir.

Ignorei o policial e continuei a embalando gentilmente.

— Aquele dia, no meu apartamento. Você disse que me amava.

— Eu lembro.

— Você pediu que eu não dissesse o mesmo — recordei. — Disse que seria mais fácil.

— Sim.

Sua voz era um sussurro.

— Eu amo você. Quero que saiba. Amo mais do que qualquer outra coisa. — Ela me olhou nos olhos e vi que me entendia. — Você vai ficar bem, querida. A ambulância está a caminho.

Segurei-a com cuidado, sentindo meu coração se despedaçar. Queria voltar no tempo, até o dia que passáramos em Virginia Highlands, o dia em que estávamos felizes e não existia nada além da doce satisfação em termos a companhia um do outro. Queria trocar tudo que acontecera desde então pela oportunidade de sair com ela de Atlanta e desaparecer num mundo mais tranqüilo e seguro, onde pudéssemos nos amar. Mas era tarde demais. Afastei o cabelo do rosto de Michele; ela me olhou quase sem forças. Assisti à sua luz sumir, seus músculos relaxarem, sua cabeça cair sobre meu peito. Sua respiração tornou-se mais lenta e, então, com um suspiro profundo, ela se foi. Fechei seus olhos gentilmente, ainda embalando-a nos braços.

Senti a mão do policial no meu ombro. Não havia grosseria em seu gesto. Ele percebera que se tratava de algo pessoal. Ouvi a segunda sirene, da ambulância que chegara tarde demais.

— Sinto muito, meu amor — sussurrei para ela. — Sinto muito.

Houve alguma confusão, provocada pelas pessoas que tentavam se aproximar. Mas os policiais já estavam a postos: quatro ou cinco deles isolaram rapidamente a área. O primeiro ajoelhou-se ao meu lado.

— Você levou um tiro. A ambulância está a caminho. Mais dois minutos. — Eu assenti. — E a mulher, de quem se trata?

Olhei para o policial. Responder àquela pergunta exigiria um livro. Michele passara 28 anos tentando respondê-la, transformando-se numa mulher espetacular. Agora, ela estava de volta à sua casa, mais uma vítima do mundo que fizera tudo para deixar para trás. *Ela é a Dama*, pensei. *A Dama do McDaniel Glen.* Mas resolvi dar a resposta que preservaria sua memória por mais tempo.

— Fields — disse. — T'aniqua Fields.

Senti outra pontada de dor na perna e a escuridão tomou conta de tudo. O policial pegou Michele nos braços, enquanto eu desmaiava no asfalto.

CAPÍTULO 29

A LUZ INICIALMENTE TÊNUE ficou mais forte, chegando pelos lados, penetrando suavemente e iluminando o interior, espalhando-se, até que eu podia sentir o brilho mesmo com os olhos fechados. Abri-os e tentei me acostumar à intensidade das lâmpadas fluorescentes da sala de emergência do hospital. Billy Little, com o rosto preocupado, olhava para mim. Ele me examinou por um instante e disse:

— Sim, ele está voltando. Venha ver.

O rosto de um homem jovem, de traços árabes e aparentando não mais do que 25 anos, apareceu por cima do ombro de Billy.

— Então está tudo bem — disse, num carregado sotaque britânico. — O ferimento sangrou muito, mas não foi tão profundo. Mais um pouco, e ele ficará bem.

Olhei para o médico, tentando entender como eu havia parado ali. Senti minha perna latejar, e a dor trouxe tudo de volta: a briga com Pope, o momento terrível em que Coelho disparara. E, acima de tudo, a lembrança devastadora de Michele nos meus braços, com a vida se dissipando num fluxo impossível de se deter.

Billy tomou o lugar do médico no meu campo de visão e tocou meu ombro.

— Não tem agido com muita sensatez ultimamente, doutor. Não costumo ter de fazer visitas hospitalares a advogados.

— Lamento. — A palavra saiu arrastada. — O que está fazendo aqui?

— Quando o médico disser que está pronto, vamos ter uma longa conversa sobre por que não deveria indiciá-lo pelo assassinato de Jamal Pope — explicou. — Não que eu me importe com a morte dele.

— Foi legítima defesa — justifiquei.

— Não tenho dúvidas quanto a isso. Agora descanse um pouco.

O médico disse a Billy que era o bastante e, assim, pude retornar ao meu sono, cheio de sonhos furiosos. Quando acordei, notei a luz da manhã entrando no quarto; aparentemente, eu dormira a noite inteira. Um médico diferente apareceu pouco depois para verificar meu estado. Ele fez um breve exame e pediu à enfermeira que retirasse a intravenosa.

— É um homem de sorte, Sr. Hammond — disse, observando a radiografia. — A bala atravessou a parte inferior da coxa, deixando apenas dois buracos limpos. Reparamos sua veia e substituímos o plasma. Você ficará bem.

— Quando terei alta?

— Em algumas horas. Devo dizer, contudo, que suas corridas terão de ser suspensas por um tempo.

Ele saiu do quarto. Minha mente estava mais clara, o que era comprovado pela dor na perna. Eu não queria analgésicos; estava disposto a enfrentar a dor em troca de poder manter a consciência. Poucos minutos depois de o médico sair, Robinson apareceu. Seu rosto estava pálido e preocupado.

— Meu Deus, Jack. O que aconteceu com você?

— Fale de você primeiro. Como está?

— Eu? Entre os vômitos e os testes, foi uma noite e tanto. Mas estou bem.

— E?

Robinson sorriu com a alegria inocente de uma criança.

— Recebemos os resultados dos Institutos Nacionais de Saúde há uma hora. Exatamente como eu disse. Aqueles pacientes foram selecionados. Ralston e Stephens estão ferrados.

Fechei os olhos e senti meu corpo relaxar sobre o travesseiro do hospital. *Eles estão ferrados.* Deixei a notícia agir sobre minhas feridas, tanto externas quanto internas. Seria o bastante para reduzir a dor na minha perna, mas não bastaria para eliminar a dor na minha alma. Então abri os olhos.

— Onde está Michael?

Robinson pôs a mão no meu ombro.

— Já sei a respeito das anotações — disse, em voz baixa. — Ele me contou no meio da noite.

— E está tudo bem para você?

— Ele estava assustado. Além do mais, eu não conseguiria ter feito o que era necessário sem a ajuda dele. Sim, está tudo bem.

Pesadelo apareceu por trás de Robinson, com a aparência cansada de alguém que passara a noite toda acordado.

— Ei, cara — disse ele. — Você parece pior do que o normal. E isso é bem difícil.

— Você não nos entregou, Michael. Obrigado.

O rosto de Michael ficou vermelho.

— Talvez eu ande na linha por um tempo. Vou ver se gosto. — Ele sorriu. — Mas não se acostume. O lado negro da força é muito forte.

Levantei-me até conseguir me sentar, com cuidado, aliviado por ver que todos meus membros funcionavam.

— Que horas são?

— Sete da manhã — respondeu Robinson. — Provavelmente vão segurá-lo por mais algumas horas, por precaução.

— Pegue minhas coisas. Estamos indo embora agora.

— Não acho que seja aconselhável — disse Robinson, surpreso. — Você não vai querer voltar com a perna sangrando de novo.

— Então diga a eles para virem aqui e fazerem uma atadura. Temos duas horas para estar no escritório de Nicole Frost, na Shearson Lehman. Nós três. — Olhei para Michael. — Conseguiu juntar o dinheiro que eu pedi?

Ele fez que sim.

— Três mil e oitocentos. Foi tudo que consegui.

— Vai ter de servir. — Voltei-me para Robinson. — Michael contou a você?

— Contou. Para que tudo isso?

— Você conseguiu algo?

— Não tenho dinheiro de verdade, Jack. Recebo basicamente em ações da Grayton. Pareceu uma boa idéia quando estava cotada na casa dos trinta.

— Em quanto está agora?

— Cerca de cinco.

— Quantas ações você tem?

— O bônus na assinatura do contrato e o resto desde então... mais ou menos cento e sessenta e oito mil.

Estava cansado demais para fazer contas, mas sabia que seria o suficiente.

— Está ótimo. Terei de explicar melhor no caminho.

— É tudo que tenho — disse Robinson. — Minha aposentadoria.

— Você tem de fazer o que é preciso. Mas, se puder confiar em mim, ficará feliz em tê-lo feito.

Robinson olhou para mim, pensativo, e depois concordou.

— Quando o conheci, estava acabado. Só faltava o funeral. Graças a você, recuperei minha vida. Então, sim, posso confiar em você.

— Ótimo. Peça para fazerem o curativo em mim e traga o detetive Little aqui. Em troca de lhe entregarmos numa bandeja de prata o caso que o transformará em tenente, ele terá de nos fazer um pequeno favor. E esse favor recompensará vocês dois por me ajudarem.

AS HORAS SEGUINTES passaram apesar do coração partido. Eu sabia que, depois, haveria tempo para sofrer. E seria do jeito que tinha de ser. Porém, por algumas horas, eu não tinha opção além de isolar a parte ferida do meu coração e manter-me focado. Porque eu estava para dar uma cartada final, e era necessário garantir que tudo acontecesse na hora certa.

Às nove horas, Pesadelo, Robinson e eu — com a perna bem atada e usando uma bengala — chegamos ao lobby do prédio da Shearson Lehman em Atlanta. Parecíamos um bando de malucos. Não havia um minuto a perder e, por isso, ninguém se arrumara depois da noite anterior. Minha perna, trazendo uma bandagem firme, latejava sem parar; Robinson, suportando os efeitos da falta de sono e de um antiviral poderoso, parecia um morto-vivo; e Pesadelo perturbava o clima de um dos ambientes de negócios mais conservadores do país com sua combinação de calça camuflada velha e camiseta laranja-e-preta, sem manga, do grupo System of a Down. Além disso, como era de se esperar, estava extremamente nervoso.

— Explique esse negócio de novo — pediu, tenso.

— Já repassei tudo durante o caminho inteiro até aqui — argumentei.

— Eu sei. Mas havia alguma coisa sobre como poderíamos nos ferrar.

— Ou parar na cadeia — lembrou Robinson. — Ele também falou disso.

Eu encarei os dois.

— Vocês não são obrigados a apostar nisso. Podemos sair pela porta agora mesmo. Só queria retribuir o que fizeram. Se não valer a pena para vocês, tudo bem. É tudo que posso fazer. — Depois de um instante, Robinson assentiu, e na seqüência Pesadelo fez o mesmo. — Certo. A oferta de ações da Horizn é hoje. Vamos comprar pelo preço mais alto que der e vender a descoberto. Estamos apostando que as ações vão cair.

— E compraremos em margem, o que permitirá que controlemos muito mais ações do que podemos pagar — prosseguiu Pesadelo.

— Compramos por um preço fixo e, a cada dólar que as ações caírem depois, nós ganhamos.

— E se não caírem? — perguntou ele.

— Estamos ferrados — respondi. Sentia uma dor incrível na perna. — Ninguém é bonzinho por aqui.

— E não será considerado um caso de informação privilegiada — disse Robinson, sem muita convicção.

— Exatamente.

— Por causa do momento.

— Correto.

Robinson pareceu desconfiado.

— Tem certeza de que eles não vão cancelar a abertura de capital depois do que aconteceu?

— Ninguém cancela uma oferta inicial de ações horas antes do previsto. Além disso, para Stephens, tudo ocorreu como planejado. Ele pode ter tentado falar com Pope, mas não vai suspender tudo só porque não recebeu uma ligação de volta. Já gastou milhões com as comissões do banco de investimento. E cancelar agora provocaria uma desconfiança que eles jamais conseguiriam superar. Confie em mim. Essa oferta acontecerá, sem dúvida.

As grandes portas atrás de nós se abriram, e Nicole entrou com sua perfeição jovial. Ao nos ver, porém, ficou chocada.

— Jack? — Ela olhou para a bandagem. — Meu Deus, o que aconteceu com você?

Não havia tempo para uma explicação muito longa.

— Queremos abrir uma conta margem. — Nicole deu uma risada exagerada, como se tivesse concluído que eu ficara maluco.

— Estamos falando sério. E estamos com uma certa pressa.

Os risos pararam.

— Vocês já se olharam no espelho? — perguntou ela.

— No valor de dois milhões, quinhentos e trinta e um mil e quatrocentos dólares, por favor — prossegui.

Depois de um breve silêncio, ela pegou no meu braço e sussurrou:

— Você está maluco, Jack? Sei que as coisas andam mal, mas jogar no mercado comprando em margem não é a solução. — Ela apontou para Pesadelo e Robinson. — Quem são essas pessoas e o que estão fazendo aqui?

— Temos garantias — acrescentei. — Cento e sessenta e oito mil ações da Grayton. Estão sendo negociadas a cinco dólares. — A boca de Nicole, que começava a se abrir novamente, ficou calada. — Também temos um cheque ao portador de três mil e oitocentos dólares, cortesia do meu sócio, Sr. Michael Harrod. Michael, cumprimente sua nova corretora.

Michael estendeu a mão como se fosse um Rockefeller. Nicole olhou desconfiada, apertou-a e pareceu desejar um lenço para se limpar. As portas atrás de nós se abriram novamente, e vários executivos vestidos impecavelmente invadiram o lobby.

— É melhor subirmos, Jack — disse Nicole. — Você e seus amigos não estão fazendo bem à minha imagem.

Entramos todos num elevador e fomos até o segundo andar. As portas se abriram e saímos na passarela sobre a sala de negociação da Shearson Lehman, um lugar que fazia a Nasa parecer obsoleta. Trata-se de um mundo limpíssimo em que as fileiras de monitores de plasma brilhando acompanham a transferência contínua da riqueza do mundo, de uma mão para a outra, quase sempre num movimento para cima. As salas dos executivos, incluindo a de Nicole, têm uma vista da área de negociação similar à que os romanos tinham dos gladiadores. E, exatamente como no Coliseu, ao fim de cada dia de negócios, há os mortos, os feridos e os vencedores privilegiados. Era tarefa de Nicole garantir que seus clientes permanecessem no último grupo.

Pesadelo, Robinson e eu seguimos Nicole até sua sala. Havia um monte de engravatados por perto, mais do que o normal, segundo Nicole. Alguns dos figurões se juntaram para assistir à celebração que aconteceria quando a Horizn abrisse seu capital. Numa das salas pelas quais passamos, havia um balde com uma garrafa de **Cristal Roederer** gelando. Quatro ou cinco pessoas estavam lá dentro, conversando com vozes agitadas e ansiosas, como se fossem crianças na manhã de Natal.

Pesadelo estava maravilhado, provavelmente imaginando o estrago que poderia fazer se conseguisse acesso ao sistema de computadores. Entramos na sala de Nicole, um ambiente confortável composto de uma mesa de design moderno, outra para o café, um sofá de couro e algumas cadeiras. Havia uma pintura de LeRoy Neiman pendurada na parede. Apontei para o quadro fazendo uma expressão inquisitiva.

— Odeio isso, mas faz meus clientes homens se sentirem melhor — explicou Nicole. — Antes de eu pedir que me dêem todo seu dinheiro. — Ela sugeriu que sentássemos e também pegou uma cadeira para si. — Bem, por que não me conta a razão de tudo isso? Esta é uma manhã muito movimentada.

Coloquei a pasta sobre a mesa e a abri.

— Estes são certificados de ações dos Laboratórios Grayton. Somando nosso cheque ao portador, o valor total é de 843,8 mil dólares. Creio que o montante seja auto-explicativo.

Nicole olhou para a pasta.

— Estou vendo. — Ela pegou uma calculadora e fez algumas contas. — Não é o bastante, Jack. Contas margens não podem passar de cinqüenta por cento.

— Pretendemos vender a descoberto. Nesse caso, são setenta e cinco por cento, correto?

— Pretendem vender o que a descoberto?

— São setenta e cinco por cento, correto? — insisti.

Ela me observou por um instante.

— Sim, Jack. São setenta e cinco por cento para vendas a descoberto. Tecnicamente.

— Portanto, são dois milhões, quinhentos e trinta e um mil e quatrocentos dólares. — Peguei uma folha e joguei sobre a mesa de Nicole. — Esse é meu seguro de vida. O valor nominal é de 21 mil dólares. Tornei a Shearson Lehman a procuradora. Você pode sacar o dinheiro quando quiser.

Houve uma pausa mais longa, enquanto Nicole — que, embora fosse atrevida socialmente, cuidava de assuntos de negócios com o pudor de uma freira — considerava a situação.

— Isso não é muito convencional.

— Mas é legal. É isso que importa.

— Os senhores compreendem que, se essas ações caírem, terão perdas enormes?

— Sim — respondi por todos.

— Significa que serão chamados a cobrir o negócio.

— Certo.

— Não há tolerância para uma margem tão grande, Jack. Vocês terão de cobrir o valor ao final de cada dia de negócios. Sem exceção. Poderão perder tudo antes mesmo de saber o que houve. — Fiz um gesto de concordância. — Você sabe que as comissões para compras em margem são mais altas, não sabe?

— Eu sei.

— Se os senhores puderem aguardar um momento, tenho alguns papéis para assinarem.

EU DEIXARA MINHA DOR de lado por algumas horas porque estava queimando por dentro. E não era uma chama exatamente honrada. Eu mesmo cometera erros demais para que pudesse ser. Mas ardia intensamente e tinha um alvo merecido. Depois de todos assinarmos, fiquei de pé, andando, enquanto Nicole iniciava o programa de corretagem em seu computador. Havia uma grande janela voltada para a sala de negociação, e Pesadelo e Robinson encostaram o rosto no vidro. Os corretores já estavam a postos, conversando, iniciando o ataque à base de cafeína contra o cansaço generalizado.

Nos quatro ou cinco minutos que separaram aquele momento e a abertura dos negócios, nós parecíamos uma pequena tropa, três improváveis *compadres* unidos pelas circunstâncias. E estávamos prontos para ir à guerra. Dava para sentir a energia entre nós: parte esperança, parte medo e ansiedade. Fui até o vidro, e ficamos ali, hipnotizados, pensando no que estava em vias de acontecer. Às dez horas, a voz de Nicole me levou de volta à realidade.

— Bum — disse ela, sorrindo. — A corrida começou. Agora me diga o que estamos fazendo.

— Coloque a Horizn na tela — pedi.

— A Horizn — repetiu ela, mais pálida do que o habitual, como se fosse possível.

Fui até Nicole e olhei por cima de seu ombro. Senti meu corpo inteiro tenso enquanto assistia aos números. O código das ações da Horizn, HZN, piscou na tela, com o preço inicial de 31 dólares, o que só durou alguns segundos. Rapidamente, subiu para 32,50, depois para 33,17. Nicole olhou para mim.

— Diga-me o que está fazendo. Isso vai sair caro.

— Ainda não — respondi.

Trinta minutos depois, os papéis da Horizn estavam cotados a 38,12. Nicole mostrava-se apreensiva.

— Jack, isso é maluquice.

Balancei a cabeça. Às onze e quinze, a Horizn alcançara 46 dólares, a caminho do nível previsto para um ano. As compras eram frenéticas: os corretores davam lances e viam o preço desaparecer antes de a ordem ser cumprida. Olhei para Robinson, que me observava com nervosismo.

— Quando chegar a cinqüenta — avisei.

Pesadelo estava agitado.

— Espero que saiba o que está fazendo — disse.

— Você pode descer do trem na hora que quiser. A decisão é sua.

Ele se virou para a sala de negociação sem responder. Por volta das onze e meia, o ritmo de compras diminuiu. Nos dez minutos seguintes, o preço ficou próximo a 49,50, bem perto do número mágico, porém sem alcançá-lo.

— Está perdendo a força — disse Nicole. — Alguns especuladores estão fazendo dinheiro rápido.

Conferi o relógio: faltavam vinte para meio-dia.

— Compre cinco mil ações — orientei. — A preço de mercado.

Nicole reagiu com surpresa.

— O que é isso, Jack? Está caindo. Fique vinte e cinco centavos abaixo e espere.

— Preço de mercado — repeti, com os olhos fixos na tela.

— O dinheiro é seu — disse Nicole, cumprindo a ordem.

Vi minha ordem piscar na tela por um instante e logo sumir. Aquilo reaqueceu as coisas por algum tempo, mas não o suficiente para que se ultrapassasse os cinqüenta dólares.

— Compre mais cinco mil — disse Robinson.

Nicole ergueu a cabeça em busca de orientação. Assenti para Robinson, que tinha os olhos arregalados, mas estava calmo.

— Ele está certo. Mais cinco mil, a preço de mercado.

Nicole digitou a ordem e, em segundos, tínhamos um interessado. Logo em seguida, o preço voltou a subir; nada dramático, mas o ímpeto retornara ao mercado. Em questão de minutos, a Horizn ultrapassou o patamar mágico dos cinqüenta dólares. Com a barreira psicológica vencida, começou outra rodada de compras, o que elevou ainda mais o preço.

— Minha Nossa Senhora — disse Robinson.

— Sim. Minha Nossa Senhora, ajude-nos neste momento de necessidade. — Olhei o relógio pela última vez, depois me virei para Michele e disse: — Ligue a TV. Pode deixar no mudo. Ponha no canal cinco.

Nicole olhou para mim, sem reação no rosto. Àquela altura, já estava num sonho, apenas acompanhando o passeio. Ela pegou o controle remoto e ligou a TV. Estava passando um comercial de sabão em pó. Conferi as cotações de novo: a Horizn acabara de passar dos 53 dólares.

Assim que o anúncio acabou, uma vinheta de "últimas notícias" apareceu na parte de baixo da tela. A imagem mostrava a sala do Departamento de Polícia de Atlanta usada para coletivas de imprensa. Billy Little estava de pé, atrás de um monte de microfones. A sala acompanhava em silêncio a breve declaração de Billy. Pesadelo assistia do outro lado do escritório de Nicole, com o rosto pálido. Robinson, ao contrário, permanecia calmo. Seus olhos acompanhavam Little, esperando o detetive dizer as palavras que fariam sua vida ter sentido novamente.

— Vou vender algumas ações da Horizn a descoberto, Nicole. Ponha a negociação na tela, pronta para fechar.

— A descoberto? Quantas cotas?

— Cinqüenta mil — respondi, tranqüilamente. — É preciso que mantenha o dedo no gatilho.

Nicole não conseguia tirar os olhos da TV, percebendo de repente que algo terrível aconteceria às ações da Horizn.

— Meu Deus, Jack. Ai, meu Deus.

— Exatamente, querida. Só faça o que pedi, por favor.

— Cinqüenta mil? Ai, Jack, o que está acontecendo?

— Ponha na tela. Mas não confirme até que eu diga.

Billy continuava falando; sua boca movia-se silenciosamente no canto do monitor de Nicole. Dei uma espiada nas cotações; o movimento de compra ainda era intenso. Os 15 segundos seguintes foram angustiantes. Passaram em câmera lenta, como a mudança das estações. Achei que fosse explodir se Billy Little não calasse a boca.

Finalmente, quando eu já achava que estávamos ferrados, Billy tirou os olhos do discurso preparado. Os repórteres ergueram as mãos. Billy apontou para um deles. Olhei para Nicole.

— Agora, por favor. Tudo, todas as ações, agora mesmo.

— Jack, ouça...

— *Agora.*

Nicole apertou a tecla. Pesadelo segurou a cabeça com as mãos, tentando se controlar. Robinson foi até meu lado e, juntos, assistimos à nossa oferta, parada no espaço eletrônico, à espera de um comprador. *Cinqüenta mil cotas, vendidas a descoberto.* O tamanho da oferta fez os *day traders* pararem; eles sentiam o cheiro de algo errado. A oferta continuava piscando, perdida numa zona financeira desmilitarizada. Por um momento, houve paz, o combate fora interrompido. Dei uma olhada na TV: Billy encarava uma enxurrada de perguntas. Antes que pudesse terminar de responder, uma dezena de mãos começava a se agitar de novo. *Vamos lá, é agora ou nunca.* De repente, nossa oferta foi abocanhada de uma vez por um cliente institucional. O quadradinho piscante na tela de Nicole ficou vermelho e sumiu. Robinson engoliu em seco e suspirou.

— Está tudo certo? — perguntou Pesadelo, com a voz trêmula e a aparência acabada de um viciado.

Virei-me para ele e sorri.

— Velha economia, Michael. Você precisa experimentar um dia desses. — Olhei para Nicole. — Pode aumentar o volume agora.

Nicole apertou um botão e começamos a ouvir a voz de Billy Little.

— Isso mesmo. Não há provas de que outros executivos da Horizn estejam envolvidos. Só estamos indiciando os dois principais diretores, Charles Ralston e Derek Stephens.

Nicole engasgou, e eu pus uma mão no seu ombro.

— É um caso de assassinato em primeiro grau, detetive Little? — perguntou uma voz na sala de imprensa.

— Correto. Oito acusações de assassinato em primeiro grau — respondeu Billy.

Apertei o ombro de Nicole.

— Pode desligar agora. E talvez queira trancar a porta.

Ela me encarou.

— Meu Deus, Jack, você sabia. É informação privilegiada.

— Você vendeu depois do anúncio. A informação era pública no momento da transação. Os registros vão sustentar isso. Em tese, *não* houve informação privilegiada.

Nicole olhou para o monitor: um pequeno movimento de venda já começava. Era uma questão de minutos antes que as ações entrassem em queda livre.

— Mas, Jack, muitas pessoas serão prejudicadas. Você podia ter evitado prejuízos de milhões.

Segurando-a pela mão, fiz Nicole levantar-se da cadeira. Em seguida, dei um beijo em seu rosto.

— Independentemente do que eu fizesse, muitas pessoas seriam prejudicadas. Dessa forma, pelo menos, consegui protegê-la.

Nicole jogou-se na cadeira de novo e fixou os olhos no monitor. As ações da Horizn já valiam menos de trinta dólares.

— Seu safado. Você é um safado.

Eu sorri.

— Você não sabia de nada. Não violou a lei e tornou seus novos clientes muito ricos. No fim das contas, até que foi uma boa manhã.

A HORIZN REAGIU nas horas seguintes, correndo para a mídia com desmentidos. Mas o estrago estava feito. Quando a poeira baixou, os papéis da empresa eram negociados a 4,12 dólares. Thomas Robinson lucrara dois milhões seiscentos e quatro mil dólares, em cerca de duas horas. Pesadelo, que sem dúvida logo se apresentaria como o Sr. Michael Harrod, faturara 46 mil.

Eu não ganhei nada. Devolvera o auto-respeito e dera uma oportunidade de vingança a Thomas Robinson. Quanto a mim, eu já recuperara o primeiro e não precisava mais da segunda. Robinson estava numa luta amarga, e me dava satisfação ajudá-lo a reencontrar o caminho. Eu não poderia ganhar um único dólar com qualquer coisa relacionada a Michele Sonnier. Outros haviam feito isso. Empresários e casas de espetáculo do mundo todo, por exemplo. Até seu marido. Ralston usara o talento dela para abrir as portas de uma parte da sociedade que, de outra forma, permaneceria fechada a ele. Mas eu preferiria morrer a isso. Ela era meu anjo negro: conflituosa, torturada e, mesmo assim, brilhante como o sol.

Só mais uma pessoa obteve lucro com aquelas horas de negócios na Shearson Lehman. O dinheiro que Nicole me emprestara em troca da garantia do meu seguro de vida resultara em setenta e dois mil duzentos e oitenta dólares para Briah Fields. De todas as vítimas da história, no fim, ela era a única que realmente não merecia sentir qualquer tipo de dor.

CAPÍTULO 30

OBINSON, PESADELO e eu ficamos parados diante do prédio da Shearson Lehman, sob o calor do sol. Os carros passavam apressados, sinal de que as pessoas continuavam levando suas vidas boas, suas vidas más, suas vidas mais ou menos. Amores, ódios e ambições viajavam com elas, enchendo Atlanta de uma agitação ruidosa e multicolorida composta de uma humanidade extremamente imperfeita. Virei-me para Robinson.

— Você é um bom homem. Um bom médico.

Ele sorriu.

— Talvez permitam que eu volte a fazer pesquisas. Seria ótimo.

— As coisas vão ficar meio complicadas agora — ponderei. — Repórteres, policiais, provavelmente a comissão de valores mobiliários. Mas não se preocupe. Você tem um bom advogado.

— Um advogado e tanto.

Michael ainda tentava acreditar que não estava falido.

— Vão dormir, ok? Vocês estão num estado lamentável.

Robinson voltou-se para ele.

— Se ainda quiser o emprego, fale comigo. Você tem uma boa cabeça, e eu tenho várias idéias que exigirão muito trabalho com software.

— E então, o que acha, Michael? — perguntei. — Você teria de pagar impostos. Mas, por outro lado, correria um risco bem menor de acabar na cadeia.

Pesadelo ficou vermelho e corrigiu a postura.

— É. Seria legal.

— Que bom ouvir isso. Agora, você e o doutor vão descansar um pouco.

HAVIA MUITO PELO que chorar. Eu precisava de um pouco de paz. Liguei para Blu e lhe dei o resto da semana de folga remunerada. Ela ficou preocupada, mas não deixei que fosse me ver. Precisava de um tempo sozinho. Não saí do meu apartamento por alguns dias. Consegui dormir. Era um sono agitado, cheio de sonhos. Sempre acordava faminto, comendo qualquer coisa que encontrasse; recorrendo à entrega em domicílio.

Eu amara Michele, mas tudo aquilo acontecera como um turbilhão. Ela aparecera para perturbar todos os aspectos da minha vida. Levaria um tempo até que eu recuperasse o sossego, a paz depois da tempestade. Enquanto eu buscava tranqüilidade, a cidade se agitava com a notícia de que um de seus heróis se voltara contra ela, trocando a vida de oito pessoas por uma promessa de dinheiro. Logo começariam os depoimentos dolorosos, com a certeza de que cada pedaço do passado de Michele seria exposto, por mais íntimo que fosse.

Quando finalmente decidi sair de casa, fiquei parado diante do meu prédio, acertando as contas com a cidade. A vizinhança estava quieta no meio da tarde, mas eu sabia que se tratava de uma ilusão. A leste, concentrava-se a vida urbana da classe média de Atlanta, com as pessoas amontoadas como abelhas operárias numa colméia. Ao norte, ficavam os megaempreendimentos do Sudeste norte-americano. Em todas as direções, os subúrbios expandiam-se incessantemente, enchendo-se de pessoas vindas de todas as partes do mundo.

Uma lembrança ainda precisava ser libertada, uma ferida duradoura que precisava ser fechada antes de o caos se desfazer. Três dias depois da morte de Michele, fui sozinho à floricultura da avenida Woodward. Como sempre, comprei tulipas vermelhas e dirigi até o refúgio silencioso em que, dois anos antes, eu deixara um pedaço da minha alma. Ao passar pelo portão de ferro do Cemitério de Oakland, abri as janelas para deixar o ar perfumado do verão entrar no carro. Estacionei e fiquei parado no silêncio, recostando-me no banco e respirando profundamente. Com a brisa, a grama agitava-se, enquanto as folhas produziam um farfalhar suave ao meu redor. Pensei em Thomas Robinson e em como ele arriscara tudo — sua própria vida — para salvar seu trabalho. A coragem e o desespero são parentes próximos, e ele fizera uso dos dois para impedir o que, de outra forma, seria mais uma história em que o mal prevaleceria. Também pensei em Michael e em como, no fim, ele se encontrara. Depois de sair de sua caverna escura, seria capaz de qualquer coisa. Meus pensamentos, porém, só se concentraram nos dois por um instante. A poucos metros de mim, uma mulher descansava. Contei as seis lápides e a avistei. *La flor inocente*, dizia a inscrição, mas eu sabia que se tratava apenas de uma visão romântica. Ela não era inocente. Escolhera amar um homem violento e, ao fazê-lo, acolhera sua maldade. Mas eu já passei muitos dias e noites com a escória da minha cidade e não estou numa cadeira de juiz. Vi sua beleza, fui capturado por ela e dei início a uma seqüência de acontecimentos que me perseguem até hoje. Nada de realmente perverso poderia ter existido por trás de seus olhos. Ela apenas vivia um dilema, como todos, lutando para encontrar amor e segurança num mundo em constante mutação.

Abri a porta do carro, caminhei por entre nomes familiares gravados em pedra e a encontrei. *Bella como la luna y las estrellas*, dizia sua lápide, e quanto a isso não havia dúvida. Violeta Ramirez, bela como a lua e as estrelas. Ajoelhei-me ao lado da sepultura, deixei as flores sobre seu pedaço de terra e disse adeus. Se seu fantasma voltasse para me visitar, seria apenas na memória, e não mais nos meus momentos de consciência. Era hora de deixá-la partir. Senti-a se afastar, livre das preocupações que tornaram sua vida tão difícil.

Levantei-me, recebendo o ar morno no rosto, respirando as misturas urbanas de vida — automóveis, plantas de todo tipo, pessoas, fábricas, amor e pecado — que permeiam minha cidade. Ao meu lado, faltava Michele, artista brilhante, amante magnífica, mãe fracassada e trágica. O que posso dizer dela, agora que sua luz se acabou, ou pelo menos se foi deste mundo? Meu coração se abriu para ela, mas nosso amor foi interrompido. Por causa disso, sinto-me ao mesmo tempo enganado e salvo. Por milhares de noites, não senti sua mão junto à minha, e por outras centenas não pude ouvi-la cantando. O amor é parte posse e parte acaso. Eu teria amado Michele se a tivesse conhecido no McDaniel Glen? Meus olhos se abririam para admirar seu incrível talento? Ou eu simplesmente passaria por ela, tomando-a como mais uma vítima da pobreza? Nunca saberei.

Nada disso tem o poder de me destruir. Não mais. No fim, a vida não se rende à lógica. Ou talvez se renda somente à seguinte lógica: *L'amore non prevale sempre*. Os Laboratórios Grayton foram salvos e, com eles, Robinson e Pesadelo. Mas Michele se fora, separada da filha pela eternidade. O amor nem sempre prevalece. Nem sempre, não nesta vida. Shakespeare sabia disso, e todas as gerações têm de aprender novamente. Doug sabia. No fundo de sua alma atormentada, ele deve ter se sentido condenado pelo amor no instante em que disse aquelas palavras a Michele. Eram sua saudação e sua despedida. Agora sei disso, para nunca mais esquecer. Respiramos e nos arriscamos. Alcançamos nossa paz. Ficamos calmos e deixamos passar.

Este livro foi composto na tipologia Minion,
em corpo 11/15, e impresso em
papel off-white 80g/m² no Sistema Cameron da
Divisão Gráfica da Distribuidora Record.

Seja um Leitor Preferencial Record
e receba informações sobre nossos lançamentos.
Escreva para
RP Record
Caixa Postal 23.052
Rio de Janeiro, RJ – CEP 20922-970
dando seu nome e endereço
e tenha acesso a nossas ofertas especiais.

Válido somente no Brasil.

Ou visite a nossa *home page*:
http://www.record.com.br